感谢浙江省新昌县人民政府的大力支持

唐诗之路研究丛书·第二辑

唐诗之路研究会 编

驿路传诗与唐诗之发展

吴淑玲 著

中华书局

图书在版编目(CIP)数据

驿路传诗与唐诗之发展/吴淑玲著. —北京:中华书局,2023.11
(唐诗之路研究丛书)
ISBN 978-7-101-16363-6

Ⅰ.驿… Ⅱ.吴… Ⅲ.唐诗–诗歌研究 Ⅳ.I207.227.42

中国国家版本馆 CIP 数据核字(2023)第 193760 号

书　　名	驿路传诗与唐诗之发展
著　　者	吴淑玲
丛 书 名	唐诗之路研究丛书
责任编辑	余　瑾
责任印制	陈丽娜
出版发行	中华书局
	(北京市丰台区太平桥西里 38 号　100073)
	http://www.zhbc.com.cn
	E-mail:zhbc@zhbc.com.cn
印　　刷	三河市中晟雅豪印务有限公司
版　　次	2023 年 11 月第 1 版
	2023 年 11 月第 1 次印刷
规　　格	开本/920×1250 毫米　1/32
	印张 13⅛　插页 2　字数 320 千字
国际书号	ISBN 978-7-101-16363-6
定　　价	98.00 元

"唐诗之路研究丛书"总序

卢盛江

经过多方努力,"唐诗之路研究丛书"终于问世了。

这是中国唐诗之路研究会组织编纂的学术丛书。中国唐诗之路研究会自成立以来,就致力于唐诗之路的研究。2019年11月在浙江新昌召开了成立大会,2020年11月又在浙江天台举办了首届年会,两次会议共收到一百六十余篇论文,对唐诗之路的一系列重要问题进行研究。现在又推出"唐诗之路研究丛书",旨在全面反映唐诗之路研究的高层次成果,将唐诗之路研究推向深入。关于"丛书"和唐诗之路研究,我想应该注意以下几点:

一、要进行细致全面的资料整理。无论是对某条诗路的具体研究,还是对某些问题的综合研究,抑或是学理层面的理论研究,都要立足于坚实的史料。专门的史料整理工作,在唐诗之路研究初期,尤为必要和重要;唐诗之路研究今后走向深入,这项工作也不可或缺。这是一切研究的基础。要围绕唐诗之路的主题发掘整理史料,注重规范性和系统性,特别要与考证辨伪结合起来,以确定史料的可靠性。既致力于新出史料的发掘,又立足于传统文献的梳理;既有典籍文献包括地方文献的爬剔缕析,又有民间调查和出土文献等史料的发掘探微。对于唐诗之路研究而言,实地考察也是发掘新史料的一个重要途径。

二、要弄清每条诗路的面貌。唐诗之路的关键是"路"与"诗",路是载体,诗是内涵,而作为灵魂主体一定是"人"。"诗""路"与"人"三个方面的面貌都需要弄清。路是怎样形成的?路与交通有关,唐代交通面貌如何?走过这条"路"的诗人有哪些?这些诗人,何时因何而走上这条"路"?又何时因何而离开这条"路"?他们在这条"路"上的生活状况如何?有怎样的创作和其他活动?漫游,宦游,贬谪,寓居,是个人活动,还是群体活动等等,这些面貌都要弄清。就某个诗人而言,要进行重要行迹的考证;就某条诗路而言,要进行诗歌总集的编纂;就诗路发展而言,要进行源流演变的梳理。诗歌之外,这一诗路有怎样的文化遗存?民俗风物、名山胜迹、宗教文化、石刻文献等等,这些方面怎样共同形成诗路文化?这些面貌都要弄清。把国内各条诗路、各种问题的面貌弄清后,再进一步,可以从国内延伸到海外,研究海外唐诗之路。

三、要有问题意识,认清问题研究的重要性。清理史料和面貌的过程,也是清理和研究问题的过程。我们需要现象的描述,更需要问题的研究。史料和面貌的清理,本身就有一系列的问题。我们更要关注,唐代为什么会有诗路?一些诗路为什么流寓的诗人比较多,为什么诗歌创作比较繁荣?为什么一些诗路诗人群体比较多,诗人联唱和唱和比较多?复杂现象的解释,历史原因的分析,学术焦点与前沿问题的回答,一些特有的重要的现象,都是问题。现象与现象之间、事物与事物之间、问题与问题之间的联系,都会有问题。着力于发现、提出和研究问题,从一个问题推向另一个问题,我们就能够把诗路研究由浅入深,层层推进。

四、要有科学严格的主题界定。如从地域来说,一条诗路包括哪些范围?其历史行政区划和当代行政区划有何联系和区别?古代不同时期的区划变化如何?主题界定要符合历史面貌,要特别注意文化特点,既要有整体性,又要有包容性和开放性。没有整体性,无法界定范围;没有包容性和开放性,无法把握复杂面貌。

五、要体现"诗路"的特点。各条诗路都与地方文学有关。唐诗之路研究,还与贬谪文学、流寓文学、地域文学、山水文学、隐逸文学等等密切相关,与文学地理学、历史地理学等等密切相关,还与宗教包括佛教道教等等文化有关。具体诗人的诗路研究,必然涉及这些诗人的生平轨迹、他们的生活与创作道路。不要把唐诗之路研究简单地写成地方文学史,不要写成一般的贬谪文学、流寓文学、地域文学、山水文学、隐逸文学研究,不要写成一般的文学地理学、历史地理学研究和宗教文化研究,不要写成一般的作家论、作家传记,或一般的诗人生活与创作道路研究。既要注意与相关研究和问题的联系,扩大我们的视野,启发我们的思路,又不为之所囿,特别是不要落入固有的模式化的套路,要探讨"唐诗之路"作为一个新的学术增长点的丰富内涵和深刻本质,探寻出符合"唐诗之路"特点的新的研究之路。

六、实地考察可以做成学术著作,但一定要有学术性,一定不要写成一般的游记和一般的行踪介绍。要注意利用实地考察,发掘新的史料,补史之所阙。有意识地在实地考察中,体现"诗路"研究,解决学术问题。实地考察诗人行踪,"路"的点、线、面,"诗路"沿线自然地理和地方人文,从而深入发掘诗路之"诗"的内涵和特色,求得重要的新的理解;分析诗路之"人"的思想心态面貌和变化,提出新的看法;进一步弄清诗及诗路之"史"的脉络和发展,对已有学术问题作出新的判断。

七、要有大格局。可以做具体的局部的问题,甚至是比较小的问题,也可以做着眼全局的大选题。只要是唐诗之路的学术问题,都可以做。就目前的研究来说,更需要综合的研究。问题不论大小,不论是综合研究还是其他形式的研究,都要有大的格局,做高层次的研究,切实地沉下心来,用三年五年,甚至十年八年时间,沉潜到材料和问题的最深处,系统全面彻底深入加以清理和研究。做一个题目,就把它做深做细做全做彻底,把课题内所有相关材料和问题一网打尽,使之成为进一步研究的坚实基础。

八、期待从理论的高度研究唐诗之路。理论研究是一项研究的提升和必然发展趋势,唐诗之路的理论研究和理论认识,应该来源于唐诗之路的研究实践。我们需要切实从材料出发,在诗路各种具体问题研究的基础上,进行更为宏观的综合研究和理论研究。理论研究有它的独特性,有它特有的对唐诗之路的思考方式。它要提出更为普遍的问题,进行更为综合的宏观思考,对唐诗之路的普遍问题从理论的高度进行总结和提升。

九、不论什么研究,都要锐意创新。唐诗之路研究在全国刚刚起步,处处都有待拓荒的领地,每一块领地都有创新的课题。有些领地前人已经耕耘过,就要处理好利用已有成果和创新的关系。不论拓荒还是接续前人的研究,创新都是第一位的。要发掘新材料,寻找新视角,发现新问题。切忌四平八稳的老调重弹,也不要刻意标新立异,求险求怪,而要把研究对象本身的面貌弄深弄透,对事物有更为准确全面的把握,在此基础上,站得更高一些,视野更开阔一些,着眼全局和整体,着眼发展和变化,提出独特的见解。有的时候,观点的某些方面不那么完善,但它新颖,能启发人们关注一些新的问题,对事物和现象作进一层的思考。我们需要这样的独到创新的深入思考。

这也是这套"丛书"的宗旨和写作要求。

感谢中华书局接受"唐诗之路研究丛书"出版。感谢浙江省新昌县慨然资助。他们资助了第一辑、第二辑,还计划继续资助以后各辑。

新昌对唐诗之路的贡献有目共睹。新昌是唐诗之路发源地。新昌学者竺岳兵先生发现并首倡唐诗之路。还在20世纪80年代，他就努力探寻，并首次提出"唐诗之路"的概念。他提前退休，潜心著书研究，又四处奔走呼吁，组建"唐诗之路研究开发社"，举办十多次国际国内学术研讨会和其他学术活动，首先倡议唐诗之路申报世界文化遗产。临终之际，还念念不忘，用尽生命的最后力气，嘱托成立全国性的唐诗之路研究会。唐诗之路一直得到新昌县委县政府的高度重视和大力支持。批准竺岳兵先生成立"唐诗之路研究中心"，并拨经费，给编制。大力支持竺岳兵先生举办国际国内学术研讨会。比较早就进行唐诗之路的文化建设和旅游开发，积极打造浙东唐诗名城，建成全国首家唐诗之路博物馆，编修唐诗之路名山志，并且在政府层面，联络各方，开展推进唐诗之路文化建设的各项活动。这些努力，最终在浙江省乃至全国各地产生重大影响，唐诗之路被写进省政府工作报告，成为浙江省大花园建设的一项重要工作，唐诗之路被推向全省并开始推向全国。中国唐诗之路研究会成立之际，新昌全力支持，成立大会办得隆重热烈。现在又积极资助"唐诗之路研究丛书"出版，将继续为唐诗之路做出新的贡献。

中国唐诗之路研究会的宗旨，是联络国内外学术力量，进行唐诗之路及相关领域研究和文化建设交流。"唐诗之路研究丛书"的编纂是研究会工作的一个重要方面。唐诗之路研究会自成立以来，得到国内各方，特别是浙江省内各方的大力支持。除新昌之外，浙江天台县就高规格承办了唐诗之路研究会首届年会。我们的理念是会地共建。"唐诗之路研究丛书"的出版，是会地共建的典范。我们希望继续得到各方支持，与各地方联手，与全国各高校联手，共同把唐诗之路事业推向深入。

2023年2月22日

目 录

原版序一

詹福瑞

　　淑玲的又一项国家社科基金项目《唐代驿传与唐诗发展之关系》顺利结项了,准备交由人民出版社出版。这次去参加河北大学的研究生论文答辩,她很小心地问我是不是还可以给她作序?我理解她的意思,她的两本著作都是我作序,她有点不好意思了,而我非常愉快地答应了。这几年,她的努力,我看在眼里;她的善于拓展研究领地,我喜在心里。我愿意用为她书稿作序的方式表示对她的鼓励。

　　《唐代驿传与唐诗发展之关系》选择了一个已经拥有一定成果但仍有许多值得开拓的内容的课题进行研究,对驿传与唐诗发展的关系做出了很多新的阐释。

　　作为一名女性学人,淑玲发挥了她对文学有敏锐感悟的优势,对驿路诗歌的生产方式、情感内涵和艺术特质进行了深入的探讨,这是以往相关研究中没有进行过统筹观照的内容。尤其是对驿路诗歌情感内涵的揭示和对驿路诗歌的文学特质的探讨,有比较新颖的观点。比如对驿路诗歌情感内涵的揭示,她认为驿路上变动不居的生活,长年在外的飘泊,使得很多唐代士人不得不以馆驿为家,驿馆、驿路,成为他们生活中的重要组成部分。而乘驿的诗人入驿之前和入驿之后,生活和心态都会发生很多变化,其所创作的诗歌,也与常态生活下的创作有很多不同,其羁旅行愁之作、思乡恋家之作、留别送行之作、酬唱应和之作等类型的作品,都有不同的情感内涵,这对理解行驿之人的心态非常重要,它在一定程度上揭示了唐代某一方面的社会生活的深刻内涵。她对驿路诗歌的文学特质从风物描写的写实性、内容与现实的疏离性、情感审美的悲凉性等层面展开,深化了对驿路诗歌的研究。比如在"情感审美的悲凉性"部分谈及驿路诗歌"因异乡感生成的悲凉格调",她引用杨发的《宿黄花馆》后说:"馆驿的生活,与'弄儿床前戏,看妇机中织'的生活迥然不同,与'榆柳荫后檐,桃李罗堂前'的温馨画面更是相去甚远,独处的诗人所能关注到的,也尽是一些令人伤感的画面:稀疏的槐叶、萧条的孤馆、薄暮的蝉声、送人的场景,都足以令诗人切身地感受到一种自身不归的伤感,诸多的带有伤情的风物,组成一幅幽凄悲凉的画面,映衬着诗人仰望'迷鸿'的无限彷徨和相伴'数点残萤'的可怜兮兮。"这样的探讨,既给驿路诗歌的情感特征定性,同时也给学术著作增加了很多文学意味。

虽然有些地方写得很细腻,但这本书的特点却是思路开阔,不太受已有成果的束缚和限制。书稿摆脱了人民文学出版社出版的《唐宋时期馆驿制度及其与文学之关系》的束缚,对驿传体系的传诗功能、更加具体的传诗方式、驿传与诗歌团体形成的关系、驿传对诗风的影响,都进行了探讨。尤显创见的是最后两章。如第五章探讨唐代驿传与唐代诗歌团体形成的关系,认为驿传在唐代诗歌团体的形成过程中发挥了相当重要的作用,尤其是不同地域的诗人的聚合、相距较远的文人之间诗歌观念和诗艺的互相影响,都需驿传之功,是驿传使得远距离的诗人们能够较好地沟通彼此之间的诗歌观点,是驿传让他们互相寄送诗歌以实现诗艺的互相切磋,是驿传把一些诗人从四面八方连接到一起。在这样的情况下,才能够形成远距离诗人之间诗风的共同律动并进而形成诗歌团体。又如第六章探讨了驿传与唐代诗歌风格之间的关系,认为唐代驿传的快捷使得唐诗在当时的影响也很快,使得唐代的诗人影响唐代诗人的诗歌创作得以实现,某一阶段的唐代诗人的创作影响同时代或稍后时代的诗歌风格。因为驿传速度和范围关涉诗歌的影响力。比如元稹、白居易的诗歌能够达到天下共追随的盛况:"自衣冠士子,至闾阎下俚,悉传讽之,号为'元和体'","巴、蜀、江、楚间洎长安中少年,递相仿效,竞作新词,自谓为'元和诗'"。而驿传受阻之时,受阻之地就不能与唐代主流诗歌协同变化,如敦煌陷蕃时期就未能及时接受唐诗的影响。驿路覆盖范围广,也能促使唐诗在当时产生影响的范围很广,敦煌的唐诗写本实例告诉我们,内地的诗歌风尚都能直接影响到边远地区,如著名陷蕃诗人马云奇的诗歌就颇受边塞诗歌的影响;驿路风物和风土人情直接影响诗歌的风格,杜甫、白居易、刘禹锡等人的入蜀诗歌都各自呈现出怪异的风格,就与蜀道难行有关;邻近地域的诗人或关系密切的诗人之间容易在诗风方面互相影响,白居易、元稹、崔玄亮之间的"三州唱和"为邻近影响,白居易、元稹的"通江唱和"则是关系密切的诗人之间的互相影响。

淑玲的书稿用大量的事实和诗例,坐实了李肇在《国史补》中所说的"大抵天宝之风尚党,大历之风尚浮,贞元之风尚荡,元和之风尚怪"的观点,彰显了驿传与唐诗发展的密不可分的联系,是一种值得肯定的努力。希望她能够在此基础上进一步细致考证每一个诗歌团体中的驿传因素(如孟浩然主要是以驿路诗歌参与了盛唐山水诗歌的建设),让这部书稿更加扎实。是为序。

2014 年 7 月 19 日

原版序二

邓小军

《唐代驿传与唐诗发展之关系》(即本书)一书,选择了一个已经拥有一定成果但仍有许多值得开拓的内容的课题做出研究。该书尽可能避开已有的研究成果,尽可能不做重复研究,而以驿传体系与唐诗发展之间的关系为关注点,探讨了驿传影响唐诗发展的具体内容,突破了以往仅仅以馆驿题诗和馆驿创作为研究对象的路子,在探讨唐代驿传对唐诗发展的深刻影响方面,做出了一系列深入细致的研究,主要收获了以下几方面的成果:一是进行了驿路诗歌的本体研究,对驿路诗歌的生产方式、情感内涵和艺术特质进行了深入的探讨;二是探讨了驿传在唐诗异地交流中的实际功能;三是探讨了唐代驿传的具体传诗方式;四是探讨了唐代驿传与唐代诗歌团体形成的关系;五是探讨了驿传与唐代诗歌风格之间的关系。

书中的本体研究集中在第二章,也是本书的亮点之一。研究驿路诗歌本身,作者并没有局限于一般性地探讨驿路诗歌的内容和艺术特色,而是用相对抒情的笔墨揭示驿路诗歌的生产方式、情感内涵和艺术特质。如对驿路诗歌情感内涵的揭示部分,谈到羁旅行愁的情感内涵,作者通过对传统文化意义的"旅"和"居"的考察,确定了"羁旅"是中国人心中的不愿,然后用"浓重的飘泊感""强烈的孤独感""无奈的弃置感"界定唐代羁旅行愁诗的情感特质,认为驿路上变动不居的生活,长年在外的飘泊,使得很多唐代士人生活和心态都与常态有很多不同,它在一定程度上是唐代某一方面的社会生活的镜像。而对驿路诗歌的文学特质的探讨则从其写实性、内容与现实的疏离性、情感审美的悲凉性等层面深化了对驿路诗歌的理解。如分析情感审美的悲凉特质,作者列举了杨发的《宿黄花馆》后分析道:

> 馆驿的生活,与"弄儿床前戏,看妇机中织"的生活迥然不同,与"榆柳荫后檐,桃李罗堂前"的温馨画面更是相去甚远,独处的诗人所能关注到的,也尽是一些令人伤感的画面:稀疏的槐叶、萧条的孤馆、薄暮的蝉声、送人的场景,都足以令诗人切身地感受到一种自身不归的伤感,诸多的带有伤情的风物,组成一幅幽凄悲凉的画面,映衬着诗人仰望"迷鸿"的无限彷徨和相伴"数点残萤"的可怜兮兮。

这是用诗情画意的语言分析馆驿诗歌的情感特质,也在这种分析中让我们理解了馆驿生活对诗歌创作风格的直接影响。

该书还尽可能避开单纯的制度、体系方面的探讨,而注重对驿路、驿站与诗人、诗歌之间的关系进行描述,将驿传体系与诗人的奔走四方、诗歌的被带往四面八方紧紧联系起来,将驿传与唐人文学团体的形成、文学风格的变迁联系起来,让交叉学科的研究方法真正交叉,并让交叉学科研究法真正为文学研究服务。如谈及元、白诗派的形成,抓住了元稹和白居易之间诗歌观念的交流是通过驿寄传书实现,诗歌的互相寄递才彼此产生影响,互相之间探讨诗歌发展方向和诗歌艺术的研磨也是通过驿路实现,而这些正是形成元、白诗派的重要因素。又如谈及诗歌风格的演变受驿传影响,在诸多观点中有这样一种认识:驿传带来有影响力的作品,影响作品所到之地的诗风。在这个观点下,作者先用元稹的"然而二十年间,禁省、观寺、邮候、墙壁之上无不书",说明元、白诗歌确有通过驿传产生很大影响,然后用杜牧的《唐故平卢军节度巡官陇西李府君墓志铭》证明这种影响力的不虚:

> 诗者可以歌,可以流于竹,鼓于丝,妇人小儿,皆欲讽诵,国俗薄厚,扇之于诗,如风之疾速。尝痛自元和以来,有元、白诗者,纤艳不逞,非庄士雅人,多为其所破坏,流于民间,疏于屏壁,子父女母,交口教授,淫言媟语,冬寒夏热,入人肌骨,不可除去。

作者还列举了敦煌写卷中所存的最典型的著名作品影响当地诗风的例子,即韦庄的《秦妇吟》。《秦妇吟》创作于中和三年(883)春(依夏承焘年谱),按韦庄的观点,诗歌反映了黄巢兵乱给社会带来的巨大动荡。韦庄因为此诗的创作而获得了"秦妇吟秀才"的美誉。诗歌是诗人避乱到江南为献给当时的镇海军节度使同平章事镇润州的周宝所作。谈及这篇作品传入敦煌并在当地产生影响,作者说:

> 让韦庄在江南和中原获得"秦妇吟秀才"美誉的这篇作品,因为敦煌的陷蕃,驿路的受阻,并没有很快传到敦煌,而是在敦煌回归大唐王朝、驿路重新畅通后,才在敦煌广为传播。敦煌于建中二年(781)陷蕃,咸通二年(861)彻底结束吐蕃统治,现存敦煌写卷有十个《秦妇吟》的写卷,其中有明确年代的有伯3381卷,天复五年(905)敦煌郡金光明寺学仕张龟写本;斯692卷,贞明五年(919)金光明寺学仕郎安友盛写本;伯2700、斯5834的拼合卷,贞明六年(920)写本;伯3910对折册页装诗文选抄

卷,卷末题记"癸未年(923)二月六日净土寺弥赵员住左手书之";伯3780卷,显德四年(957)学士郎马富德写本。敦煌陷蕃,是敦煌人民心中的痛,回归大唐王朝后,驿路畅通,《秦妇吟》才得以传至敦煌,而诗中所写的战乱生活的体验深深触动了敦煌人民对战争的记忆,故而敦煌人才广泛传抄《秦妇吟》。现存敦煌写卷中,有一些作品回忆敦煌陷蕃的痛苦,虽然我们很难断定其年代,但跟《秦妇吟》的影响当有很大关系。

这些实例,都是紧紧扣住"唐代驿传与唐诗发展之关系"的主题进行的阐发,真正实现了交叉学科研究法为文学研究服务的目标。

该书作者的思维是发散性的,也是富有开拓性的。全书结构宏阔,体系严密,又能够将观点落于实处,在相当程度上突破了同类型研究的已有成果,尤其是注重紧扣文学研究的做法值得肯定。这是书作者在已有成果的基础上的深入研究和拓展,希望她能够拓展出更多有价值的成果。是为序。

2014 年 6 月 16 日

原版序三

韩成武

近年来,唐代驿传与唐诗关系的研究引起人们重视,题壁诗、馆驿诗的研究出现很多成果,驿传与文学关系的研究也有 2008 年人民文学出版社出版的李德辉《唐宋时期馆驿制度及其与文学发展之关系研究》。但淑玲新著《唐代驿传与唐诗发展之关系》(即本书)却从更新、更系统、更贴近文学发展的角度,对驿传影响文学的层面进行了解说,比如对驿路诗歌的生产方式、情感内涵、艺术特质进行了深入的富有文学意义的阐释,对驿传的异地传诗功能、具体的传诗方式、诗歌团体的形成对驿路的依赖、驿传对唐诗风格变迁的影响等都做出了新的解说。

这一成果是在她的《唐诗传播与唐诗发展之关系》(中华书局,2013 年)的基础上的深入拓展。在《唐诗传播与唐诗发展之关系》中,《驿传:唐诗传播的制度凭借》只是第一章第三节的内容,而在现在出版的这部著作里,已经拥有了整整二十五万字,其材料的充实和研究的深度是可想而知的。

在这个已经拥有一定成果的课题里,相对于以往驿传与文学关系的研究成果,此书在多方面进行了全新的阐释,收获了独到的成果。有五个方面值得重视:

一、对驿路诗歌的生成方式、情感内涵和艺术特质进行了深入的探讨。该书第二章探讨了在唐代驿传背景下的驿路诗歌的生成方式、情感内涵和艺术特质,这是以往研究中没有进行过统筹观照的内容,尤其是对驿路诗歌情感内涵的揭示和对驿路诗歌的文学特质的探讨,有比较新颖的观点。对驿路诗歌情感内涵的揭示,认为驿路上变动不居的生活,长年在外的飘泊,使得很多唐代士人不得不以馆驿为家,而乘驿的诗人入驿之前和入驿之后,生活和心态都会发生很多变化,其所创作的诗歌,也与常态生活下的创作有很多不同,其羁旅行愁之作、思乡恋家之作、留别送行之作、酬唱应和之作,既有不同的功用,也有不同的情感内涵,这对理解行驿之人的心态非常重要,它在一定程度上是唐代某一方面的社会生活的镜像。对驿路诗歌文学特质的探讨,从其写实性、内容与现实的疏离性、情感审美的悲凉性等层面深化了对驿路诗歌的研究。如由唐代驿路诗歌的内容去追寻唐代驿路诗歌的艺术品质,她认为:驿路诗歌中的写景作品写实性很强,并因此而具有地域性特征;应酬唱和之作更多追求表面的形式美,但也不乏情深义重的送别诗,如李白的《送友人》《送别》、杜甫的《奉济驿重送严公四韵》;写景抒情之作和思亲念友之作则以追求真实为尚,往往产生优秀之作,如杜甫在去往成都的路上所写的诸多诗作,思亲念友的作品如白居易、元稹、李商隐等所写的诸多思亲念友诗作。这就在更深层次探讨了驿路诗歌的文学价值。

二、探讨了唐代驿传在唐诗异地交流中的功能。该书第三章集中研究了驿传在唐诗异地交流中所起的作用。其研究成果确证了驿传体系在传播诗歌的过程中所能起到的作用:转送诗人到新的诗歌创作地和传播地;通过驿寄让诗人之间实现诗歌互相寄送;诗人们还可以通过驿站题壁诗的抄写、阅读,实现诗歌的互相交流和情感的互相沟通。在唐代诗歌的当时传播中,异地诗人之间的互动,异地诗人的诗歌交流,是唐诗发展的重要环节。研究结果证实:驿传,实在是唐诗异地交流的不可或缺的因素。

三、探讨了唐代驿传的比较具体的传诗方式。在该书第四章，作者从唐代驿传怎样传播诗歌的角度入手，侧重探讨了驿传在唐诗当时传播中的实现方式，旨在探讨唐人在当时怎样因驿传而传播诗歌，并使诗歌成为社会风行的文化现象。研究结果认为：驿路行人的携带使得诗歌得以传递到异地；驿路吟诵、驿路传唱则会给诗歌的传播带来很好的影响，过往行旅中的好诗之人让"篇章传道路"，成为唐代驿路上一道亮丽的人文景观，"未容寄与微之去，已被人传到越州"（白居易语）也是驿路传诗的功劳。这些描述，真实地再现了唐代诗人之间交流诗歌的历史场景，把我们带到了一个生动的诗歌传播的时空中。

四、探讨了唐代驿传与唐代诗歌团体形成的关系。唐代诗歌团体的形成，有多方面的因素，诸如时代环境、文人情趣、文馆活动、文人入幕、诗人个性、文人唱和等，驿传也是一个层面。事实上，驿传对唐代诗歌团体的形成是相当重要的因素，尤其是不同地域的诗人的聚合、相距较远的文人之间诗歌观念和诗艺的互相影响，没有驿传，几乎是不可能实现的。该书考察了一些诗歌团体因驿传连结而形成的情况，认为是驿传使得远距离的诗人们能够较好地沟通彼此之间的诗歌观点，是驿传让他们彼此寄送诗歌实现诗艺的互相切磋，是驿传把一些诗人从四面八方连接到一起。由此而形成的远距离诗人之间的诗风的共同律动促进了诗歌团体的形成。比如元、白之间诗歌观念的交流、诗歌的互相寄递、诗艺的互相探讨，绝大多数是通过驿路实现，这是形成元白诗派的重要因素。韩愈与其麾下诗人的结成团体，驿传的功用也很明显，一些文学观点的交流，一些诗人对韩愈的追随，韩愈对某些麾下文人的指点，干脆就是在驿路或驿馆完成的。类似现象，在唐代中后期的文学团体中极为普遍。可以说，驿传对促进唐代诗歌团体的形成有诸多助益。这方面的探讨，是同类著作中所没有的。

五、探讨了驿传与唐代诗歌风格之间的关系。诗歌风格的变迁是唐诗发展中相当重要的研究课题，它是怎样变化的，为什么这样变化，都是文学的本质性问题。驿传作为一种制度或行政运作方式，它与文学风格的变化到底有没有关系，这种关系到底是怎样的，这才是文学研究的本质性问题。如果没有这方面的探讨，"驿传与文学关系"的研究就会沦入为其他学科打工的尴尬境地，好在淑玲没有留下这方面的遗憾。"唐代驿传与唐代诗风的变迁"的探讨集中在第六章。作者经过考察认为：唐代驿传的快捷使得唐诗影响唐代诗人的创作得以实现，某一阶段的唐代诗人的创作影响同时代或稍后时代的诗歌风格。驿传速度和范围关涉诗歌的影响力，比如元稹、白居易的诗歌能够达到天下共追随的盛况："自衣冠士子，至闾阎下俚，悉传讽之，号为'元和体'"，"巴、蜀、江、楚间洎长安中少年，递相仿效，竞作新词，自谓为'元和诗'"。而驿传受阻之时，受阻之地就不能与唐代主流诗歌协同变化，如敦煌陷蕃时期就未能及时接受唐诗的影响。驿路覆盖范围广，也能促使唐诗在当时影响的范围很广，敦煌的唐诗写本实例说明，内地的诗歌风尚都能直接影响到边远地区，如著名陷蕃诗人马云奇的诗歌就颇受唐代边塞诗歌的影响；驿路风物和风土人情直接影响诗歌的创作风格，如杜甫的驿路诗歌，在秦州附近凄苦，在同谷一带险怪，在成都附近平和。临近地域的诗人或关系密切的诗人之间容易在诗风方面互相影响，如元稹、白居易、崔玄亮的三州唱和，刘禹锡和白居易的汝洛唱和，刘禹锡和令狐楚的同苏唱和（同州、苏州，诗在《彭阳唱和集》）。这些探讨，确证了唐诗风格变化与驿传的不可分割的联系。

以上五个方面的成果，所用材料扎实可靠，所获结论均颇有新意。虽与李德辉《唐宋时期馆驿制度及其与文学发展之关系》选题方向相同，而努力方向却大有不同，因而所获结论亦各有己见。而淑玲作为女性学人，尤其有其细腻和周到之处，文笔优美，富于情致，在阅读该书时能令人感受到文学研究的文学魅力。

该书在驿传体系的考证方面功力不及李德辉著作，但正像她自己所说：她的目标不在体系和制度本身，而在文学与体系或制度的关系，所以，体系或制度方面的材料，她就多采用李德辉的成果，但都一一注出，这是她的学德之所在。

（原刊 2016 年《唐代文学研究年鉴》）

绪　论

　　驿路传诗,是唐代诗歌传播的重要方式之一。驿路传诗的存在,为不同地域生活的诗人之间互相交流诗歌提供了机会,为唐诗天女散花般的四处播散提供了条件,是唐代诗歌产生异地影响的重要因素,也为唐代诗歌团体的形成提供了契机。而驿路传诗,利用的是驿传体系提供的各种便利。

　　驿传,又称邮传,指通过驿路实施物资和信息传递的组织体系。

　　中国古代的邮传都是由政府组织实施,以供使臣出巡、官吏往来和传递诏令、文书等。驿传制度大约始于春秋战国时期(前 770—前 221),秦时,已有厩置、承传、副车、食厨等驿传机构。到汉代时,"驿传"或"邮传"的称呼就呼之欲出了,用车传送称为"传",用马传送称为"驿",用人递送称为"邮"。

　　最早将"驿传"二字连用的当是汉人班固,《汉书》卷二七《五行志》云:"哀帝建平四年正月,民惊走,持稿或梜一枚,传相付与,曰行诏筹。道中相过逢多至千数,或被发徒践,或夜折关,或逾墙入,或乘车骑奔驰,以置驿传行,经历郡国二十六,至京师。其夏,京师郡国民聚会里巷阡陌,设(祭)张博具,歌舞祠西王母。"[1]在这一段里,"以置

---

[1] (汉)班固撰,(唐)颜师古注:《汉书》卷二七下之上《五行志下之上》,中华书局,1962 年,第 1476 页。

驿传行"将"驿传"二字连接在一起。不过,这一连接虽与传递有关,但它需要分开来读,也还不完全是馆驿制度里的驿传之意。唐人李善《文选注》卷四《蜀都赋》注云:"汉明帝时,作诗三章以颂汉德,益州刺史朱辅驿传其诗奏之。语在辅传也。"[①] 这里的"驿传其诗奏之"可以连读,但李善所指并不是驿传的机构组织体系,而是"通过驿路传送"。当然,这一用法,正是驿路传送诗歌之意。但驿路与诗歌的关系不仅仅是驿路传送诗歌本身,还包含驿路网络建设、驿传执行体系、驿寄传递速度等,而这些都与驿路传诗的速度、范围及影响有关,故李善之意还不是驿传组织机构之意。当然,使用"驿传"指称机构组织体系的,仍是唐人,但已经很晚,已是安史之乱之后。唐肃宗《贬李揆袁州长史诏》中指责李揆"私乘驿传,自越章程"[②],就是在帝王诏书中直接使用了"驿传"二字,而所指很显然是驿传的机构组织体系。

唐代的驿传体系非常发达,有系统的馆驿制度,有合理的驿传路线,有严密的机构组织体系和监察体系,在唐代政治社会中发挥了极为重要的作用,"邮星整俗,驿传宣威"[③],成为唐代统治者执行政令的重要渠道。地方官的政绩也要靠驿传层层上报,甚至有"幕客请余构驿传以备政,县吏请余广驿传以息责"[④] 的说法。也正是因此,唐代社会普遍重视驿传建设。唐代通过驿传实施的物资传递和信息传

---

① (梁)萧统编,(唐)李善注:《文选》卷四,上海古籍出版社,1986年,第180页。

② (唐)李亨:《贬李揆袁州长史诏》,《全唐文》卷四三,中华书局,1983年,第478页。

③ (唐)阙名:《对著服六年判》,《全唐文》卷九八三,中华书局,1983年,第10171页。

④ (唐)李勉:《滑州新驿记》,《全唐文》卷四三七,中华书局,1983年,第4459页。

递,以迅速、准确、安全为特点,可以说,唐代驿传为大唐帝国传达政令、运送官员、交流物资、传播信息等提供了坚实的基础。

在这一话题下,与本书相关的一个重要内容是,驿传体系所传递的官员中有许多人热爱诗歌,或者行走在驿路上的一些人本就是诗人,"每道所察文武官,多至二千余人,少者一千以下……机事之动,恒在四方,是故冠盖相望,邮驿继踵"①;通过驿路所传递的信息中有些就是诗文自身;驿站关津有很多唐人的题壁诗歌,"扬子江津十四经,纪行文字遍长亭"②;也有一些官员"或指困济乏,或置驿招士。赵瑟秦筝,将雏集凤,韩歌楚袂,飞尘留客"③,在馆驿里组织文人聚会。由此,驿传就与唐代诗歌之间发生了密不可分的关系,成为唐诗在当时传播中必须借助的组织体系,也正是如此,唐代驿传就必然对唐诗的发展产生这样或那样的影响。就笔者考察到的情况来看,这种影响是非常重要的。

关于唐代驿传的研究,现在所能查知的最早的研究者是日本学者坂本太郎,其《古代驿制的研究》以研究日本驿传体系为关注目标,但涉及中国唐代的驿传体系。国内研究唐代驿传的最早文章当推 1933 年陈沅远先生在《史学年报》上发表的《唐代驿制考》。之后,从史学地理学角度研究唐代驿传的学者不乏其人。王仲荦、冯汉镛、王文楚、鲁才全、王宏治、卢向前、李之勤、孙晓林、黄正建、辛德勇、姚家积、蓝勇、华林甫、李锦绣、王冀青等老一辈专家和新一代学

---

① (唐)李峤:《论巡察风俗疏》,《全唐文》卷二四七,中华书局,1983 年,第 2496 页。

② (唐)吴融:《题扬子津亭》,《全唐诗》卷六八四,中华书局,1960 年,第 7851 页。

③ (唐)阙名:《唐故辅国大将军右卫大将军扬州都督褒忠壮公段公碑》,《全唐文》卷九九一,中华书局,1983 年,第 10263 页。

者,都对唐代驿传进行了不同程度的研究,他们的主要研究目标是驿站的建设、驿路的连接、驿站的经营、驿站的功能等。

随着新兴学科的兴起,边缘学科和交叉学科的成果受到学界的重视。近十年来[1],在交叉学科成果的启发下,唐代驿传与诗歌之间的关系开始引起学者关注,但发表论文还不太多[2],尚有很多未曾被关注却很重要的内容。近十年唐代驿传与唐诗的研究,主要集中于唐代驿传体系的建设和馆驿诗即题壁诗本身,尤其集中于文人在馆驿中的生活以及驿站题壁诗情况的研究,如文人在驿馆中的活动、驿站的诗歌创作、驿站题壁诗的内容、驿站题壁诗的艺术成就等。最重要的成果是2003年湖南人民出版社出版的李德辉专著《唐代交通与文学》和2008年人民文学出版社出版的李德辉专著《唐宋时期馆驿制度及其与文学之关系的研究》。

《唐代交通与文学》全书九章,第一章略述唐代交通情况,第二章谈水陆交通与文学创作,第三章谈行旅生活与文人心态的变化,第四章探讨唐代交通与文学传播的情况,第五章谈唐代交通与文学创作方式的新变,第六章谈交通与文学母题的拓展,第七章探讨交通与南北方落后地区文学的发展,第八章探讨交通的变化与文学风格的变化,第九章谈唐代交通与唐人行记,全书探讨的内容十分丰富且深入。比如在谈及交通与文学创作方式的变化时,他大体认为:交通促进了唐人创作方式的变化和诗作的宣播、声名的传扬。适应行旅生活流动不居的特点,唐人灵活运用各种创作方式叙事抒怀,题壁、题名、联句、送别、寄和……诗作沿着驿路寄来寄去,诗名也随之播到宦

游之地。中、睿宗朝,宋之问、沈佺期等诗人相继南迁岭表,其诗名不
久以后也远播到江岭之间。元和年间,白居易和元稹先后在四川、湖
北、江西、杭越一带迁谪为官,诗歌也随之宣播到这些地区。穆、敬宗
朝,令狐楚为宣武节度使,镇汴州,和苏州刺史白居易常有文字往还,
新诗写成,常寄到苏州,随即出现了"新诗传咏忽纷纷,楚老吴娃耳
遍闻。尽解呼为好才子,不知官是上将军"① 的现象,诗名竟盖过了
官名。中晚唐,京洛、洪潭、并汴、荆夔、荆潭等邻镇间的道路,都曾经
出现过上述篇章传播的现象,甚至吴与蜀、西北与东南、长江流域与
黄河流域的城市之间,跨越千山万水,僚友之间也常飞函相示、酬寄
不断,久而久之,唱和成集。邻镇交通与隔区唱和,因此又成为令人
瞩目的文学景观。又比如,关于唐代交通与南方地域文学发展的关
系,他认为:南北交通与唐代南方地域文学的发展,愈是偏僻落后的
地区,交通的发展对该地文学发展的作用就愈大,唐代湖南、江西、黔
中、岭南、闽中就是这样的地方。这些地区的文学创作,可依创作主
体的不同分为三类,一为北方刺史僚佐的作品,二为本地作家的乡土
文学,三为从该地过境者的创作。第一、三部分的作者都是北人,可
见整个唐代,南方文学建设的担当者仍不得不由北方人充当。没有
大量北人的南来,这里的文学将更落后。类似的精到论述在《唐代交
通与文学》中非常之多,恕不一一列举。

　　但有些地方笔者还是觉得有值得商榷之处,比如第三章,从题目
看,应该谈及行旅生活与文人心态的变化之间的关系,但通览全篇,
第一节是华山崇拜,第二节是关津与关津诗,笔者认为尚不能充分揭
示唐代文人"人在旅途"的生存心态。也有一些问题是李德辉尚未

---

① （唐）白居易著,顾学颉校点:《白居易集》卷二四《宣武令狐相公以诗寄赠传
　　播吴中聊奉短草用申酬谢》,中华书局,1979 年,第 530—531 页。

关注到的,比如驿路诗歌的情感内涵、驿路诗歌的艺术特质、驿传与唐人诗歌观念的互相影响、驿传与唐人诗艺的互相切磋等。而这些,是笔者在本书中要努力重点探讨的内容。

《唐宋时期馆驿制度及其与文学之关系的研究》全书六章,前两章"唐宋馆驿制度"上、下,主要是馆驿制度的研究,对于唐宋时期馆驿的性质、数量、种类、设施、功能、组织领导、驿道与交通工具、驿程的计算等做了系统而详尽的论述,还涉及人们很少谈及的水驿等问题。第三、四章重点讨论馆驿制度和唐宋文学之间的关系,主要是文人在馆驿中的文学活动、社交活动、生活条件和题壁诗的内容及文学特色等。第五章"唐宋馆驿诗个案研究"专门研究李白、杜甫、白居易、陆游和干越亭的馆驿诗。第六章"唐宋驿道的绿化问题",则是附论性质,是借诗证史。古代文献学家陶敏对李德辉的努力十分满意,他在该书的序言中说:

　　　　书稿虽然以馆驿制度与文学之关系为题,但作者始终立足于文学的本位,以文学的发展为论述的中心。在史的叙述中,由于作者大量采用了诗歌等文学作品中的史料,使这些千年前的陈旧的、琐屑的、枯燥乏味的事物变得生动有趣起来。我们可以了解到唐宋时期的人们在出行的时候,会遇到何种情况,使用何种工具,享受何种待遇,要遵守怎样的规定,会有怎样的心态,一般的迁转和因罪谪放的官员有着怎样的区别,这无疑可以大大加深我们对那些旅途中产生的作品的理解。在有关馆驿文学的叙述中我们更可以看到,围绕着馆驿制度,唐宋时期包括馆驿诗在内的行旅文学是怎样发生和发展起来的,它具有哪些独特的内容和独特的艺术表现手段,它怎样推动着诗歌通俗化的进程,它怎样促进着诗歌的传播和普及。这无疑更可以深化我们对唐宋诗歌的发展的认识。[①]

李德辉为陶敏先生的学生，陶敏先生对李德辉书稿的赞誉客观而中肯，这一点笔者感同身受。但笔者对这一课题仍然有一些与李德辉书稿不尽相同的认识。应该肯定的是，李德辉著作探讨细致、丰富、深入；应该指出的是，这种探讨还不能算全面，尤其在探讨驿传与文学关系方面用力还不太多，如驿传对唐诗传播范围、传播速度、诗歌团体形成、诗歌风尚变迁等的影响，都还没有关注到，因此，在探讨馆驿制度与文学关系方面尚留有很大空间，而这些，却是唐代驿传对唐诗发展的相当重要的影响，也是笔者将努力探讨的内容。笔者之努力，实期望与李德辉著作互为表里，共同完善唐代驿传与唐诗关系的重要课题。

笔者曾经在《文学遗产》2008 年第 6 期发表题为《唐代驿传与唐诗发展之关系》的学术论文，已经稍稍引起学界注意，但因为论文篇幅较短，还没有系统阐释唐代驿传与唐诗当时传播的范围、速度、唐人诗歌团体的形成、唐诗风尚变迁的关系等，而这些研究方向对唐代驿传与唐诗关系的研究将有很多新的拓展，在揭示唐诗发展的原因方面能够收获很多有价值的成果。故笔者不揣冒昧，选择这一论题，试图挖掘新的研究领域，收获新的研究成果。

[①] 李德辉：《唐宋时期馆驿制度及其与文学之关系研究》陶敏序，人民文学出版社，2008 年，第 4—5 页。

第一章　唐代的驿传体系与驿路网络

　　唐代是中国封建社会的顶峰,这一时期,中国的政治、经济、军事、外交等,都取得了空前辉煌的成就。唐朝最辉煌时期留给历史的记忆是人们难以忘怀的,唐太宗时期的路不拾遗、夜不闭户,唐玄宗开元年间的生活在杜甫笔下富足而美好:"忆昔开元全盛日,小邑犹藏万家室。稻米流脂粟米白,公私仓廪俱丰实。九州道路无豺虎,远行不劳吉日出。齐纨鲁缟车班班,男耕女桑不相失。"[①] 盛唐创造的社会生活成为历史的神话,永远令人向往。

　　经营这样一个令人羡慕的庞大帝国,需要太多制度的支撑,而驿传,是不能忘却的一个重要环节,所谓"邮星整俗,驿传宣威"[②] 的说法,确实能够体现出驿传在大唐王朝统治方面的重要作用。

　　唐代统治者非常重视驿传体系建设,从中央到州、府、道、县,都有相应的驿传组织,驿传组织体系完善,制度严密,覆盖面广,管理有军事化特点,因此,驿传体系一般情况下运转正常。唐代驿传速度快速及时,为大唐帝国传达政令、运送官员、交流物资、传播信息等提供

---

① （唐）杜甫著,（清）仇兆鳌注:《杜诗详注》卷一三《忆昔》,中华书局,1979年,第1163页。
② （唐）阙名:《对著服六年判》,《全唐文》卷九八三,中华书局,1983年,第10171页。

了坚实的基础,是唐代统治者实施政治功能的重要助力。

　　由于驿传运转官员的功能,也由于许多官员都是颇有文采的诗人,所以驿路上就有很多唐代诗人奔波劳动;由于唐代驿传有传递信息的功能,而唐代驿传又在一定程度上允许传递官阶达到一定层次的官员的私人书信,而不少书信又都是诗文作品;又由于一些爱好文学的官员"或置驿招士"①"开阁以接名流,置驿以招英彦"②的做法,就使得唐代驿传体系与唐代的诗歌发生了非常密切的关系,所以,我们的话题需要从驿传体系说起。

第一节　唐代的驿传组织制度

　　在中国古代社会中,国家的统治对信息传递十分依赖,驿传的作用因而显得十分突出,也正是因此,历代统治者对邮驿建设都十分重视,唐代统治者更是高度重视,这从其组织体系的严密就可见一斑。唐代的驿传管理队伍层层设置,从中央到州、府、道、县,都有相应的驿传组织机构;驿站人员的配备和管理、物资的配备和经营管理,都有一定规范,井井有条;遣驿和乘驿,均按驿传制度严格执行,一如军法条规。

　　一、层层设置的驿传管理队伍

　　唐代统治者对驿传的重视首先体现在驿传管理队伍的层层设置。从目前掌握的材料看,唐代的驿传管理队伍分为执行和监察两

---

① (唐)阙名:《左监门将军冠军大将军使持节都督代忻□蔚四州诸军事代州刺史上柱国许公□碑》,《全唐文》卷九九一,中华书局,1983 年,第 10263 页。
② (唐)佚名:《大唐故岳州都督于德芳碑》,陆心源《唐文拾遗》卷六二,中华书局,1983 年,第 1035 页。

部分。《旧唐书》卷一七一《裴潾传》中有裴潾奏罢中官为馆驿使事，其中谈及驿传管理的执行和监察：

> 初，宪宗宠任内官，有至专兵柄者，又以内官充馆驿使。有曹进玉者，恃恩暴戾，遇四方使多倨，有至捽辱者，宰相李吉甫奏罢之。十二年，淮西用兵，复以内官为使。潾上疏曰："馆驿之务，每驿皆有专知官。畿内有京兆尹，外道有观察使、刺史，迭相监临，台中又有御史充馆驿使，专察过阙。伏知近有败事，上闻圣聪。但明示科条，督责官吏，据其所犯，重加贬黜，敢不惕惧，日夜厉精。若令宫闱之臣，出参馆驿之务，则内臣外事，职分各殊，切在塞侵官之源，绝出位之渐。事有不便，必诫以初；令或有妨，不必在大。当扫静妖氛之日，开太平至理之风。澄本正名，实在今日。"[1]

裴潾的上疏说明，唐代的驿传既有执行者，也有监察者，职分不同，各有所司，不容混淆，也不容亵渎。

（一）驿传的执行者

唐代驿传的执行者，总体看来，"在管理体制上，唐朝实行中央与地方共管的双层体制，由中央统管全局，地方经办实务"[2]。

所谓"中央统管全局"，指驿传的最高组织者在中央一级。

唐代的最高行政管理机构就是三省六部。三省分别为中书省、门下省和尚书省。中书省是政策的决策机构，门下省是政策的复审

---

① （后晋）刘昫等：《旧唐书》卷一七一《裴潾传》，中华书局，1975 年，第 4446 页。
② 李德辉：《唐宋时期馆驿制度及其与文学之关系研究》，人民文学出版社，2008 年，第 38 页。

机构,尚书省是政策的执行机构。

六部隶属于尚书省,分别是吏部、户部、礼部、兵部、刑部、工部,其职责依次为:吏部掌管官吏的考核任免;户部掌管全国的户口和赋税;礼部负责国家礼仪制度的制定和执行;兵部掌管国家的军政大权并负责国家防务;刑部掌管国家法律的制定执行和重大刑狱案件的调查审核;工部负责全国的水陆工程诸事项。唐代的驿传组织体系归属于尚书省下属的兵部。

兵部职司中有驾部。据《唐六典》记载,兵部之“驾部”设有驾部郎中一人,为从五品上官职;员外郎一人,为从六品上官职;主事三人,为从九品上官职。他们的职责依次是:

> 驾部郎中、员外郎掌邦国之舆辇、车乘,及天下之传、驿、厩、牧、官私马·牛·牲畜之簿籍,辨其出入闲逸之政令,司其名数……而监牧六十有五焉,皆分使而统之。若畜养之宜,孳生之数,皆载于太仆之职。凡诸卫有承直之马,凡诸司有备运之车,皆审其制以定数焉。①

《旧唐书》卷四三《职官志》:

> 驾部郎中一员,(从五品上。龙朔为司舆大夫也。)员外郎一人,(从六品上。)主事三人,(从九品上。)令史十人,书令史二十人,掌固四人。郎中、员外郎之职,掌邦国舆辇、车乘、传驿、厩牧、官私马牛杂畜簿籍,辨其出入,司其名数。凡三十里一驿,

---

① (唐)李林甫等撰,陈仲夫点校:《唐六典》卷五,中华书局,1992年,第162—163页。

天下驿凡一千六百三十九，而监牧六十有五，皆分使统之。若畜养之宜，孳生之数，皆载于太仆之职。凡诸卫有承直之马，凡诸司有备运之牛，皆审其制，以定数焉。[①]

《文献通考》卷五二《职官考六》"兵部郎中"条：

> 驾部郎中一人（……隋初为驾部侍郎，属兵部。及辛公义为驾部侍郎，勾检马牧，所获十余万匹。文帝喜曰："唯我公义，奉国馨心。"炀帝除"侍"字。武德二年，加"中"字。龙朔二年，改为司舆大夫。咸亨初复旧，天宝中改驾部为司驾，至德初复旧。掌舆辇、专乘、邮驿、厩牧，司牛马驴骡阑遗离畜。开元十八年闰六月敕："比来给传使人，为无传马，事颇劳烦。自今以后，应乘传者，宜给纸券。"二十三年十月敕："新给都督、刺史并关三官、州上佐，并给驿发遣。"二十八年六月，敕有陆驿处得置水驿。自二十年以后，常置馆驿使，以他官为之）。[②]

从以上几则资料可以看出，天下郡国凡与驿传有关之事务，均归兵部所属之驾部管辖。驾部归属兵部，也可说明驾部在国家治理中地位的重要。

　　驾部的权力很大，按上文《旧唐书》资料可归纳为：一是"掌邦国舆辇、车乘、传驿、厩牧，官私马牛杂畜簿籍，辨其出入，司其名数"；二是各个护卫机构"有承直之马，凡诸司有备运之牛，皆审其制，以定数焉"；三是确定多远设置一所驿站，每所驿站该给多少土地、多少

① （后晋）刘昫等：《旧唐书》卷四三《职官志二》，中华书局，1975年，第1836页。
② （元）马端临：《文献通考》卷五二《职官考六》，中华书局，2011年，第1525页。

驿吏、多少马匹、多少钱财;四是负责传券的发放和使用。除以上诸条,其他各司要为驿传贮备备用的车、马、牛,驾部有权力征用。

所谓"地方经办实务",是指驿传的实际执行者在于地方。

唐代初期的行政管理机制是"州府—县"两级制,从唐睿宗景云元年(710)到唐玄宗开元年间(713—741),为了解决两级制管理存在的中央管理地方不力等问题,唐王朝在行政体制上进行了大刀阔斧的改革,逐渐形成了"道—州府—县"的三级地方管理机制,驿传执行体系也与行政体系相呼应,由两级而改为三级。从现存史料可知,唐代到开元年间,已经形成了全国十五道近三百州千余县的庞大行政管理体系。刘广生、赵梅庄《中国古代邮驿史》说:"道由节度使、观察使属下的判官作为专知(传)驿官,并有若干巡官(知管驿人)分管数州。州则由馆驿巡官或本州兵曹、司兵参军掌管。""县则由知驿官负责。"① 这是一个较为笼统概括的说法。

笔者据史料进行了进一步的考察,认为:"道"的行政功能相当于今天的省,只是所辖地域要广。道一级政府的行政官员中,因为政务繁剧,往往选判官二人作为僚佐,以帮助处理政务,其中一项重要任务就是督促检查各州传驿诸事。大历十四年(779),门下省敕节文专门谈到这一任务:"两京宜委御史台各定知驿使一人,往来勾当。诸道委节度观察使,各于本道判官中,定一人,专知差讫。其名衔闻奏,并牒奏。"② 元和五年(810)正月,考功员外郎又奏称:"诸道节度使、观察等使,各选清强判官一人,专知邮驿。如一周年无违犯,与上考。如有违越,书下考者。伏以遵守条章,才为奉职,便与殊考。恐涉太优,今请不违敕文者,书中上考;其违越者,依前书下考。仍请

---

① 刘广生、赵梅庄:《中国古代邮驿史》,人民邮电出版社,1999 年,第 224—225 页。
② (宋)王溥撰:《唐会要》卷六一,中华书局,1955 年,第 1060—1061 页。

永为常式。"①他们所起的主要作用是督促检查,还不能算是真正的
执行者。

真正的执行者是都督府、诸卫府、州府。节度使幕府和州府中设
有兵曹和司兵参军,负责管理包括邮驿在内的诸多事务。据《唐六
典》记载,唐代有节度使八,节度使中设有兵曹参军、司兵参军,确
实是掌管"烽候传驿之事",但同时有士曹和司士参军参与管理舟
船车马:

> 凡将帅出征,兵满一万人已上,置长史、司马、仓曹,胄
> 曹·兵曹参军各一人;五千人已上,减司马。诸军各置使一人,
> 五千人已上置副使一人,万人已上置营田副使一人;每军皆有仓
> 曹、兵曹、胄曹参军各一人。②

> 兵曹、司兵参军掌武官选举,兵甲器仗,门户管钥,烽候传驿
> 之事。

> 士曹、司士参军掌津梁、舟车、舍宅、百工众艺之事。启塞必
> 从其时,役使不夺其力,通山泽之利以赡贫人,致环异之货以备
> 国用,是以官无禁利,人无稽市。③

对于这一点,马端临《文献通考》只有简单几句:"司兵参军。汉司隶
属官有兵曹从事史。盖有军事则置之,以主兵事。至北齐以后,并同
功曹。唐掌军防、烽候驿传送马、门禁、田猎、仪仗之事。"④这显然是
不够细致的。

---

① （宋）王溥撰:《唐会要》卷六一,中华书局,1955 年,第 1062 页。
② （唐）李林甫等撰,陈仲夫点校:《唐六典》卷五,中华书局,1992 年,第 158 页。
③ （唐）李林甫等撰,陈仲夫点校:《唐六典》卷三○,中华书局,1992 年,第 749 页。
④ （元）马端临:《文献通考》卷六三《职官考一七》,中华书局,2011 年,第 1905 页。

　　而在诸卫军如左右卫,诸卫府如左右金吾卫、左右翊中郎将府、左右千牛卫、左右羽林军,诸王府公主邑司如亲王府、亲事府、公主邑司等部门,虽也设有兵曹和司兵参军,但并不主管邮驿之事。这些机构中已经设有专门负责邮驿事务的骑曹,《唐六典》记载:

　　　　骑曹掌外府马及杂畜之簿帐。凡府马之外直者,以近及远,分为七番,月一替。凡左、右厢之使以奉敕出宫城外追事者,皆给马遣之。①
　　　　骑曹掌外府兵马杂畜簿帐及牧养之事。凡诸卫马承直配于金吾巡检游奕者,每月四十有五匹,皆季请其料,随以给之。②

在这些部门中,骑曹和兵曹同为八品下的职级,没有隶属关系,而是平级关系。考诸卫府、诸王府中兵曹的职责是:"兵曹掌翊府、外府武官职员。""兵曹掌本卫文、武官之职簿。""兵曹掌文、武官及千牛备身、备身左右之簿书,及其勋阶、考课、假使、禄俸事。""兵曹掌兵吏粮仓、公廨财物、田园课税之事,与其出入勾检之法。"③看来,诸卫府、诸王府中兵曹所掌,与邮驿无关。邮驿之事,专由骑曹负责。
　　唐代太子左右率府中没有骑曹之职,而是由兵曹兼任,《唐六典》卷二八《太子左右卫及诸率府》:

---

① (唐)李林甫等撰,陈仲夫点校:《唐六典》卷二四,中华书局,1992年,第618页。
② (唐)李林甫等撰,陈仲夫点校:《唐六典》卷二五,中华书局,1992年,第639页。
③ (唐)李林甫等撰,陈仲夫点校:《唐六典》卷二五,中华书局,1992年,第645页。

　　兵曹掌亲·勋·翊三府、广济等五府武官,亲·勋·翊卫卫士之名簿,及其番上、差遣之法式。凡上番者,皆受其名簿,而咨配于率。兼知公、私马及杂畜之簿帐。①

太子左右率府中,兵曹的主要任务是"掌文武官及千牛、备身之簿书,及其勋阶、考课、假使、禄俸之事"②,"公、私马及杂畜之簿帐"为其兼职。马端临《文献通考》卷六〇"左右卫率府"条言:"兵曹参军各一人,隋置。唐因之。掌府内卫士以上名帐差科及公私马驴等。"③虽是简略的一句话,却笼而统之地概括了太子左右率府中驿传事务的管理情况。

　　最后是县级,县一级负责邮驿事务的是知驿官。《唐六典》卷三〇《三府督护州县官吏》记载:

　　京畿及天下诸县令之职,皆掌导扬风化,抚字黎氓,敦四人之业,崇五土之利,养鳏寡,恤孤穷,审察冤屈,躬亲狱讼,务知百姓之疾苦。所管之户,量其资产,类其强弱,定为九等。其户皆三年一定,以入籍帐。……若籍帐、传驿、仓库、盗贼、河堤、道路,虽有专当官,皆县令兼综焉。县丞为之贰。④

① (唐)李林甫等撰,陈仲夫点校:《唐六典》卷二八,中华书局,1992年,第716页。
② (唐)李林甫等撰,陈仲夫点校:《唐六典》卷二八,中华书局,1992年,第721页。
③ (元)马端临:《文献通考》卷六〇《职官考一四》,中华书局,2011年,第1809页。
④ (唐)李林甫等撰,陈仲夫点校:《唐六典》卷三〇,中华书局,1992年,第753页。

也就是说,在县一级行政机构中,县令兼管传驿之事,县丞辅佐之。县级行政机构同时设有专门的驿传管理官员。对于驿传体系而言,这个"专当官"就是知驿官。《册府元龟》卷七〇五记载:

> 李夷简建中末为华阴尉……朱泚既僭位,乃使以伪诏追令却回,至华阴县,夷简见泚使非常人也,言于知驿官李翼,令捕斩之。①

这条资料,可与《新唐书》卷一五六的相类记载互为佐证:

> 先是,诏发邠、陇兵东讨李希烈。师方出关,泚使刘忠孝召还;至华阴,华阴尉李夷简说驿官捕之,追及关,元谅斩以徇,所召兵不得入,由是华州独完。②

以上两条资料说明,县里有像李夷简这样的县尉作为县里的"领导",可以命令专门负责邮驿事务的知驿官做一些事情。

(二)驿传的监察者

唐代驿传体系的完善在于,它不仅拥有自上而下成系统的执行队伍,还拥有颇有力度的监察队伍,其执行监察任务者主要是御史台的御史。这一点,《唐六典》和《御史台记》等唐人著作都没有详细说明,倒是"于唐代沿革损益之制,极其详核"的宋人王溥所著《唐会要》交代得比较清楚。王溥对唐代各种典章制度颇为熟稔,其所著《唐会要》,弥补了唐代典章制度记载的很多缺失。《唐会要》卷六一

---

① (宋)王钦若、杨亿、孙奭等编著,周勋初等校订:《册府元龟》卷七〇五,凤凰出版社,2006年,第8133页。

② (宋)欧阳修、宋祁:《新唐书》卷一五六《李元谅传》,中华书局,1975年,第4901页。

《御史台中》"馆驿"条记载,唐代的御史台有一项重要任务,就是专门负责监察邮驿事务:

> 开元十六年七月十九日敕:"巡传驿,宜因御史出使,便令校察。"至二十五年五月,监察御史郑审检校两京馆驿,犹未称使,今驿门前十二辰堆,即审创焉。乾元元年三月,度支郎中第五琦充诸道馆驿使。大历五年九月,杜济除京兆尹,充本府馆驿使,自后京兆常带使,至建中元年停。大历十四年九月,门下省奏:"两京请委御史台,各定知驿使御史一人,往来句当,遂称馆驿使。"[1]
>
> 《六典》之制,以监察第二御史主邮驿。元和初,常以中官曹进玉为使,恃恩暴戾,遇四方使多倨,诘之或至捶辱者。内外屡以为言,宰臣李吉甫等论罢之,至是复置。左补阙裴潾上疏曰:"伏以馆驿之务,每驿各有专知官主当,又有京兆、观察使、刺史,递相监临,台中有御史充馆驿使,专察过阙。伏以近有败事,上闻圣聪。若明示科条,切责官吏,据其过犯,明加贬黜,敢不惕惧,日夜励精。若令宫闱之臣,出参馆驿之务,则内臣外务,职分各殊。切惟塞侵官之源,绝出位之渐,事有不便,必诫于初,令或乖方,不必在大。当扫静妖氛之日,开太平至治之风,澄本正名,正在今日。"疏奏不报。[2]

关于唐代馆驿制度的监察者,宋初大型类书《册府元龟》对唐代自上而下的监察系统这样交代:

---

① (宋)王溥撰:《唐会要》卷六一,中华书局,1998年,第1059页。
② (宋)王溥撰:《唐会要》卷六一,中华书局,1955年,第1063页。

　　畿内有京兆尹,外道有观察使、刺史迭相监临。台中又有御
　　史充馆驿使,专察过阙。①

《册府元龟》的记载与《唐会要》的意思基本一致。宋末元初的文献
学家马端临在《文献通考》卷五三《职官考七》"监察侍御史"条专
门对监察御史化身馆驿使的情况进行了考证:

　　初,开元中,兼巡传驿,至二十五年,以监察御史检校两京馆
　　驿。大历十四年,两京以御史一人知驿,号馆驿使。监察御史分
　　察尚书省六司,縣下第一人为始,出使亦然。兴元元年,以第一
　　人察吏部、礼部,兼监祭(疑为"察")使;第二人察兵部、工部,
　　兼馆驿使;第三人察户部、刑部。②

需要说明的是,《唐大诏令集》提到这类官职的时候,还使用了"知驿
御使"这一称呼,应该也属于高层的驿传监察官。

　　至于州县的监察,刘广生、赵梅庄《中国古代邮驿史》说:"州县
对邮驿的监督,由刺史和县令负责。"③这一说法,刘广生、赵梅庄没
有列出具体根据,笔者以为,根据本节上引《唐会要》材料中的"又有
京兆、观察使、刺史,递相监临"和《唐六典》中"京畿及天下诸县令
之职……若籍帐、传驿、仓库、盗贼、河堤、道路,虽有专当官,皆县令
兼综焉",可以判定,刘广生、赵梅庄的说法是符合历史事实的。

　　对于唐代驿传监察体系的发展情况,李德辉《唐宋时期馆驿制

①　(宋)王钦若、杨亿、孙奭等编著,周勋初等校订:《册府元龟》卷五四六,凤凰
　　出版社,2006年,第6249页。
②　(元)马端临:《文献通考》卷五三《职官考七》,中华书局,2011年,第1568页。
③　刘广生、赵梅庄:《中国古代邮驿史》,人民邮电出版社,1999年,第225页。

度及其与文学之关系研究》已经基本勾勒出大貌，为不做重复性劳动，也为尊重李德辉的考证成果，本人不再重引史料论述，而引述他的观点如下：

> 唐代馆驿事务繁剧，政府为了加强管理，将督察馆驿的重任交给御史台掌管。唐御史台设监察御史十员，各有分工，其中监察第二御史察兵部、工部事，御史大夫常令其察馆驿过阙，馆驿大小事务皆可过问，称为馆驿使。但开元十六年（728）以前，并无此职名，这年七月，仍令监察御史乘出使之便，兼巡传驿。十九年十一月，玄宗幸东都，负责驿传之事的御史，仍称"知驿御史"，不称馆驿使。二十五年，以监察御史郑审检校两京馆驿，仍不称使。大历十四年（779）九月，执政者采纳门下省的建议，两京委御史台各定知驿使御史一人，往来勾当，称馆驿使，东西两京各一员，其在东都者曰东台馆驿使，知东都邮传供顿事。兴元元年（784）十月，确定以监察御史从上第二人察兵部、工部，充馆驿等使。虽有使名，犹未有官印。贞元十九年（803），韩泰为监察御史，奏请德宗皇帝，始铸馆驿使之印，而正其名，从此，馆驿使亦成为中晚唐常见使职之一，其在御史台中的次序，在吏察之上、监察使之下。馆驿使这一官制，是天宝以后官制的新变，为《唐六典》和《御史台记》所不载。贞元二十年前后，柳宗元为监察御史，始撰《馆驿使壁记》，补述馆驿使这一官职的由来。
>
> 肃、代以来，以度支管钱粮物资运输，令度支使兼馆驿使。至德中，命第五琦专判度支，兼领山南东西江西淮南馆驿等使，乾元中仍充诸道馆驿使。上元、宝应间，刘晏亦兼此职。
>
> 宪宗以前，度支还只兼掌钱谷运输等务事（当为"事务"），宪宗朝，则以文书交付度支发遣，这是宪宗对唐代馆驿制度所做

的重大改革。元和三年（808）春，群臣上尊号，大赦天下，宪宗乘机对此前"散差中使走马往诸道送赦书"的旧例进行了改革，采纳翰林学士裴垍、李绛的建议，将赦书交付度支盐铁以急递发遣，这样既迅速简便，又杜绝了中使趁机广求方镇财物的弊病，深得人心。长庆二年（822）重申元和旧制，诏山东行营内外文字"除事关急切，需遣专使外，其馀诏书文牒，一切吩咐度支入递发遣"。（《唐大诏令集》卷六五《叙用勋旧武臣德音》）

宪宗对唐代馆驿制度所做的另一改革是以宦者充馆驿使。唐代诸帝中，以宪宗最宠任宦官，即位不久，即以宦者专兵柄。元和元年，唐军讨伐刘闢，宪宗以邮传多事，特令中官曹进玉为馆驿使，改变盛唐以来"以监察第二御史主邮驿"（《唐会要》卷六一）的旧制。进玉"特恩暴戾，遇四方使多倨，诘之或至捶辱者，内外屡以为言"（《唐会要》卷六一）。宰相李吉甫等上表论奏，监察御史兼馆驿使薛存诚及数位谏官亦坚决反对，以为有伤公体，乃止。四年冬十月，王师讨伐王承宗，又任命内官宋惟澄、曹进玉、马江朝等为行营馆驿粮科等使，"谏官、御史上书相属，皆言自古无中贵人为兵马统帅者"（《旧唐书》卷一八四《吐突承璀传》），谏议大夫段平仲、右补阙独孤郁、给事中吕元膺、穆质、孟简、兵部侍郎许孟容等八人皆亢论不可，所言激切，宪宗不得已，改充他官。十二年十二月，淮西用兵，复以中官为馆驿使，又因裴潾上书反对而作罢。咸通四年（863）八月，懿宗欲兴复宪宗故事，敕以阁门使吴德应等中官为馆驿使，"台谏上言：故事，御史巡驿，不应忽以内人代之。上谕以敕命已行，不可复改"（《资治通鉴》卷二五〇），遂行之。①

---

① 李德辉：《唐宋时期馆驿制度及其与文学之关系研究》，人民文学出版社，2008年，第39—41页。

李德辉所论,基本勾勒了驿传监察机构在唐代各个不同时期的主要充任人,尤其是唐宪宗以后中官充任馆驿使实施监察的情况,一方面说明宦官对驿传体系的影响越来越大,另一方面也说明监察驿传是令人重视的工作,同时也说明宦官的干预执政已经渗透到与军国大事相联系的重要领域。

二、驿站的物资配备和经营管理

在唐代,驿传作为上传下达的枢纽系统,直接关涉着国家统治的各个环节能否顺畅运行。为了能够使驿路畅通,唐代统治者不仅把驿路建设作为重要工程,而且注重其经营管理和运行所需,在多方面给予驿传体系大力支持。唐代在城市关隘以其重要程度设置驿路和驿站,以驿路繁剧程度作为评定关隘驿馆等级的标准。据《旧唐书》卷四三《职官志》记载:

> 司门郎中一员,(从五品上。龙朔曰司门大夫。)员外郎一员,(从六品上。)主事二人,(从九品上。)令史六人,书令史十三人,掌固四人。郎中、员外郎之职,掌天下诸门及关出入往来之籍赋,而审其政。凡关二十有六,为上中下之差。京城四面关有驿道者,为上关。余关有驿道及四面无驿道者,为中关。他皆为下关。关所以限中外,隔华夷,设险作固,闲邪正禁者也。①

驿传体系确实直接关乎唐代的行政功能,如战报的获得。据《资治通鉴》卷一九七记载,贞观十八年(644)丁卯日,唐太宗就是通过驿传获得了几千里之外的郭孝恪击败匈奴的战报。这一年唐太宗亲征高

---

① (后晋)刘昫等:《旧唐书》卷四三《职官志二》,中华书局,1975年,第1839页。

丽,与留守定州的太子互相联系也是通过驿传实现的,并且在太子的要求下,开始了飞书传驿:"十八年,太宗将伐高丽,命太子留镇定州。及驾发有期,悲啼累日,因请飞驿递表起居,并递敕垂报,并许之。飞表奏事,自此始也。"①

又如,对边远地区的统治,没有驿路就没有联结,就没有彼此互通信息,也就谈不上政令下达或情况上报,也就无法实现统治。如唐高祖曾经向刘世让咨询备边之策,刘世让的意见是安抚,而唐高祖实现安抚的政策就是通过驿路传递安抚信息和派遣官员管理,《旧唐书》卷六九记载:

> 将之任,高祖问以备边之策,世让答曰:"突厥南寇,徒以马邑为其中路耳。如臣所计,请于崞城置一智勇之将,多储金帛,有来降者厚赏赐之,数出奇兵略其城下,艾践禾稼,败其生业。不出岁余,彼当无食,马邑不足图也。"高祖曰:"非公无可任者。"乃使驰驿往经略之。②

正是由于类似原因,唐代特别注重在边远地区及时增设驿路和驿站,《旧唐书》记载,贞观二十年(646):

> 是岁,堕婆登、乙利、鼻林送、都播、羊同、石、波斯、康国、吐火罗、阿悉吉等远夷十九国,并遣使朝贡。又于突厥之北至于回纥部落,置驿六十六所,以通北荒焉。③

---

① (后晋)刘昫等:《旧唐书》卷四《高宗本纪上》,中华书局,1975年,第65—66页。

② (后晋)刘昫等:《旧唐书》卷六九《刘世让传》,中华书局,1975年,第2523页。

③ (后晋)刘昫等:《旧唐书》卷三《太宗本纪下》,中华书局,1975年,第60页。

《资治通鉴》卷二〇〇记载,苏定方打败沙钵罗之后,有一项重要举措也是"置邮驿":

> 定方于是息兵,诸部各归所居,通道路,置邮驿,掩骸骨,问疾苦,画疆场,复生业,凡为沙钵罗所掠者,悉括还之,十姓安堵如故。[①]

从以上两则资料看,在边疆实施对少数民族的统治,"置驿"是重要措施之一,甚至可以说是标志性手段。

实施很多政治措施,也是通过邮驿实现的。《资治通鉴》卷二〇六记载,狄仁杰为河北道安抚大使时,赈济贫乏是第一等大事,第二等大事便是"修邮驿":

> 仁杰于是抚慰百姓,得突厥所驱掠者,悉递还本贯。散粮运以赈贫乏,修邮驿以济旋师。恐诸将及使者妄求供顿,乃自食蔬粝,禁其下无得侵扰百姓,犯者必斩。河北遂安。[②]

国家赈济灾荒,是体现国家行政能力、保证国家安宁的重要政务,灾害情况和赈灾安排,都要有条不紊,驿站就成为特殊通道,上传下达赈济情况。如《旧唐书》记载长庆四年(824)赈灾敕制:"义仓之制,其来日久。近岁所在盗用没入,致使小有水旱,生人坐委沟壑。永言其弊,职此之由。宜令诸州录事参军,专主勾当。苟为长吏迫制,即

---

① (宋)司马光编著:《资治通鉴》卷二〇〇,中华书局,1956年,第6307页。
② (宋)司马光编著:《资治通鉴》卷二〇六,中华书局,1956年,第6536页。

许驿表上闻。"① 如果有人敢在赈灾问题上作梗,皇帝允许主持赈灾的官员通过驿路传递上表,可见唐穆宗李恒对赈灾的重视。

再如,对官员调动的上任离任,是通过驿传体系实现的。《资治通鉴》卷二一一记载,开元盛世时期的著名贤相宋璟在驿路赴阙时表现出特有的风范:

> (开元四年)十二月,上将幸东都,以璟为刑部尚书、西京留守,令驰驿诣阙,遣内侍、将军杨思勖迎之。璟风度凝远,人莫测其际,在涂竟不与思勖交言。思勖素贵幸,归,诉于上,上嗟叹良久,益重璟。②

类似的记载在史书中多有所见,如《旧唐书·文宗本纪》记载,文宗大和四年(830)四月,"丁巳,贬前齐德沧景等州节度使李有裕为永州刺史,驰驿赴任"③。《旧唐书》卷二〇上《昭宗本纪》:"(大顺元年)庚午,新除鄂岳观察使张浚责授连州刺史,新除荆南节度使孔纬责授均州刺史,并驰驿赴任。"④ 唐哀帝时处置陇州司户裴枢、琼州司户独孤损、白州司户崔远、濮州司户陆扆、淄州司户王溥、曹州司户赵崇、濮州司户王赞等官员,即在驿站中实现:"时枢等七人已至滑州,皆并命于白马驿,全忠(朱全忠,原名朱温)令投尸于河。"⑤

① (后晋)刘昫等:《旧唐书》卷四九《食货志下》,中华书局,1975年,第2127页。
② (宋)司马光编著:《资治通鉴》卷二一一,中华书局,1956年,第6724页。
③ (后晋)刘昫等:《旧唐书》卷一七下《文宗本纪下》,中华书局,1975年,第536页。
④ (后晋)刘昫等:《旧唐书》卷二〇上《昭宗本纪》,中华书局,1975年,第743页。
⑤ (后晋)刘昫等:《旧唐书》卷二〇下《哀帝本纪》,中华书局,1975年,第796页。

官员被贬,都是从较高官职贬为较低官职,从京城或好点地方贬至偏远或更差地方,也是属于离任赴任范畴,在《旧唐书》《新唐书》中,这种记载极为普遍。而通过驿传体系实现这些政治活动,往往在诏令中都可以看得非常清楚,举两则《唐大诏令集》中的例子:

> 明州刺史李宗闵,股肱之臣,付以大政,所宜竭节,以答殊荣。事或负予,法所难贷,虽欲终始,其可得乎? 且细大之愆,既暴前诏,而交通非类,踪迹又彰,岂可尚领方州,牧吾黎庶? 宜谪退佐,以肃朝伦。可处州长史,驰驿发遣。①

> 敕:金紫光禄大夫守礼部尚书安乐郡开国侯食邑一千户孙偓,夙通朝籍,累践华资,窃顾多岐,遽骤直道。秉弼谐之大政,附伎术之小人。罔畏公言,自为良策。处嫌疑而不愧,谓宠利之可安。而属我艰危,匪能匡救,顷因丕变,亦贷彝章。虽罢万机,尚分六职。是惟循省、俾息沸腾,观谏臣所上之书,陈取戾不已之状,则正卿之位,非尔宜居,将儆后来,遂投荒服。行当咎已,无或尤人。可贬南州司马员外置同正员,仍令所在驰驿发遣。乾宁四年八月。②

驿站的行政功能之强,驿传体系对国家统治体系的支撑作用,都使得唐王朝统治者特别重视驿传体系建设。为满足国家行政之需,唐代设置了许多驿站,其数量之多,用"星罗棋布"形容绝不为过。而为实现驿传体系的正常运转,唐王朝在驿传体系的硬件设施建设

---

① (宋)宋敏求编:《唐大诏令集》卷五七《再贬李宗闵处州长史制》,中华书局,2008年,第306页。
② (宋)宋敏求编:《唐大诏令集》卷五八《孙偓南州司马制》,中华书局,2008年,第311页。

和物资配备方面都给予了极大的支持。

（一）唐代驿站的设置

唐代是中国历史上最强大的王朝之一，其版图最大时期是唐高宗龙朔年间，达到一千二百三十七万平方公里，比汉朝最大的汉宣帝时期的六百零九万平方公里多了一倍还多，管理的难度可以想见。为满足统治需要，唐初统治者特别注重驿馆的建设，到唐代最盛时期，驿站之多，可谓蛛网密集，星罗棋布，遍及州郡，远达边陲。从韩愈《酬裴十六功曹巡府西驿途中见寄》"四海日富庶，道途隘蹄轮。府西三百里，候馆同鱼鳞"[1]，可大体见出唐代驿馆的密集程度。《唐六典》为盛唐时期张说、张九龄主持，最后在李林甫手下完成，该书卷五《尚书兵部·驾部郎中》条记载的天下驿站数量反映了盛唐时期馆驿繁盛的情形："凡三十里一驿，天下凡一千六百三十有九所。（二百六十所水驿，一千二百九十七所陆驿，八十六所水陆相兼。若地势险阻及须依水草，不必三十里。）"[2]而据《唐大诏令集》中的"县道之间，邮亭具列"可以推测，实际数目恐怕不止于此。

据史料记载，贞观二十一年（647），唐太宗为加强北疆对少数民族的管理，诏长孙无忌、房玄龄等共同筹划了一条驿路，称"参天可汗道"，在回纥以南、突厥以北的六府七州，逐水草设置驿站六十八所，"各有群马酒肉，以供过使"[3]，北疆各少数民族，正是通过这条驿路朝贡当时的天朝上国唐王朝的。这是一条驿路的驿站设置情况。而据李吉甫《元和郡县图志》所记载的唐代交通状况看，唐王朝的主要

---

[1] （唐）韩愈：《酬裴十六功曹巡府西驿途中见寄》，《全唐诗》卷三三九，中华书局，1960年，第3805页。

[2] （唐）李林甫等撰，陈仲夫点校：《唐六典》卷五，中华书局，1992年，第163页。

[3] （宋）王钦若、杨亿、孙奭等编撰，周勋初等校订：《册府元龟》卷一七〇，凤凰出版社，2006年，第1892页。

交通线有关内道、河南道、河东道、河北道、山南道、淮南道、江南道、剑南道、岭南道、陇右道，亦即十大行政区，同时也就是十个大的交通方向，每一道交通主线之外又分若干支线，每一条支线又有若干个重要交通点。今人对唐代驿站情况的考察，约略可见当时驿站之比繁星。如台湾学者严耕望《唐代交通图考》，在今天很多驿站都已经无踪可循的情况下，仍然根据很多史料考证出唐代很多驿站的设置。仅以严耕望考证的长安、陕州间情况看，驿站设置就相当密集，有含光门第二坊（或曲江池北敦化坊，或两者皆经过）、都亭驿、长乐驿、滋水驿（灞桥驿）、会昌驿（昌亭驿）、秦川驿、太宁驿（城东驿）、阴盘驿、新丰馆、戏水店（戏口驿、戏源驿）、杜化驿、渭南驿、东阳驿、赤水店（驿）、华州（县治在郑县，驿名不详）、佑顺馆、普德驿、汉沈阳故城、敷水驿、罗敷东驿、长城驿、兴德驿、冯翊（县驿）、华岳祠（严耕望曰"大历中似有驿馆"）、野狐泉店、永丰仓（渭津阙渡——笔者注：渡口是水驿）、风陵津、潼关驿（关西驿）、阌乡驿、盘豆驿、湖城驿、稠桑驿、灵宝县（县驿）、柏仁驿（严耕望疑为弘农县驿）、荆山馆、函谷关、洇津、曲沃新店、太原仓、茅津、甘棠驿等等。严耕望说，这一路是"二馆十九驿"，这是不包括上面严氏书中所考出的店、关、亭、津的。

　　而在边远地区，馆驿的设置要依居住条件，虽然馆驿的设置距离可能要远，不可能三十里一驿，但在水草丰茂的地方，数量也是非常多的。

　　由长安、陕州间驿站今日可考之情况，可知唐代驿站设置之密集。如果根据唐代三十里一驿的驿站设置情况计算，唐时全国的交通驿站应该远高于一千六百三十九所的数量。李林甫《唐六典》所记"天下凡一千六百三十有九所"，应该只是重要干线上可称"馆""驿"的驿站数量，再加上关津、邮亭、店等，确实可以达到星罗棋布、网络密集的程度。

（二）驿站的硬件设施

唐朝统治者深悉驿传体系的重要性，故而对驿传的投入力度很大。在硬件设施的建设方面，唐朝的驿站总体来看非常讲究，高档驿站的各种设施甚至可以称为极尽奢华："丰屋美食"，"盛于古制"[①]，其规格级别相当于我们今天所言之五星级宾馆。著名诗人杜甫曾经生活于开元、天宝年间，见证过唐代驿馆的豪华设施，他在上元二年（675）所撰《唐兴县客馆记》中写道：

> 中兴之四年，王潜为唐兴宰，修厥政事……咨于官属、于群吏、于众庶曰：邑中之政，庶几缮完矣。惟宾馆上漏下湿，吾人犹不堪其居，以容四方宾，宾其谓我何？改之重劳，我其谓人何？咸曰：诞庶至济，厥载，则达观于大壮。作之闳闳，作之堂构，以永图崇高广大，逾越传舍，通梁直走，蔿将坠压，素柱上承，安若泰山，两旁序开，发泄霜露，潜靓深矣。步榍复霤，万瓦在后，非丹臒为，实疏达为。回廊南注，又为覆廊，以容介行人，亦如正馆，制度小劣。直左阶而东，封殖修竹茂树。挟右阶而南，环廊又注，亦可以行步风雨。……天子之使至，则曰邑有人焉，某无以栗阶。州长之使至，则曰某非敢宾也，子无所用俎。四方之使至，则曰子觊某多矣，敢辞赟。或曰：明府君之侈也，何以为人？皆曰：我公之为人也，何以侈！子徒见宾馆之近夫厚，不知其私室之甚薄，器物未备，力取诸私室，人民不知赋敛。乃至于馆之醨醨阙，出于私厨；使之乘驷阙，办于私廐。君岂为亭长乎？是躬亲也。若馆宇不修，而观台榭自好，宾至无所纳其车，我浩荡

---

① （唐）高适：《陈留郡上源新驿记》，《全唐文》卷三五七，中华书局，1983年，第3629页。

无所措手足,获高枕乎? 其谁不病吾人矣! 疵瑕忽生,何以为之? 是道也,施舍不几乎先觉矣。杜之朋友叹曰:美哉! 是馆也成,人不知,人不怒,廨署之福也,府君之德也。①

唐兴县客馆只是一个县级的驿馆,其规模体制在杜甫笔下已经相当可观了,又是回廊,又是覆廊,又是环廊,又是台榭,又是修竹茂树,等等。杜甫说,相对于正式馆驿而言,这座县级客馆"制度小劣",就已经如此令人瞠目了,可见正式馆驿之奢华壮丽。

这种情况并不是杜甫的夸张,看一看盛唐其他人的记载可以互为佐证。如同时期皇甫湜的《枝江县南亭记》。皇甫湜所记是中唐时期的县城驿亭,达不到馆驿的级别,但其周边环境足以令人心旷神怡:

> 京兆韦庞为殿中侍御史河南府司录,以直裁听,群细人增构之,责掾南康,移治枝江。百为得宜,一月遂清。乃新南亭,以适旷怀。俯湖水,枕大驿路,地形高低,四望空平。青莎白沙,控柞缘崖,涩芰圆葭,诞漫朱华。接翠裁绿,繁葩春烛,决湖穿竹,渠鸣郁郁,潜鱼历历,产镜嬉碧,净鸟白赤,洗翅窥吃。缬霞縠烟,旦夕新鲜,冷唉喧嘀,怨抑情绵。令君骋望,逍遥湖上,令君宴喜,弦歌未已。其民日致,忻游成群,使缨叹恋,停车止征。实为官业,而费家赀,不妨适我,而能惠众。②

临水枕路、地势平坦、翠竹绿树、花繁枝艳、流水潺潺、游鱼在眼,这样

① (唐)杜甫著,(清)仇兆鳌注:《杜诗详注》卷二五《唐兴县客馆记》,中华书局,1979 年,第 2205—2206 页。
② (唐)皇甫湜:《枝江县南亭记》,《全唐文》卷六八六,中华书局,1983 年,第 7027 页。

的环境,实在是诗人们在驿路上最好的休闲场所,于产生闲情逸致颇为有益。

从唐人的文献资料中可知,州郡附近的馆驿似乎更加辉煌壮丽,如柳州的州郡馆驿,柳宗元在《柳州东亭记》中记载:

> 至是始命披剔蔽疏,树以竹箭松桂,桂桧柏杉,易为堂亭。峭为杠梁,下上徊翔;前出两翼,凭空拒江。江化为湖,众山横环,嵱阔瀴湾。当邑居之剧,而忘乎人间,斯亦奇矣。乃取馆之北宇,右辟之以为夕室;取传置之东宇,左辟之以为朝室;又北辟之以为阴室;作屋于北墉下,以为阳室;作斯亭于中以为中室。朝室以夕居之,夕室以朝居之,中室日中而居之,阴室以违温风焉,阳室以违凄风焉。若无寒暑也,则朝夕复其号。既成,作石于中室,书以告后之人,庶勿坏。①

柳州东亭,不仅环境优美,而且极讲究住宿的舒适度,冬暖夏凉,各种环境下都有适宜的居室,将人文关怀发挥到了极致。

再比如庐州(今安徽合肥)的同食馆。由于同食馆建设较早,日久年深,到中唐时期,就已经梁柱朽蠹,难以招待宾客了。刺史路应到任后,所做的一件重要政事就是重修同食馆,而重修后的同食馆规制恢弘壮丽,各种功能齐全,据陈鸿《庐州同食馆记》描述:

> 陶瓦于原,伐木于山,磨旧础,筑新墉,乃丰宾堂,乃峨前轩,怒桷蚪蚪,层栌牙牙,中回洞深,高檐腾掀。阶闲容揖让,楹闲容

---

① (唐)柳宗元:《柳州东亭记》,《全唐文》卷五八一,中华书局,1983年,第5872—5873页。

宾盘;柱闲容乐工、屏闲容将吏。左右为寝食、更衣之所,朱户素壁,洁而不华。东西厢复廊直澍。又西开下阁作饗舍。厩屋宏大,中敞作南门,容旌旗驺马。北上作丁字亭,亭北列朱槛,面城墉,其下淤沟开导通水,因古岸植竹树,为风月宴游地。东南自会稽、朱方、宣城、扬州,西达蔡、汝,陆行抵京师。江淮牧守、三台郎吏,出入多游郡道。是馆成,大宾小宾,皆有次舍。[①]

路应对同食馆的改造,包括毁掉旧基、围建新墙、丰美客舍、开拓前廊,使整个同食馆外观恢弘壮丽,内在曲折幽深,房间功能齐全,整洁舒适,还有宴游赏玩的凉亭竹树、曲水朱槛,吃的喝的玩的乐的,应有尽有。

由于驿馆几乎可以是政绩的代表,所以很多官员上任,都注重当地馆驿的建设。如李骘的《徐襄州碑》中记载了襄阳刺史徐商的政绩,其中一条就是修建了汉阴驿的汉广亭:

其八曰:汉阴驿西旧有江亭一所,迎候皆于此。前后窄隘,不便筵宴,所要铺陈,须至汉阴驿上厅内。遂使前后虚豁,难置门窗,重客居停,全无床幅,结束非便,寝止难安。遂别构设厅,以备迎送,长廊虚槛,连接大厅,怪石修篁,罗列其所。江波入户,画舸临轩,信可谓胜游之地也。又重修琐闼,改制上厅,夏清冬温,憩息宜便。别开过路,缭绕江亭,主客邀迎,咸遂得礼。因命新亭曰汉广亭,桂江所谓不朽之制。[②]

---

① (唐)陈鸿:《庐州同食馆记》,《全唐文》卷六一二,中华书局,1983年,第6180—6181页。
② (唐)李骘:《徐襄州碑》,《全唐文》卷七二四,中华书局,1983年,第7456页。

李骘笔下徐商修建的汉阴驿,长廊虚槛、怪石修竹、楼台粉壁、画舸江波、曲路通幽,屋舍冬暖夏凉,设备齐全,主客迎送宜便,几乎与游览胜地媲美。

王勃所记的滕王阁,其实也是一座辉煌的州郡驿站的辅助建筑,后经重修,侈丽逾于王勃之时。韦悫《重修滕王阁记》记载:

> 今按旧阁基址,南北阔八丈,今增九丈三尺;其峻修北自土际达阁,板高一丈二尺,今增至一丈四尺;阔板上旧长一丈,今增至一丈三尺;中柱北上耸于屋脊,长二丈四尺,今增至三丈一尺;旧正阁通龟首,东西六间,长七丈五尺,今增至七间,共长八丈六尺,阔三丈五尺。固可谓宏廊显敞,殊形诡状。革故鼎新,有如是乎!
>
> 况前通舟车,回瞰江岭,每值美景谦集,笙歌散迁,远凝宵汉,上轶云雨。即未知三山之灵仙窟穴,五湖之贤达沉浮,其于历贤胜负,果又何如耳。故自焚爇之后,又建是阁,广其邮驿厅事,接以飞轩累树。复架连楼小阁,对峙高揭;旁通江亭津馆,致巧衔能。回廊并抱以交映,邃宇相萦而不绝。则是阁也,冠八郡风俗之最,包四时物候之异。春之日则花景斗新,香风袭人,凭高送归,极目荡神;夏之日则莺舌变哢,叶阴如栋,纨扇罢摇,绮窗堪梦;秋之日则露白山青,当轩展屏,凉风远来,沉醉易醒;冬之日则檐外雪满,幄中香暖,耐举樽罍,好听歌管。则斯阁之盛,纵游之美,赏心乐事,庸可既乎! ①

---

① (唐)韦悫:《重修滕王阁记》,《全唐文》卷七四七,中华书局,1983年,第7741页。

这是重修者专门为"广其邮驿厅事"而做的努力。在春夏秋冬的季节变化中，这里永远拥有令乘驿者和送行人流连忘返的去处。

京城周边的驿馆，是大唐王朝的门面，负有接待九州宾客、迎接八方来使的重要责任，更是辉煌壮丽。高适《陈留郡上源新驿记》记载唐朝从京师走向四极的道路极其奢华：

> 皇唐之兴，盛于古制。自京师四极，经启十道。道列以亭，亭实以驷。而亭惟三十里，驷有上、中、下。丰屋美食，供亿是为。人迹所穷，帝命流洽。用之远者，莫若于斯矣。[①]

正是如此，上源驿馆"居里之冲，濒河之阳，地形湫隘，馆次卑狭，巽在堤下，面于剧旁，走庭以隅，建步终坎，车辚方驾，骑无并鞭，其郁闭有如此者"[②]的情况令颇有政声的时任太守感觉"不称其声"，所以开辟土地，收买民舍，扩大上源驿体制规模，达到了"君子是以知邮亭之可嘉，而我公之清净无穷"的政治治理之功。

褒城驿，是一所"龙节虎旗，驰驿奔轺。以去以来，毂交蹄劘"的繁华驿馆，在经年累月的繁剧驿务中日渐衰败，但却是曾经传扬天下的侈丽馆驿。孙樵《书褒城驿壁》记载："褒城驿号天下第一……崇侈其驿，以示雄大，盖当时视他驿为壮，且一岁宾至者，不下数百辈。"[③]

---

① （唐）高适：《陈留郡上源新驿记》，《全唐文》卷三五七，中华书局，1983年，第3629页。

② （唐）高适：《陈留郡上源新驿记》，《全唐文》卷三五七，中华书局，1983年，第3629页。

③ （唐）孙樵：《书褒城驿壁》，《全唐文》卷七九五，中华书局，1983年，第8335页。

管城(治所在今河南郑州)近于东都,在中唐诗人刘禹锡的《管城新驿记》里这样描述管城新驿馆:

> 门衔周道,墙阴行桑,境胜于外也。远购名材,旁延世工,既涂宣皙,瓴甓刚滑,术精于内也。蘧庐有甲乙,床帐有冬夏,庭容牙节,庑卧囊橐,示礼而不愿也。内庖外厩,高仓邃库,积薪就阳,峙刍就燥,有素而不怨也。主吏有第,役夫有区,师行者有飨亭,挈行者有别邸。周以高墉,乃楼其门,劳迎展躅洁之敬,饯别起登临之思。溱洧波澜,嵩邱云烟,四时万象,来觌于我。走毂奔蹄,遄征急宣,入而忘劳,出必屡顾,其传舍之尤乎!　①

一座用以歇脚的驿馆,竟然让来此住宿者临行有屡屡回顾的效应,其舒适度及其建造魅力可见一斑。

长安、陕州间的华州,"为京东第一州,邮传馆驿之务至繁。有普德驿,规制甚壮,称为'邮亭之甲'"②。从此东行,至安阳一带,有滑州,滑亭新驿也非常讲究,崔祐甫《滑亭新驿碑阴记》记载:

> 古之君子,约己而裕人,知龢而勤礼,接宾以愿,务施于丰。郑公孙侨论晋文襄之霸也,宫室卑庳,无观台榭,而崇大诸侯之馆,故来者如归。今我连帅尚书汧公,为国垣翰于东土,军礼肃,人谣兴。新其亭传,以待宾客,谋之有程,设之有所,力肆于悦,巧悛于淫,勿亟而成,得其时制。博敞高明,倬然其闳闳;沈深

① (唐)刘禹锡:《管城新驿记》,《全唐文》卷六〇六,中华书局,1983年,第6122页。

② 严耕望:《唐代交通图考》第一卷,上海古籍出版社,2007年,第30页。

奥密,杳然其堂室。论者谓华之普德,虢之阌乡,自昔为邮亭之甲,今兹白马,可以抗衡。汧公仁以爱众,俭以化下,陋居室而恢宾馆,节丰华而广荫麻。称时计功,永代为宪,方操八柄,揉此万邦。于以庇人,其德宏大,于是举也,见其端焉。[1]

滑州并不是很大的地方,却是水陆所凑,邑居庞杂,唐宗室子弟李勉为河南少尹时,洞察民情,以替天子接待宾客的态度对这里的馆驿进行整治,其规模甚至可以抗衡被称为天下邮亭之甲的普德驿。

《北梦琐言》的作者孙光宪,同时也是一位诗人,他的乐府歌词《杂曲歌辞·杨柳枝》描写了江南临水驿的建筑情况:

> 阊门风暖落花干,飞遍江南雪不寒。独有晚来临水驿,闲人多凭赤阑干。有池有榭即濛濛,浸润翻成长养功。恰似有人长点检,著行排立向春风。根柢虽然傍浊河,无妨终日近笙歌。[2]

孙光宪笔下的临水驿,亭台楼榭,池水栏杆,杨柳成排,笙歌阵阵,几乎就是游览胜地。而"浸润翻成长养功",可见唐人对驿站建设的重视不仅仅在于建设本身,还在于平时的维护养护。

从以上材料可以看出,唐代统治者及各州郡官吏,都很重视馆驿的建设。馆驿建设首先为方便交通,其次是吃住舒适,第三兼顾游玩。所有这一切努力,就是为了让奔波在路途的游子能够舒心畅意。

当然,唐代的驿站并不是所有的时候都能如此奢华,因为是建筑

---

[1] (唐)崔祐甫:《滑亭新驿碑阴记》,《全唐文》卷四〇九,中华书局,1983年,第4193页。

[2] (唐)孙光宪:《杂曲歌辞·杨柳枝》,《全唐诗》卷二八,中华书局,1960年,第403页。

就有年代印记,就有破败之时,像杜甫所记、陈鸿所记,都是因为驿站破败后不得不重修,而后才有崭新样貌。安史之乱时期,甚至出现过天子逃亡时,"从者多逃,内侍监袁思艺亦亡去。驿中无灯,人相枕藉而寝,贵贱无以复辨"[①]的情况,但总体来看,这种情况不属于常态。

正是由于唐人对驿站建设的重视,唐代驿站的规模、设施、功能等,总体给人的印象远远超越以往,这是驿路生活丰富多彩的基本需求,也是能够引发唐代诗人诗情雅兴的重要因素。

(三)驿站的物资配备

驿传体系的正常运转直接影响着唐代统治者的政治运作体系,唐朝统治者深悉驿传体系的重要性,特别注重驿传体系建设,除上文所言的规模、设施、功能等,更重要的投入在于物资的配备,主要是马、船、钱财等。唐代的驿站分别等级,有京都、州郡、县级馆驿,还有比县级馆驿更低的邮亭。由于级别的高低不同,所在地理位置的不同,驿务的繁简也不尽相同,故此,唐代的馆驿的大小有很大区别,而物资的需求也根据驿务繁简确定,据《唐六典》卷五《尚书兵部》记载:

> 凡三十里一驿,天下凡一千六百三十有九所。二百六十所水驿,一千二百九十七所陆驿,八十六所水陆相兼。若地势险阻及须依水草,不必三十里。每驿皆置驿长一人,量驿之闲要以定其马数:都亭七十五匹,诸道之第一等减都亭之十五,第二、第三皆以十五为差,第四减十二,第五减六,第六减四,其马官给。有山阪险峻之处及江南、岭南暑湿不宜大马处,兼置蜀马。凡水驿亦量事闲要以置船,事繁者每驿四只,闲者三只,更

---

① (宋)司马光编著:《资治通鉴》卷二一八,中华书局,1956 年,第 6973 页。

闲者二只。凡马三匹给丁一人,船一给丁三人。凡驿皆给钱以资之,什物
并皆为市。①

从上则资料可以看出,唐代驿站设置灵活机动,完全根据驿务需要。
需要说明的是,驿站相隔的远近距离可能差距很大,据王宏治先生考
证:"三十里置一驿是唐代的法定驿程。但在西北、西南等边远处,或
'须依水草',或'地势险阻',驿程往往超过三十里,为六、七十里,甚至
达百里之遥。而在京畿腹地,则因事繁剧且急切,又往往少于三十里,
甚至仅八里。"②所以,驿站的数量要远远超过《唐六典》的统计数字。

驿站的大小不同,配备也不尽相同,比如西域吐鲁番文书中有
一则《武周达匪等驿申报马数文书》,说达匪、狼泉诸驿,额定驿马为
五十三匹;《武周宁戎驿马及马草蒻文书》,说宁戎驿的马匹额定为
四十二匹③,而一些中心大驿,如罗护、赤亭、天山等驿站,所备马匹
数额,要大得多,如罗护、赤亭两大馆驿大约有驿马一百匹。

物资和人员配备,原则是既能满足驿务需要,也不浪费国家资
财。驿站需要马匹应对驿传需要,需要有人负责驿传业务。有马有
人,就要养马养人。靠什么养? 怎样养? 根据笔者查阅的资料,主要
就是国家配备钱财和匹配土地。

驿站的钱财来源和使用。据《唐六典》卷三《尚书户部》:"凡
天下诸州税钱各有准常:三年一大税,其率一百五十万贯;每年
一小税,其率四十万贯,以供军国传驿及邮递之用。每年又别税

---

① (唐)李林甫等撰,陈仲夫点校:《唐六典》卷五,中华书局,1992年,第163页。
② 王宏治:《关于唐初馆驿制度的几个问题》,北京大学中国中古史研究中心编
　《敦煌吐鲁番文献研究论集》第3辑,北京大学出版社,1986年,第288页。
③ 参见《吐鲁番出土文书》第7册,文物出版社,1986年,第96—97页。

八十万贯,以供外官之月料及公廨之用。"① 也就是说,当每三年有二百四十万贯钱财供外官之月料及公廨之用时,同时有二百三十万贯钱财供军国传驿及邮递之用。在这组数字的对比中,不难看到统治者对驿传的重视。以三年一大税、每年一小税的三年税收额除以驿站总数,所得结果是每个驿馆三年平均一千四百零三贯,即每年平均四百六十七贯。这个数字听起来不多,但只要联系到唐朝的物价,就可以大体知道国家对驿传的重视。一贯钱等于一千文,那么,每个驿站平均的数字是四百六十七千文。按贞观年间,米斗四五钱,每个驿站可买米九万三千四百斗,约合十四万零一百斤,可以供应一百九十一个人一年的吃喝用度。就是在贞元年间,米斗千钱,也可以买米四百六十七斗,约合六千五百五十五斤,供应八个人一年的吃喝用度也没有问题。

更为重要的是,这些钱财并不都是直接用于购买物资和发放驿站管理人员的俸禄,而是交由驿站管理人员,并由他们负责经营赢利以养驿站。据《唐六典》记载:"凡驿皆给钱以资之,什物并皆为市。"② 驿站用国家钱财生利所得支付驿站的各种开销。

为实现以经营供应驿站,馆驿设有"驿将"或曰"驿长"。"驿长"或曰"驿将"的产生,《通典·职官一五》说是"三十里置一驿,驿各有将,以州里富强之家主之,以待行李。自至德之后,民贫不堪命,遂以官司掌焉"③。这里的"驿各有将,以州里富强之家主之,以待行李",这就是"捉驿"。为鼓励"驿长"的工作积极性,被"捉驿"充任驿长后,国家承认其是"官",给予一定的优惠政策,免除其赋税、

① (唐)李林甫等撰,陈仲夫点校:《唐六典》卷三,中华书局,1992 年,第 77 页。
② (唐)李林甫等撰,陈仲夫点校:《唐六典》卷五,中华书局,1992 年,第 163 页。
③ (唐)杜撰,王文锦等点校:《通典》卷三三《职官一五》,中华书局,1988 年,第924 页。

徭役,还允许其在驿路两边经营商店、旅店等以罗致财富供应驿馆之需。驿站经营如果得力,国家所给的本钱将成为驿站的重要财富资源,经营者可以从中获得很多利益,如定州驿长何明远,掌管三个驿站,家财巨万。

驿站的土地来源和经营。驿站为了马匹的生存,都拥有相对数量的土地。《新唐书·食货志一》载:"贞观中,初税草以给诸闲(厩),而驿马有牧田。"[1] 意思是中央闲厩所用草料靠"税草"解决;而地方驿马则配给牧田以自给。唐制,根据驿站马匹数给驿站牧田,据杜佑《通典》记载:"诸驿封田皆随近给,每马一匹给地四十亩。若驿侧有牧田之处,匹各减五亩。其传送马,每匹给田二十亩。"[2] 根据《唐六典》的驿站马匹规定数字测算,大的都亭驿馆有马七十五匹,牧田可达三千亩;最小的六等驿馆有八匹,牧田亦可达三百二十亩。附带说明一下,刘广生、赵梅庄编著的《中国古代邮驿史》认为唐代驿田最多给四百亩[3],笔者认为,这个数字恐怕不是很准确,马匹多而牧田不多,何以养马?《新唐书》说:

> 驾部郎中、员外郎各一人,掌舆辇、车乘、传驿、厩牧马牛杂畜之籍。凡给马者,一品八匹,二品六匹,三品五匹,四品、五品四匹,六品三匹,七品以下二匹;给传乘者,一品十马,二品九马,三品八马,四品、五品四马,六品、七品二马,八品、九品一马;三

---

① (宋)欧阳修、宋祁:《新唐书》卷五一《食货志一》,中华书局,1975 年,第 1343 页。

② (唐)杜佑撰,王文锦等点校:《通典》卷二《食货二》,中华书局,1988 年,第 31 页。

③ 参见刘广生、赵梅庄:《中国古代邮驿史》,人民邮电出版社,1999 年,第 239 页。

品以上敕召者给四马,五品三马,六品以下有差。凡驿马,给地四顷,莳以苜蓿。①

根据这则引文所言,皆是国家供给官员马匹,不同等级马匹数量亦不同,而明确给官员用以"传乘"者,一品可达十匹,按一匹马给牧田四十亩测算,恰好可达四顷(四百亩)。这很显然不是驿馆牧田的最高限度,而是官员牧田的最高限额,当然不适合用于驿馆牧田数量的估算。根据实际情况推测,如果一匹马可以给牧田四十亩,十匹马就能够达到四百亩,八匹马是最小的驿馆,牧田可达三百二十亩,接近"四顷"之数,如果最高限度的牧田是四百亩,恐怕最大的有七十五匹马的都亭驿馆之牧田数字与最小的六等驿馆牧田数字就只有八十亩的差别,大小驿馆牧田数量如此接近不符合唐代驿馆的等级差别实况,且四百亩的牧田恐怕也不能供养都亭驿馆七十五匹驿马、驿站相关工作人员以及传马等各方面所需。由此推测,最大的驿馆牧田应该能达到三千亩。

这些驿田,用来种植喂养马匹所需的苜蓿等草料,以供驿馆之需。而这样大数量的土地,并不是由驿馆人员直接耕种,因为驿馆人员只负责管理,故此牧田基本交由地方百姓耕种。他们把这些土地租给附近的农户,农户以种植大面积牧田获取自己的生存物资,实现驿馆和牧田两侧百姓的双赢互动。

但是,因为驿田数量多,其种植任务或驿马的放牧任务就会落到百姓身上,有时也会让驿路两旁的百姓感觉到种植驿田的辛苦。元稹《同州奏均田状》:"若是京官上司职田,又须百姓变米雇车般送,

---

① (宋)欧阳修、宋祁:《新唐书》卷四六《百官志一》,中华书局,1975年,第1198页。

比量正税,近于四倍加征。既缘差税至重,州县遂逐年抑配百姓租
佃,或有隔越乡村,被配一亩二亩之者,或有身居市井,亦令虚额出税
之者。其公廨田、官田、驿田等,所税轻重,约与职田相似,亦是抑配
百姓租佃,疲人患苦,无过于斯。"①可见驿田是租给百姓耕种的,而
且其赋税程度等同于职田,相当苛重,所以致令百姓疲惫有加,叫苦
不迭。这样的情况,令元稹都感到"疲人患苦,无过于斯",更何况深
受盘剥的百姓!这一问题直接导致了唐代驿路的衰败,本章第四节
将探讨这一问题,此不多言。

驿传物资不许挪用。驿传关乎国家重要信息的传递,与统治者
的统治息息相关,故而,其物资管理相当严格,不管任何情况,都不准
挪用驿传物资。《全唐文》卷八九唐僖宗《南郊赦文》云:

> 江淮运米,本实关中,只缘徐州用军,发遣全无次第。运脚
> 价妄被占射,本色米空存簿书,遂使仓廪渐虚,支备有阙。缘循
> 弛慢,全自职司,宜令转运使速具条流,分析闻奏。才及春缓,
> 便须差清强官吏节级催驱,严立科条,须及旧额,苟或踵前容易,
> 必举朝章。……自今以后,如辄将上供一钱物支用者,并当加谴
> 责,不在原贷之限。②

驿传物资不准挪用,不准妄占,挪用妄占者必加谴责,且不在宽宥范
围之内,可见统治者对保障驿传物资的重视程度。正是这样,才可保
证必要的驿传物资供给。

---

① (唐)元稹著,冀勤点校:《元稹集》卷三九《同州奏均田状》,中华书局,2010
年,第502页。
② (唐)李儇:《南郊赦文》,《全唐文》卷八九,中华书局,1983年,第931—932页。

驿传物资有缺必补。驿站钱财物的匮乏,有的是因为负担过重导致的,有的是因为驿马损死过多导致的,有的则是人为的灾难如驿使多索马匹或供给等导致的。中晚唐以后,驿站的情况有时非常糟糕,馆驿废弛,"畿内诸驿马多死"①。驿传物资缺乏,会影响军国传驿,故此,一旦出现驿传物资缺乏的情况,统治者就要想办法补给充足,以使驿传不受影响。《旧唐书》卷一九上《懿宗本纪》:

> 如闻湖南、桂州,是岭路系口,诸道兵马纲运,无不经过,顿递供承,动多差配,凋伤转甚,宜有特恩。潭、桂两道各赐钱三万贯文,以助军钱,亦以充馆驿息利本钱。其江陵、江西、鄂州三道,比于潭、桂,徭配稍简,宜令本道观察使详其闲剧,准此例与置本钱。②

唐懿宗时期,由于时代的变迁,国家的经济实力已经受到严重创伤,远不比开元、天宝时期,但当驿传物资在有些地方出现问题时,唐懿宗会不费犹疑地大把赐钱于潭、桂两道,而且要求江陵、江西、鄂州三道比照潭、桂两道执行,旨在维护驿传体系的正常运行。

唐僖宗乾符年间的一篇敕文,也可说明统治者的重视。乾符二年(875)正月七日《南郊赦文》:

> 邮传供须,递马数目,素有定制,合守前规。河南馆驿,钱物至多,本来别库收贮,近日被府司奏请,衮同支用,遂使递马欠缺,料粮不充。宪司又但务缘循,都不提举。宜令东台馆驿使速具条

---

① (宋)王溥撰:《唐会要》卷六一,中华书局,1955 年,第 1063 页。
② (后晋)刘昫等:《旧唐书》卷一九上《懿宗本纪》,中华书局,1975 年,第 656 页。

疏,分析闻奏。东都留守,所管兵数不少,无非市肆之人,缓急抽差,全不堪用。防卫官阙,尤非所宜,需有条流,以革前弊。宜令速分析见在阙额,并老弱人数闻奏,应缘州府经费,悉有旧规。近者不务在公,惟思润已,或联遇丰稔,亦不贡羡余。若小有水旱,即竞有论请,致令朝廷事力转困,在臣下诚敬何乖? 自今以后,如辄将上供一钱物支用者,并当加谴责,不在原贷之限。如本道实有灾荒,积歉为甚,众所知者,不在限例。朝廷征发兵士,固非获已,道途顿递,费劳至多。又闻节级须得人事裨补,每县不下五千文,尽配疲人,深可哀悯。自今后但供备无缺,辄不得踵前率配,如或违犯,具令本曹官重加贬降,人吏决杖配流,其都知兵马使以下,并以枉法赃论。立法之始,当在必行。①

唐僖宗在《南郊敕文》中对馆驿递马、钱物使用的专门说明,甚至要求在国家遇到灾荒之时都不准随意调拨,也可见驿传在为统治者服务过程中的重要性及其不可随意更改性。

由于唐代统治者的重视,各州府官员也不敢轻怠,一般都特别重视驿传体系的物资支配和调度。如刘彤《河南府奏论驿马表》:

臣某言:今月一日,中使魏光胜至。伏奉手诏,当管每驿更加添鞍马,不得停留往来使命者。伏以所到邮传,以备急宣,由臣术无方,致令马畜有阙。忽奉恩诏,忧惶失图,臣某中谢。臣伏以当府重务,无过驿马。臣到官之日,惟此是图,虽牧市百端,死损相继。盖缘府界阔远,山谷重突,自春多雨,马蹄又软,驱驰石路,毙踣实多。比于陕虢已西,及汝郑等处,道路稍异,日

---

① (唐)李儇:《南郊敕文》,《全唐文》卷八九,中华书局,1983年,第932页。

夜倍忧。又西自永宁，东自氾水，南到临汝，北达河阳，正驿都管一十六所，常加填备，动以久阙。此皆臣无政术，上轸圣心，踏地局天，不足所处。臣今分遣官吏，稍加价钱，兼令外求，冀免有阙。臣某中谢。①

各州府官员在施政的同时，都在认真执行朝廷的驿传制度，并给以高度重视，尽最大努力保证驿传体系的通畅无阻。

唐代的百姓也支持驿传建设。驿路两旁的百姓在驿站出现入不敷出的情况时对驿馆实施"帖驿"。"帖驿"之"帖"，相当于"贴"，就是补贴的意思，也就是当驿站钱财马匹入不敷出时，驿路两旁的百姓对驿站实施补贴，主要有"帖钱"和"帖马"两种。王梵志诗云：

> 里正追役来，坐着南厅里。广设好饮食，多酒劝且醉。追车即与车，须马即与使。须钱便与钱，和市亦不避。索麦驴驮送，续后更有雉。官人应须物，当家皆具备。县官与恩泽，曹司一家事。纵有重差科，有钱不怕你。②

这里的"役"，可以与"驿"通用。据笔者所查资料，里正追问租庸调等的缴纳、执行，都是明确指出的。此诗中的"役"虽然也可指徭役，但养马确实主要是为驿站提供服务。唐代政令里有为鼓励百姓养马而专门下敕令者，老百姓也有因为供应驿站马匹而不愿意养马者。而王梵志诗中的富人，是能够担负为驿站供应马匹的任务的，所以他

① （唐）刘彤：《河南府奏论驿马表》，《全唐文》卷三〇一，中华书局，1983年，第3053—3054页。
② （唐）王梵志：《富饶田舍儿》，张锡厚《王梵志诗校辑》卷五，中华书局，1983年，第163页。

不怕里正征用马匹，并且很支持驿传，要车给车，要马给马，要钱给钱，"和市"（驿站抑价强购百姓物品）也能接受，可知唐代的老百姓既认可驿传动用民力的操作方式，也支持国家的驿传建设。

由于国家的特别重视和政策支持，在国家供给、驿站自主经营、百姓支持三方面的共同作用下，唐代驿站的物资供应得到了充分的满足，这是驿传效率的重要保证。

在以上诸多条件的共同作用下，通观整个唐代的驿传体系，应该承认的是，其运行比较正常。而这些，不仅为军国传驿，也为唐诗的传递传播带来很多方便。这一点，留待以后各章分别探讨。

第二节　唐代驿路的覆盖情况

这一问题关乎唐代诗歌的传播与驿传的关系，也关乎唐代诗歌的影响范围。因为我们都知道，唐代的诗人生活在一个人文生存环境好于之前任何一个封建王朝的时代，而这样的生存环境给文人们提供了特别好的发挥才能的场所。中国文人惯常所走的"修身齐家治国平天下"的人生之路，在唐代文人身上得以充分体现，文人们离开家乡，开始探索各种形式的"治国平天下"的人生之路，比如漫游、科考、入幕、出仕、从军，各种各样参与军国政事的路途，都在唐代文人身上展示了迷人的魅力，吸引着他们从四面八方奔向京都，或者从京都走向四面八方。于是，在驿路上奔向京城和从京城奔向四面八方的唐代文人迤逦走来。

一、繁华区域驿路的放射性网络结构

唐代的驿传体系建设并不均衡，往往依据驿务繁简设置。驿务繁忙的地区，驿路网络非常发达，往往以某中心城市为圆心，辐射向四面八方。严耕望《唐代交通图考》给出的结论是："大抵唐代交通以长安、洛阳大道为枢轴,汴州(今开封)、岐州(今凤翔)为枢轴两端之延伸点。由此两轴端四都市向四方辐射发展,而以全国诸大都市为区域发展之核心。"[1] 这基本描绘了唐代驿路的主线路,辐射线还有很多。比如,柳宗元《馆驿使壁记》一文所记,唐代以长安为中心的驿路有七条重要的干道,呈放射状通往全国各地:

> 凡万国之会,四夷之来,天下之道途,毕出于邦畿之内。奉贡输赋,修职于王都者,入于近关,则皆重足错毂,以听有司之命。征令赐予,布政于下国者,出于甸服,而后案行成列,以就诸侯之馆。故馆驿之制,于千里之内尤重。
>
> 自万年至于渭南,其驿六,其蔽曰华州,其关曰潼关。自华而北界于栎阳,其驿六,其蔽曰同州,其关曰蒲津。自灞而南至于蓝田,其驿六,其蔽曰商州,其关曰武关。自长安至于鳌屋,其驿十有一,其蔽曰洋州,其关曰华阳。自武功而西至于好畤,其驿三,其蔽曰凤翔府,其关曰陇关。自渭而北至于华原,其驿九,其蔽曰坊州。自咸阳而西至于奉天,其驿六,其蔽曰邠州。由四海之内,总而合之,以至于关;由关之内,束而会之,以至于王都。华人夷人往复而授馆者,旁午而至,传吏奉符而阅其数,县吏执牍而书其物。告至告去之役,不绝于道;寓望迎劳之礼,无旷于日。而春秋朝陵之邑,皆有传馆。其饮饫饩馈,咸出于丰给;缮完筑复,必归于整顿。列其田租,布其货利,权其入而用其积,于是有出纳奇赢之数,勾会考校之政。[2]

---

① 严耕望:《唐代交通图考》序言,上海古籍出版社,2007年,第5页。
② (唐)柳宗元:《馆驿使壁记》,《全唐文》卷五八〇,中华书局,1983年,第5858页。

柳宗元所勾画的，正是唐代的七条主要干道，这七条主干道又与各州郡县之间的驿路环环相连，而各州郡县也是驿道密布，层层衔接，形成了完整有序的交通网。我们只要阅读唐人李吉甫的《元和郡县图志》，并结合台湾学者严耕望的《唐代交通图考》，便可以大体恢复唐代驿务繁忙地区的交通状况。李吉甫《元和郡县图志》共计四十卷，有关内道、河南道、河东道、河北道、山南道、淮南道、江南道、剑南道、岭南道、陇右道，亦即十大行政区，同时也就是十个大的交通方向。每一道交通主线之外又分若干支线，每一条支线又有若干个重要交通点，每一个重要交通点距上都长安和东都洛阳有多少里程，距较重要的交通点有多少距离，每一个交通点的"八到"之地是哪里，里程是多少，都一一叙述清楚，再结合严耕望《唐代交通图考》的驿站设置，当时全国的交通状况基本一目了然。

　　柳宗元《馆驿使壁记》已经勾画出以长安、洛阳为圆点的京都交通网络图，刘广生、赵梅庄编著的《中国古代邮驿史》第八章第十一节① 专门谈到了以长安、洛阳为中心的驿传网络，可充分展现长安、洛阳的放射性驿路网络状况，亦可参看，不再细说。下面分别以洛阳、杭州、成都、敦煌、西州为中心，勾画几条重要的唐代交通线路，这几条线路，也是唐诗传播的重要线路，也即唐诗传播之路。

　　以洛阳为中心的唐代交通驿路网络，《元和郡县图志》"河南府"条记载了洛阳到京都长安的距离和八到之地：

　　　　洛州，东都。开元户一十二万七千四百四十。……显庆二年，置东都，则天改为神都，神龙元年复为东都。开元元年改洛州为河

① 参看刘广生、赵梅庄：《中国古代邮驿史》，人民邮电出版社，1999年，第276—292页。

南府。天宝元年,改东都为东京,至德元年复为东都。

　　八到:西至上都八百五十里,东至郑州二百八十里,东北至怀州一百五十里,西北至陕州三百五十里,东南至汝州一百七十里,东南取鄂岭路,至阳翟县二百四十里,从县至许州九十里。①

以杭州为中心的唐代交通驿路网络,《元和郡县图志·江南道一》"杭州"条记载了中心杭州到京都长安的距离和八到之地:

　　余杭,上。开元户八万四千二百五十二,乡一百八十八。元和户五万一千二百七十六。

　　州境:东西五百五十四里,南北八十九里。

　　八到:西北至上都三千四百里,西北至东都两千五百四十里,西南至睦州三百一十五里,东南取浙江至越州一百三十里,西至歙州四百七十里,西北至宣州四百九十六里,东北至浙江入海处约一百里,北至苏州三百七十里。②

以成都为中心的唐代交通驿路网络,《元和郡县图志·剑南道上》"成都府"条记载了成都到京都长安的距离和八到之地:

　　成都府益州,大都督府。开元户十三万七千四十六,乡二百五十。元和户四万六千一十,乡二百四十二。今为西川节度使理所。

　　管州二十六:成都府、彭州、蜀州、汉州、邛州、简州、资

---

① (唐)李吉甫撰,贺次君点校:《元和郡县图志》卷五,中华书局,1983年,第129—130页。

② (唐)李吉甫撰,贺次君点校:《元和郡县图志》卷二五,中华书局,1983年,第602页。

州、嘉州、戎州、雅州、眉州、松州、茂州、翼州、维州、当州、悉
州、静州、柘州、恭州、真州、黎州、嶲州、姚州、协州、曲州，县
一百一十二。

州境：东西二百九里，南北三百八十八里。

八到：东北至上都二千一十里，东北至东都二千八百七十里，正东微
南至简州一百五十里，西北至彭州一百里，正西微南至蜀州一百五十里，正
南微西至陵州二百里，南至眉州二百里，西南至邛州二百六十里，北至汉州
一百里。①

以敦煌为中心的唐代交通驿路网络，《元和郡县图志·陇右道
下》"沙州"条记载了敦煌到京城的距离和八到之地及其距离：

> 沙州，燉煌。中府。开元户六千四百六十六。乡十三。禹贡雍州
> 之域。古戎地也，《左传》所谓"允姓之戎，居于瓜州"，注云"在
> 今敦煌"，是也。汉武帝元鼎六年，分酒泉置敦煌郡，今州即其地
> 也。前凉张骏于此置沙州，盖因鸣沙山为名。流沙即居延泽也。
> 以西胡校尉杨宣为刺史，后三年宣让州，复改为敦煌郡。凉武昭
> 王初都于此，后又迁于酒泉。后魏太武帝于郡置敦煌镇，明帝罢
> 镇立瓜州，以地为名也，寻又改为义州，庄帝又改为瓜州。隋大
> 业三年，又罢州为敦煌郡。隋末丧乱，陷于寇贼，武德二年西土
> 平定，置瓜州，五年改为沙州，建中二年陷于西蕃。皇朝以敦煌
> 为燉煌。
>
> 州境：东西　　南北

---

① （唐）李吉甫撰，贺次君点校：《元和郡县图志》卷三一，中华书局，1983年，第
765—767页。

八到：东南至上都三千七百里。东南至东都四千五百六十里。东至瓜州三百里。西至石城镇一千五百里。西至吐蕃界三百里。北至伊州七百里。①

以西州为中心的馆驿布局情况：

自县西……三百九十里有罗护守捉；又西南经达匪草堆，百九十里至赤亭守捉，与伊西路合。

自州西南有南平、安昌两城，百二十里至天山西南入谷，经礴石碛，二百二十里至银山碛，又四十里至焉耆界吕光馆。又经盘石百里，有张三城守捉。又西南百四十五里渡淡河，经新城馆，至焉耆城镇。

自县（西州交河县）北八十里有龙泉馆，又北入谷百三十里，经柳谷，渡金沙岭，百六十里，经石会汉戍，至北庭都护府城。②

西州北向往北庭都护府城的道路，沿途设有龙泉、酸枣、柳谷诸馆驿。③

幽州方向，也是一条重要的驿路，同时也是一条特别独特的诗路，渔阳鼙鼓成为这条诗路的标记。可惜《元和郡县图志》到了幽州，就缺失了。好在严耕望《唐代交通图考》分四篇介绍了幽州东北塞诸道，与唐代诗人活动和书写有关的驿路有几条：

① （唐）李吉甫撰，贺次君点校：《元和郡县图志》卷四○，中华书局，1983 年，第1025—1026 页。

② （宋）欧阳修、宋祁：《新唐书》卷四○《地理志四》，中华书局，1975 年，第1046—1047 页。

③ 乜小红：《吐鲁番所出唐代文书中的官营畜牧业》，《敦煌研究》2005 年第 6 期。

幽州东行六十里至潞县。又九十里至三河县,临沟故城也。又八十里至蓟州治所渔阳县,即无终故城也。

由州东南行八十里至玉田县,本玉田驿,万岁通天元年移无终县于此,更名。又一百里至石城县,唐初置临渝县,盖隋临渝宫也,万岁通天二年更名石城。又一百四十里至平州治所卢龙县,有卢龙军。

又东一百八十里至临渝关,简称渝关,又音近形伪为榆关,史文常与胜州榆关相混淆。

关既当长城东端尽处,背山面海,形势险峻,而为平营间交通孔道。中原东北出塞至辽东、渤海、朝鲜,此为主要咽喉。故开元天宝中置渝关守捉,统兵三千人,马一百匹,以镇之。诸蕃互市亦于此进行。

出渝关东北行四百八十里至营州治所柳城县。此为东北出塞之最主要干线。此路虽缘海出关,然其北段必仍循白狼水河谷而下行也。唐置东西狭石、绿畴、米砖、长杨、黄花、紫蒙、白狼等戍以扼契丹与渝关。

营州柳城外通东北诸蕃国大要有三道。其一,东北至契丹牙帐,通东北诸国道。西北逾松陉至奚王牙帐通北蕃道。其三,东至辽东城通东方诸国道。①

以上所列,只是当时最重要的几条交通路线,就已经看到了当时驿路的四通八达。全国形成互联互通的驿路网络,交通繁忙的状况可想而知。这些线路,既是唐代重要的政治、军事、商业路线,也是唐

① 严耕望:《唐代交通图考》第五卷,上海古籍出版社,2007 年,第 1745、1746、1747、1751、1752、1756 页。

代诗人行走其间的重要线路,当然就是重要的唐诗传播路线。诗人们在驿路上、馆驿里、邮亭壁,吟诗、写诗、念诗,让驿路上诗声朗朗,为唐诗的传播做出了重要贡献。

二、边远地区的触角式驿传线路

唐代的政治军事实力波及之广,从驿路的设置即可见其一斑。中国历史研究专家岑仲勉先生曾经说"汉、唐在玉门关以西,未见驿传之记载"①,是值得商榷的。据台湾学者严耕望《唐代交通图考》考证,唐代的"全国大道西达安西(或至葱岭),东穷辽海,北逾沙碛,南尽海隅,莫不置馆驿,通使命,而国疆之外,凡唐之声威所曾届达处,亦颇有中国馆驿之记录"②。

边远地区虽然驿务甚简,但军事和政治控制的需要,也让唐代统治者极为重视其驿路及驿传体系建设。前文已经谈到,每攻克、收复或有来归的地区,唐代统治者总是首先疏通或建设驿路,故而边远地区虽然不像两京或政治、经济、文化发达地区那样驿路发达,但也一定有驿路可达。驿路的设置依据唐代统治者政治、军事势力的渗透情况而定,呈触角式延伸。刘广生、赵梅庄编著的《中国古代邮驿史》第八章第八节③专门谈及少数民族地区的邮驿,其论较之笔者查阅甚详,笔者根据其论述,结合新旧《唐书》《元和郡县图志》《唐代交通图考》《唐代交通与文学》等著作中之资料,姑综述如下:

吐蕃:在长安之西八千里,原属汉西羌之地。贞观八年(634),吐

① 岑仲勉:《中外史地考证》前言,中华书局,1962年。
② 严耕望:《唐代交通图考》序言,上海古籍出版社,2007年,第5页。
③ 参看刘广生、赵梅庄:《中国古代邮驿史》,人民邮电出版社,1999年,第262—267页。

蕃赞普弃宗弄赞（松赞干布）始遣使朝贡大唐。贞观十五年（641），唐太宗以文成公主妻之，令礼部尚书、江夏郡王道宗主婚，持节送公主远嫁吐蕃。松赞干布与公主归国后，对其属下说："我父祖未有通婚上国者，今我得尚大唐公主，为幸实多。当为公主筑一城，以夸示后代。"[1] 于是在逻些（拉萨）建筑城邑和栋宇以供文成公主居住，即布达拉宫。自此之后，在松赞干布的带领下，吐蕃人"释毡裘，袭纨绮，渐慕华风。仍遣酋豪子弟，请入国学以习《诗》《书》。又请中国识文之人典其表疏"[2]。驿路之上，往来人渐多。这条驿路，从长安到吐蕃的逻些，大体上经过金城（兰州）、陇右节度使住所、湟水（乐都）、鄯城（西宁），经莫离驿、那禄驿、众龙驿、悉诺罗驿，穿过唐古拉山，再经野马驿、阁川驿、农歌驿到达逻些。

　　回纥：在长安以北六千九百里。回纥，是匈奴人的后裔。贞观二十年（646），回纥人遣使南过贺兰山，临黄河，入贡朝唐。《旧唐书》记载：

> 太宗幸灵武，受其降款，因请回鹘已南置邮递，通管北方。太宗为置六府七州，府置都督，州置刺史，府州皆置长史、司马已下官主之。以回纥部为瀚海府，拜其俟利发吐迷度为怀化大将军兼瀚海都督。[3]

回纥以南置邮驿始于贞观二十一年（647），回纥首领吐迷度遣使入

---

[1]（后晋）刘昫等：《旧唐书》卷一九六上《吐蕃传上》，中华书局，1975年，第5221—5222页。

[2]（后晋）刘昫等：《旧唐书》卷一九六上《吐蕃传上》，中华书局，1975年，第5222页。

[3]（后晋）刘昫等：《旧唐书》卷一九五《回纥传》，中华书局，1975年，第5196页。

唐请置驿路,于是唐太宗命人在突厥以北置驿六十八所,这就是所谓的参天可汗道。此路经中受降城(今内蒙古包头西昆独仑河入黄河处)、呼延谷(即昆都仑河)、公主城、浑义河到达回纥牙帐(今蒙古国哈拉和林北鄂尔温河西岸)。

南诏:居住于今之云南一带的少数民族,他们很早就希望与大唐王朝建立联系,高宗、武后时期都曾派人入朝,开元二十六年(738),南诏皮逻阁当国时期,唐玄宗诏授特进,封其为越国公,而真正开设驿路在贞元年间。樊绰《蛮书》记载:唐德宗时,南诏"献书于剑南节度使韦皋,自言:……每叹地卑夷杂,礼义不通,隔绝中华,杜绝声教,遂献书檄寄西川节度使韦皋。韦皋答牟寻书,申以朝廷之命。牟寻不谋于下,阴决大计,遂三路发使,冀有一达:一使出安南,一使出西川,一使由黔中。贞元十年三使悉至阙下"①。也就是说,南诏的使者从三条路线进入大唐,并通过驿路来到大唐都城长安。《旧唐书》记载:

> 九年四月,牟寻乃与酋长定计遣使:赵莫罗眉由两川,杨大和坚由黔中,或由安南。使凡三辈,致书与韦皋,各赍生金丹砂为贽。三分前皋所与牟寻书,各持其一为信。岁中,三使皆至京师,且曰:"牟寻请归大国,永为藩国。所献生金,以喻向北之意如金也;丹砂,示其赤心耳。"上嘉之,乃赐牟寻诏书,因命韦皋遣使以观其情。皋遂命巡官崔佐时至牟寻所都阳苴咩城,南去太和城十余里,东北至成都二千四百里,东至安南如至成都,通水陆行。②

---

① 转引自刘广生、赵梅庄:《中国古代邮驿史》,人民邮电出版社,1999 年,第265 页。
② (后晋)刘昫等:《旧唐书》卷一九七《南诏蛮传》,中华书局,1975 年,第5282 页。

我们列举以上三个为代表,可以想见大唐王朝驿路的指向,只要归附的地方,就是驿路所要到达的地方,也是文人能够到达的地方。它不仅标识着大唐王朝的统治权限,也标识着官员可能到达的地方,也就意味着诗歌可能到达的地方。事实上,这些地方确实能够见到不少诗人的足迹和诗歌传播的印记。据《贞观政要》记载:

> (贞观二年)是岁大收天下儒士,赐帛给传,令诣京师,擢以不次,布在廊庙者甚众。学生通一大经已上,咸得署吏。国学增筑学舍四百余间,国子、太学、四门、广文亦增置生员,其书、算各置博士、学生,以备众艺。太宗又数幸国学,令祭酒、司业、博士讲论,毕,各赐以束帛。四方儒士负书而至者,盖以千数。俄而吐蕃,及高昌、高丽、新罗等诸夷酋长,亦遣子弟请入于学。于是国学之内,鼓箧升讲筵者,几至万人,儒学之兴,古昔未有也。①

《唐会要》也有类似记载:

> 贞观五年以后,太宗数幸国学、太学,遂增筑学舍一千二百间。国学、太学、四门,亦增生员,其书、算等,各置博士,凡三千二百六十员。其屯营飞骑,亦给博士,授以经业。已而高丽、百济、新罗、高昌、吐蕃诸国酋长,亦遣子弟请入国学。于是国学之内,八千余人,国学之盛,近古未有。②

在周边各国纷纷遣使入朝和学习的历史文化氛围中,唐人诗文得到

---

① (唐)吴兢撰,江涛点校:《贞观政要》卷七,齐鲁书社,2010年,第494页。
② (宋)王溥撰:《唐会要》卷三五,中华书局,1955年,第633页。

空前广泛的传播,如白居易的《唐故武昌军节度处置等使正议大夫检校户部尚书鄂州刺史兼御史大夫赐紫金鱼袋赠尚书右仆射河南元公墓志铭》中提到的元稹诗歌"自六宫、两都、八方至南蛮、东夷国,皆写传之,每一章一句出,无胫而走,疾于珠玉"[①]。《旧唐书·张荐传》写张文成在西域的知名情况:"天后朝,中使马仙童陷默啜(突厥),默啜谓仙童曰:'张文成在否?'曰:'近自御史贬官。'默啜曰:'国有此人而不用,汉无能为也。'"[②] 可见唐代诗文在唐代就传播极广。

　　唐代驿路的发达,为唐代诗人及其诗歌到达边远地区提供了方便条件。事实上,唐代的很多诗人都到达过极其边远的地区,诗歌的传播也在极其边远的地区见到过踪迹,比如杜审言、沈佺期流放越南;李白曾经被发配夜郎;高适曾经到达哥舒翰驻守的河西节度使幕府;岑参曾经到达高仙芝驻守的安西节度使幕府、封常清驻守的北庭节度使幕府;刘禹锡曾经做过连州(在今广东)刺史;柳宗元曾经做过柳州(在今广西)刺史等。他们行走在驿路上,写下了很多驿路诗歌。而他们所到达的地方,也随之会有很多诗歌传播,驿路到达的地方也会有诗歌到达,如唐代丝绸之路上的敦煌有很多唐诗的唐朝写本,都是唐代驿传见证唐代诗人和诗歌的明证。

---

① (唐)白居易著:《唐故武昌军节度处置等使正议大夫检校户部尚书鄂州刺史兼御史大夫赐紫金鱼袋赠尚书右仆射河南元公墓志铭》,《全唐文》卷六七九,中华书局,1983 年,第 6946 页。

② (后晋)刘昫等:《旧唐书》卷一四九《张荐传》,中华书局,1975 年,第 4023—4024 页。

第三节　唐代驿路的传递速度

唐代驿路乘驿,并不是随心所欲,不是谁想享受国家的驿路政策就能享受,也不是每天想走多远就走多远,而是有明文规定的乘驿标识和日行走里程。这些规定,是唐代统治者实施政令的必要保证,也在一定程度上为唐诗传播提供了时间保证,如白居易的诗歌从京城寄给被贬通州的元稹,元稹在一月稍多即可收到,这保证了诗人之间的信息畅通。为了弄清楚唐代驿路传递是否真正影响唐代诗歌的传播速度,我们有必要了解一下唐代驿传体系的运作情况,比如遣驿、乘驿和驿传速度。

一、遣驿和乘驿

唐代的驿传管理归属尚书省六部中的兵部。兵部下有四部,即兵部、职方、驾部、库部,驿传管理归四部之一的驾部,为军事化管理机构。驾部有驾部郎中一员,从五品上;员外郎一员,从六品上;主事三人,从九品上;此外,令史十人,书令史二十人,掌固四人。其中,"郎中、员外郎掌邦国之舆辇、车乘,及天下之传、驿、厩、牧官私马·牛·杂畜之簿籍,辨其出入闲逸之政令,司其名数"①。除中央部门外,地方诸道各设馆驿巡官四人,诸府州由兵曹司兵参军分掌,诸县令兼理。

由于是军事化管理,在驿道上乘传驰驿,各种规定非常严格:行人须带传符,乘驿要按日定里程。

---

① (唐)李林甫等撰,陈仲夫点校:《唐六典》卷五,中华书局,1992年,第162—163页。

（一）驿路行驶必须使用传符

"遣驿"即派驿使或国家公务人员到一定地方公干,即出公差。出公差必须有传符。"传符"是国家发给乘驿人员的"车票",是遣驿的标记,没有传符的人不能乘驿。而对于需要奔走于驿道上的各类人员而言,若要依靠驿馆供给,必须持有通行证件传符。传符即传信符,据《新唐书》:"传信符者,以给邮驿,通制命。"[①] 就是给邮驿的专门证件,全国通用。唐代的传符有很多种,属于邮驿系统的传符由门下省发放,《唐六典》卷五《尚书兵部》规定:

> 凡乘驿者,在京于门下给券,在外于留守及诸军、州给券。若乘驿经留守及五军都督府过者,长官押署;若不应给者,随即停之。[②]

《唐六典》卷八《门下省》规定:

> 凡国有大事则出纳符节,辨其左右之异,藏其左而班其右,以合中外之契焉。……二曰传符,所以给邮驿,通制命;两京留守及诸州、若行军所,并给传符。诸应给鱼符及传符者,皆长官执。其长官若被告谋反大逆,其鱼符付以次官;无次官,心受告之司。……[③]

由此可知,传符有专门的管理机关,不是随意发放的。

不同地方不同级别的乘驿人员所持传符不同,在京乘驿人员的

---

① （宋）欧阳修、宋祁:《新唐书》卷二四《车服志》,中华书局,1975 年,第 525 页。
② （唐）李林甫等撰,陈仲夫点校:《唐六典》卷五,中华书局,1992 年,第 163 页。
③ （唐）李林甫等撰,陈仲夫点校:《唐六典》卷八,中华书局,1992 年,第 253 页。

传符,由中央三省中的门下省审批,可以发给往还传符,相当于"往返车票";各州郡县乘驿人员的传符,由所在州郡颁发,不得发给往还传符,返回传符由所到州郡发给。《旧唐书》卷一三《德宗本纪下》:"(贞元八年)闰月癸酉,门下省奏:'邮驿条式,应给纸券。除门下外,诸使诸州不得给往还券,至所诣州府纳之,别给俾还朝。……'(朝廷)从之。"[①] 可见对传符的使用有严格的规定。

(二)驿路上有权乘驿的人员

在驿路上依靠国家供给车马行驶的人员,谓之"乘驿"或"乘传"。乘驿,使用驿传体系供给的乘马。乘传,使用驿传体系供给的车辆。唐朝对乘驿人员也有严格的规定,最重要的是上面所说的必须有传符,除此而外,还有很多限制,如不许增乘驿马,不许诈乘驿马,不许辄乘驿马(应当乘驿而未得传符者乘驿),不许携带私物,不许私借驿马与人等等,这些内容,李德辉《唐宋时期馆驿制度及其与文学之关系研究》中有较为详细的论述,请参看李德辉书第58—59页。这几条规定都是针对传驿人员,其中不许携带私物一条很显然对诗歌的传播极为不利,但这种情况后来有很大变化。尤其是并不担负邮驿任务的乘驿人员,如来往官员、科考举子,他们不负载国家信息传递任务,不受不许携带私物的条款的限制。而这些人中间,相当一部分人是诗人,故而携带书信、诗卷就成为可能,由此,乘驿,就与诗人和诗歌发生了很多联系,使诗歌传播获得机遇。

另一个需要说明的问题是:乘驿人员虽有严格的制度规定,但随着唐代驿传体系的完善和国家的富足,乘驿人员的范围迅速扩大,甚至商旅、行客皆可乘驿。据《贞观政要》记载:"商旅野次,无复盗贼,囹圄常空,马牛布野,外户不闭。又频致丰稔,米斗三四钱,行旅自京

---

① (后晋)刘昫等:《旧唐书》卷一三《德宗本纪下》,中华书局,1975年,第375页。

师至于岭表,自山东至于沧海,皆不赍粮,取给于路。入山东村落,行客经过者,必厚加供待,或发时有赠遗。此皆古昔未有也。"① 可见乘驿人员的扩大和待遇的优厚,由此可以想见,士人参加科考、诗人漫游天下,都拥有非常好的条件,诗歌的携带和诗歌的创作,也就与驿路产生了千丝万缕的联系。

(三)乘驿人员不能做的事情

在驿路上乘驿的人员,要按照乘驿规定行事,有些东西能带,有些东西不能带。比如不能夹带私人物品,《唐律疏议》卷一〇:

> 诸乘驿马赍私物(谓非随身衣、仗者),一斤杖六十,十斤加一等,罪止徒一年。驿驴减二等(余条驿驴准此)。
>
> 疏议曰:乘驿马者,唯得赍随身所须衣、仗。衣,谓衣被之属;仗,谓弓刀之类。除此之外,辄赍行者,一斤杖六十,十斤加一等,罪止徒一年。驿驴,减二等,谓一斤笞四十,罪止杖九十。余条驿驴准此者,谓"稽程""枉道"之类,诸条驿驴得罪,皆准马减二等。②

这一条,如同我们乘飞机,只允许带多少公斤的物品,其实是怕驿使或乘驿人员夹带私物,给驿马、驿驴或传车带来负担,影响执行公务。这一条,似乎对诗歌传播极其不利,但实际上影响不是特别大。古人的诗卷往往就是几张纸,没有今天的书本这样沉重。随身带上几张纸,达不到惩罚的程度。

---

① (唐)吴兢撰,江涛点校:《贞观政要》卷一,齐鲁书社,2010年,第27页。
② 岳纯之点校:《唐律疏议》卷一〇,上海古籍出版社,2013年,第175—176页。

二、驿路上的"乘驿"速度

阅读唐诗可以知道,国家对乘驿人员的乘驿速度是有严格控制的,诗人们往往称之为"严程",如宋之问《自洪府舟行直书其事》"严程无休隙,日夜涉风水"[①]、《饯湖州薛司马》"别驾促严程,离筵多故情"[②]、《使过襄阳登凤林寺阁》"信美虽南国,严程限北归"[③];杜审言《赠崔融二十韵》"高选俄迁职,严程已饬装"[④];刘希夷《送友人之新丰》"宾游宽旅宴,王事促严程"[⑤],等等。

一般情况下,"乘驿"既不允许太快——太快会损伤马匹,也不允许太慢——太慢会增加驿站的负担,消耗国家的财力。有关的条款涉及以下诸方面:

(一)驿路上的日行走里程

驿路上的乘驿人员的行程并不是随心所欲,每天想走多远就走多远,而是国家有明文规定的日行走里程。按《唐六典》卷三《尚书户部·度支员外郎》条规定的一般驿程是:

> 凡陆行之程:马日七十里,步及驴五十里,车三十里。水行之程:舟之重者,溯河日三十里,江四十里,余水四十五里,空舟

---

① (唐)宋之问:《自洪府舟行直书其事》,《全唐诗》卷五一,中华书局,1960年,第623页。

② (唐)宋之问:《饯湖州薛司马》,《全唐诗》卷五二,中华书局,1960年,第638页。

③ (唐)宋之问:《使过襄阳登凤林寺阁》,《全唐诗》卷五三,中华书局,1960年,第650页。

④ (唐)杜审言:《赠崔融二十韵》,《全唐诗》卷六二,中华书局,1960年,第738页。

⑤ 《唐》刘希夷:《送友人之新丰》,《全唐诗》卷八二,中华书局,1960年,第887页。

溯河四十里,江五十里,余水六十里。沿流之舟则轻重同制,河日一百五十里,江一百里,余水七十里。①

这应该是一个大略的规定,非常人性化,对不同的乘驿工具,根据不同的情况进行了较为具体的规定。正常行驿情况下,这些行程规定都能轻松完成。以两京行程为例,据严耕望《唐代交通图考》:

> 两京行旅所需之时间,除诏令急宣、军书急邮外,通常盖日行三驿,共需时十日。故白居易诗云:"石渠、金谷中间路,轩骑翩翩十日程。"缓或日行两驿,共需时十六日,故白诗有云:"北阙至东京,风光十六程"也。至于君主行幸,则首尾多耗二十日,盖沿途行宫既多,可备优游耳。②

> 统计里程,由西京长安……至东都……总计两都间最捷里程约八百里,最迂里程约八百六十五里,志书所记两都里程,多则八百六十,少则八百,盖取南北道之异也。③

日行三驿,就是九十里;日行两驿,就是六十里。两京间距离迂路八百六十五里,近路八百六十里,将两京间驿务繁忙、驿站设置较近考虑在内,白诗的描述基本符合实际情况。《唐六典》的"马日七十里",与"轩骑翩翩十日程"则有一定差距,而骑驴与步走日行五十里(近于两驿),可大体合于"风光十六程"之数。《唐六典》的规定应该是比较明确的,而白诗说明,乘驿人员有较小范围的机动。倍道兼驰

---

① (唐)李林甫等撰,陈仲夫点校:《唐六典》卷三,中华书局,1992年,第80页。
② 严耕望:《唐代交通图考》第一卷,上海古籍出版社,2007年,第82页。
③ 严耕望:《唐代交通图考》第一卷,上海古籍出版社,2007年,第87—88页。

的军国驿传速度与本文探讨的唐诗传播关系不大,此略。

（二）乘驿者不准枉道行驶

有了国家发给的传符,也不是想到哪里就到哪里,而是该到哪里就到哪里。如果乘驿马枉道,将会受到严厉处罚。《唐律疏议》卷一〇"乘驿马枉道"条:

> 诸乘驿马辄枉道者,一里杖一百,五里加一等,罪止徒二年。越至他所者,各加一等(谓越过所诣之处)。经驿不换马者,杖八十(无马者,不坐。)
>
> 疏议曰:乘驿马者,皆依驿路而向前驿。若不依驿路别行,是为枉道。越至他所者,注云,谓越过所诣之处。假如从京使向洛州,无故辄过洛州以东,即计里加枉道一等。经驿不换马,至所经之驿,若不换马者,杖八十,因而致死,依《厩牧令》:乘官畜产,非理致死者,备偿。无马者不坐,谓在驿无马,越过者无罪,因而致死者不偿。[①]

乘驿者不准枉道,也就是不准绕道行驿。"越至他所"指越过了应该到达的地方。这些规定既是为了避免绕道办私事,也保证了驿传信息的直接到达。

（三）驿路行驶不准违程

为了保证信息在最短的时间抵达,也为了尽可能减轻驿站的负担,唐代法律制定了驿使违程的严厉处罚措施,《唐律疏议》卷一〇"驿使稽程"条:

---

① 岳纯之点校:《唐律疏议》卷一〇,上海古籍出版社,2013 年,第 175 页。

　　驿使稽程者,一日杖八十,二日加一等,罪止徒二年。

　　若军务要速者,加三等;有所废阙者,违一日,加役流;以故
陷败户口、军人、城戍者,绞。①

《唐会要》卷六一载开元十五年(727)的一道敕令:

　　十五年四月十日敕两京都亭驿,应出使人三品已上,及清要
官,驿马到日,不得淹留。过时不发,馀并令就驿进发,左右巡御
使专知访察。②

从《唐会要》中对三品以上清要官的要求看,没有人有权力破坏驿路
行驶的时间及里程的规定,犯错,或被察访,或受惩罚。这是为驿传
管理体系清除障碍的政令,也是保障信息及时到达的政令。

　　(四)流贬人员加速乘驿

　　为了减轻驿馆的负担,统治者还对流贬人员进行了特殊的规定,
《禁流贬人在路逗留诏》曰:

　　应流贬人,皆负罪谴,其中或舍其昧死,全彼余生,将宽常
法,示有惩戒。如闻在路,多作逗留,郡县阿容,许其停滞,是何
道理? 自今已后,其左降官量情状稍重者,驰十驿已上赴任,流
移人令押领纲典画时,递相分付。如更因循,尚有宽纵,所繇当
别有处分。③

———————

① 岳纯之点校:《唐律疏议》卷一〇,上海古籍出版社,2013年,第172页。
② (宋)王溥撰:《唐会要》卷六一,中华书局,1991年,第1248页。
③ (唐)李隆基:《禁流贬人在路逗留诏》,《全唐文》卷三二,中华书局,1983年,
　第358—359页。

薛珏《请禁淹留馆驿奏》曰：

> 当府馆驿，准永泰元年三月京兆尹兼御史大夫第五琦奏。使人缘路，无故不得于馆驿淹留。纵然有事，经三日已上，即于主人安置，馆存其供限。如有家口相随及，自须于村店安置，不得令馆驿将什物、饭食、草料等，就彼供给拟者。伏以承前格敕，非不丁宁，岁月滋深，因循久弊。今往来使客，多是武官，逾越条流，广求供给。府县少缺，悔吝坐至。属当凋残，实难济办。况都城大路，耗费倍深。伏乞重降殊恩，申明前敕，绝其侥滥，俾惧章程。庶邮驿获全，职司是守。①

驿使违程，有时未必耽误公事，但却肯定会给驿站增加负担；流贬人员，已经是被朝廷废弃的人员，多在驿路迁延一日，就多浪费王朝的一些开支，所以，有惩治措施和要求加速行驶都是应当的，但其惩治之严厉，远逾笔者之想象。相较于我们今天很多公文公务、快递信件等被耽搁而无人问津，唐代的邮驿政令值得肯定。

乘驿的严格要求在唐诗中屡见不鲜。宋之问《饯湖州薛司马》中有"别驾促严程"、《使过襄阳登凤林寺阁》中有"严程限北归"，杜审言《赠崔融二十韵》中有"严程已饬装"，刘希夷《送友人之新丰》中有"王事促严程"，马怀素《饯许州宋司马赴任》中有"严程若可留，别袂希再把"，等等，都能透出驿传的军事化管理信息。因此，乘驿人员就必须严格按照规定乘驿，不能听凭己意枉道行驶，不能寻找借口随意羁留。有此，驿吏便可根据自己的权力驱赶或呵责羁留者，

---

① （唐）薛珏：《请禁淹留馆驿奏》，《全唐文》卷五二六，中华书局，1983年，第5349页。

以尽可能保证驿路用最少的消耗办最多的事。

　　严格的制度，为驿传提供了保障，故此唐代的驿传快速而准时。不唯重要信息如郭孝恪击匈奴的战报能以几千里之遥而准时抵达，就是迁徙流播的官员也能准时到达目的地，甚至朋友间的通信都能准时接收。唐代诗人的诗作中，常常出现"计程"这一词汇，如万齐融《赠别江头》中"计程频破月，数别屡开年"、刘商《送人之江东》中"尽室随乘兴，扁舟不计程"、张籍《送安西将》"计程沙塞口，望伴驿峰头"、白居易《尝黄醅新酎忆微之》中"元九计程殊未到，瓮头一盏共谁尝"、朱庆馀《送邵州林使君》"一月计程那是远，中年出守未为迟"、杜牧《寄湘中友人》"匹马计程愁日尽，一蝉何事引秋来"等等都是按照驿路规定的行程替朋友考虑的。正是因为有路程可计算，所以，只要知道出发的时间，知道目的地，到达的时间就很清楚。国家的重要信息如此，官员们往来的书信亦如此，跟随在官员们身上的诗文也是如此。如元稹充剑南东川详覆使，三月初七日从长安出发，按驿程计算，三月十七日左右当到梁州，白居易牵挂友人，于京中醉后诗中写道："花时同醉破春愁，醉折花枝作酒筹。忽忆故人天际去，计程今日到梁州。"① 后旬日，得元稹书信，中有《梦梁州》一诗，告诉白居易，这一天元稹恰宿梁州驿站，可见计程的准确。

　　军事化的管理体制，保证了唐王朝政令的信息畅通及时，也为诗歌的及时传播奠定了坚实的制度基础。

---

① （唐）白居易著，顾学颉校点：《白居易集》卷一四《同李十一醉忆元九》，中华书局，1979 年，第 271 页。

第四节　唐代驿传的兴盛和衰落

唐代驿传在唐代各个时期发展并不均衡,兴盛时期和衰落时期驿站数目、驿站供给、驿站传递都有很大区别,因此,对信息的传递也有很大影响,这当然也会影响到唐诗的当时传播。驿传畅通无阻之时,诗歌及时传播到全国各地,使得诗歌创作之后很快在社会上发生影响;驿传受阻时,诗歌不能及时传播到全国各地,也就使得诗歌创作之后不能很快在社会上发生影响。驿传体系与唐诗的当时传播近似于正比关系。因此,我们有必要探讨唐代驿传的兴盛和衰落。

依据一般历史分期,唐代驿传建设从兴起、发展、鼎盛到衰落,也可大体分为初唐、盛唐、中唐、晚唐四个时期。

一、初唐驿传体系的初具规模

唐代取得政权以后,驿传沿袭隋制,但更重视通过驿传体系实施有效的统治,因此,很注重驿传的建设。唐太宗深知驿传在军国大政中的重要作用,或主动与西域少数民族建立关系,如贞观二年(628),"突厥北边诸姓多叛颉利可汗归薛延陀,共推其俟斤夷男为可汗,夷男不敢当。上方图颉利,遣游击将军乔师望间道赍册书拜夷男为真珠毗伽可汗,赐以鼓纛。夷男大喜,遣使入贡,建牙于大漠之郁督军山下,东至靺鞨,西至西突厥,南接沙碛,北至俱伦水;回纥、拔野古、阿跌、同罗、仆骨、霫诸部落皆属焉"[1]。或有欲与大唐联系并要求开设驿路时,唐太宗一般都会允准,如"贞观六年,突骑支遣使贡方

---

[1] (宋)司马光编著:《资治通鉴》卷一九三,中华书局,1956年,第6061—6062页。

物,复请开大碛路以便行李,太宗许之"①。"初,焉耆入中国由碛路,隋末闭塞,道由高昌;突骑支请复开碛路以便往来,上许之。"②唐太宗时期,对通西域诸道非常重视,如贞观三年(629),曾派三路大军出击突厥,以通西域:"庚申,以行并州都督李世勣为通汉道行军总管,兵部尚书李勣为定襄道行军总管,华州刺史柴绍为金河道行军总管,灵州大都督薛万彻为畅武道行军总管,众合十余万,皆受李靖节度,分道出击突厥。"③唐太宗也常常以"计程"的方式关注国家的军国大事,据《贞观政要》所载房玄龄的谏表说,唐太宗"睹夷狄之将亡,则指期数岁;授将帅之节度,则决机万里。屈指而候驿,视景而望书,符应若神,算无遗策"④。可见其执政对驿传的依赖。如贞观十八年(644)九月,唐太宗与侍臣一起等待安西都护郭孝恪打击西突厥的战报:

> 辛卯,上谓侍臣曰:"孝恪近奏称八月十一日往击焉耆,二十日应至,必以二十二日破之。朕计其道里,使者今日至矣!"言未毕,驿骑至。⑤

由于军事外交的胜利,大唐王朝国威日重,或是以军事力量通驿,或是四夷来附,请求大唐王朝开通四夷驿路,故而在初唐时期,唐朝很快将驿传体系蔓延到边远地区。据《资治通鉴》记载:

① (后晋)刘昫等:《旧唐书》卷一九八《西戎传》,中华书局,1975年,第5301页。
② (宋)司马光编著:《资治通鉴》卷一九四,中华书局,1956年,第6096页。
③ (宋)司马光编著:《资治通鉴》卷一九三,中华书局,1956年,第6066页。
④ (唐)吴兢撰,江涛点校:《贞观政要》卷九,齐鲁书社,2010年,第288页。
⑤ (宋)司马光编著:《资治通鉴》卷一九七,中华书局,1956年,第6212页。

（贞观四年）西突厥种落散在伊吾，诏以凉州都督李大亮为西北道安抚大使，于碛口贮粮，来者赈给，使者招慰，相望于道。[1]

（贞观十三年）六月，渝州人侯弘仁自牂柯开道，经西赵，出邕州，以通交、桂、蛮、僚降者二万八千余户。[2]

（贞观二十二年）初，巂州都督刘伯英上言："松外诸蛮暂降复叛，请出师讨之，以通西洱、天竺之道。"[3]

　　我们仅以贞观四年（630）这一条为例进行简单说明。使者为何能够"相望于道"呢？原来，贞观四年（630）颉利可汗败落后，唐在西州建立政权称"伊西州"，为了实施有效的统治，维持中央与地方政权与西州高速而有效的联系，唐王朝便根据这一地区民族关系复杂、地处中西经济文化交流要冲的特点建设驿传体系，除沿袭高昌时期的远行马制度外，还逐步建立了州县两级的长行坊机构，使得西州的驿传能够东连瓜州、沙州，北接北庭都护府，西南与焉耆、安西都护府连接，西北通往西突厥。据敦煌所出《西州图经》记载，这条驿路，可能到贞观十六年（642）就建设完备。自此之后，这条驿路就设置了许多驿馆。可知，初唐每开一条驿路，都要设置馆驿，让驿路真正畅通。

　　其实，初唐统治者基本上都是实施的军事开边、驿路随建的边疆政策，比如唐太宗贞观二十一年（647），回纥等请求设置参天可汗道，唐太宗为加强对少数民族地区的管理，就答应了回纥的请求，并派长孙无忌和房玄龄两位重臣规划之：

① （宋）司马光编著：《资治通鉴》卷一九三，中华书局，1956年，第6081页。
② （宋）司马光编著：《资治通鉴》卷一九五，中华书局，1956年，第6148页。
③ （宋）司马光编著：《资治通鉴》卷一九九，中华书局，1956年，第6255页。

　　回纥等奏："奴身僻在远野无人之地,归身圣化,天至尊赐予奴等官职杂物,杀身不能以报,奴等既为百姓,于天至尊处往来,向父母边一种,总请于回纥以南、突厥以北开一道,呼为参天至尊道。"乃诏司徒长孙无忌、司空房玄龄等与共筹之。宜逐水草量置邮驿,总六十八所,各有群马酒肉以供过使,并请解作文奏人拟为表疏,每岁供貂皮以充赋。①

　　唐高宗李治显庆二年(657)"定方于是息兵,诸部各归所居,通道路,置邮驿,掩骸骨,问疾苦,画疆场,复生业,凡为沙钵罗所掠者,悉括还之,十姓安堵如故。乃命萧嗣业将兵追沙钵罗,定方引军还"②。唐高宗李治"龙朔元年,西域诸国,遣使来内属,乃分置十六都督府,州八十,县一百一十,军府一百二十六,皆隶安西都护府,仍于吐火罗国立碑以纪之"③。武则天圣历元年(698)"癸卯,以狄仁杰为河北道安抚大使。时北人为突厥所驱逼者,虏退,惧诛,往往亡匿。……仁杰于是抚慰百姓,得突厥所驱掠者,悉递还本贯。散粮运以赈贫乏,修邮驿以济旋师"④。这些都足以说明唐初统治者对驿传建设的重视。

　　初唐时期的老百姓也积极参与驿传体系的建设,有"捉驿""帖驿"等具体政策。捉驿,就是以州里富强之家主持驿站各项工作,以待行李。帖驿,就是在驿站缺少马匹等物资时,驿路两旁的百姓用自

①(宋)王钦若、杨亿、孙奭等编著,周勋初等校订:《册府元龟》卷一七〇,凤凰出版社,2006年,第1892页。

②(宋)司马光编著:《资治通鉴》卷二〇〇,中华书局,1956年,第6307页。

③(后晋)刘昫等:《旧唐书》卷四〇《地理志三》,中华书局,1975年,第1649页。

④(宋)司马光编著:《资治通鉴》卷二〇六,中华书局,1956年,第6535—6536页。

己的私马补贴驿站的临时需要。捉驿，允许驿长经营驿站的物资，如土地出租、钱财经营等。帖驿，也要记录在册。这两项在驿路早期运营中都能够顺利实施，王梵志诗《富饶田舍儿》反映了这种情况："里正追役来，坐着南厅里。广设好饮食，多酒劝且醉。追车即与车，须马即与使。"① 可见在驿路建设的早期，这种硬性的摊派，还能够得到百姓的支持。

由于初唐时期唐王朝的军事外交成果辉煌和对驿传建设的重视，加之驿路两旁百姓的支持，故而，初唐时期的驿传建设发展很快，已经拥有相当规模，除域内各州府之外，还将驿路向边域拓展。西部和北部，开通了安西都护府、北庭都护府、回纥都督府的道路，除著名的参天可汗道外，还进行了多条驿路建设。据严耕望《唐代交通图考》考察：

> 唐初威服大漠南北，置安北、单于两都护府于黄河之北，分统诸部。而于河南河套北境，西置丰州，东置胜州，内以巩固国疆，外以支援两府。武后时代，突厥骤强，中国仅能恃丰、胜两州，阻河城守。中宗景隆二年（708），朔方大总管张仁愿，因突厥有事西土，渡河筑定远城（在今宁夏平罗县地）及中东西三受降城，拓地三百里。②

西部边域、北部边域，是唐初政治军事经营中的重中之重，这里的军事胜利和驿路建设，代表了初唐的基本情况，说明军事触角所及，亦

---

① （唐）王梵志：《富饶田舍儿》，张锡厚《王梵志诗校辑》卷五，中华书局，1983年，第163页。
② 严耕望：《唐代交通图考》第一卷，上海古籍出版社，2007年，第229页。

是驿路建设所到。东北方向,唐太宗亲征高丽和唐高宗唐罗战争之后,高句丽、百济称臣,新罗纳贡,唐东北陆路驿路基本完备,据《新唐书·地理志七下》与唐代诗人所写驿路诗歌有关的驿路:

> 营州西北百里曰松陉岭,其西奚,其东契丹。距营州北四百里至湟水。营州东百八十里至燕郡城。又经汝罗守捉,渡辽水至安东都护府五百里。府,故汉襄平城也。东南至平壤城八百里;西南至都里海口六百里;西至建安城三百里,故中郭县也;南至鸭渌江北泊汋城七百里,故安平县也。自都护府东北经古盖牟、新城,又经渤海长岭府,千五百里至渤海王城,城临忽汗海,其西南三十里有古肃慎城,其北经德理镇,至南黑水靺鞨千里。①

唐代的南方都护府政权最远在交趾(今越南河内),早期都督府时期就已经拥有完备的行驿路线:

> 至京师七千二百五十三里,至东都七千二百二十五里。西至爱州界小黄江口,水路四百一十六里,西南至长州界文阳县靖江镇一百五十里,西北至峰州嘉宁县论江口水路一百五十里,东至朱鸢县界小黄江口水路五百里,北至朱鸢州阿劳江口水路五百四十九里,北至武平县界武定江二百五十二里,东北至交趾县界福生去十里也。②

---

① (宋)欧阳修、宋祁:《新唐书》卷四三下《地理志七下》,中华书局,1975年,第1146—1147页。

② (唐)刘昫等:《旧唐书》卷四一《地理志四》,中华书局,1975年,第1749—1750页。

从以上情况可知,唐代初期比较注重驿传体系的基本建设,驿路网络也初具规模。

二、盛唐驿路网络的发达

(一)驿路网络更加完备

唐玄宗时期,唐王朝进入盛唐时期。唐玄宗即位后励精图治,力求有所作为。开元年间唐王朝达到全盛时期,形成了政治清明、物阜民丰的局面,被称为"开元盛世"。开元盛世在驿传体系建设方面表现得非常突出。对比贞观初年的行政体制和与之相关的驿路网络,贞观年间有十道(关内道、河南道、河东道、河北道、山南道、陇右道、淮南道、江南道、剑南道、岭南道),而到盛唐的开元二十一年(733),已经分为十五道:京畿,理西京城内;都畿,理东都;关内,多以京官遥领;河南,理陈留郡;河东,理河东郡;河北,理魏郡;陇右,理西平郡;山南东,理襄阳郡;山南西,理汉中郡;剑南,理蜀郡;淮南,理广陵郡;江南东,理吴郡;江南西,理章郡;黔中,理黔中郡;岭南,理南海郡。又在边境置节度、经略使,控制四夷:镇西节度使,理安西;北庭节度使,理北庭都护府;河西节度使,理武威郡;朔方节度使,理灵武郡;河东节度使,理太原府;范阳节度使,理范阳郡;平卢节度使,理柳城郡;陇右节度使,理西平郡;剑南节度使,理蜀郡;岭南五府经略使,理南海郡。

历来开疆拓土的功业需要驿站保证政令的传达和信息的畅通,促使唐代的驿传网络越来越密集,据杜佑《通典·州郡二》的记载:贞观年间,大唐王朝已拥有"折冲府五百九十三,镇二百四,戍三百九十三,关二十七,驿千三百八十八,寺五千一百八十五,观一千八百五"[1]。真可谓驿路如网络,驿站如繁星。

---

[1] (唐)杜佑撰,王文锦等点校:《通典》卷一七二《州郡二》,中华书局,1998年,第4483页。

除以上所述,更为重要的是,陇右道、河东道、河北道、剑南道、岭南道里所涉及的通安西都护府、安北都护府、回纥牙帐、瀚海都护府、安东都护府、安南都护府各驿路,将大唐的管理触角伸向了所有的边域地区。

(二)驿传管理更加细密

为了保证政令的顺利执行和信息的畅达,唐代统治者在管理上特别细致,从队伍建设、官员级别、驿道开设、驿路管理人员要求、乘驿人员要求、惩治措施、驿路财务供应、财务运营、驿道绿化等各方面,都逐渐形成各种规定,不准轻易破坏。到唐玄宗时期,还特别注意保障驿传运行中的物资和马匹供应,鼓励百姓养马以供驿传使用。如开元九年(721),唐玄宗专门下诏鼓励人们为供应天下传马努力:"天下之有马者,州县皆先以邮递军旅之役,定户复缘以升之。百姓畏苦,乃多不畜马,故骑射之士减曩时。自今诸州民勿限有无荫,能家畜十马以上,免帖驿邮递征行,定户无以马为赀。"[1] "免帖驿邮递征行",就是不随便以邮驿需要免费征用百姓马匹。这在一定程度上鼓励了养马户的积极性,为保证有偿征用马匹作为传马的供应起到了重要作用。这些情况,在李德辉《唐宋馆驿与文学资料汇编》中有各种相关资料,可参看。

(三)盛世驿传盛况空前

盛唐时期,唐王朝的驿路繁华达到鼎盛,凡是通向各个地方政权的地方,都是驿路畅通、驿馆林立。驿路之上,商旅不绝,行人不断,传马如流星,传车似水流。《通典》记述开元时期的盛况说:

　　至十三年封泰山,米斗至十三文,青、齐谷斗至五文。自

---

① (元)马端临:《文献通考》卷一五九《兵考一一》,中华书局,2011年,第4766页。

后天下无贵物,两京米斗不至二十文,面三十二文,绢一匹
二百一十二文。东至宋、汴,西至岐州,夹路列店肆待客,酒馔丰
溢。每店皆有驴赁客乘,倏忽数十里,谓之驿驴。南诣荆、襄,北
至太原、范阳,西至蜀川、凉府,皆有店肆,以供商旅。远适数千
里,不持寸刃。①

天下无贵物,可见经济之平稳。驿路两侧店肆林立,酒馔丰溢,可见
物资之充盈。远行数千里,可以不带防护用具,可见人们对生活的信
心。这正是开元盛世的境况。杜甫在《忆昔》中对开元盛世有过特
别的赞美,其中包含着对盛世驿传的赞美:"忆昔开元全盛日,小邑
犹藏万家室。稻米流脂粟米白,公私仓廪俱丰实。九州道路无豺虎,
远行不劳吉日出。齐纨鲁缟车班班,男耕女桑不相失。"②这一时期
的交通盛况,可参看李吉甫《元和郡县图志》,李林甫《唐六典》,杜佑
《通典》以及严耕望《唐代交通图考》,李德辉《唐代交通与文学》《唐
宋馆驿及其与文学关系之研究》,刘广生、赵梅庄《中国古代邮驿史》
等著作。

正因为曾经有过的盛世驿传,所以诗人们之间的交往是非常容
易实现的,杜甫《送段功曹归广州》:"南海春天外,功曹几月程。峡
云笼树小,湖日荡船明。交趾丹砂重,韶州白葛轻。幸君因旅客,时
寄锦官城。"③也就说,杜甫盼望段功曹通过来往旅客捎给自己一些

---

① (唐)杜佑撰,王文锦等点校:《通典》卷七《食货七》,中华书局,1988年,第
152页。
② (唐)杜甫著,(清)仇兆鳌注:《杜诗详注》卷一三《忆昔》,中华书局,1979年,
第1163页。
③ (唐)杜甫著,(清)仇兆鳌注:《杜诗详注》卷一一《送段功曹归广州》,中华书
局,1979年,第928—929页。

信息。岑参《送郭乂杂言》诗说："地上青草出，经冬今始归。博陵无近信，犹未换春衣。怜汝不忍别，送汝上酒楼。初行莫早发，且宿霸桥头。功名需及早，岁月莫虚掷。……去年四月初，我正在河朔。曾上君家县北楼，楼上分明见恒岳。中山明府待君来，须计行程及早回。到家速觅长安使，待汝书封我自开。"①也就是说，岑参也希望自己能够看到长安使带来的书信。可见盛唐时期驿传的功用已经相当强大，乘驿之人能够携带私人书信，而这其中有一些可能就是以诗代信的诗歌。

三、盛唐后期之后驿路问题丛生

唐玄宗时代，虽号称"开天盛世"，但其实很多问题都开始出现。尤其是无休止的对外征战，不仅引发天怒人怨，对驿传也有无比巨大的杀伤力：

> 天宝元年，户八百三十四万八千三百九十五，口四千五百三十一万一千二百七十二。自十三载以后，安禄山为范阳节度，多有进奉，驼马生口，不旷旬月，郡县供熟食酒肉草料。杨国忠任用之后，即与蛮王阁罗凤结衅，征关辅、河南、京兆人讨之，去者万不一全，连枷赴役，郡县供食。于是当路店肆多藏闭，以惧挠乱，驴马车牛，悉被虏夺，不酬其直，数年间，因渐减耗。②

这种"不酬其直"的做法，导致驿路两侧的店铺纷纷关门，驿路的萧

---

① （唐）岑参著，廖立笺注：《岑嘉州诗笺注》卷二《送郭乂杂言》，中华书局，2004年，第352页。
② （唐）杜佑撰，王文锦等点校：《通典》卷七《食货七》，中华书局，1988年，第152页。

条景象已经初现。

天宝十四载（755）十一月，安史之乱爆发。这是大唐盛世的转折点，安史之乱之后，大唐的一切秩序都发生了变化，不仅政治、经济都远不及从前，就是与大唐政治体系相配套的一切都发生了变化，驿传本身也出现了很多问题。尽管统治者依然重视驿传建设，设驿建馆，但各种问题也是纷至沓来。李德辉《唐宋时期馆驿制度及其与文学关系之研究》有现成的总结，笔者没有更多新见，为避免重复研究，也为不埋没李德辉的功绩，引述如下：

> 贞元七年（791）八月，商州刺史李西华改造商山驿路，从商州西至蓝田、内乡七百余里，沿路"修桥道，起官舍。……人不留滞，行者为便"。裴度镇兴元，宝历二年（826）奏修斜谷路，自京师抵汉中，创造馆驿桥梁，克期而就。大和二年（828），郑州刺史杨归厚奏置驿路于郑州城西。其年，定州奏移该州所管白石岭南路于易州西紫荆岭路。大中三年（849）十一月，山南西道节度使郑涯、凤翔节度使李玭开文川谷路，新修灵泉、白云等驿十所，并在每驿侧近置客馆一所，又在斜谷路创置平州、连云、松岭、灵溪、凤泉五驿，"校两路之远近，减十驿之途程，人不告劳，功已大就"，诏史馆书其功绩于史策。四年六月，以山南西道新开驿路颇不便人，山水摧损桥阁，使命停拥，馆驿萧条，乃令修复斜谷旧路及馆驿。以山南节度使封敖主持此事，先前毁坏的馆驿修复一新，山南、凤翔、剑南东西两川行旅畅通无阻。有些建设还载入时人文集，如前引《唐会要》卷八六郑州刺史杨归厚兴修驿路的事迹，就见于刘禹锡的《管城新驿记》，文章将此驿赞为"传舍之尤"，称"内庑外厩，高仓邃库……周以崇墉，乃楼其门。劳迎展蠲洁之敬，饯别起登临之思。溱洧波澜，嵩丘云烟，四时万

象,来觊于我。走觳奔蹄,遄征急宣,入而忘劳,出必屡顾"。①

驿路损坏,停拥,物资匮乏,尤其是因为经济军事原因导致的驿传负担过重,以至于有些驿馆无法维持,如《唐会要》卷六一记载:

> 贞元二年三月,河南尹充河南水路运使薛珏奏,当府馆驿,准永泰元年三月,京兆尹兼御史大夫第五琦奏,使人缘路,无故不得于馆驿淹留,纵然有事,经三日以上,即于主人安置馆存其供限,如有家口相随及,自需于村店安置,不得令馆驿将什物饭食草料,就等彼供给拟者,伏以承前格勒,非不丁宁,岁月滋深,因循久弊,今往来使客,多是武臣,逾越条流,广求供给,府县少缺,悔吝坐致,属当凋残,实难济办。况都城大路,耗费倍深,伏乞重降殊恩,申明前敕,绝其侥滥,俾惧章程,庶邮驿获全,职司是守,敕旨宜付所司,举元敕处分。②

馆驿负担过重,以致一些重要政令的传达和军国要事的迅速传递受到很大影响,负责馆驿的官员不得不请求皇上重新发布敕令,严格乘驿制度。如穆宗时期的《禁乘驿官格外征马诏》说:

> 如闻官驿递马,死损转多,欲令提举所由,悉又推注中使。邮驿称不见券,则随所索尽供。既无凭由,岂有定数,方将革弊,贵在息词。自今已后,中使乘递,如不见券,及券外索马,所由辄

---

① 李德辉:《唐宋时期馆驿制度及其与文学之关系研究》,人民文学出版社,2008年,第24—25页。
② (宋)王溥撰:《唐会要》卷六一,中华书局,1998年,第1061页。

不得供。其常参官出使,及诸道幕府军将等所合乘递,并须依格式。如有违越,或分外科人夫,并宜具名闻奏。[1]

《新唐书·刘晏传》的一条记载也可以证明,由于驿路的放开,负担过重,中唐时期,已经没有人愿意经营馆驿,甚至宁为盗贼,也不愿为馆驿提供服务:

> 州县取富人督漕辇,谓之"船头";主邮递,谓之"捉驿";税外横取,谓之"白著"。人不堪命,皆去为盗贼。[2]

宁为盗贼,也不愿主持经营驿馆,可见经营驿馆的红利已经完全被过重的驿务负担压垮。中唐时期有些驿站的情况已经非常糟糕,馆驿废弛,使得统治者不得不由官府拨给一定钱财修缮驿馆。

驿路出现的问题还有官员尤其是中使的扰驿、战争隔断驿路等。比如,据《旧唐书》记载,由于连年的战争,到唐懿宗时期,南方潭州、桂州的驿路已经出现钱财不足以支配供驿的相当严重的情况,严重影响军国大事,以致唐懿宗不得不以制诰的形式补充这里的驿站钱财缺口:

> 如闻湖南、桂州,是岭路系口,诸道兵马纲运,无不经过,顿递供承,动多差配,凋伤转甚,宜有特恩。潭、桂两道各赐钱三万

---

[1] (唐)李恒:《禁乘驿官格外征马诏》,《全唐文》卷六五,中华书局,1983 年,第692 页。

[2] (宋)欧阳修、宋祁:《新唐书》卷一四九《刘晏传》,中华书局,1975 年,第4797—4798 页。

贯文，以助军钱，亦以充馆驿息利本钱。①

马匹的缺口也相当严重，"畿内诸驿马多死"②，统治者只好下令由官府拨给一定马匹充实驿马数量，并颁发敕令约束官员尤其是中使必须据券使用驿马，《唐会要》卷六一载：

> 其年（长庆四年）四月敕："如闻馆驿递马，死损转多，欲令提举吏人，悉又推委中使。驿吏称不见券，则随所索尽供。既无凭据，肯有定数。自今以后，中使乘递，宜将券示驿吏，据券供马。如不见券，及分外索马，辄不得勒供。下后从长乐、临皋等驿，准此勘合，如不遵守，要速闻知。仍委所在长官，当时具名衔闻奏。其常参知官出使，及诸道幕府军将等，合乘递者，并须依格式。如有违越，当加科贬。"③

尽管有各种各样的严令，仍然无法阻绝驿传中的混乱现象，驿马不足时，也时时出现抢掠者。《全唐文》载柳公绰《请定敕使驿马限约》云：

> 自幽镇用兵，使命繁并，馆递匮乏，鞍马多阙。又敕使行李人数，都无限约，其衣绯紫乘马者二十三十匹，衣黄绿者不下十匹五匹，驿吏不得视券牒，随口即供。驿马既尽，遂夺路人鞍马。衣冠士庶，惊扰怨嗟，远近暄腾，行李将绝。伏望圣慈，聊

---

① （后晋）刘昫等：《旧唐书》卷一九上《懿宗本纪》，中华书局，1975年，第656页。
② （宋）王溥撰：《唐会要》卷六一，中华书局，1991年，第1063页。
③ （宋）王溥撰：《唐会要》卷六一，中华书局，1991年，第1063页。

为定限。①

因为驿马不足而抢夺行人鞍马,而至"衣冠士庶,惊扰怨嗟",可见驿传中的扰民现象已经十分严重。

总体来看,大历以后,中唐驿传网络运行虽基本畅通,但在有些时间、有些地段会出现驿路不畅的情况。如安史之乱导致中原和安东都护府的隔断,敦煌陷蕃导致中原与西域联系的隔断等。诗人杜甫因驿路阻隔而不得归家的典型事例可以让我们了解驿路对社会生活的重要性。杜甫入蜀后,因中原战乱不能归家,在《恨别》中写道:"洛城一别四千里,胡骑长驱五六年。草木变衰行剑外,兵戈阻绝老江边。"②杜甫在送别严武后遭遇蜀中之乱导致行程受阻不能回归成都草堂,不得不于梓州滞留一年左右的时间。如此等等,都可见出驿路的问题对社会生活的影响。

驿传出现问题,就会导致驿寄问题,也就会直接导致诗人之间交流的受阻。杜甫晚年的《逢唐兴刘主簿弟》说:"分手开元末,连年绝尺书。江山且相见,戎马未安居。剑外官人冷,关中驿骑疏。轻舟下吴会,主簿意何如。"③晚年的另一首诗《秋尽》说:"秋尽东行且未回,茅斋寄在少城隈。篱边老却陶潜菊,江上徒逢袁绍杯。雪岭独看西日落,剑门犹阻北人来。不辞万里长为客,怀抱何时好

---

① (唐)柳公绰:《请定敕使驿马限约》,《全唐文》卷五四四,中华书局,1983年,第5517页。
② (唐)杜甫著,(清)仇兆鳌注:《杜诗详注》卷九《恨别》,中华书局,1979年,第772页。
③ (唐)杜甫著,(清)仇兆鳌注:《杜诗详注》卷一〇《逢唐兴刘主簿弟》,中华书局,1979年,第839页。

一开。"① 都是谈人与人之间的关山阻隔、信息的难以交流,而这些,在一定程度上会影响诗歌的当时传播及其在当时社会的更广范围发生影响。

四、晚唐时期驿路的混乱

晚唐时期是唐朝走向灭亡的路径,这一时期,唐朝统治者的执政能力严重下降,藩镇割据的局面已经形成,以平息叛乱为主的晚唐政权,根本无暇顾及经济文化的建设,驿传也受到很多影响,虽然大部分地区还是能够保障正常邮驿,比如从京城到江南、河南、山东、川东的驿路还是比较畅通的,但在一些资料里,已经能够看到邮驿网络遭到严重破坏的情形:道路不修,荒馆处处,完全不见了初唐时期"远行不劳吉日出"的神话,驿路休歇,所看所住,都令人心生荒凉。晚唐诗人郑巢《泊灵溪馆》诗云:

> 孤吟疏雨绝,荒馆乱峰前。晓鹭栖危石,秋萍满败船。溜从华顶落,树与赤城连。已有求闲意,相期在暮年。②

从诗歌中不难感受到晚唐驿馆的荒凉、驿船的破败。这一类的情形在晚唐诗文小说中经常出现,"荒邮""废馆""空馆""古馆"等词汇,反映了晚唐时期驿路的变化。历史资料里也有相关情况的反映,如《蛮书》卷一记载的石门路上本来就不多的馆驿,因有吐蕃侵扰,商旅不通,全部废弃。敦煌地区建中二年(781)沦为吐蕃管辖,曾经陷蕃七十年,在大中二年(848)才在归义军领袖张议潮的带领下赶

---

① (唐)杜甫著,(清)仇兆鳌注:《杜诗详注》卷一一《秋尽》,中华书局,1979年,第936页。
② (唐)郑巢:《泊灵溪馆》,《全唐诗》卷五〇四,中华书局,1960年,第5734页。

走吐蕃势力,使沙州重归唐朝版图。但吐蕃势力并没有很快退却,直到咸通二年(861)收复凉州,整个敦煌地区才彻底结束吐蕃统治,重归唐朝版图。在这期间,大部分馆驿废弃,沙州路驿路不通。伯2005号《沙州都督府图经》记载,沙州所管清泉、横涧等"一十九所驿并废",极能说明问题。

对于诗歌的传播而言,驿传秩序的混乱也还罢了,最为可怕的是各种原因引起的兵乱导致的驿路中断,这会直接影响信息的传递,也就会直接影响诗歌在当时的传播。比如敦煌陷蕃的七十年时间里,敦煌地区的诗歌关注战争,但他们所关注的有关战争诗只是盛唐时期的一些作品,而没有中唐时期的作品,估计驿路的阻断,是中唐诗歌很难传播到敦煌的重要原因。

第二章　唐代驿传与驿路诗歌的生发

从现存的《全唐诗》文本看,唐代诗人似乎特别喜欢行走在路上,去往名山大川,去往通都大邑,去往各大幕府,去往边关要塞。写路途所见,抒路途所感,是唐代诗歌的重要内容。本章探讨驿路诗歌在怎样的情况下写作,写了些什么,达到了怎样的效果。为了避免与德辉友在研究唐代交通与文学关系、唐宋馆驿与文学关系时所做的很多努力发生重复性劳动,本文在李德辉用力较多而本文亦需要说明之处会借用他的观点,但仍拟在李德辉《唐代交通与文学》《唐宋时期馆驿制度及其与文学之关系研究》尚未关注或尚未完全展开的地方做一些努力。

第一节　引发驿路诗人创作之缘由

唐代诗人基本都是走中国文人传统的"学而优则仕"的人生道路,"人在旅途"是他们普遍的生存状态。当他们奔赴京师参加进士考试而"香车贵士,不掩龙关;缝掖书生,时通驿骑"①时,当他们榜上有名回家光宗耀祖或名落孙山下第返乡时,当他们在上任、卸任的旅

---

① (唐)卢照邻:《驸马都尉乔君集序》,《全唐文》卷一六六,中华书局,1983 年,第 1691 页。

途中"驰驿赴任""驰驿赴京"（官员升迁制文常用语）时，当他们被贬辽远之地"驰驿发遣"（官员被贬制文常用语）时，当他们被赦或诏令回京时，驿路和驿站就成为他们生活的主要场所。

总体来看，唐代馆驿的生活环境和生活条件还是比较不错的，唐人经常在馆驿或驿站附近逗留、游玩和聚会，产生过很多文人聚会，如李白在同驿公馆附近所参加的姑苏亭文人聚会，他在《夏日陪司马武公与群贤宴姑熟亭序》中描述道：

> 通驿公馆南有水亭焉，四甍翚飞，巉绝浦屿。盖有前摄令河东薛公，栋而宇之；今宰陇西李公明化，开物成务，又横其梁而阁之。昼鸣闲琴，夕酌清月，盖为接辎轩、祖远客之佳境也。制置既久，莫知何名。司马武公，长材博古，独映方外，因据胡床，岸帻啸咏，而谓前长史李公及诸公曰："此亭跨姑熟之水，可称为姑熟亭焉。"嘉名胜概，自我作也。且夫曹官绂冕者，大贤处之，若游青山、卧白云，逍遥偃傲，何适不可？小才居之，窘而自拘，悄若桎梏，则清风朗月，河英岳秀，皆为弃物，安得称焉？所以司马南邻，当文章之旗鼓；翰林客卿，挥辞锋以战胜。名教乐地，无非得俊之场也。千载一时，言诗记志。①

从李白的描述中可见，姑苏亭非常华美，文化生活也相当丰富。这种情况并非特例，而是唐时驿馆常见。李德辉《唐宋时期馆驿制度及其与文学之关系研究》对此有丰富的材料和研究结论，他总结道：

---

① （唐）李白著，（清）王琦注：《李太白全集》卷二七《夏日陪司马武公与群贤宴姑熟亭序》，中华书局，2011年，第1071—1072页。

　　唐代重要官道上的驿站,如两京道上的长乐驿、阴盘驿、赤水驿,滑州白马驿、川陕驿道上的望苑驿、马嵬驿,都规模较大,知名度高。长安至襄州驿路上的汉阴驿,中有"长廊虚槛,连接大厅;怪石修篁,罗列其所。江波入户,画舸临轩"(李翱《徐襄州碑》),为一方胜游之地。华州的普德驿、虢州的阌乡驿,在唐号称"邮亭之甲",滑州的白马驿经过改建,与这两座大驿齐名,其制"博敞高明,倬然其闳阆;沈深奥密,杳然其堂室"(崔祐甫《滑亭新驿碑阴记》),制度壮丽,夸于邻境。

　　除偏远地区以外,唐代驿站一般都筑有驿楼。入蜀驿路上的嘉陵驿,长安至汾州的霍山驿,丝绸之路上的金城临河驿,都盖有驿楼,制度雄伟,利于凭眺。南方州郡虽然落后,但也建有驿楼,李群玉《洞庭驿楼雪夜宴集奉赠前湘州张员外》《广江驿饯筵留别》、柳宗元《长沙驿前南楼感旧》、杜牧《登澧州驿楼寄京兆韦尹》、许浑《韶州驿楼宴罢》、李德裕《盘陀岭驿楼》分别记述了唐代湖南、岭南、闽中地区的六座驿楼。唐代湖南的馆驿,今天可考的一共才十三所,而唐诗中关于湖南驿楼的记载就有五处,除前面提到的三所外,刘禹锡《秋日送客至潜水驿》有"驿楼官树近,疲马再三嘶"之句,湘中女子有《驿楼诵诗》,是二驿都有楼阁。既然连边远州郡都有驿楼,那么中原内地里馆驿处处有楼,就更不足为怪了。

　　唐诗中关于驿楼的记载如此之多,说明它是文人来得最多的地方和文学活动的重要场所,文人喜爱这里优雅、舒适的环境,经常在这里饮宴,吟诗,题诗,和诗。大概是因为主持修造馆驿的地方官都是些富于文采的风雅之士,所以他们主修的馆驿才会有这么好的生活环境。[1]

---

① 李德辉:《唐宋时期馆驿制度及其与文学之关系研究》,人民文学出版社,2008年,第232—233页。

　　一般的驿站内都备有茶库、酒库、咸菜库供行人享用,又有程粮草料以备人畜行旅之需。《国史补》卷下"菹库蔡伯喈"条记载唐代江西地区一驿便有上述三库,预备三室以贮之,每室内供奉一神,可见唐代南方馆驿至中唐时已发展到相当高的水平。中晚唐人一些诗篇,也写到不少这样的驿站,在叙及驿内生活条件的同时,往往详写驿内生活环境,如刘禹锡《秋晚题湖城驿上池亭》:"秋次池上馆,林塘照南荣。尘衣纷未解,幽思浩已盈。风莲坠故萼,露菊含晚英。"所引前六句都是写环境,人们读了此诗,既知道他写的湖城驿内有亭子、池塘、竹林,也可感到景致的佳胜。其《和东川王相公新涨驿池八韵》也是这样一首诗,它描写东川新驿的驿池:"泛觞惊翠羽,开幕对红莲。远写风光入,明含气象全。渚烟笼驿树,波日漾宾筵。曲岸留缇绮,中流转彩船。"所写驿池比上一个更大,环境也更美,中有彩船,别是一胜处。①

　　驿站的各种生活条件都不错,盛唐以后连举子、选人、进士和纯粹的诗人都能够通过驿路实现自己的漫游、入幕、求仕、从军等各种社会活动,进入驿馆的文化人越来越多,驿路上的文化活动变得异彩纷呈了。尤其是,各地爱好文化的地方官,专注于驿馆建设,目的又在于"开阁以接名流,置驿以招英彦"②,驿馆的文人聚会也就越发具有浓郁的文化色彩了。文人在驿路和驿馆的活动,必然引发与之相关的诗歌,因此,探讨驿路诗歌是本文不可避免的话题。

① 李德辉:《唐宋时期馆驿制度及其与文学之关系研究》,人民文学出版社,2008年,第234—235页。
② (唐)佚名:《大唐故岳州都督于德芳碑》,陆心源《唐文拾遗》卷六二,中华书局,1983年,第1035页。

　　驿路诗人的生存状态与创作心态直接影响着驿路诗歌的创作，那么，在相对而言还算不错的唐代驿路上行走和生活，驿路诗人的生存状态与创作方式究竟是怎样的呢？这需要审视驿路上的诗人们为何行走在驿路以及在驿路上的所思所想。笔者通过研究行走在驿路上的人员根据其生存状态和所思所想，将驿路诗歌的生产方式分为以下几类：

一、上路前的宴饮聚会和吟诗送别

　　这一问题涉及古代的祖饯活动和饯送诗歌，所以，我们将话题先扯远一点。

　　中国古代，很重视人的出行。古代社会条件恶劣，交通不便，出行者常常三年五载不得回归，甚至在出行中出现问题，因而中国古代人特别重视离别，对别离有一种特别特殊的感受。三年五载乃至更长时间的离别，不知中间会发生多少故事，会有多少凶险，于是，一种祭祀路神祈求平安的仪式出现了，这就是路祭，古人称之为"祖"或"道"或"祖饯"。

　　祖饯活动的形成，据东汉崔寔记载，与黄帝之子有关。《文选》"祖饯"诗下李善注："崔寔《四民月令》曰：祖，道神也。黄帝之子，好远游，死道路，故祀以为道神，以求道路之福。"①所谓"祖"或"道"，是古代人为出行者祭祀路神而进行的祭祀活动。《左传·昭公七年》记载："公将往，梦襄公祖。"注云："祖，祭道神。"疏云："祖是祭道神也。……行山曰軷，犯之者封土为山象，以菩刍棘柏为神主，既祭，以车轹之而去，喻无险阻难也。"②故此，"祖道"或"祖饯"等字

---

① （梁）萧统编，（唐）李善注：《文选》卷二〇，上海古籍出版社，1986年，第974页。
② （先秦）左丘明：《春秋左氏传》卷四四，《十三经注疏》，中华书局，1980年，第2048页。

样,是与祭祀相关的,是人们为了祈求出行者的平安,向路神祭祀。

祭祀路神的仪式是比较复杂的,第一步是"委土为山",第二步"伏牲其上",第三步"酒脯祈告",最后"乘车躐之"。这四步的意思分别是:面对障碍、供奉牲醴、祷告平安、毁掉障碍。祭祀的目的在于对前行路途上的障碍进行清扫,祈求行人的平安。从这个意义上说,古代社会最初的送行侧重于"祖道",也就是祭祀路神。在这一活动中,供奉牲醴也即"酒脯祈告"是必备的重要形式,"酒脯祈告"活动之后,释酒祭路,饮酒壮行,《聘礼》记云:"出祖释軷,祭酒脯,乃饮酒于其侧。"[1] 在这一活动中,出行者成为在祖道活动中的重要角色,而对出行者的关切也就成为祖道活动中的重要内容,由此,引发了祖道活动中的另一功能:饯送。《诗经·大雅·韩奕》:

> 韩侯出祖,出宿于屠。显父饯之,清酒百壶。其殽维何? 炰鳖鲜鱼。其蔌维何? 维笋及蒲。其赠维何? 乘马路车。笾豆有且。侯氏燕胥。[2]

韩侯出祖,远不止于"供奉牲醴",已有很多饯送之意。显父为韩侯饯行,准备了酒肉、海鲜、蔬菜,还赠送了车马等。但《韩奕》的主要内容是记述韩侯的事迹,"显父饯之"只是在记述韩侯事迹的过程中的一件事情,因此,不能称为完整意义上的祖饯诗。

《诗经》中具有完整意义上的祖饯诗,应推《邶风》中的《泉水》。这首诗为饯别而作,其内容侧重于"祖",与魏晋南北朝时期的"祖

---

① (先秦)左丘明:《春秋左氏传》卷四四,《十三经注疏》,中华书局,1980 年,第 2048 页。

② (宋)朱熹:《诗经集传》卷七,《新刊四书五经》,中国书店,1994 年,第226 页。

饯"诗含义并不完全相同。那时的人们,纵使言"饯",也重在"祖"的意义。《毛传》在《泉水》篇的传文中说:"祖而舍軷,饮酒于其侧曰饯,重始有事于道也。"① 元人许谦在《诗集传名物抄》卷二中对《邶风·泉水》进行疏解时解释魏晋之前的人在进行祖道活动时的心态:"軷,谓祭道路之神。軷本山行之名,道路有阻险,故封土为山象,伏牲其上。天子用犬,诸侯羊,卿大夫酒脯。既祭,处者于是饯之,饮于其侧,礼毕,乘车轹之而去,喻无险难也。"② 可见,祖道的意义确实重在"祖"。

虽然重在"祖",但确实也含有浓重的"饯"意。"显父饯之",饯的是韩侯,"处者于是饯之",饯的是行者,都是居家者为出行者的平安进行祈祷。在这样的活动中,酒精的力量会给人的情绪带来一定反应,而出行又是如此重要的活动,对于未来的未卜就可能在酒精的力量下引发激动情绪,渐渐地,话别、伤离、不舍、激励等等的情绪逐渐注入祖道活动中,于是,祖道的内容渐渐丰富起来。《史记·孔子世家》载:

> (孔子自周)辞去,而老子送之曰:"吾闻富贵者送人以财,仁人者送人以言。吾不能富贵,窃仁人之号,送子以言,曰:'聪明深察而近于死者,好议人者也。博辩广大危其身者,发人之恶者也。为人子者毋以有己,为人臣者毋以有己。'"③

老子的这种"仁人者送人以言",渐渐在祖饯活动中成为一种共

---

① (唐)孔颖达:《毛诗正义》卷二,《十三经注疏》,中华书局,1980年,第309页。
② (元)许谦撰,蒋金德点校:《诗集传名物抄》卷二,《许谦集》,浙江古籍出版社,2015年,第437页。
③ (汉)司马迁:《史记》卷四七《孔子世家》,中华书局,1959年,第1909页。

识。《晏子春秋·曾子将行晏子送之而赠以善言》中记载了曾子与晏子这样一段对话：

> 曾子将行，晏子送之曰："君子赠人以轩，不若以言，吾请以言乎？以轩乎？"曾子曰："请以言。"晏子曰："今夫车轮，山之直木也。良匠燃之，其圆中规，虽有槁暴，不复赢矣，故君子慎隐燃。和氏之璧，井里之困也，良工修之，则为存国之宝，故君子慎所修。今夫兰本，三年而成，湛之苦酒，则君子不近，庶人不佩；湛之麋醢，而贾匹马矣。非兰本美也，所湛然也，愿子之必求所湛。婴闻之，君子居必择邻，游必就士，择居所以求士，求士所以辟患也。婴闻汩常移质，习俗异性，不可不慎也。"①

由此而知，周秦以来，离别时送人以言，作为一种"仁人""君子"的表现，是得到人们的认可的。久而久之，这种临别"赠人以言"就形成了一种规范或曰传统。当临别"赠人以言"以"作诵""作颂"的形式出现之时，饯送诗歌便随之产生。《诗经·大雅·崧高》中有"吉甫作诵，其诗孔硕。其风肆好，以赠申伯"②，便是对临别以诵诗形式"赠人以言"情形的精确记述；而《诗经·大雅·烝民》的"四牡骙骙，八鸾喈喈。仲山甫徂齐，式遄其归。吉甫作诵，穆如清风。仲山甫永怀，以慰其心"③，则是对诵诗艺术性的评判，是对"作诵"所起的安慰行人的价值的肯定。临别"作诵"可以称为中国古代饯送诗歌的滥觞。

---

① 《晏子春秋》卷五，《诸子集成》，中华书局，1986 年，第 142—144 页。
② （宋）朱熹：《诗经集传》卷七，《新刊四书五经》，中国书店，1994 年，第 223 页。
③ （宋）朱熹：《诗经集传》卷七，《新刊四书五经》，中国书店，1994 年，第 225 页。

古代人对出行的重视决定了饯送活动必然很多,用以饯送的诗歌也有不少。但由于饯送活动是以祭祀路神为主要目的,"公卿大夫故人邑子设祖道,供张东都门外"①,"临发,众人为之祖道,先供设于城南"②是相对主要的形式,故而饯送诗在魏晋南北朝之前,普遍表现为宗教色彩比较浓厚,仪式性描写较多,即多写颜延年《应诏宴曲水作》所谓的"郊饯有坛,君举有礼"③之类的内容,故而遣词造句雍容典雅,感情色彩相对较淡——尽管也出现了《楚辞·九歌·河伯》中描写的"子交手兮东行,送美人兮南浦"④的动人送别情景和千古饯送杰作《易水歌》。

唐代的政治生态非常宽松,唐代的士人求仕之路也很宽广,选官、科举、入幕、从军,为唐代士人提供了相对广阔的人生之路,他们普遍存有一种积极的、健康的、明朗的生活基调,积极参与社会政治,努力实现千年来知识分子希望实现的"治国平天下"的理想。由此,唐代士人大部分都要离开自己的故乡或惯常生活的环境,而奔走于选官、科举、入幕、从军、升迁、贬谪的路途之上。在中国特别注重出行的古代,唐人的送别活动也就显得分外多了起来。

魏晋南北朝的送别,一般都是在就近的路边,很少在驿馆或长亭。唐代的驿传体系建设很快,驿馆又具有住宿、餐饮的功能,故而唐人的送别,一般都在驿馆、长亭进行,比如严耕望《唐代交通图考》谈及长安东郊的馆驿送别:

---

① (汉)班固撰,(唐)颜师古注:《汉书》卷七一《隽疏于薛平彭传》,中华书局,1962年,第3040页。

② (刘宋)范晔:《后汉书》卷八〇下《文苑列传》,中华书局,1965年,第2656页。

③ (梁)萧统编,(唐)李善注:《文选》卷二〇,上海古籍出版社,1986年,第964页。

④ 陈子展撰述:《楚辞直解·九歌》,江苏古籍出版社,1988年,第108页。

　　由长安都亭驿东北行,由京城东面北首第一门,曰通化门,十五里,至长乐驿,圣历元年置,在浐水西岸长乐坡下,为京师东出第一驿,故公私送迎多具筵于此。又东渡浐水十五里至滋水驿,隋开皇十六年置。驿近滋水,一名灞水,有灞桥,所谓灞桥驿者,盖滋水驿之异名。灞桥为东郊名胜,桥红色,以石为柱。出入潼关固必由之,即出入蓝田、武关者与出入同州蒲津关者亦多由此。且灞水入渭处有东渭桥,为南北交通之要,亦为东西租粟转运所聚。故史称灞桥最为交通要衢,长安祖饯亦或远至此桥驿也。①

　　唐代是诗的时代,送别的场面往往有诗歌,如李白《金陵白下亭留别》的诗作写于南京东门外的白下亭:

　　驿亭三杨树,正当白下门。吴烟暝长条,汉水啮古根。向来送行处,回首阻笑言。别后若见之,为余一攀翻。②

李白在湖广时,写过一首《将游衡岳,过汉阳双松亭,留别族弟浮屠谈皓》,诗歌写作的地点在汉阳的双松亭:

　　秦欺赵氏璧,却入邯郸宫。本是楚家玉,还来荆山中。丹彩泻沧溟,精辉凌白虹。青蝇一相点,流落此时同。卓绝道门秀,谈玄乃支公。延萝结幽居,剪竹绕芳丛。凉花拂户牖,天籁鸣虚

---

① 严耕望:《唐代交通图考》第一卷,上海古籍出版社,2007年,第84—85页。
② (唐)李白著,(清)王琦注:《李太白全集》卷一五《金陵白下亭留别》,中华书局,2011年,第622页。

空。忆我初来时，蒲萄开景风。今兹大火落，秋叶黄梧桐。水色
梦沅湘，长沙去何穷。寄书访衡峤，但与南飞鸿。①

杜甫广德元年（763）在四川梓州羁留时，曾陪同章彝在新亭送别很
多人，写有《随章留后新亭会送诸君》：

　　　新亭有高会，行子得良时。日动映江幕，风鸣排槛旗。绝辔
终不改，劝酒欲无辞。已堕岘山泪，因题零雨诗。②

广德二年（764）杜甫送别辛昇之的《江亭送眉州辛别驾昇之》（得芜
字）描写的送别活动是在水驿江亭进行的：

　　　柳影含云幕，江波近酒壶。异方惊会面，终宴惜征途。沙晚
低风蝶，天晴喜浴凫。别离伤老大，意绪日荒芜。③

稍后送别萧遂州的《江亭王阆州筵饯萧遂州》也是在水驿江亭进
行的：

　　　离亭非旧国，春色是他乡。老畏歌声断，愁随舞曲长。二天

①　（唐）李白著，（清）王琦注：《李太白全集》卷一五《将游衡岳，过汉阳双松亭，
　　留别族弟浮屠谈皓》，中华书局，2011年，第627页。
②　（唐）杜甫著，（清）仇兆鳌注：《杜诗详注》卷一二《随章留后新亭会送诸君》，
　　中华书局，1979年，第1027页。
③　（唐）杜甫著，（清）仇兆鳌注：《杜诗详注》卷一二《江亭送眉州辛别驾昇之》
　　（得芜字），中华书局，1979年，第999页。

开宠伐，五马烂生光。川路风烟接，俱宜下凤凰。①

盛唐后期诗人郎士元曾在石城馆写有《石城馆酬王将军》：

> 谁能绣衣客，肯驻木兰舟。连雁沙边至，孤城江上秋。归帆
> 背南浦，楚塞入西楼。何处看离思，沧波日夜流。②

欧阳詹所参加的泉州刺史送别秀才赴京参加科举考试的宴会，席间
有人提议写诗，欧阳詹在《泉州刺史席公宴邑中赴举秀才于东湖亭
序》记录此事：

> 烟景未暮，酒德俱饱，有逡巡避位而言曰："夫诗者，有以美
> 盛德之形容。君侯因片善，附小能，回一邑之心，成一邑之行，
> 而昭吾人恭俭于嘉享，示吾人慈惠于清宴。回人心，成人行，周
> 孔之才也；昭恭俭，示慈惠，管晏之贤也。不有歌咏，其如六义
> 何？"是日人有《甘棠》《颍宫》之什，客有天水姜阅、河东裴参
> 和、颍川陈诩、邑人济阳蔡沼佐赞盛事，亦献雅章。小子公之旰，
> 幸鼓微声，先八人者鸣。捧豆伺彻，时在公之侧，睹众君子之作，
> 遂从卜商之后，书其旨为首序。③

---

① （唐）杜甫著，（清）仇兆鳌注：《杜诗详注》卷一三《江亭王阆州筵饯萧遂州》，
中华书局，1979 年，第 1075 页。

② （唐）郎士元：《石城馆酬王将军》，《全唐诗》卷二四八，中华书局，1960 年，第
2784 页。

③ （唐）欧阳詹：《泉州刺史席公宴邑中赴举秀才于东湖亭序》，《全唐文》卷
五九六，中华书局，1983 年，第 6027 页。

　　再如权德舆参与的送别许校书的活动,大家写了送别诗并编集在一起,由权德舆作序,结果,大家意犹未尽,于是又进行月夜送别,泛舟联句,仍由权德舆作序:

> 公范持江西辟书,驾言即路,其出处之迹,与婉婉之画,鄙人不腆,已为之序引。且吴抵钟陵,二千里而遥,凡我诸生,怆离宴之不足,故再征斯会。秋月若昼,方舟溯沿,笑言不哗,引满造适。公范乃握管作三字丽句,仆与二三子联而继之,申之以四五六七,以广其事。如其风烟月露,与行者居者之思,各见于词。①

　　由所举诗例和诗序可以看出,唐代的很多送别活动都发生在驿馆,而很多送别诗就生产于送别宴席之上。这样一来,唐代的送别就与驿传产生了密切的联系。

　　送别的宴饮,离别情绪很浓,随着"酒脯祈告"之后"乃饮于其侧"逐渐演变成准备酒脯与被送者宴别并向被送者进行劝慰、祝福平安,祖道活动的宗教仪式因素就渐渐减轻,而人间色彩则渐渐加重——由远行者释酒祭祀路神之后再自饮祭酒以壮行色,变成共用酒脯的话别和劝慰。当酒精在人的精神中产生作用,引发激动高亢的情绪后,人便容易在酒后抒发真实复杂、慷慨激昂的情感。而当唐人把临别赠人以言变成临别赠人以诗,让离别的情绪尽情发挥时,就形成了唐代大量的送诗,把在酒精激发下的离别情绪发挥到淋漓尽致的程度。

　　笔者进行过粗略的调查,《全唐诗》中,《送×××之某地》《奉

---

① (唐)权德舆:《月夜泛舟重送许校书联句序》,《全唐文》卷四九一,中华书局,1983年,第5016—5017页。

送 ×××》《××× 送别》《送别 ×××》《别 ×××》《饯别 ×××》
《留别 ×××》《饯 ×××》《宴别 ×××》之类的诗题,几占十分之
一。一些重要的诗人,如王勃存诗一百零二首,有送别诗十七首;杨
炯存诗三十三首,有送别诗九首;骆宾王存诗一百三十一首,有送别
诗十八首;卢照邻存诗一百一十六首,有送别诗八首;李白存诗不
足千首,而送别诗就有一百多首;杜甫存诗一千四百首左右,送别诗
也有一百多首(一百零三);晚唐诗人杜牧存诗六百余首,有送别诗
四十余首。《新唐书》卷六〇《艺文志》载"《朝英集》三卷",尾注:
"开元中张孝嵩出塞,张九龄、韩休、崔沔、王翰、胡皓、贺知章所撰送
行歌诗。"①可知《朝英集》是张孝嵩出塞时众人送行时撰写并吟诵、
抄写的送行诗歌等。

从所接触的诗人的作品情况分析,没有哪位诗人没有送别诗(除
像张若虚之类只存十首以下诗歌的诗人),可见送别诗歌在唐代士人
的创作中确乎占相当重要的地位。王勃的《送杜少府之任蜀川》②、
高适的《别董大》、王维的《渭城曲》、李白的《劳劳亭》等,不仅是送
行时产生的佳作,而且成为送别场面上众所传唱的歌曲。

二、行驿中的匆匆行程和驿路行吟

在唐代开放的文化环境中,唐代士人拥有较好的发挥才能的空
间,许多士人行走在寻找出路、接受任命、奔赴幕府、去向贬所的旅
途,而唐代的驿传制度又不允许这些人在驿路上随意羁程,所以,唐
代士人奔走于驿路上的身影总是程途忙忙,行色匆匆。

---

① (宋)欧阳修、宋祁:《新唐书》卷六〇《艺文志四》,中华书局,1975 年,第 1622 页。
② 常见版本为《送杜少府之任蜀州》,错,应为"蜀川"。王勃交趾探父溺海而亡,
　时在公元 676 年,而蜀州是武则天垂拱二年(686)析益州置,时王勃已死十
　年,不可能知道置蜀州事。

对于唐人而言,文是很严肃很正规的场合所需要的,而唐人的文,在韩愈提倡古文运动之前,又主要是骈体文的天下,写作需要耗时间耗精力耗笔墨,不便于行途中创作,但唐人在匆匆旅途中仍有很多需要表达的东西,于是,诗歌获得了得天独厚的机遇。李德辉《唐代交通与文学》总结行旅生活与唐代文人心态的变化时说:

> 行旅的人员是已仕还是未仕,未仕者求名顺畅还是不顺畅,入仕者是仕途偃蹇还是春风得意,都会在行进途中敏感地反映出来,得失心特别重的唐人在这方面表现得尤为突出,并且时时刻刻将情感倾诉在诗文中。①

"诗文"在这里应该是偏义复词,倾向于"诗"的成分更多。因为唐人的感情是那样丰富多彩,无论多么细微的变化都要表达,文作为一种相对而言更滞重的文体形式,远不如诗歌来得自由方便,灵巧精致。笔者认为,诗歌在传达唐人细微的心态变化方面尤为值得重视,尤其是在行进途中的诗作,这就是驿路行吟,王勃称之为"纪行诗"。王勃《入蜀纪行诗序》:

> 总章二年五月癸卯,余自长安观景物于蜀,遂出褒斜之隘道,抵岷峨之绝径,超元溪,历翠阜,迫弥月而臻焉。若乃采江山之俊势,观天下之奇作,丹壑争流,青峰杂起,陵涛鼓怒以伏注,天壁嵯峨而横立,亦宇宙之绝观者也。虽庄周诧吕梁之险,韩侯怯孟门之峻,曾何足云?盖登培塿者,起衡霍之心;游涓浍者,发江湖之思。况乎躬览胜事,足践灵区!烟霞为朝夕之资,风月得

---

① 李德辉:《唐代交通与文学》,湖南人民出版社,2003年,第150页。

林泉之助。嗟乎！山川之感召多矣，余能无情哉？爰成文律，用宣行唱，编为三十首，投诸好事焉。①

王勃入蜀，回避了自己入蜀的原因，只说自己"观景物于蜀"，而所走路线，是"褒斜之隘道"，这正是入蜀的驿路。诗人观览景物，有感于心，于是写下了入蜀纪行组诗。

纪行诗写作于行进途中，有的是写途中所见所感，如骆宾王的《渡瓜步江》，写于诗人渡瓜步江时的船上，所描摹的内容是船上所见之景物：

> 捧檄辞幽径，鸣榔下贵洲。惊涛疑跃马，积气似连牛。月迥寒沙净，风急夜江秋。不学浮云影，他乡空滞留。②

杜甫离开射洪通泉驿，南行到十五里远之处，从山水中感受到一种令人烦闷的气息，体味到一种去国远游的人生况味，写有《通泉驿南去通泉县十五里山水作》：

> 溪行衣自湿，亭午气始散。冬温蚊蚋在，人远凫鸭乱。登顿生曾阴，欹倾出高岸。驿楼衰柳侧，县郭轻烟畔。一川何绮丽，尽目穷壮观。山色远寂寞，江光夕滋漫。伤时愧孔父，去国同王粲。我生苦飘零，所历有嗟叹。③

① （唐）王勃：《入蜀纪行诗序》，《全唐文》卷一八〇，中华书局，1983 年，第 1833 页。
② （唐）骆宾王：《渡瓜步江》，《全唐诗》卷七八，中华书局，1960 年，第 841 页。
③ （唐）杜甫著，（清）仇兆鳌注：《杜诗详注》卷一一《通泉驿南去通泉县十五里山水作》，中华书局，1979 年，第 956 页。

通泉驿在今四川境内,南国天气,即使冬天也不很冷,有蚊蝇很正常,当然也很恼人。而所见又有凫鸭乱叫,衰柳婆娑,想想自己此时的处境,类同孔父和王粲,故嗟叹感伤。

杜甫离开潭州时,因为他所投奔的潭州友人已经离世,让他十分伤神,于船上写有《发潭州》一诗,自注"时自潭之衡",也就是说,诗人清楚地告诉了我们这是一首写于驿路行程中的诗歌。诗歌以"岸花飞送客,樯燕语留人"的美好词句,展现出潭州友人去世之后自己的寥落:

> 夜醉长沙酒,晓行湘水春。岸花飞送客,樯燕语留人。贾傅才未有,褚公书绝伦。名高前后事,回首一伤神。[1]

友人离世,送别自己的只有岸上的飞花和落在樯杆上的燕子,岂不凄惶!杜甫最后的岁月,因为穷困潦倒,买舟之外,几无居所,常常行止于舟中。如《舟月对驿近寺》:

> 更深不假烛,月朗自明船。金刹青枫外,朱楼白水边。城乌啼眇眇,野鹭宿娟娟。皓首江湖客,钩帘独未眠。[2]

夜深人静时,诗人住宿之地是金刹之外,朱楼水边。流浪如此,能不忧心?故钩帘虽下,彻夜难眠。又如《舟中》:

> 风餐江柳下,雨卧驿楼边。结缆排鱼网,连樯并米船。今朝

---

① (唐)杜甫著,(清)仇兆鳌注:《杜诗详注》卷二二《发潭州》,中华书局,1979年,第1971—1972页。

② (唐)杜甫著,(清)仇兆鳌注:《杜诗详注》卷二一《舟月对驿近寺》,中华书局,1979年,第1900页。

云细薄,昨夜月清圆。飘泊南庭老,只应学水仙。①

住宿在江柳下驿楼边,驿楼里的安稳是人家的,江柳下的风餐雨宿是自己的,瓢泼孤苦,学做水仙,消遣自己而已。再如戴叔伦的《将巡郴永途中作》:

> 行役留三楚,思归又一春。自疑冠下发,聊此镜中人。机息知名误,形衰恨道贫。空将旧泉石,长与梦相亲。②

戴叔伦巡行三楚大地,虽无飘泊之苦,却有念家之愁。行役路途,每感被名利所误,为只能梦中与亲人相聚而倍感遗憾。

这些诗歌,意境很美,衬托出的却是诗人凄苦无依、飘泊无归的生活。

当然,路途的即兴行吟也不全是悲苦,升职的、及第还家的,往往兴高采烈。如李频《及第后还家过岘岭》充分表现了诗人及第后"春风得意"的心态:

> 魏驮山前一朵花,岭西更有几千家。石斑鱼鲊香冲鼻,浅水沙田饭绕牙。③

---

① (唐)杜甫著,(清)仇兆鳌注:《杜诗详注》卷二一《舟中》,中华书局,1979年,第1901页。

② (唐)戴叔伦:《将巡郴永途中作》,《全唐诗》卷二七四,中华书局,1960年,第3114页。

③ (唐)李频:《及第后还家过岘岭》,《全唐诗》卷五八七,中华书局,1960年,第6812页。

在李频的诗里，完全没有杜甫无以安身的苦恼，他"春风得意马蹄疾"的归家途程中，有心情欣赏魏驮山的山花，也能够感觉到山中人家喷香的饭食。

有的写途中遇见朋友。途程中行进，常常能够遇到相识或不相识的人，同在旅途，或捎寄书信，或转赠诗歌，略解旅途中之枯寂。岑参出为安西幕府书记时，有一首《逢入京使》，是托入京使者传递口信的：

> 故园东望路漫漫，双袖龙钟泪不干。马上相逢无纸笔，凭君传语报平安。①

岑参是奔赴远方的人，一步步远离自己的故乡，而所遇到的人，却恰恰是奔向故乡的方向，王维有诗说"君自故乡来，应知故乡事"，岑参这时心里一定在说："你从边塞来，我向边塞去。家人若问我，请报平安语。"王昌龄《别李浦之京》：

> 故园今在灞陵西，江畔逢君醉不迷。小弟邻庄尚渔猎，一封书寄数行啼。②

这是王昌龄在水驿旁与故乡友人李浦相逢。客路相遇，正是"老乡见老乡，两眼泪汪汪"，一下子就把思绪带向了灞陵西岸的故园，思家的情绪再也难以控制，故而要与乡人一醉方休。但又醉而不迷，忘不掉

---

① （唐）岑参著，廖立笺注：《岑嘉州诗笺注》卷七《逢入京使》，中华书局，2004年，第764页。
② （唐）王昌龄：《别李浦之京》，《全唐诗》卷一四三，中华书局，1960年，第1448页。

的是家乡的小弟,忘不了的是让李浦捎一封乡书以传达对家乡的思念。又如杜甫,驿路之上遇到杨少府,借杨少府之手,写给时为司勋员外郎的杨绾一首《路逢襄阳杨少府入城,戏呈杨员外绾》:

> 寄语杨员外,山寒少茯苓。归来稍暄暖,当为劚青冥。翻动龙蛇窟,封题鸟兽形。兼将老藤杖,扶汝醉初醒。①

诗歌的写作缘起是杜甫曾经允诺给杨绾几支茯苓,但却没有办到,故此碰到杨少府回京,借他带信以解释曾经答应送给对方的茯苓为什么没有送到,表示自己将来一定会兑现诺言。幽默俏皮的语体风格显示了杜诗的另一种风范,也以此表示彼此亲近无拘之意。再如,晚唐诗人杜牧仕路坎坷,一生也是屡屡奔波于求仕的旅途。一次,在水路行驿,碰到友人,双方暂停兰棹,推杯把盏,杜牧写有《江上逢友人》:

> 故国归人酒一杯,暂停兰棹共裴回。村连三峡暮云起,潮送九江寒雨来。已作相如投赋计,还凭殷浩寄书回。到时若见东篱菊,为问经霜几度开。②

诗人向友人倾诉了自己希望有机会借助友人之力发挥才能之意,并探问对方何时才能有"花开"的好消息。

大历二年(767),元结在道州刺史任上。春天,到衡州办事,返

---

① (唐)杜甫著,(清)仇兆鳌注:《杜诗详注》卷六《路逢襄阳杨少府入城,戏呈杨员外绾》,中华书局,1979年,第499页。
② (唐)杜牧:《江上逢友人》,《全唐诗》卷五二六,中华书局,1960年,第6028页。

回道州时,路途作《欸乃曲五首》,船夫唱其曲。诗不录。《元次山集》卷四《欸乃曲五首序》:"大历丁未中,漫叟以军事诣都使。还州,逢春水,舟行不进,作《欸乃五首》,舟子唱之。"① 可见元结水路写诗,同时也利用舟子路途传诗。

类似的途程诗歌,在唐人作品中有很多,随意再举几首,如沈佺期的《夜泊越州逢北使》,韦应物的《白沙亭逢吴叟歌》《广陵遇孟九云卿》《淮上遇洛阳李主簿》《路逢崔、元二侍御避马见招,以诗见赠》《逢杨开府》,钱起的《归故山路逢邻居隐者》,白居易的《逢张十八员外籍》(去杭州路上),杜牧的《除官赴阙商山道中绝句》《途中作》《南陵道中》《并州道中》《中途寄友人》,李商隐的《桂林路中作》《江上忆严五广休》,韦庄的《途中望雨怀归》《灞陵道中作》《关河道中》《中渡晚眺》《江上逢史馆李学士》等等。这一类诗歌的创作方式是:旅途上即兴而作,一般没有经过精雕细琢,艺术上不是很讲究,但一定是有感而发,触景生情,情真意切。

三、馆驿中的人际交往和馆驿唱酬

行在驿路,宿在驿馆,是唐代士人生活中占有相当重要分量的生存形态。为仕途而进行奔波,是在驿路;为赴任匆匆赶路,是在驿路;因被贬远走蛮荒,还是在驿路……唐代士人的驿路行程,动辄几百几千里,少则五日十日,多则三月五月,白天行在驿路,夜晚宿在驿馆,馆驿竟因此而成为士人聚散之所。李德辉《唐宋时期馆驿制度及其与文学之关系研究》一书总结道:

---

① (唐)元结著,孙望校:《元次山集》卷四《欸乃曲五首》,中华书局,1960年,第46页。

　　较之前代,唐宋文人出行的机会更多,时间更长,馆驿生活所占比重更大。杜牧《重题绝句》诗慨叹"邮亭寄人世,人世寄邮亭",许棠《旅怀》称"终年唯旅舍,只似已无家",道出了馆驿与唐人的密切关系。许多文武官员都曾长期旅宿于邮驿之中,举子、进士为求功名而到处奔走,贫病无依、病终馆驿者不在少数,单《云溪友议》就记载了两位:卷上《宗心悼》中的举子腾倪病死在商於馆舍,卷下《名义士》中的无名举子病死在宝鸡西的灵龛驿,可见馆驿与唐文人生活关系之紧密。①

　　古代落后的交通也加长了人们的行役时间,张九龄奉使岭南,往返万余里,历时一年多。南方举子进京应举,秋去春回,动经半年,唐人因此感叹"往来多是半年程"(刘沧《下第东归途中书事》),"半年方中路"(李频《自黔中东归旅次淮上》)。而且行进速度都比较慢,除了使客有王命在身,不能"稽程"以外,一般文人不过日行一到二驿,白居易《奉使途中戏赠张常侍》:"共笑篮舁亦称使,日驰一驿向东都。"白氏又有《从陕至东京》:"从陕至东京,山低路渐平。风光四百里,车马十三程。"从陕州到洛阳约四百里行程,竟花了十三天,也是日行一驿。旅行中,文人都喜欢中途逗留,登山临水,广事交游,这也延长了旅行时间。②

　　长时间的馆驿逗留,人在旅途的生存状态,使得这一群唐代士人的生活境况与他们曾经拥有的家居生活完全不同,而人是群居动物,需要交流和倾诉,再加之这些士人出行的目的都不仅仅是出行,而是

---

① 李德辉:《唐宋时期馆驿制度及其与文学之关系研究》,人民文学出版社,2008年,第211页。

② 李德辉:《唐宋时期馆驿制度及其与文学之关系研究》,人民文学出版社,2008年,第326页。

身负前程重任,这就使得这些身在驿路和驿馆的士人有驿路相逢的亲切和难得的拉近彼此关系的机会。它不仅可解驿路寂寞和鞍马劳顿,还可免除刻意巴结逢迎之嫌,一切的交往都显得那么自然和真诚,故此,馆驿交往成为唐代士人活动的重要景观。

参加馆驿交往的人员在不同时期情形不同,宴会的层级不同,参加者的身份也很复杂,李德辉《唐宋时期馆驿制度及其与文学之关系研究》说:

> 馆驿中最重要的社交活动是宴聚。馆驿公共场所的性质,盛中唐以来馆驿容量的增加、接待功能的扩大,使之成为理所当然的饮宴之所。盛唐以来,政府对馆驿的控制逐步放松,允许节度、按察使、州牧、州郡上佐及五品以上职事官、散官、国公携带家口、家奴入驿,左降官与流人的家口也可入驿,出入馆驿的人员更加庞杂,馆驿宴会具有相当强的社会性。饮宴的举办者多是京官或各地方镇、刺史,其次是出使在外的郎官、御史、中使,至于举人、进士以及像李白那样的客游文人,很多时候是以参与者的身份被邀出现在宴会上。
>
> 唐两京郊外馆驿是宴会的全国性中心场所,每有朝官拜命出使,官署公卿必出祖于郊外传舍,冠盖盛集,举宴驿中。北宋汴京都亭驿、都亭西驿、同文馆、怀远驿,作为接待使节和外宾的专用机构,也是举行国家重要典礼的经常性场所,常有各类宴会。宋代每逢北使到阙,就依照惯例赐御筵于班荆馆,韩琦《又次韵答夜宴陈桥驿》等,即作于这类宴会上。
>
> 较之京城,地方馆驿的宴会更多,使府府主经常性地举办这类宴会。《太平广记》卷二〇五引《羯鼓录》载,代宗朝,杜鸿渐出镇西川,某日忽起雅兴,乘着月色"与从事杨炎、杜悰辈登驿

楼,望江月,行酒谶语"。他们显然都把馆驿视为理想的娱乐场所,而不是交通机构。在唐代州县城内,专门的娱乐场所极少,除州县官府外,举办宴会最理想的场所就只有馆驿了,这里馆舍宏敞,设施齐全,长廊大厅,气势壮观,是举行宴会的理想场所。

　　有时则是府主幕僚与过路旅客的宾主会宴。在扬州、荆州、成都等中心城市,这样的宴会尤其多见。扬州为唐代东南八道至关内、河南的转折点,时常有出入中外的文武官员使客路过,开元中,"朝廷之士衔命往还,路出维扬,终岁百数"(《宋高僧传》卷一四《唐扬州龙兴寺法慎传》)。刘禹锡有《扬州春夜李端公益张侍御登段侍御平路密县李少府暘秘书张正字复元同会于水馆对酒联句追刻烛击铜钵故事迟輙举觥以饮之逮夜艾群公沾醉纷然就枕余偶独醒因题诗于段君枕上以志其事》诗,题目概述了宴会的参与人员、经过和地点。瞿蜕园先生谓"此诗题中所列诸人,皆扬州杜佑使府同幕"(《刘禹锡集笺证》卷二四),戴伟华先生《唐代使府与文学研究》则指出诸人中"还有几位经过扬州的文士",所说尤确。从诗题看,南北文人的这种欢会,带有很浓的追欢逐乐意味和游戏性质,唱和诗等往往产生其中。《云溪友议》卷中《中山悔》载,刘禹锡赴吴中,扬州大司马杜鸿渐为他开宴,沉醉归驿亭,以二侍女扶归。记载虽与史不合,却都有一定的现实依据。[①]

从李德辉总结的情况看,各种类型的宴聚把很多与国家政事有关的各层各类的文人士子会聚在一起,让大家在驿路和驿馆这个可以同

[①] 李德辉:《唐宋时期馆驿制度及其与文学之关系研究》,人民文学出版社,2008年,第212—213页。

在一起聚会而不必有共同追求的地方获得了自由自在的聚会交往。

馆驿与文人活动联系如此紧密，而唐代文人又特别喜欢在宴集之时赋诗作文，他们或"濯缨清歌，据梧高咏"①，或"闲之以博弈，申之以咏歌，陶陶然乐在其中矣"②，让文化活动在馆驿开展得丰富多彩。而爱诗的唐人，聚会必悦题赋诗，有诗文则必笔录，不肯没而不书，以期如兰亭故事，无忘盛集。如权德舆《韦宾客宅宴集诗序》云：

> 乃相（聚会者）谓曰：季伦金谷，实有歌诗，元亮斜川，亦疏爵里。况今贺得谢之美，赋必类之词，爱景美禄，遗簪投辖，盛集之若是者有几，安可没而不书？③

笔录聚会之诗，往往推举一人为之作序，以志纪念。否则，反为不美。王维《暮春太师左右丞相诸公于韦氏逍遥谷宴集序》云："四美同乎一时，废而不书，罪在司礼。"④宴集诗歌不能"废而不书"，因此，唐代很多馆驿宴集的诗歌也就保留了下来，如孟浩然《奉先张明府休沐还乡，海亭宴集》、岑参《喜华阴王少府使到南池宴集》《虢州西亭陪端公宴集》、钱起《陪郭常侍令公东亭宴集》、李群玉《洞庭驿楼雪夜宴集，奉赠前湘州张员外》、李商隐《南潭上亭宴集以疾后至因而抒情》等。

---

① （唐）王维：《暮春太师左右丞相诸公于韦氏逍遥谷宴集序》，《全唐文》卷三二五，中华书局，1983年，第3295页。
② （唐）杨炯：《登秘书省阁诗序》，《全唐文》卷一九一，中华书局，1983年，第1925—1926页。
③ （唐）权德舆：《韦宾客宅宴集诗序》，《全唐文》卷四九〇，中华书局，1983年，第5003页。
④ （唐）王维：《暮春太师左右丞相诸公于韦氏逍遥谷宴集序》，《全唐文》卷三二五，中华书局，1983年，第3295页。

爱诗的唐代文人,不管相识与否,只要驿路相逢、馆驿相对,诗歌就会成为他们发挥自己才能的地方,就一定会促成驿路诗歌的产生。刘禹锡《送王司马之陕州》中戏称这种活动为战斗,遇到能写诗文的人便要大战一场:

> 暂辍清斋出太常,空携诗卷赴甘棠。府公既有朝中旧,司马应容酒后狂。案牍来时唯署字,风烟入兴便成章。两京大道多游客,每遇词人战一场。①

在刘禹锡看来,两京驿道上的游客很多,自然也有以辞章胜者,于是两京驿道便成了斗词呈才的战场了。其实不唯两京驿道,其他驿道又何尝不是如此!

由此一来,馆驿竟然成为重要的诗歌生产源。究其原因,其一,是因为古代社会的馆驿文化活动功能毕竟有限,写作诗歌是最省耗费也最便宜的文化活动;其二,驿路劳顿,客馆相逢,同是远离故土,同是远离曾经熟悉的生活圈子,相同的感触一样多,驿馆宴集作诗,最容易消遣同样的寂寞;其三,士人的聚会,安能没有以风雅装点士人生活的诗歌? 安能不比试试才艺?

馆驿中的文人宴集,其创作方式与非馆驿的文人宴集没有本质的区别,主要是奉作、酬唱、联句、拈韵制诗等各种方式。如永泰元年(765)杜甫在嘉州青溪驿住宿之时参加了一次馆驿文人宴集,席上奉命写有《宿青溪驿奉怀张员外十五兄之绪》的诗歌:

---

① (唐)刘禹锡:《送王司马之陕州》,《全唐诗》卷三五九,中华书局,1960年,第4046页。

漾舟千山内,日入泊枉渚。我生本飘飘,今复在何许。石根
青枫林,猿鸟聚俦侣。月明游子静,畏虎不得语。中夜怀友朋,
乾坤此深阻。浩荡前后间,佳期付荆楚。①

杜甫在蜀州期间,裴迪也到蜀州,二人相距不远。一次,裴迪登蜀州
东亭送客,有诗寄给杜甫,杜甫便有一首唱和诗《和裴迪登蜀州东亭
送客逢早梅相忆见寄》:

东阁官梅动诗兴,还如何逊在扬州。此时对雪遥相忆,送客
逢春可自由。幸不折来伤岁暮,若为看去乱乡愁。江边一树垂
垂发,朝夕催人自白头。②

清泥驿,是大历诗人钱起曾经驻足的地方。在他驻足清泥驿的
时候,有一位官职较高的王侍御来到馆驿,钱起参加了这一次聚会,
写有《清泥驿迎献王侍御》,虽有巴结逢迎之嫌,但却真切地反映了士
人借馆驿相聚的机会进行交结的活动:

候馆扫清昼,使车出明光。森森入郭树,一道引飞霜。仰视
骢花白,多惭绶色黄。鹡鸰无羽翼,愿假宪乌翔。③

---

① (唐)杜甫著,(清)仇兆鳌注:《杜诗详注》卷一四《宿青溪驿奉怀张员外十五
兄之绪》,中华书局,1979年,第1218—1219页。
② (唐)杜甫著,(清)仇兆鳌注:《杜诗详注》卷九《和裴迪登蜀州东亭送客逢早
梅相忆见寄》,中华书局,1979年,第781页。
③ (唐)钱起:《清泥驿迎献王侍御》,《全唐诗》卷二三六,中华书局,1960年,第
2607页。

钱起参加清泥驿聚会,面对被称为"侍御"的官员,赞美艳羡之情溢于言表,并以"鷦鹩"自喻,希望借助对方力量飞升。

羊栏浦,应该是扬子江畔的一个水驿,在这里曾经有过一个灯红酒绿、筹觥交错的盛宴,请看杜牧的《羊栏浦夜陪宴会》:

> 戈槛营中夜未央,雨沾云惹侍襄王。球来香袖依稀暖,酒凸觥心泛滟光。红弦高紧声声急,珠唱铺圆袅袅长。自比诸生最无取,不知何处亦升堂。①

宴席上,襄王美女左拥右抱,酒杯酒水似溢,琴弦高高低低,歌声袅袅飘荡,杜牧陪人家宴会,身居其间,却突然有一种"天生我才何人用"的感慨。这是参与羊栏浦夜宴陪人吃酒的伤感。

联句往往是很多诗人一起进行的娱乐活动,兼有比拼诗艺的意味。从著名诗人赵嘏《送薛耽先辈归谒汉南》中"雪绕千峰驿路长,谢家联句待檀郎"②透露的信息可知,驿路送别,有时往往有联句的活动。

在驿馆中发生的文人联句活动很多,比如,白居易晚年在洛阳为官时,曾去京都长安办事,在返回东都洛阳时,裴度、刘禹锡、张籍为白居易送行,在兴化池亭宴集,有一次联句活动,《全唐诗》有《宴兴化池亭送白二十二东归联句》:

> 东洛言归去,西园告别来。白头青眼客,池上手中杯。(裴

---

① (唐)杜牧:《羊栏浦夜陪宴会》,《全唐诗》卷五二四,中华书局,1960年,第6006页。

② (唐)赵嘏:《送薛耽先辈归谒汉南》,《全唐诗》卷五四九,中华书局,1960年,第6356页。

度）离瑟殷勤奏,仙舟委曲回。征轮今欲动,宾阁为谁开。(刘禹锡)坐弄琉璃水,行登绿缛堆。花低妆照影,萍散酒吹醅。(白居易)岸荫新抽竹,亭香欲变梅。随游多笑傲,遇胜且裴回。(张籍)澄澈连天境,潺湲出地雷。林塘难共赏,鞍马莫相催。(裴度)信及鱼还乐,机忘鸟不猜。晚晴槐起露,新雨石添苔。(刘禹锡)拟作云泥别,尤思顷刻陪。歌停珠贯断,饮罢玉峰颓。(白居易)虽有逍遥志,其如磊落才。会当重入用,此去肯悠哉。(张籍)①

在这一次联句活动中,还是白居易的诗句更有味道。他的第一组联句,描写在友人为自己送行的宴会上,自己情思感慨、不愿离去的顾影形象;第二组写友人的离别美酒令他动容,"玉峰颓"是借山写人,人醉倒了,却说山峰倒了,有趣。

馆驿中的联句活动,留给我们很多诗人活动的历史资料,也留给我们很多想象的空间,如刘禹锡集中有《扬州春夜,李端公益、张侍御登、段侍御平路、密县李少府畅、秘书张正字复元,同会于水馆,对酒联句,追刻烛击铜钵故事,迟辄举觥以饮之。逮夜艾,群公沾醉,纷然就枕,余偶独醒,因题诗于段君枕上,以志其事》,诗题很长,却清楚交代了曾在扬州水馆发生的一次宴集联句活动,参加的人有李益、张登、段平路、李畅、张复元,其中,李益是以边塞诗著名的诗人。刘禹锡晚年从汝州到左冯翊,路经洛阳,和一些挚友相聚,也有一次联句,诗题作《刘二十八自汝赴左冯,涂经洛中相见联句》:

不归丹掖去,铜竹漫云云。唯喜因过我,须知未贺君。(裴

---

① (唐)裴度等:《宴兴化池亭送白二十二东归联句》,《全唐诗》卷七九〇,中华书局,1960年,第8896页。

度）诗闻安石咏，香见令公熏。欲首函关路，来披缑岭云。（白居易）貂蝉公独步，鸳鹭我同群。插羽先飞酒，交锋便战文。（李绅）镇嵩知表德，定鼎为铭勋。顾鄙容商洛，徵欢候汝坟。（刘禹锡）频年多谴浪，此夕任喧纷。故态犹应在，行期未要闻。（裴度）游藩荣已久，捧袂惜将分。讵厌杯行疾，唯愁日向曛。（白居易）穷阴初莽苍，离思渐氤氲。残雪午桥岸，斜阳伊水濆。（李绅）上谟尊右掖，全略静东军。万顷徒称量，沧溟讵有垠。（刘禹锡）①

参加这次联句的人，有著名宰相裴度，著名诗人白居易、刘禹锡、李绅，对于诗人们来说，当时著名的诗家国手和后来传名千古的著名诗人一起与会，可谓风云际会，盛况空前。

这种活动在《全唐诗》中留有痕迹的，往往是层级比较高的文人聚会，比如《全唐诗》卷七八八的另几次馆驿联诗聚会，都有著名书法家颜真卿、茶圣陆羽、诗僧也是著名文学批评家的皎然参加，一首名曰《水堂送诸文士戏赠潘丞联句》：

居人未可散，上客须留著。莫唱阿鹊回，应云夜半乐。（颜真卿）诗教刻烛赋，酒任连盘酌。从他白眼看，终恋青山郭。（潘述）林栖非姓许，寺住那名约。会异永和年，才同建安作。（陆羽）何烦问更漏，但遣催弦索。共说长句能，皆言早归恶。（权器）那知殊出处，还得同笑谑。雅韵虽暂欢，禅心肯抛却。（皎然）一宿同高会，几人归下若。帘开北陆风，烛焯南枝鹊。（李萼）

---

① （唐）裴度等：《刘二十八自汝赴左冯，涂经洛中相见联句》，《全唐诗》卷七九〇，中华书局，1960 年，第 8895 页。

文场苦叨窃,钓渚甘漂泊。弱质幸见容,菲才诚重诺。(潘述)①

另一首名曰《与耿沣水亭咏风联句》:

> 清风何处起,拂槛复萦洲。(裴幼清)回入飘华幕,轻来叠晚流。(杨凭)桃竹今已展,羽翣且从收。(杨凝)经竹吹弥切,过松韵更幽。(左辅元)直散青蘋末,偏随白浪头。(陆士修)山山催雨过,浦浦发行舟。(权器)动树蝉争噪,开帘客罢愁。(陆羽)度弦方解愠,临水已迎秋。(颜真卿)凉为开襟至,清因作颂留。(皎然)周回随远梦,骚屑满离忧。(耿沣)岂独销繁暑,偏能入迥楼。(乔[失姓])王风今若此,谁不荷明休。(陆涓)②

杨凭、杨凝、陆羽、颜真卿、皎然、耿沣,都是我们耳熟能详的著名诗人、茶圣、大书法家、诗评家等。还有一首名曰《又溪馆听蝉联句》:

> 高树多凉吹,疏蝉足断声。(杨凭)已催居客感,更使别人惊。(杨凝)晚夏犹知急,新秋别有情。(权器)危湍和不似,细管学难成。(陆羽)当教附金重,无贪曜火明。(颜真卿)青松四面落,白发一重生。(耿沣)向夕音弥厉,迎风翼更轻。(乔)单嘶出迥树,余响思空城。(裴幼清)喋喋松间坐,萧寥竹里行。(伯成)如何长饮露,高洁未能名。(皎然)③

---

① (唐)颜真卿等:《水堂送诸文士戏赠潘丞联句》,《全唐诗》卷七八八,中华书局,1960年,第8881页。

② (唐)裴幼卿等:《与耿沣水亭咏风联句》,《全唐诗》卷七八八,中华书局,1960年,第8881—8882页。

③ (唐)杨凭等:《又溪馆听蝉联句》,《全唐诗》卷七八八,中华书局,1960年,第8882页。

这一组联句作者与上面差别不大。这些联句诗作,一方面反映了当时文人群贤聚会的情形,另一方面也在联句之中见出不同人的不同观念。我们以《水堂送诸文士戏赠潘丞联句》为例做一些简单分析。

从《水堂送诸文士戏赠潘丞联句》中可以看出,潘述已经不恋世俗,要长归山林。这样的送人聚会,在陆羽看来,与晋穆帝司马聃永和九年(353)的那一场兰亭聚会有很多不同,因为兰亭聚会,以王羲之的观点看,在于"人之相与,俯仰一世,或取诸怀抱,悟言一室之内;或因寄所托,放浪形骸之外。虽趣舍万殊,静躁不同,当其欣于所遇,暂得于己,快然自足,不知老之将至。及其所之既倦,情随事迁,感慨系之矣"①,也就是抒发文人对生命价值的认知,感慨"死生之大"。而又溪馆的这次聚会,主要是表明几个归隐文人的禅心不肯却。但在陆羽看来,聚会诸人的水平一点也不差,堪比建安时期邺下文人集团的水平。权器则表示,山林之趣在于不必"朝臣待漏五更寒",还可以日日笙歌。他所开启的下句意思是,别人都说我们这样早归隐不好,而皎然接得很妙,说真正有禅心的人是不会抛却山林的,李萼则进一步申说,我们还是喜欢"下若"那样有美酒而又冬暖夏凉的舒适之地。"下若"即"下箬",地名,在今浙江省长兴县南。《太平寰宇记·江南东道六·湖州》引南朝梁顾野王《舆地志》:"夹溪(箬溪)悉生箭箬,南岸曰上箬,北岸曰下箬;二箬皆村名。村人取下箬水酿酒,醇美胜于云阳,俗称箬下酒。"②《太平御览》卷六五引《舆地志》作上若、下若。后因称该地所产美酒为"下箬"或"下若"。潘述的结句则是送行者表白自己暂时还要留居世俗。这是在馆驿交往中表明

---

① (晋)王羲之《兰亭集序》,袁世硕《中国古代文学作品选》,人民出版社,2002年,第101页。

② (宋)乐史撰,王文楚等点校:《太平寰宇记》卷九四,中华书局,2007年,第1894页。

自己的对世事人情的态度。

四、馆驿中的独对孤灯和夜下长吟

馆驿中的生活,只是在驿务繁忙的驿路才会人来人往、热闹纷繁,绝不是所有的时间、所有的地点都如此繁忙和热闹,在驿务简省的地方、在驿路偏远的地方,境况会大有不同。驿务简省的较小驿馆和驿路偏远的驿馆,驿丁很少,有些驿馆邮亭人迹罕到,诗歌描述这种驿馆邮亭是:"岭头行人少,天涯北客稀"(李涉)、"汉水行人少,巴山客舍稀"(岑参)、"边地行人少,平芜尽日闲"(李端)、"雨昏郊郭行人少,苇暗汀洲宿雁多"(李中)、"共君方异路,山伴与谁同"(皎然)……这样的地方,很难遇到同气相求之人共话社会和人生,同理,这样的驿馆也就很难有丰富多彩的文化活动,诸如"招伎""招士""宴聚""联诗"之类的文化活动就很难展开。当然会有文化活动,但因偏僻和人少,所有的文化活动恐怕只能如元稹诗中所描述的:"邮亭壁上数行字,崔李题名王白诗。尽日无人共言语,不离墙下至行时。"[1] 而没有同气相求之人一起宴饮聚会、酬唱联句、吟诗诵歌,身在旅途的士人便会失去生活的重心,除了"循墙绕柱觅君诗"(白居易)式的看诗、吟诗以外,就只有仰望夜空、独对孤灯了。在这样的情形下,诗人只能自己和自己的心灵对话,于是,夜下长吟便成为消遣旅途寂寞的唯一方式。这种情形,在唐诗中比比皆是,屡见不鲜。

著名诗人杜甫就有很多这样的客夜独吟,如写于宝应元年(762)的《客夜》:

---

[1] (唐)元稹著,冀勤点校:《元稹集》卷一七《使东川·骆口驿二首》其一,中华书局,2010年,第222页。

　　　　客睡何曾著，秋天不肯明。卷帘残月影，高枕远江声。计拙
　　无衣食，途穷仗友生。老妻书数纸，应悉未归情。①

此时的杜甫，家在成都，人在梓州，独对暗夜残月，想到自己人已老
迈，而无计养家，尚需朋友救助才能生存，真是百感交集。写于同时
的《客亭》，则是对这种飘泊人生的进一步申发：

　　　　秋窗犹曙色，落木更高天。日出寒山外，江流宿雾中。圣朝
　　无弃物，衰病已成翁。多少残生事，飘零任转蓬。②

圣朝连"物"都不弃，而况人乎？可诗人确实是"自谓颇挺出，立登要
路津"，希望能够"致君尧舜上，再使风俗淳"的，而今却老病飘泊，而
这一切，在旅夜孤店，又能向谁诉说，唯借一诗发之而已。
　　大历诗人戴叔伦晚年任抚州（今属江西）刺史时期，一年除夕，
寄寓石头驿（在今江西南昌新建区赣江西岸），也即石桥馆，写有《除
夜宿石头驿》，诗中说：

　　　　旅馆谁相问，寒灯独可亲。一年将尽夜，万里未归人。寥落
　　悲前事，支离笑此身。愁颜与衰鬓，明日又逢春。③

---

① （唐）杜甫著，（清）仇兆鳌注：《杜诗详注》卷一一《客夜》，中华书局，1979 年，
　　第 931—932 页。
② （唐）杜甫著，（清）仇兆鳌注：《杜诗详注》卷一一《客亭》，中华书局，1979 年，
　　第 932 页。
③ （唐）戴叔伦：《除夜宿石头驿》，《全唐诗》卷二七三，中华书局，1960 年，第
　　3073 页。

除夕夜,是中国人传统的团圆日子,驿馆中人也可能大都放假回家,驿馆显得格外寂静清冷,一盏寒灯,成为驿馆中唯一能够让诗人感到温暖的东西。一年将尽,一般家庭都应该是团圆景象,而诗人却乡关万里,孤独寂寞,寥落此身,愁颜衰鬓。

孟郊,韩、孟诗派的重要代表人物,一生科第之路坎坷,直到四十六岁才及第。进京赶考,下第归乡,孟郊无数次往返于京都长安到湖州家乡的驿路,科第失意的痛苦常常独自品尝。其《下第东南行》抒写了"失意容貌改,畏途性命轻"的凄凉心态:

> 越风东南清,楚日潇湘明。试逐伯鸾去,还作灵均行。江蓠伴我泣,海月投人惊。失意容貌改,畏途性命轻。时闻丧侣猿,一叫千愁并。①

其《商州客舍》渲染了"四望失道路,百忧攒肺肝"的痛苦:

> 商山风雪壮,游子衣裳单。四望失道路,百忧攒肺肝。日短觉易老,夜长知至寒。泪流潇湘弦,调苦屈宋弹。识声今所易,识意古所难。声意今讵辨,高明鉴其端。②

这已经不是第一次下第,但每一次下第,这种只有自己才能体味的月夜孤泣都会令孟郊动容,他只能自感"商山风雪壮",自觉"游子衣裳单"。

---

① (唐)孟郊:《下第东南行》,《全唐诗》卷三七四,中华书局,1960年,第4203—4204页。
② (唐)孟郊:《商州客舍》,《全唐诗》卷三七四,中华书局,1960年,第4204页。

　　杜牧虽然科举顺利,仕途却是一般,更多的时候是在幕府为人幕僚。奔波的人生中也有孤独和寂寞,《早秋客舍》:

　　　　风吹一片叶,万物已惊秋。独夜他乡泪,年年为客愁。别离何处尽,摇落几时休。不及磻溪叟,身闲长自由。①

因为是在客舍中"享受""独夜",对"风吹一片叶"是那样敏感,独夜吟诗,正是为作客的自己感受羁留官场的不自由。

　　晚唐的又一位诗人郑谷曾于峡谷中"淹留",写有《峡中》诗,在"独吟"中抒发自己病同杜甫的烦恼:

　　　　万重烟霭里,隐隐见夔州。夜静明月峡,春寒堆雪楼。独吟谁会解,多病自淹留。往事如今日,聊同子美愁。②

　　边远或驿务简省的地方,不仅人少,而且馆荒。元稹《见乐天诗》:"通州到日日平西,江馆无人虎印泥。忽向破檐残漏处,见君诗在柱心题。"③有馆无人,屋檐破陋,老虎出没,在这样的地方,元稹独吟的唯一乐处就是,如此边远荒蛮的地方能够见到驿馆柱子上有人题写过白居易的诗歌。这样的残败在郑巢的《泊灵溪馆》中可以看得更清楚:

　　　　孤吟疏雨绝,荒馆乱峰前。晓鹭栖危石,秋萍满败船。溜从

---

①　(唐)杜牧:《早秋客舍》,《全唐诗》卷五二五,中华书局,1960年,第6012页。

②　(唐)郑谷:《峡中》,《全唐诗》卷六七五,中华书局,1960年,第7729页。

③　(唐)元稹著,冀勤点校:《元稹集》卷二〇《见乐天诗》,中华书局,1982年,第257页。

华顶落,树与赤城连。已有求闲意,相期在暮年。①

"荒馆""乱峰""危石""败船",这就是水驿灵溪馆留给郑巢的印象。在一个没有人烟、像乱坟岗子般的水驿,诗人的感觉是孤独的、凄惶的。

其实,驿馆的独宿是经常的,无论是繁华驿馆还是边远驿馆,独吟的作品不一定都是悲凉凄苦的诗歌,这完全与作者的心境有关。如朱庆馀的《自萧关望临洮》只关注玉门关之外的边塞风俗:

> 玉关西路出临洮,风卷边沙入马毛。寺寺院中无竹树,家家
> 壁上有弓刀。惟怜战士垂金甲,不尚游人着白袍。日暮独吟秋
> 色里,平原一望戍楼高。②

诗歌是朱庆馀出关之时所作,他在出关路上所见,与中原风光完全不同,是独吟对塞外风俗的感触。又比如韩偓的《山驿》:

> 参差西北数行雁,寥落东方几片云。叠石小松张水部,暗山
> 寒雨李将军。秋花粉黛宜无味,独鸟笙簧称静闻。潇洒襟怀遗
> 世虑,驿楼红叶自纷纷。③

诗歌写韩偓在山驿中独赏风景,在"独鸟笙簧"的寂静中产生了遗世独立的潇洒襟怀。

---

① (唐)郑巢:《泊灵溪馆》,《全唐诗》卷五〇四,中华书局,1960年,第5734页。
② (唐)朱庆馀:《自萧关望临洮》,《全唐诗》卷五一四,中华书局,1960年,第
　　5876页。
③ (唐)韩偓:《山驿》,《全唐诗》卷六八二,中华书局,1960年,第7816页。

五、馆驿周边的风物古迹和对景抒情

前文谈及驿传的行驿速度时,我们引用过《唐六典》的资料:"凡陆行之程:马日七十里,步及驴五十里,车三十里。水行之程:舟之重者,溯河日三十里,江四十里,余水四十五里;空舟溯河四十里,江五十里,余水六十里。沿流之舟则轻重同制,河日一百五十里,江一百里,余水七十里。"[①] 这一行驿速度的要求,保证了唐代驿传的有序准时,也是为了保护驿驴、驿马不受折损,而这样的行驿速度,也给驿路诗人提供了一定的悠游时间。笔者是散步爱好者,每天晚上至少一小时散步时间,行程四公里左右,按这一速度,用驿驴的行驿时间一天需要六个小时稍多一点。其他行驿速度,按比例推算应该也是这样的行驿时间。这样一来,行驿之外,就有一定的时间休闲。而除了担负递送官文书和身负朝廷诏命之外的行驿人员,尤其是参加铨选、科考、漫游的人,这种约束相对要有更多松动,也就不必"匆匆何处去,车马冒风尘"(韦应物)、"此时皆在梦,行色独匆匆"(杨凝)、"西风吹冷透貂裘,行色匆匆不暂留"(牟融)了。他们可以在鞍马劳顿之后,借着驿马、驿驴鞍马休息的时间,在驿馆及其周围活动。

驿路的设置,往往是依据驿务的需要,而驿务的需要,则依据政治位置、商业位置、军事位置的需要。这些地方的周边,拥有名山大川、繁华都市、奇异风貌。倘若时间允许,诗人们有时会在上述地方逗留,驿馆周边风物就自然而然进入诗人的关注视野,从而形成围绕驿路和驿馆周边景物的诗作。

唐朝的驿馆,在建设、维修、损毁的问题上,不同时期、不同地点境况不同,反映了唐代驿馆建设在各个方面的情况,而留给驿路诗人的观察、感受也不完全一样。敏感的唐代诗人在没有宾主宴聚的时

---

① (唐)李林甫等撰,陈仲夫点校:《唐六典》卷三,中华书局,1992年,第80页。

候,往往留意这些,并将之纳入诗歌的写作中,形成了观察细致、描摹入微的馆驿景物描写诗。李德辉《唐宋时期馆驿制度及其与文学之关系研究》总结道:

> 唐宋文人笔下既有大驿的盛丽,也有小驿的残破;既有陆路驿站的热闹喧哗,也有水驿江馆的迷人夜景,还有边馆的荒寒,山驿的冷寂,江西的鱼市,漠北的风烟……①

李白有一首《题宛溪馆》的馆驿诗,写江南水亭的清幽妩媚,读后令人神清气爽:

> 吾怜宛溪好,百尺照心明。何谢新安水,千寻见底清。白沙留月色,绿竹助秋声。却笑严湍上,于今独擅名。②

据《江南通志》记载,宛溪在宁国府东,水至清澈;新安江,在徽州府,水至清,深浅皆见底。李白的《题宛溪馆》前四句,就是写宛溪馆濒临宛溪,可见溪水清澈,可见月色澄明,可见白沙映月,可见绿竹葱茏。如此优美的景物,使人见之,如何不诗兴大发? 再如杜甫的《秦州杂诗二十首》其九所写的秦州驿亭:

> 今日明人眼,临池好驿亭。丛篁低地碧,高柳半天青。稠叠

---

① 李德辉:《唐宋时期馆驿制度及其与文学之关系研究》,人民文学出版社,2008年,第244页。
② (唐)李白著,(清)王琦注:《李太白全集》卷二五《题宛溪馆》,中华书局,2011年,第984页。

多幽事,喧呼阅使星。老夫如有此,不异在郊坰。①

这是正面描写唐代驿道上秦州驿的宏丽、幽胜的,杜甫诗说该驿是"好驿亭",好到有池有亭,高柳丛竹,绿色满眼,驿使如星。杜甫的《宿白沙驿》:

> 水宿仍余照,人烟复此亭。驿边沙旧白,湖外草新青。万象皆春气,孤槎自客星。随波无限月,的的近南溟。②

这是杜甫晚年飘泊荆湘时所写。此诗诗题下小注"初过湖南五里",这首诗之前是《宿青草湖》,青草湖即北洞庭湖,也就是说,诗人刚刚进入湖南不久,白沙驿在今湖南省湘阴县营田镇附近,诗歌所写,正是白沙驿附近的景色。"水宿",可见诗人并没有住进驿馆或附近的客馆,故而所感受的只是"驿边"的景物:夕照、人烟、白沙、青草、孤舟和波月,是诗人飘泊中的观察和感受。著名诗人常建,衔命行驿,虽有王程催促,还是在日落之时和日落之后有一番游览,其《白湖寺后溪宿云门》写道:

> 落日山水清,乱流鸣淙淙。旧蒲雨抽节,新花水对窗。溪中日已没,归鸟多为双。杉松引直路,出谷临前湖。洲渚晚色静,又观花与蒲。入溪复登岭,草浅寒流速。圆月明高峰,春山因独宿。松阴澄初夜,曙色分远目。日出城南隅,青青媚川陆。乱花

---

① (唐)杜甫著,(清)仇兆鳌注:《杜诗详注》卷七《秦州杂诗二十首》其九,中华书局,1979年,第580页。

② (唐)杜甫著,(清)仇兆鳌注:《杜诗详注》卷二二《宿白沙驿》,中华书局,1979年,第1954页。

覆东郭，碧气销长林。四郊一清影，千里归寸心。前瞻王程促，却恋云门深。毕景有余兴，到家弹玉琴。①

落日、清溪、新花、归鸟、杉松、浅草、明月、高山、乱花，一系列的景物，把一个依山临水的水驿写得花团锦簇、美丽清幽，而诗歌明确告知我们的信息是：诗人春山独宿，"四郊一清影"，是夜下独吟美景。与笔者前文所举郑巢的《泊灵溪馆》所写的破落馆驿的荒草丛生、乱石累累、驿船破败、驿馆落瓦，形成鲜明对照。

　　驿路写景的诗歌，有的是对景言景，有的则是对景言情。对景言景，虽然社会意义不大，但能够让我们看到诗人描写之时驿馆周边的景物特征，在一定程度上能够反映唐代驿传体系建设的一些情况，了解周边的环境、风俗、经济发展等方面的相关情况，具有以诗证史的价值。对景言情的诗歌，不仅仅具有上述作用，还具有了解行驿之人心态，也就是了解唐代士人生存心态的作用，并且，好的对景言情之作情景相生，以情感人，留下了不少千古传诵的嘉篇，如王勃的《送杜少府之任蜀川》、李白的《渡荆门送别》《送别·斗酒渭城边》、杜甫的《奉济驿重送严公四韵》《客夜》《客亭》等等。

第二节　唐代驿路诗歌的情感内涵

　　行驿，在驿路上使用公众设施为公务奔走，是唐代士人经常面对的生活场景。

　　我们这里使用"行驿"而不是"行役"，旨在区别"行驿"和"行

---

① （唐）王建：《白湖寺后溪宿云门》，《全唐诗》卷一四四，中华书局，1960年，第1454—1455页。

役"的内涵。"行役"是泛指各种因服兵役、劳役而出外跋涉的奔波，他们当然也要在驿路上奔走，但主要任务是为国家卖命。行驿，则专指士人因科考，官员因公务、升迁、贬谪等使用国家驿传的奔走。后者多是文化知识阶层较高者，其行走驿路的文化活动对诗歌的生发极有帮助，而我们主要探讨这部分诗人所创作的驿路诗歌的情感内涵。

　　行驿一直是中国古代社会士人生活的重要主题。《诗经》里《黍离》中的爱国士大夫的形象、《泉水》《载驰》中奔回故国的女性形象等，都是人在旅途的生命形态。这一人生主题，在汉代的《古诗十九首》中、陶渊明的"行役"诗中，都有过进一步的发展。而到唐代，由于社会环境的变化，开放的时代文化给唐代士人提供了更多的机会。唐代士人出行人员之多、出行时间之长，又远迈前代。《全唐诗》卷八六七载有几首《东阳夜怪诗》，其名曰《卢倚马寄同侣》，诗曰："长安城东洛阳道，车轮不息尘浩浩。争利贪前竞着鞭，相逢尽是尘中老。"[①] 可以见出，为了功名、利禄、事业、人生、王命，唐人在进行着怎样的奔波。变动不居的生活，长年在外的飘泊，使得很多唐代士人不得不以馆驿为家，驿馆、驿路，成为他们生活中的重要组成部分。而乘驿的诗人入驿之前和入驿之后，生活和心态都会发生很多变化，其所创作的诗歌，也与常态生活下的诗歌有很多不同，其羁旅行愁之作、思乡恋家之作、留别送行之作、酬唱应和之作，既有不同的功用，也有不同的情感内涵。

　　一、羁旅行愁的落寞孤独

　　旅和居，这是两种相对对立的人生形态。旅的外在形态是"行"，

---

① （唐）佚名：《东阳夜怪诗》，《全唐诗》卷八六七，中华书局，1960年，第9816页。

居的外在形态是"住",故有"旅行"和"居住"之说。

中国自远古之时就形成了安土重迁的文化心理,故而很注重"居",因为"居"是安稳的象征。《易经》:"上古穴居而野处,后世圣人易之以宫室,上栋下宇,以待风雨,盖取诸《大壮》。"[①] 盘庚迁殷,百姓怨怼,"民不适有居",些许的变动都可能带来民怨沸腾、物议扰扰。盘庚训导百姓,并最终迁居,"奠厥攸居",让老百姓都有了安稳的住所,还在努力于消弭人们心中的疑虑:

> 今我民用荡析离居,罔有定极,尔谓朕曷震动万民以迁? 肆上帝将复我高祖之德,乱越我家。朕及笃敬,恭承民命,用永地于新邑。[②]

意即:现在我们的百姓动荡离散,没有安定的止息之所。你们若问我为什么要惊动数万百姓迁都? 是因为上天要颠覆老祖宗带给我们的恩惠,让我们国家动荡,作为帝王,我是非常笃厚诚敬的,要承担起万千百姓的命运,带大家找到一个可以永远安宁的新地方。从盘庚向人们解释的语言里不难体味,"迁"的目的仍然是"居",是为了更好的"定"。

而"旅"则是不得安居的象征,《易经》里有《旅》卦,其象辞曰:"'旅于处',未得位也。'得其资斧','心'未'快'也。"[③] 意即,相对于安稳居处而言,"旅"的状态是"未得位",所谓"穷大者必失其居,故受之以《旅》"[④]。朱熹对"旅"的解释是:"旅,羁旅也。山止于下,

---

① (宋)朱熹注:《周易本义》卷三,《新刊四书五经》,中国书店,1994年,第118页。
② (宋)蔡沈:《书经集传》卷二,《新刊四书五经》,中国书店,1994年,第87页。
③ (宋)朱熹:《周易本义》卷二,《新刊四书五经》,中国书店,1994年,第94页。
④ (宋)朱熹:《周易本义》卷四,《新刊四书五经》,中国书店,1994年,第130页。

火炎于上,为去其所而不处之象,故为旅。"①

由上而知,我们的民族是不愿处于"旅"的状态的。

但唐朝的社会生活环境,又使得不少人为了追求自我的人生价值,而心甘情愿地或不得不处于行旅状态,处于变动不居中。自愿也罢,不甘也罢,羁旅的滋味总是不好受的,故而,羁旅行愁成为唐人驿路诗歌的重要内容之一。

羁旅行愁之所以成为唐代驿路诗歌的重要情感内涵之一,首先是行驿生活决定的。无论是科举擢第还是下第,无论是铨选成功还是失败,无论是升官还是贬谪,无论是递送文书还是传达王命,他们都必须离开自己熟悉的生存环境,面对陌生的世界,"处在隔绝与孤立的环境包围中"②,难以消解的寂寞和孤独,加之行驿的辛苦和疲累,就会时时击打士人的心灵。文学是生活的一面镜子,这样独特而深刻的人生感受必然反映于文学作品。而唐代是一个诗的朝代,漫说唐代的士人,就是唐代的普通百姓也多有能诗者,故而,诗歌成为唐代士人反映羁旅行愁的重要载体。

其次,从文学对生活的关注角度而言,羁旅行愁也容易引发创作的激情,所谓"穷苦之辞易好,欢愉之辞难工",唐人对此的认识也很清楚。李德辉在《唐宋时期馆驿制度及其与文学之关系研究》中指出:

> 　　唐人有言:"夫人为诗,述怀讽物,若不精不切即不能动人。"(《太平广记》卷三四四引《会昌解颐录》)而要做到精切动人,最好的办法就是在征途行旅中寻找素材,捕捉诗思,并且

---

① (宋)朱熹:《周易本义》卷二,《新刊四书五经》,中国书店,1994年,第94页。

② 李德辉:《唐宋时期馆驿制度及其与文学之关系研究》,人民文学出版社,2008年,第321页。

对此类素材做悲情化、悲美化的艺术处理,大概古人都明白,诗最本质的东西就是抒情,做诗而不能感激淋漓,声调抑扬,则不足以动人。《绀珠集》卷六《北梦琐言》:"或问(郑)繁:'近日有诗否?'对曰:'诗思在灞桥风雪中,驴子上。此处何以得之?'"这段经典的对白,已将文学创作与旅途艰辛的密切关系,以及文人诗对悲情苦语的偏爱表露无遗。明白了这个道理之后,他们就常常在创作中沉浸悲苦,咀嚼悲愁,酿造悲情,在诗中把自己装扮成一个凄苦的孤旅者,总爱把自己放置在风雨行役之中,一副憔悴忧愁之态,常以骚人清怨悲感之辞,发为凄凉激楚之调,做起诗来,仿佛总有言不尽的路途艰辛,道不完的飘零客恨,如《却扫编》卷下所载"先公小吏"柴援《客舍诗》:"只影寄空馆,萧然饥鹤姿。秋风北窗来,问我归何时。"便是一首根据古人旅行经验虚构出来的旅途诗,虽然意新句佳,篇体清丽可喜,但毕竟不是纪实,人物形象和意境都是悬想出来的,而不妨其为佳作。诗中所表现出的忧思愁态,在唐宋诗中是普遍性的,不能以一二数。在古人看来,这都是不祥语,所谓"诗能穷人",指的就是这种格调。①

然而,一句羁旅行愁,是不能涵盖驿路诗歌深厚的情感内涵和社会底蕴的。笔者查阅相关资料,发现在深入挖掘羁旅行愁的情感内涵方面,我们的研究做得还远远不够。笔者愿在这里努力进行一些敝帚自珍的解说,并希望这些解说有抛砖引玉之效。

羁旅行愁的内涵之一:浓重的飘泊感。飘泊感,是一种人生的感

---

① 李德辉:《唐宋时期馆驿制度及其与文学之关系研究》,人民文学出版社,2008年,第321—322页。

受,是人生中一种无根的感受,它具体体现于空间的没有归属和这种空间没有归属的时间的不确定性。飘泊感就是在看不见彼岸、找不到港湾的河流游荡,而感到无所归依。著名诗人郭沫若在《凤凰涅槃》中有这样一句名言:"我们这飘渺的浮生,到底要向那儿安宿?"最能道出人生飘泊的感受,而这,正是唐代驿路诗歌拥有的内涵。我们看几首有"羁旅"字眼的诗歌,感受一下唐人对飘泊的理解。

《全唐诗》有一首署名刘孝孙的《送刘散员同赋陈思王诗游人久不归》诗,诗中写道:

> 乡关渺天末,引领怅怀归。羁旅久淹滞,物色屡芳菲。稍觉私意尽,行看蓬鬓衰。如何千里外,伫立沾裳衣。①

诗歌出现在初唐时期,写诗人在远离家乡的地方盼望着回归,但却因为不得已的原因久滞他乡,一任春去春又来,一任蓬鬓变衰,而仍在千里之外,羁旅无归。常建的《泊舟盱眙》以不堪"羁旅情"写自己在"候馆"的感受:

> 泊舟淮水次,霜降夕流清。夜久潮侵岸,天寒月近城。平沙依雁宿,候馆听鸡鸣。乡国云霄外,谁堪羁旅情。②

常建生活于开元盛世时期,开元十五年(727)与王昌龄同榜进士,但却长期仕宦不得意,在山水间四处飘泊漫游,就像杜甫一样始终居无

---

① (唐)刘孝孙:《送刘散员同赋陈思王诗游人久不归》,《全唐诗》卷三三,中华书局,1960 年,第 454 页。

② (唐)常建:《泊舟盱眙》,《全唐诗》卷一四四,中华书局,1960 年,第 1462 页。

定所。大历年间,好不容易获得了一个盱眙县尉的官职,又不得不离开移家不久的鄂渚。诗中的"泊舟"是变动不居的,"清流"是不能安宁的,"候馆"是不属于自己的,而属于自己的那一片天空,却远在云霄之外,遥不可及。面对自己所描写的景物,诗人的羁旅之情油然而生。

再如杜俨的《客中作》,只看一眼诗题,就知道诗人有一种浓烈的缺少归属的感觉,诗中写道:

> 书剑催人不暂闲,洛阳羁旅复秦关。容颜岁岁愁边改,乡国时时梦里还。①

杜俨在《全唐诗》中只留有这一首诗,但这首诗却令我屡屡动容。诗中写书剑风尘的劳碌,写无尽无休的羁旅,写年年岁岁,乡国只在睡里梦里。人的那种身不由己,人的那种飘泊于秦关汉月中的感受,透过梦里还乡写尽。

"飘泊"的感受,在唐诗中,无人超越杜甫。杜甫一生都在飘泊中,晚年尤甚。其《遣兴三首》其二曰:

> 蓬生非无根,漂荡随高风。天寒落万里,不复归本丛。客子念故宅,三年门巷空。怅望但烽火,戎车满关东。生涯能几何,常在羁旅中。②

---

① (唐)杜俨:《客中作》,《全唐诗》卷二〇三,中华书局,1960年,第2117页。
② (唐)杜甫著,(清)仇兆鳌注:《杜诗详注》卷六《遣兴》,中华书局,1979年,第494页。

诗歌前两句即以飘蓬为喻，写飘蓬随风飘荡；三、四句深化其离根之后，飘荡在千里万里，再也不能回归自己离开的地方；五、六句由物转入写人，以"门巷空"衬托游子的未归；结尾四句写烽火连天、戎车征伐，暗传不归的岁月不知止于何年何月，深化了离根无归的无可奈何的苍凉。

无需再多举例。我们看这些诗，都是从"飘"的内涵申发开去，展开对人生况味的描写，将"无根""变动不居""不知归于何处"的内涵发挥到极致。这一层意思，还不仅仅是身无归处，更有心无归处的深刻含义。今天重温郭沫若的《凤凰涅槃》，唐诗中的那种飘泊感似又回响在心间：

> 啊啊！这缥缈的浮生，好像那大海里的孤舟，左也是漂漫，右也是漂漫，前不见灯台，后不见海岸，帆已破，樯已断，楫已飘流，柁已腐烂，倦了的舟子只是在舟中呻唤，怒了的海涛还是在海中泛滥。[1]

羁旅行愁的内涵之二：强烈的孤独感。孤独感是社会中的个体对自己在社会中人际交往情况的评估和感受，它是个体感到的自身远离社会和与外界隔绝时所产生出来的孤独苦闷的情感，是一种人和社会的隔膜感与疏离感。而人是群居动物，生活在社会中，需要互相交流，需要倾诉和倾听，需要相互安慰，还需要有人鼓励，在你需要这些的时候能够拥有，你就能够体会到人在社会中的存在，否则就有被社会抛弃的感觉。然而，行驿的路途，常常是一个人的独在，缺少

---

[1] 郭沫若：《凤凰涅槃》，《郭沫若全集·文学编》第一卷，人民文学出版社，1982年，第39页。

交流,没有倾听和倾诉,也很少有机会互相安慰和鼓励,所以,很多驿路诗歌都会反映出人与社会的隔膜与疏离,而透过这种隔膜和疏离,我们就能够真切地感受到唐代驿路诗歌中的那种强烈的孤独感。我们以具体的诗歌进行说明。杜甫有一首《南征》写道:

> 春岸桃花水,云帆枫树林。偷生长避地,适远更沾襟。老病南征日,君恩北望心。百年歌自苦,未见有知音。①

这首诗写于大历四年(769),诗人飘泊在荆湘之间的河流上,一尾小舟就是他的家。诗人独立小舟,看到两岸桃花点点飘洒,落入春水之中,一片云帆映照着河里枫树的倒影,但也只是看到的景色很美而已,自己的生活完全不同:明明有一颗北望君恩的心,却不得不折向远离京都的南方。有谁能理解此时此刻诗人心中的苦楚?“百年歌自苦”,征途之上,知音不见,苦歌只好自唱自听。“百年”“自苦”,正是极言人生的孤独。又如畅当的《九日陪皇甫使君泛江宴赤岸亭》:

> 羁旅逢佳节,逍遥忽见招。同倾菊花酒,缓棹木兰桡。平楚堪愁思,长江去寂寥。猿啼不离峡,滩沸镇如潮。举目关山异,伤心乡国遥。徒言欢满座,谁觉客魂消。②

诗歌写畅当羁旅他乡,被使君招去在赤岸亭共度重阳佳节,同饮菊花

---

① (唐)杜甫著,(清)仇兆鳌整注:《杜诗详注》卷二二《南征》,中华书局,1979年,第1950页。
② (唐)畅当:《九日陪皇甫使君泛江宴赤岸亭》,《全唐诗》卷二八七,中华书局,1960年,第3285页。

酒,共使兰木棹。但是诗人因为羁旅他乡,无心欣赏,虽然所见不俗,而诗人却感受到关山异路、乡国难归,这种身在他乡思故乡的寂寞和孤独,是满座的欢宴之人所体味不到的,而满座的欢宴之人正是用来衬托自己的孤独和痛苦的。又如张籍的《羁旅行》:

> 远客出门行路难,停车敛策在门端。荒城无人霜满路,野火烧桥不得度。寒虫入窟鸟归巢,僮仆问我谁家去。行寻田头暝未息,双毂长辕碍荆棘。缘冈入涧投田家,主人舂米为夜食。晨鸡喔喔茅屋傍,行人起扫车上霜。旧山已别行已远,身计未成难复返。长安陌上相识稀,遥望天山白日晚。谁能听我辛苦行,为向君前歌一声。①

诗歌以"羁旅"为题,以"行路难"为开端,可见诗人对羁旅的感触颇深。路途上,旅店里,并不是空无一人,而是有主人在夜间为自己舂米做饭,但旧山已别的客路,长安路上的缺少知音,让诗人感到特别的孤独,这种孤独甚至包括自己奔波的辛苦都没有人能够理解,以致诗人难以忍耐,甚至于只要有人听自己倾诉辛苦,就会放下一切,放下身段,向对方倾吐。这是一种远离自己阶层群体的孤独,一种没有倾诉和倾听的孤独。再看贾岛的《岐下送友人归襄阳》:

> 蹉跎随泛梗,羁旅到西州。举翮笼中鸟,知心海上鸥。山光分首暮,草色向家秋。若更登高岘,看碑定泪流。②

---

① (唐)张籍:《羁旅行》,《全唐诗》卷三八二,中华书局,1960年,第4287页。
② (唐)贾岛:《岐下送友人归襄阳》,《全唐诗》卷五七三,中华书局,1960年,第6652页。

诗歌首联点题,指出岁月蹉跎,羁旅西州。颔联以笼中鸟自比,以海上鸥为"知音"者,正是"知音世所稀"的孤独心态的写照。以下两联以独自一人的登高赏景具化这种世无知音的孤独感。鲍溶有一首《宿吴兴道中苕村》,诗中写道:

> 浮客倦长道,秋深夜如年。久行惜日月,常起鸡鸣前。夕计今日程,息车在苕川。霜中水南寺,金磬泠泠然。畴昔此林下,归心巢顶禅。身依瘵昏寐,智月生虚圆。羁旅违我程,去留难双全。观身话往事,如梦游青天。明发止宾从,寄声琴上弦。聊书越人意,此曲名思仙。①

诗中把自己比成"浮客",是一种"飘"的状态,"久行"路上,"常起鸡鸣前",披星戴月,风餐露宿,这就是羁旅者所拥有的生活。这样一种生活,唯有一张琴可以诉说,而自己可以"思"的,只是不在人间的"仙"而已。

中晚唐时期的另一位著名诗人赵嘏,一生不算顺遂,也是在飘荡中度过,他的两首诗很能触动人在旅途者的孤独的人生感受,一首名《旅馆闻雁别友人》:

> 路绕秋塘首独搔,背群燕雁正呼号。故关何处重相失,碧落有云终自高。旅宿去缄他日恨,单飞谁见此生劳。行衣湿尽千山雪,肠断金笼好羽毛。②

---

① (唐)鲍溶:《宿吴兴道中苕村》,《全唐诗》卷四八六,中华书局,1960年,第5522页。
② (唐)赵嘏:《旅馆闻雁别友人》,《全唐诗》卷五四九,中华书局,1960年,第6362页。

一首名《泊凫矶江馆》：

> 风雪晴来岁欲除,孤舟晚下意何如。月当轩色湖平后,雁断
> 云声夜起初。傍晓管弦何处静,犯寒杨柳绕津疏。三间茅屋东
> 溪上,归去生涯竹与书。①

在这两首诗中,《旅馆闻雁别友人》写自己独居旅馆,离群索居,单飞独宿,因为心中的孤独而写作告别友人的诗歌。很显然,友人并不在自己身边,这种无处诉说的诉说,越发彰显了独在的孤寂。《泊凫矶江馆》写自己夜泊凫矶江馆,只有月色、雁声、管弦、杨柳与自己相伴,但又不是王维式的心境,不是有佛心而入禅静的境界,故而写有物的相伴,恰是无人相伴,恰是万分孤独。

需要指出的是,并不是所有驿路诗人在独在状态下都有“孤独感”,这或者是因为他没有羁旅感,或者是因为他的精神状态极其昂扬向上,如吕温的《孟冬蒲津关河亭作》就说：“息驾非穷途,未济岂迷津。独立大河上,北风来吹人。雪霜自兹始,草木当更新。严冬不肃杀,何以见阳春。”从诗中看,吕温确实不是羁旅中的“独”,而是对前程充满信心。同样的独自行旅,各有所感,但羁旅孤独感相对更多而已。

羁旅行愁的内涵之三：无奈的弃置感。唐代的士人在旅途奔波的目标是寻求自己的未来,寻求自我人生价值的实现,说白了就是寻求官场的出路,但并不是所有人都能够获得社会和官场的认可,找到自己的出路,而是有很多人仕途偃蹇,人生坎坷。有很多人一次次行走在进京赴试和落第还乡的驿路上,有很多人带着希望进京参加

---

① (唐)赵嘏:《泊凫矶江馆》,《全唐诗》卷五四九,中华书局,1960年,第6362页。

铨选而后落寞离京，还有很多人原本春风得意却一下子跌落底层，故而，有很多失意士人会因各种各样的原因奔波在旅途中，在他们心里，更多人生的失意和落寞，更多远离社会中心的无奈，更多人生被弃的感受。失意者在驿路奔波的劳顿中创作的诗作，往往会有很多的伤感和苍凉，人生被弃的失意往往会表现得非常明显，而这种失意又常常熔铸着太多的无奈甚至怨愤。我们还是举例说明。

　　杜甫一生最大的目标就是"致君尧舜上，再使风俗淳"，而且他对自己的能力有充分的信心，"自谓颇挺出，立登要路津"，然而，自谓能够在社会中有所作为的诗人，却仅仅在一个右拾遗的官位上做了不足一年，之前和以后的岁月，都是飘荡在奔波的路途上，漫游之外，就是客居秦陇，漫漫西南行，然后定居成都，而定居成都五年，却有两年多的时间因生活所迫四处求友，或是被战乱阻隔，出蜀之后的荆湘飘泊更是令人动容。那种被主流社会弃置的感觉在杜甫的心中是很强烈的，他常自称"杜陵野老"，就是对被弃置的命运的怨愤。其《旅夜书怀》是驿路诗歌中很典型的一首抒写被弃置感受的诗作：

　　　　细草微风岸，危樯独夜舟。星垂平野阔，月涌大江流。名岂文章著，官应老病休。飘飘何所似，天地一沙鸥。①

"危樯独夜舟"是写诗人的孤独感，所见之"星垂平野阔，月涌大江流"，是写地阔天宽，江涌月随，但诗人却是"名岂文章著，官应老病休"。这是杜甫对一些著名论断的否认，也是对自我命运的怨愤。曹丕不是说"文章乃经国之大业，不朽之盛事"吗，我杜甫的文章"老

---

① （唐）杜甫著，（清）仇兆鳌注：《杜诗详注》卷一四《旅夜书怀》，中华书局，1979年，第1229页。

来渐于诗律细""语不惊人死不休",可我哪里因文章的讲究而声名卓著?这里我们需要结合杜甫在世时的名声理解这两句诗。杜甫在世时的声名确实与其死后的声名相去甚远,他没有像李白那样,又被惊为谪仙人,又是皇帝降辇步迎、赐座七宝床、御手调羹,又是诗歌到处被传唱,被各种诗选选入传播。杜甫没有这样的际遇,尤其是自诩"赋料扬雄敌,诗看子建亲"的杜甫,其诗歌在唐人选唐诗的选本中很少见到,这怎不令杜甫怀疑自己"名岂文章著"?杜甫还自认为颇有政治才能,曾经"窃比稷与契",说自己"自谓颇挺出,立登要路津",然后达到"致君尧舜上,再使风俗淳"的目标,谁知仕途坎坷,到晚年才得了一个检校工部员外郎的虚职,又因一身的毛病不能上任。到此时此刻,自己仍然像一只沙鸥一般飘荡在荆湘的江面上。一生的未被认可,一生的不受重用,一生的被弃置,通过一飘飘沙鸥的形象,传达殆尽。联想到诗人旅居夔州之时的"万里悲秋常作客,百年多病独登台。艰难苦恨繁霜鬓,潦倒新停浊酒杯"[1],飘泊荆湘时的"戎马关山北,凭轩涕泗流""战血流依旧,军声动至今",我们就知道,诗人是多么不甘心,而又多么无可奈何。

柳宗元也是一个曾经希望在为国家做事中大显身手的人,曾经参加永贞革新,因为失败被贬官,从此以后,再也没有机会重回朝廷,直到病死柳州。他的《离觞不醉,至驿却寄相送诸公》充满了人生寂寞的自怨自怜:

　　无限居人送独醒,可怜寂寞到长亭。荆州不遇高阳侣,一夜

---

① (唐)杜甫著,(清)仇兆鳌注:《杜诗详注》卷二〇《登高》,中华书局,1979年,第1766页。

春寒满下厅。①

一个以屈原自居的诗人,却是"寂寞到长亭",可知诗人对人生失意的那种失落,而"一夜春寒"正是诗人对人生的感受。柳宗元的好友刘禹锡也是长久被弃置,而且刘禹锡的被弃置,引发了著名诗人白居易的万千感慨。白居易的《醉赠刘二十八使君》说:

> 为我引杯添酒饮,与君把箸击盘歌。诗称国手徒为尔,命压人头不奈何。举眼风光长寂寞,满朝官职独蹉跎。亦知合被才名折,二十三年折太多。②

刘禹锡是参与永贞革新的重要人物,"二王八司马"之一,因为改革失败而长期被贬蛮荒。刘禹锡也是著名诗人,后人称他和柳宗元为"刘柳"。"诗称国手",是对刘禹锡诗歌成就的肯定,"命压人头"是为刘禹锡打抱不平。"诗称国手"而一事无成,"满朝官职"却与刘禹锡毫不相干,让他一生"蹉跎"。这是白居易替刘禹锡抒发的被弃置的怨愤。而刘禹锡在《酬乐天扬州初逢席上见赠》则在开首用"巴山楚水凄凉地,二十三年弃置身"来传达自己二十三年来被朝廷弃置不用的怨愤。

欧阳詹是中晚唐时期的一位文士,与韩愈同榜进士,是当年的榜眼(韩愈是探花)。他参加科举考试,也是历经磨难,曾在长安羁留六年,期间写有《除夜长安客舍》:

---

① (唐)柳宗元:《离觞不醉,至驿却寄相送诸公》,《全唐诗》卷三五一,中华书局,1960年,第3932页。

② (唐)白居易著,顾学颉校点:《白居易集》卷二五《醉赠刘二十八使君》,中华书局,1979年,第557页。

　　十上书仍寝,如流岁又迁。望家思献寿,算甲恨长年。虚牖
传寒柝,孤灯照绝编。谁应问穷辙,泣尽更潸然。①

诗中首联用典,借苏秦到秦国"书十上而说不行"的经历比喻自己
的仕路坎坷,颈联用"孤灯照绝编"写自己的用心苦读,尾联以阮籍
途穷而哭的典故,写自己路尽辙穷,无有知音,有一种无人识英才的
感慨。

　　被弃置,就是被放逐,是身和心的共同体验,是对生命的不甘心,
是对人生的无可奈何。它与隐居者远离市朝的最大不同就在于,隐
居是诗人的主动行为,是诗人主动选择的一种远离世俗的生活方式,
是诗人对山林田野生活的欣然接受,其对生活的体味中有一份特有
的安闲和宁静。而驿路诗歌中的这种被弃置,更多奔波和劳碌,更多
疲惫和不安。

　　必须要说明的是,驿路诗歌中,并不都是羁旅行愁,但"羁旅"
之时人的感受,与常态下的行驿不同,更与正常的生活不同,它往
往就会凸显出被羁绊的苦恼,不能如愿的"行愁"。所以,我们探讨
羁旅行愁,是要突出人对"羁旅"中"羁"的感受、"旅"的感受。驿
路诗歌的这种被"羁"和"旅"行的感受,透露出唐代士人的很多的
无奈。

　　二、思亲念友的感伤情怀

　　与羁旅行愁相伴生的驿路诗歌的另一重要主题:思亲念友。
　　夜宿荒村野店,孤馆独对星空,行驿中的孤独和苦闷最容易触发

---

① (唐)欧阳詹:《除夜长安客舍》,《全唐诗》卷三四九,中华书局,1960 年,第
　　3906 页。

羁旅中人对温情的追忆和渴望。想想在家时妻子灯下补衣,兄弟互相关照,儿女绕膝嬉戏,父母含嗔关怀,朋友之间夜话闲聊对酒而醉,亲人之间、朋友之间,温馨真挚的每一幕场景,都能触动行驿之人对亲人的牵挂、对友人的思念,每一幕场景都足以让孤独的行驿者热泪盈巾。

李白漫游时期,羁留秋浦,又要远去浔阳,这位浪漫不羁的诗人也会想起自己的妻子,他的《秋浦寄内》这样写道:

> 我今浔阳去,辞家千里余。结荷见水宿,却寄大雷书。虽不同辛苦,怆离各自居。我自入秋浦,三年北信疏。红颜愁落尽,白发不能除。有客自梁苑,手携五色鱼。开鱼得锦字,归问我何如。江山虽道阻,意合不为殊。[①]

"大雷书"即鲍照《登大雷岸与妹书》。此书是鲍照在大雷附近写给妹妹的书信,信中描绘了九江、庐山一带奇幻的山水景色,并在奇丽的景色中衬托出自己去国离乡、苦于行役的心情,表达了对妹妹的思念与关切。李白借此典表达对妻子的认同和思念,设想着妻子为自己的三年不归红颜受损,白发上鬓,并以"江山虽道阻,意合不为殊"安慰自己和妻子。

独孤及在驿路水亭怀念朋友,有《三月三日,自京到华阴,于水亭独酌,寄裴六、薛八》:

> 祗役匪遑息,经时客三秦。还家问节候,知到上巳辰。山县

---

① (唐)李白著,(清)王琦注:《李太白全集》卷二五《秋浦寄内》,中华书局,2011年,第1011页。

何所有,高城闭青春。和风不吾欺,桃杏满四邻。旧友适远别,谁当接欢欣。呼儿命长瓢,独酌湘吴醇。一酌一朗咏,既酣意亦申。言筌暂两忘,霞月只相新。裴子尘表物,薛侯席上珍。寄书二傲吏,何日同车茵。讵肯使空名,终然羁此身。他年解桎梏,长作海上人。①

在"山县何所有,高城闭青春"的华阳水亭,在和风相伴、桃杏为邻的环境里,独孤及感受到了"羁此身"的孤独,但也只能把这份痛苦向远在他乡的朋友倾诉。独孤及写这首倾诉的诗歌,以陪伴自己熬过寂寞和孤独。

权德舆一生官职显赫,应该不算寂寞,偶有不如意,怀想亲人成为他心中最大的安慰,其《夜泊有怀》想念妻子:

> 栖鸟向前林,暝色生寒芜。孤舟去不息,众感非一途。川程方浩淼,离思方郁纡。转枕眼未熟,拥衾泪已濡。窅然风水上,寝食疲朝晡。心想洞房夜,知君还向隅。②

诗歌以离思为主题,描写了自己孤枕难眠、拥衾含泪的可怜状态。权德舆在"暝色生寒芜"的荒寒环境里思念家中的妻子,想象此情此境下,妻子也如自己一般,洞房独坐,向隅而泣吧?从诗中描写的情态,可见权德舆夫妻伉俪情深,也可看到行驿中的权德舆对妻子的心心牵念。他的《自桐庐如兰溪有寄》则把对妻子的思念具象化:

---

① (唐)独孤及:《三月三日,自京到华阴,于水亭独酌,寄裴六、薛八》,《全唐诗》卷二四六,中华书局,1960年,第2760页。
② (唐)权德舆:《夜泊有怀》,《全唐诗》卷三二九,中华书局,1960年,第3676页。

　　东南江路旧知名,惆怅春深又独行。新妇山头云半敛,女儿滩上月初明。风前荡飏双飞蝶,花里间关百啭莺。满目归心何处说,欹眠搔首不胜情。①

　　这是权德舆一生唯一的一次被贬,让他真正体味到了思念之苦。驿路独行的诗人思念妻子,却设想着妻子已经变化成山头的望夫石,目送着自己渐行渐远,风中的双飞蝶在百啭千娇地传递着妻子对自己的殷殷情意。而这一切,都吸引着诗人归心似箭,但现实却是“白头搔更短”,不胜离别情。

　　欧阳詹的《旅次舟中对月寄姜公》(此公,丁泉州门客),是在水驿舟中面对美好的月光记起了好友姜公:

　　中宵天色净,片月出沧洲。皎洁临孤岛,婵娟入乱流。应同故园夜,独起异乡愁。那得休蓬转,从君上庾楼。②

　　所谓“月是故乡明”,故乡明月下与友人共享明月的场景,令欧阳詹伤感不已。他身在异乡,感觉身类转蓬,希望能飞还故乡,与朋友共赏庾楼夜色。再如杜牧的《中途寄友人》,题目已经点示得非常清楚,是在旅途中想起了友人而寄诗于彼:

　　道傍高木尽依依,落叶惊风处处飞。未到乡关闻早雁,独于客路授寒衣。烟霞旧想长相阻,书剑投人久不归。何日一名随

---

① (唐)权德舆:《自桐庐如兰溪有寄》,《全唐诗》卷三二九,中华书局,1960年,第3677页。

② (唐)欧阳詹:《旅次舟中对月寄姜公》,《全唐诗》卷三四九,中华书局,1960年,第3906页。

事了，与君同采碧溪薇。①

两诗都是诗人在寂寞驿路下独赏月夜或秋风，想起与友人曾经拥有的温情记忆，携手登楼也好，客路授衣也罢，都有一种相亲相近的温情，故而，诗人被曾经的温情感染着，希望能再如故园夜，不再过这种奔波随转蓬的生活。

驿路的思亲念友诗歌，在唐诗中触目皆是。分析这类诗歌的情感因素，一是在群居社会里旅途的寂寞行愁分外突出；二是以农耕文明为主的乡土观念下人离乡贱的感受的凸显；三是客居他乡身类转蓬的没有归属的异乡感。而亲情、友情、乡情中有自己的人生归依，有自己的心灵归所，它所寄托的，是驿路诗人希望安放自己心灵的情怀。

三、驿路风物的多彩描绘

进入驿路的诗人，离开了自己熟悉的生活环境，进入到奔波的状态，眼前景物不再是惯常所见，而是一路风光，随山水而变，随风俗而变，随地理环境而变，它所带给驿路诗人的感觉是很不一样的，很多驿路诗人都会用他们的笔记录驿路两侧的风物，为我们留下了唐代驿路两旁的风光。这里既有驿路两侧的植被覆盖情况，也有驿路两侧的风土人情、名胜古迹。

植被属于绿化方面。李德辉《唐宋时期馆驿制度及其与文学之关系研究》中专门有一章谈驿路两旁的绿化问题，其中有一段总结两京驿路的情况：

　　两京官道自长安东出灞桥，过昭应县至华州、潼关，此为西

---

① （唐）杜牧：《中途寄友人》，《全唐诗》卷五二七，中华书局，1960年，第6033页。

段；东出潼关，经湖城、弘农至陕州陕县，再经硖石、永宁、福昌、寿安至洛阳，是为东段。自隋末至盛唐百馀年间，在这条驿道上栽植的驿树以槐柳为主，中间夹有前朝古树，唐太宗《入潼关》"古木参差影，寒猿断续声"写的就是这些古树。当然更多的是新栽的驿树，由于树龄当时尚幼，故无人提及。经百馀年的生长发育，至玄宗朝，驿树始盛，于是见诸唐人诗章，张说《奉和圣制初入秦川路寒食应制》："昨从分陕山南口，驰道依依渐花柳。……渭桥南渡花如扑，麦陇青青断人目。汉家行树直新丰，秦地骊山抱温谷。"对此作了生动描述，使人感受到它那不凡的气象。①

在分析到唐代驿路绿化之所以如此令人羡慕时，他分析了多种原因，其中包括种植驿树的制度、法律方面的保护，而最重要的是较好的群众基础：

> 唐两京驿道绿化，有着较好的群众基础。唐代官员大都是进士、明经出身，有文化修养，懂得保护树木，《太平广记》卷四九六《张造》载，贞元中，度支拟取两京官道大槐为薪，另栽小树填补，华阴县尉张造便站出来坚决反对，官道大槐因此都被保护下来，张造也以善"批省牒"而闻名于唐。有这样的人在，绿化工作当然会有成效。更为重要的是，唐代地方官在任都喜爱种植树木花草，修桥植树已成为其政绩的重要标志，那时，官不分大小，人不论文武，主动植树的多。杜牧在湖州闲居，就在馆驿中种梅、竹、山石榴，事载《全唐诗》卷五二二杜牧

---

① 李德辉：《唐宋时期馆驿制度及其与文学之关系研究》，人民文学出版社，2008年，第415—416页。

《栽竹》《梅》《山石榴》。柳宗元刺柳州,官闲无事,遂于城内大街"树以名木"(韩愈《柳州罗池庙碑》)。襄阳节使府中的"赵从事"在清水驿种上丛竹,见柳宗元《清水驿丛竹天水赵云余手种一十二茎》诗。严绶镇守山南,创置褒城驿,并种上梨竹各千株,见元稹《褒城驿》。孟简刺常州,修复东山昆陵驿,"植以花木松竹等可玩"(李绅《昆陵东山序》)。李渤刺江州,筑堤三千五百尺,"植之杨槐"(李翱《江州南湖堤铭序》)。白居易在江州、忠州、杭州,元稹在同州,杨凭观察湖南,薛能在周至县,都曾广事种植,而且是出于爱好,视为怡情养性的手段。僧人、道士主动种树木的更多,唐代的寺观环境那么幽雅宜人,就与他们的努力分不开。平民百姓也主动种树绿化驿道,如《太平广记》卷三六五中的王申子,便"手植榆于路傍成林"。至于士大夫的私家别墅园林,就绿化得更好了,李德裕的平泉山庄、裴度的绿野山庄、白居易的履道里宅都是绿化得最好的。再如馆驿的绿化也甚有可称,人们不但在其中植树,还广种花草。襄阳的涢川馆有丛生的水竹,蜀路上的斜谷邮亭有海棠,褒城驿有罕见的亚枝红,褒斜道山驿中植有青桐花,杭州樟亭驿种上了樱桃,两京道上敷水驿种上了小桃,甘棠馆多竹桂,小碉馆长着野棠,这些都已见诸唐诗。①

驿路两侧的风土人情与当地地理环境密切相关,驿路两侧的名胜古迹则与当地的历史传承有关,而这些,都承载着我们民族的地方文化和本土情感。我们这一节研究驿路诗歌的情感内涵,所以,不仅

---

① 李德辉:《唐宋时期馆驿制度及其与文学之关系研究》,人民文学出版社,2008年,第421页。

仅了解风土文化，还要进一步分析这类作品的情感特征。笔者认为驿路风物诗歌主要有两方面的情感内涵值得注意：

第一，描写物象，传山河之状。驿路两旁的风物，随着时间的变化和地理环境的变化，会有很大不同，摹写景物的作品也会因时间和地点的变化而有很大不同，如李白的江南驿路诗歌和杜甫的西南驿路诗歌，是两种完全不同的风貌；岑参笔下的西北驿路与张籍笔下的西北驿路也特别不同。李德辉分析李白的江南馆驿诗是：

> 李白的馆驿诗，具有鲜明的地域文化特征。从地域看，除《阴盘驿送贺宾客归越》写的是关中馆驿外，其馀都在江淮、吴越、荆湘，体现了南方水乡泽国风情。诗人笔下的宛溪馆、横江馆，都是背山临水、风景秀丽的南方江馆。宛溪馆下临宛溪，水色明净，绿竹垂岸，横江馆虽然也有惊波骇浪，但毕竟不似黄河那样浊浪排空，风恬浪静之际，仍不失南土的妩媚。“白沙留月色，绿竹助秋声”（《题宛溪馆》）之句，可谓传神写照。①

杜甫笔下的西南驿路诗歌则完全不同，从秦州到同谷，从同谷到成都，泥泞的高山、险峻的峭壁、乱石覆盖的峡谷、暗流汹涌的水渡……每一首驿路诗歌，都记载着杜甫走向成都的艰难历程，如赤谷的“山深苦多风”，铁堂峡的“径摩穹苍蟠，石与厚地裂”，寒峡的“云门转绝岸，积阻霾天寒”，青阳峡的“冈峦相经亘，云水气参错。林迥硖角来，天窄壁面削”，泥功山的“朝行青泥上，暮在青泥中”，木皮岭的“再闻虎豹斗，屡跼风水昏。高有废阁道，摧折如短辕。下有冬青

① 李德辉：《唐宋时期馆驿制度及其与文学之关系研究》，人民文学出版社，2008年，第365页。

林,石上走长根",白沙渡的"水清石礧礧,沙白滩漫漫。……高壁抵
嵚崟,洪涛越凌乱",水会渡的"大江动我前,汹若溟渤宽。……霜浓
木石滑,风急手足寒",飞仙阁的"万壑欹疏林,积阴带奔涛。寒日外
澹泊,长风中怒号。歇鞍在地底,始觉所历高",五盘的"仰凌栈道细,
俯映江木疏"等等,都是杜甫对驿路所历所见的一切的最真实细微
的描写,写出了入蜀之路的艰难。如《铁堂峡》:

> 山风吹游子,缥缈乘险绝。峡形藏堂隍,壁色立精铁。径摩
> 穹苍蟠,石与厚地裂。修纤无垠竹,嵌空太始雪。威迟哀壑底,
> 徒旅惨不悦。水寒长冰横,我马骨正折。生涯抵弧矢,盗贼殊未
> 灭。飘蓬逾三年,回首肝肺热。[①]

诗人自注:"铁堂山在天水县东五里,峡有铁堂庄。"也就是说,诗人
所写,是甘肃天水的地理风貌。这里,没有江南的幽林小径、杏花春
雨,却有绝险峡谷、高空积雪、寒冰冷壑、盗贼出没。

　　当然,杜甫笔下也有江南山水,也是很客观的描写,如《放船》:

> 收帆下急水,卷幔逐回滩。江市戎戎暗,山云淰淰寒。荒林
> 无径入,独鸟怪人看。已泊城楼底,何曾夜色阑。[②]

这首诗,黄鹤说是永泰元年(765)自忠州、渝州下云安时的作品。这
一次放船,当是杜甫在云安的弟弟邀请他去云安居住,兄弟相谐,老

---

① (唐)杜甫著,(清)仇兆鳌注:《杜诗详注》卷八《铁堂峡》,中华书局,1979年,
　　第677—678页。
② (唐)杜甫著,(清)仇兆鳌注:《杜诗详注》卷一四《放船》,中华书局,1979年,
　　第1230页。

将有伴,诗人心中比较平静,故而对外在的景物进行了比较客观的描写。但杜甫毕竟不是李白那样随时转换心境的诗人,所以,笔下的江南风物也带有几分乖戾和暗淡。

唐代驿路诗作中的写景诗歌,有相当一部分是应景之作,故而也难免有为展现个人才华而刻意雕琢、追求辞彩的作品,比如大历诗人钱起的《九日宴浙江西亭》:

> 诗人九日怜芳菊,筵客高斋宴浙江。渔浦浪花摇素壁,西陵树色入秋窗。木奴向熟悬金实,桑落新开泻玉缸。四子醉时争讲习,笑论黄霸旧为邦。①

这首诗,感情色彩并不浓,景物描写也缺乏特征。中间两联中,"木奴"用典,指柑橘;"桑落"指桑落酒。明明是熟悉的东西,却故意用生疏的词汇形容,有点陌生化的意味,用词特点在一定程度上与后来的韩、孟诗派贴近。但感觉是为了对句而对句。尾联"笑论黄霸"又用典,但汉代黄霸治国事跟诗歌前六句似不贴合,虽用典而不见特别的意味深长。

就纯粹的驿路景物诗而言,有地域色彩的、时代特色的、意境讲究的,才是值得我们品读的。比如许浑的《行次潼关题驿后轩》:

> 飞阁极层台,终南此路回。山形朝阙去,河势抱关来。雁过秋风急,蝉鸣宿雾开。平生无限意,驱马任尘埃。②

① (唐)钱起:《九日宴浙江西亭》,《全唐诗》卷二三九,中华书局,1960年,第2670页。

② (唐)许浑:《行次潼关题驿后轩》,《全唐诗》卷五二八,中华书局,1960年,第6042页。

诗歌描写潼关驿站的壮观景色,将这座山驿的险峻地形和晚秋风物勾画得惟妙惟肖,如在目前。

　　第二,借物传心,写诗人心中之情志。物动情愁,这是古已有之的说法,刘勰《文心雕龙》说:

> 春秋代序,阴阳惨舒,物色之动,心亦摇焉。盖阳气萌而玄驹步,阴律凝而丹鸟羞,微虫犹或入感,四时之动物深矣。若夫珪璋挺其惠心,英华秀其清气,物色相召,人谁获安?是以献岁发春,悦豫之情畅;滔滔孟夏,郁陶之心凝;天高气清,阴沉之志远;霰雪无垠,矜肃之虑深。岁有其物,物有其容;情以物迁,辞以情发。一叶且或迎意,虫声有足引心。况清风与明月同夜,白日与春林共朝哉![1]

意思是说,自然环境与人的内心世界是相互影响的。行走在驿路上的诗人们,在移步换景的驿路之上,奔波着自己的人生。但他们的人生,往往并不由自己来掌控,而是需要有机会风云际会,故而每每感受到自然风物的变化,或随心而动,或逆志而生,与诗人心中之情、之感、之志、之意发生交流,这些风物就会动客子之情愁,传诗人之情志。比如李白的《劳劳亭》:

> 天下伤心处,劳劳送客亭。春风知别苦,不遣杨柳青。[2]

---

① 周振甫:《文心雕龙今译·物色》,中华书局,1986 年,第 414 页。
② (唐)李白著,(清)王琦注:《李太白全集》卷二五《劳劳亭》,中华书局,2011年,第 979 页。

诗歌很短,五言四句二十个字,没有具体描写劳劳亭的太多景物,只说到亭边的杨柳。但"天下伤心处",把人们带到了黯然销魂的送别场地,而"春风知别苦",把春风拟人化,把春风写成人们的知音,然后带出"不遣杨柳青",既写出了劳劳亭边没有可折的杨柳,没法让人们唱"折一枝家乡的杨柳,愿你像杨柳扎根在……我像春风吹在你心头",又随景写情,道出了人们心中对分别的感受。诗中传达的,是离别的人们心中的情感。又如杜甫的《客旧馆》:

> 陈迹随人事,初秋别此亭。重来梨叶赤,依旧竹林青。风幔何时卷,寒砧昨夜声。无由出江汉,愁绪日冥冥。[1]

诗歌写于广德元年(763)在梓州时。当是诗人在梓州时,秋日去阆州,冬晚复回梓州时所写。因为此时诗人将家安置于成都浣花溪旁,故而在梓州居住于客馆。以客居旧馆为题,并在诗中点明,初秋时节曾经来过此亭,现在重来,已经是秋去冬来,寒砧声声,而诗人之心,是要离开江汉,"便下襄阳向洛阳",但现在却被羁留他乡,因此,寒霜中的景物,引发诗人的客子行愁,让他体味着近冬不得还家的愁绪。

借物传心传情,往往能够情融于景,景化为情,情景交融,韵味悠长,所以,佳作颇多。李白的很多驿路诗歌都是借景传心的佳作,如《渡荆门送别》:

> 渡远荆门外,来从楚国游。山随平野尽,江入大荒流。月下

---

[1] （唐）杜甫著,（清）仇兆鳌注:《杜诗详注》卷一二《客旧馆》,中华书局,1979年,第1028页。

飞天镜,云生结海楼。仍连故乡水,万里送行舟。①

这是诗人在水路行驿,客中送别。诗歌写来到楚国所见到的景色,颔联展现了江水的开阔,这与三峡的急流险滩已经完全不同。因为水的相对平静,月亮映照在水中,引发了诗人的浪漫神思,"月下飞天镜",一位仙子飘飘然来到人间,云彩就像是配合这天上飞下的神仙,把水边驿楼打扮得云飘雾绕。最为令人动容的是最后一联,"仍连故乡水,万里送行舟",是说故乡的水一直有情有义,跟随着诗人送行了千里万里。"连",一作"怜",那就更富有人情味了,是诗人用代表故乡的江水送别自己这个远行的亲人。在李白的想象里,家乡的一山一水一草一木,都注目着李白这位远行的游子,并亦步亦趋地跟随着诗人的行程越送越远。由此可知李白对家乡的情感。诗人写江流日月、地老天荒,写月照江水、彩云缭绕,表面在写景,实际在写诗人那颗像明月一样的心,仍在故乡流连,是我寄愁心与明月,随水望向巴山西。所以,李白的这些写景诗,情思渺渺,情韵深厚,令人向往。

杜甫的很多驿路写景诗借景传心,将诗人忧国忧民之情、人生无为之感、天边作客之苦抒写得淋漓尽致,如《江汉》《泊岳阳城下》《旅夜书怀》等等,都是此类作品中的佳作。以《泊岳阳城下》为例:

江国逾千里,山城近百层。岸风翻夕浪,舟雪洒寒灯。留滞才难尽,艰危气益增。图南未可料,变化有鲲鹏。②

① (唐)李白著,(清)王琦注:《李太白全集》卷一五《渡荆门送别》,中华书局,2011年,第631页。
② (唐)杜甫著,(清)仇兆鳌注:《杜诗详注》卷二二《泊岳阳城下》,中华书局,1979年,第1945页。

这是诗人晚年飘泊荆湘之时的作品。诗人走水上驿路到达岳阳，因为没有足够的旅资，不能入住岳阳驿馆，只能对驿而望，近驿而歇。他在船中观察岸边景色，感受着洞庭湖翻腾的湖水和飘然而落的雪花。在这样的困窘里，诗人并没有感慨个人生命的孤危，而是为有才者不能为世所用而感到可惜，因而更加激起一种对时代的责任，仍然希望有一天鲲鹏变化，实现图南之志。仇兆鳌注："首二，记岳阳城。三四，泊舟之景。下则泊舟而有感也。" 对"图南"的解释："公盖不甘终于废弃也。"① 这正是杜甫面对岳阳城的江国世界而抒发的内心情感。

驿路诗歌中的写景诗，无论是纯粹的写景诗还是借景传心、借景传情的诗作，都有其一定的意义，它或者让我们眼前晃动着当时的风物，带我们回到大唐的世界，或者让我们体味着面对那时那景时诗作者的情怀，是值得我们注意的内容。

四、唱和赠答的功能特质

唐代的馆驿，与以往馆驿有很大差别，主要体现于馆驿功能的变化。唐以前的馆驿，主要用于军国传驿，唐代馆驿性质的变化在于，除了早期比较偏重迎送接待往来人使、传递文书、运送诸州贡物、领送囚徒、迎送迁谪官员外，盛唐以后，几乎变成各阶层交往的场所，俨然一个小社会。李德辉《唐宋时期馆驿制度及其与文学之关系研究》在谈到这种变化时说：

> 唐代馆驿功能的转换，其主要标志是驿的通信功能、军政用途的弱化和待客食宿功能的强化，担当了馆的部分功能，性质向

---

① （唐）杜甫著，（清）仇兆鳌注：《杜诗详注》卷二二，中华书局，1979 年，第1945 页。

"馆"靠拢;同时,馆也由单纯的提供食宿的服务机构转变为准交通机构,具有驿的部分交通通信功能。这可以说是唐代馆驿制度最为显著的变化。

驿站由唐以前的专用于军政目的、传递军情、政令,一变为广纳社会各阶层人士的公共场所,兼具娱乐文化传播等社会文化功能,这一转换经历了一个漫长的演变过程。①

馆驿性质的变化,使得馆驿的社会功能无限扩大,馆驿成为交际的公共场所。在这里,上演了无数送往迎来的宴会、官员文士的聚会,而喜诗爱诗的唐人便在这各种各样的聚会中留下了无数因交往需要而写下的诗歌。

这些诗歌,总体看来可以分为两类,一类是纯粹为了应酬的奉命之作、唱和酬赠之作,一类则是在这样的活动中传达出真情实意的作品,情义动人。

其一,纯粹为交往联络的唱和赠答。唐代社会为士人提供了很多入仕的机会,举荐是非常重要的渠道,而举荐需要有身份有地位的人出面,所以很多的士人出现在交际场合,就是为了结识高层人士。生存和前途的需要,使得不少士人在这样的环境中写作了很多没有创作冲动、缺少生命激情、纯粹为了应付差事,甚至是歌功颂德、口不对心的作品。这些作品,或者纯粹地描摹馆驿宴会的情景,或者虚应故事地逢迎欲巴结的对象,除了有些作品能够让我们知道究竟有哪些人参与了这些宴会而外,也就没有太多的社会价值了。这在馆驿应酬赠答诗中占了绝大多数。

---

① 李德辉:《唐宋时期馆驿制度及其与文学之关系研究》,人民文学出版社,2008年,第111页。

其二,为抒发真情真意的唱和赠答。人和人之间的交往,并不都是敷衍,也产生了很多真诚的友谊,这种友谊,在彼此的相互救助、相互鼓励中获得深化,把人和人之间的距离拉得很近,近到难舍难分。但很多时候,生活和仕途的必须,又不能不分别。而分别之时或分别之后,彼此的思念、牵挂,就会让他们诗来诗往。无论是馆驿酬唱,还是驿寄传诗,都传达出浓浓的情义。如李白《至鸭栏驿上白马矶,赠裴侍御》:

> 侧叠万古石,横为白马矶。乱流若电转,举棹扬珠辉。临驿卷缇幕,升常接绣衣。情亲不避马,为我解霜威。①

诗歌题为"赠裴侍御",但此诗绝不是应景式的赠诗,而是发自诗人心中的感受。因永王李璘影响而被长流夜郎的诗人,此时此刻所感受到的是鸭栏驿附近的江水湍急。风涛险恶的环境,实际也是诗人内心感受到的政治环境的物化。行驿之苦,苦不堪言。流放之人,也谈不上有任何尊严。当朝官员裴侍御与李白之间的级别差距,一个天上一个地下,但李白竟然说因为"情亲"而不避裴侍御出使的驿马,可见双方关系紧密。李白虽然"不懂规矩",但却为自己找到了亲切而又无法指责的理由。而从裴侍御的态度中,也让诗人感受到"为我解霜威"的温暖。

又如严维的《荆溪馆呈丘义兴》,写失意之人在最落寞的时候所获得的些许温暖:

> 失路荆溪上,依人忽暝投。长桥今夜月,阳羡古时州。野烧

---

① (唐)李白著,(清)王琦注:《李太白全集》卷二二《至鸭栏驿上白马矶,赠裴侍御》,中华书局,2011年,第868页。

明山郭,寒更出县楼。先生能馆我,无事五湖游。①

不得志的严维去投靠朋友,傍晚时分投宿荆溪馆,馆中一位名叫丘义兴的人给他这个失意之人提供了机会,所以,严维有很多感慨,一句"先生能馆我",记下了丘义兴不为名利左右的高尚品质,也表达了严维的真诚感动和谢意。

再比如许浑的《晨至南亭呈裴明府》也是写于自己失意之时,诗意却是借呈赠裴明府的诗歌,表达自己留恋山林的志向:

南斋梦钓竿,晨起月犹残。露重萤依草,风高蝶委兰。池光秋镜澈,山色晓屏寒。更恋陶彭泽,无心议去官。②

从诗歌内容可以推测,裴明府很关心许浑的丢官,但许浑在诗中也真诚地表达了自己对山林的向往,更不愿意去触及自己不愿触及的东西,这是跟真正关心自己的人所做的开诚布公的表白。

再看韩偓的《隰州新驿赠刺史》,也是失意之人的诗作,表达的是对隰州刺史的感激:

贤侯新换古长亭,先定心机指顾成。高义尽招秦逐客,旷怀偏接鲁诸生。萍蓬到此销离恨,燕雀飞来带喜声。却笑昔贤交易极,一开东阁便垂名。③

─────────────

① (唐)严维:《荆溪馆呈丘义兴》,《全唐诗》卷二六三,中华书局,1960年,第2916页。

② (唐)许浑:《晨至南亭呈裴明府》,《全唐诗》卷五二八,中华书局,1960年,第6043页。

③ (唐)韩偓:《隰州新驿赠刺史》,《全唐诗》卷六八二,中华书局,1960年,第7823页。

诗歌首联肯定对方是"贤侯"，颔联言其"高义"，具体表现就是能够接纳逐客和散人，故而，被贬谪的诗人到此后，竟然没有身若飘萍之感，而有"燕雀飞来带喜声"的兴奋，如果不是隰州刺史真心待客，以韩偓的个性，是不会写出这样的诗句的。诗人对隰州刺史的赞美是发自内心的，它映照了隰州刺史并不世俗的一面。

拂去驿路唱和赠答中应景之作的尘埃，在驿路唱和赠答的诗歌中，行驿诗人的身世、情怀、心态、感受，也是值得关注的重要内容。

五、驿路别诗的情深意长

在唐代，馆驿饯别的交际活动越来越成为现实生活的需要，不仅贵族需要，普通人也需要，于是，各式各样的"饯别"在馆驿展开，以饯别为名的社交活动也变得愈加频繁。这一类活动，大多产生于与驿传体系相关的场合：馆驿、长亭、驿路边。比如杨凝的《送别》诗明确点示送别的地点在"邮亭"，"樽酒邮亭暮，云帆驿使归"；齐己的《送韩蜕秀才赴举》发生在"槐花馆驿暮尘昏"的地方。

这种活动起源于古老的祖饯仪式，仪式非常讲究，祭祀、饮酒、咏歌、折柳、赠言、赠物等，丰富多彩。发展到唐代，主要是饮酒送别、咏歌送别、折柳送别。

（一）饮酒送别

饮酒送别来源于古代的"祖道"仪式。

祖饯活动的形成，据东汉崔寔记载，与黄帝之子有关。《文选》李善注："崔寔《四民月令》曰：祖，道神也。黄帝之子，好远游，死道路，故祀以为道神，以求道路之福。"[1] 所谓"祖"或"道"，是古代人为

①（梁）萧统编，（唐）李善注：《文选》卷二〇，上海古籍出版社，1986年，第974页。

出行者祭祀路神而进行的祭祀活动。《左传·昭公七年》记载："公将往,梦襄公祖。"注云:"祖,祭道神。"疏云:"祖是祭道神也。……行山曰轶,犯之者封土为山象,以菩刍棘柏为神主,既祭,以车轹之而去,喻无险阻难也。"① 故此,"祖道"或"祖饯"等字样,是与祭祀相关的,是人们为了祈求出行者的平安,向路神祭祀。

祭祀路神的仪式是比较复杂的,第一步是"委土为山",第二步"伏牲其上",第三步"酒脯祈告",最后"乘车躐之"。这四步的意思分别是:面对障碍、供奉牲醴、祷告平安、毁掉障碍。祭祀的目的在于对前行路途上的障碍进行清扫,祈求行人的平安。从这个意义上说,古代社会最初的送行侧重于"祖道",也就是祭祀路神。在这一活动中,供奉牲醴也即"酒脯祈告"是必备的重要形式。"酒脯祈告"活动之后,释酒祭路,饮酒壮行,《聘礼》记云:"出祖释轶,祭酒脯,乃饮酒于其侧。"② 在这一活动中,出行者是祖道活动中的最重要角色,而对出行者的关切也就成为祖道活动中的重要内容,由此,引发了祖道活动中的另一功能:饯送。《诗经·大雅·韩弈》:"韩侯出祖,出宿于屠。显父饯之,清酒百壶。"③ 是对"供奉牲醴"活动兼有饮酒饯送之意的描述。但《韩弈》的主要内容是记述韩侯的事迹,"显父饯之"只是在记述韩侯事迹的过程中的一件事情,因此,不能称为完整意义上的饮酒祖饯诗。《诗经》中具有完整意义上的饮酒祖饯诗的,应推《邶风》中的《泉水》。这首诗为饯别而作,其内容侧重于"祖",与魏晋南北朝时期的"祖饯"诗含义并不完全相同。那时的人们,纵使言"饯",也重在"祖"。《毛传》在《泉水》篇的传文中说:"祖而舍轶,饮

---

① 《春秋左氏传》卷四四,《十三经注疏》,中华书局,1980 年,第 2048 页。
② 《春秋左氏传》卷四四,《十三经注疏》,中华书局,1980 年,第 2048 页。
③ (宋)朱熹:《诗经集传》卷七,《新刊四书五经》,中国书店,1994 年,第 226 页。

酒于其侧曰饯,重始有事于道也。"[1] 元人许谦在《诗集传名物抄》卷二中对《邶风·泉水》进行疏解时解释魏晋之前的人在进行祖道活动时的心态:"軷,谓祭道路之神。軷,本山行之名。道路有阻险,故封土为山象,伏牲其上。天子用犬,诸侯羊,卿大夫酒脯。既祭,处者于是饯之,饮于其侧,礼毕,乘车轹之而去,喻无险难也。"[2] 可见,祖道的意义确实重在"祖"。

虽然古人的形式重在"祖",但确实也含有浓重的"饯"意。《韩弈》中的"显父饯之",饯的是韩侯,"处者于是饯之",饯的是行者,都是为出行者的平安。正如朱熹注释《泉水》所说:"饮饯者,古之行者,必有祖道之祭,祭毕,处者送之,饮于其侧而后行也。"[3]

古代的祖道仪式在演化中逐渐简化,但在祖道活动逐渐脱离"祖"的仪式的过程中,准备"酒脯祈告"路神的"酒脯"始终没有缺少过。随着"酒脯祈告"之后"乃饮于其侧"逐渐演变成准备酒脯与被送者宴别并向被送者进行劝慰、祝福平安,祖道活动的宗教仪式因素就渐渐减轻,而人间色彩则渐渐加重——由远行者释酒祭祀路神之后再自饮祭酒以壮行色,变成共用酒脯的话别和劝慰。在这样的活动中,酒精的力量会给人的情绪带来一定反应,而出行又是如此重要的活动,对于未卜的未来的担忧就可能在酒精的力量下引发激动情绪,渐渐地,话别、伤离、不舍、激励等情绪逐渐注入祖道活动中,于是,祖道的内容渐渐丰富起来。

发展到唐代,由于驿馆性质、规模的重要变化,唐人的酒脯话别大多都在驿馆举行。宴会上"劝君更尽一杯酒"的热烈氛围,往往将

---

① (唐)孔颖达:《毛诗正义》卷二,《十三经注疏》,中华书局,1980年,第308页。
② (元)许谦撰,蒋金德点校:《诗集传名物抄》卷二,《许谦集》,浙江古籍出版社,2015年,第437页。
③ (宋)朱熹:《诗经集传》卷二,《新刊四书五经》,中国书店,1994年,第27页。

宴会的氛围推向高潮。当酒精在人的精神中产生作用,引发激动高亢的情绪后,人便容易在酒后抒发真实复杂、慷慨激昂的情感,用以送别远行的朋友,产生了很多酒后送别的优秀诗作,如王维的《渭城曲》、高适的《别董大二首》、李白的《送别·斗酒渭城边》《宣州谢朓楼饯别校书叔云》《洞庭醉后送绛州吕使君果流澧州》、杜甫的《奉济驿重送严公四韵》等等。

（二）咏歌送别

中国古代的宴饮,往往有音乐相伴。《周易·上经·需卦》:"君子以饮食宴乐。"①《诗经·小雅·鹿鸣》:"呦呦鹿鸣,食野之苹。我有嘉宾,鼓瑟吹笙。"②《仪礼·乡饮酒礼》介绍古代的宴饮礼仪,当宾主各自坐定之后:"乃间歌《鱼丽》,笙《由庚》;歌《南有嘉鱼》,笙《崇丘》;歌《南山有台》,笙《由仪》。乃合乐:《周南·关雎》《葛覃》《卷耳》,《召南·鹊巢》《采蘩》《采蘋》。工告于乐正曰:正歌备。乐正告于宾,乃降。"③可见音乐在我国古代重视礼乐的社会里的重要性。古人祖道,从酒祭路神、行人饮酒,发展到饮酒饯别,祖道就和宴饮结合到一起了,而宴饮也多与音乐相伴。宴饮之时,酒在送别中的作用是让人精神亢奋,令人激情满怀,之后伴随着音乐咏歌,也就很自然了。现在看到的最早的咏歌送别场景应该是《史记·刺客列传》中的"易水送别":

> 太子及宾客知其事者,皆白衣冠以送之。至易水之上,既祖,取道,高渐离击筑,荆轲和而歌,为变徵之声,士皆垂泪涕泣。又

① （宋）朱熹:《周易本义》卷一,《新刊四书五经》,中国书店,1994年,第27页。
② （宋）朱熹:《诗经集传》卷四,《新刊四书五经》,中国书店,1994年,第102页。
③ 《仪礼·乡饮酒礼》,《十三经注疏》,中华书局,1980年,第986页。

前而为歌曰："风萧萧兮易水寒，壮士一去兮不复还！"复为羽声慷慨，士皆瞋目，发尽上指冠。于是荆轲就车而去，终已不顾。[①]

"祖道""击筑""和歌"，是最典型的咏歌送别场面。离别的场景，感伤也罢，激昂也罢，都是激情的迸发。《毛诗序》说："诗者，志之所之也，在心为志，发言为诗。情动于中而形于言，言之不足故嗟叹之，嗟叹之不足故永歌之，永歌之不足，不知手之舞之，足之蹈之也。"[②] 诗情迸发的高级阶段即是咏歌，把酒送别，往往升级为咏歌送别。送别时的咏歌内容往往与离情有关，故又称"离歌"。离歌尽曲，酌酒忘形，把手河桥，送君南浦，常把送别的感情推向最高潮。

咏歌的场景常常令人动容，李白《赠汪伦》"李白乘舟将欲行，忽闻岸上踏歌声。桃花潭水深千尺，不及汪伦送我情"[③]，唱出了踏歌送别的千古友谊。许浑《谢亭送别》"劳歌一曲解行舟，红叶青山水急流。日暮酒醒人已远，满天风雨下西楼"[④]，写出了咏歌送别后的无限悲伤。郑谷《淮上与友人别》"扬子江头杨柳春，杨花愁杀渡江人。数声风笛离亭晚，君向潇湘我向秦"[⑤]，道出了吹笛送别的满腹凄凉和无奈。……在咏歌送别时，王维的《渭城曲》、李白的《劳劳亭》、杜甫的《奉济驿重送严公四韵》等，成为送别咏歌的重要曲目，在殷殷的嘱托和贴心的劝慰中，把纯情的友谊拉长，直指向千年万年。

① （汉）司马迁：《史记》卷八六《刺客列传》，中华书局，1959 年，第 2534 页。
② 郭绍虞：《中国历代文论选》第一册《毛诗序》，上海古籍出版社，1980 年，第63 页。
③ （唐）李白著，（清）王琦注：《李太白全集》卷一二，中华书局，2011 年，第 552 页。
④ （唐）许浑：《谢亭送别》，《全唐诗》卷五三八，中华书局，1960 年，第 6136 页。
⑤ （唐）郑谷：《淮上与友人别》，《全唐诗》卷六七五，中华书局，1960 年，第 7731 页。

（三）折柳送别

折柳送别是送别诗中的常见意象，那么，为什么分别时要折柳相送呢？

一是柳树随风飘舞，姿态婀娜，其长条悠悠，似对远离之人颇为依恋，不舍其离去。在这层意义上，"柳"谐音"留"，是意欲留住远行人之意。《诗经·小雅·采薇》："昔我往矣，杨柳依依。今我来思，雨雪霏霏。"[1]那杨柳的温暖和亲切，表达了家乡亲人对出征士卒的无限深情，这也是出征士卒难忘家乡的原因。许景先《折柳篇》：

> 春色东来度渭桥，青门垂柳百千条。长杨西连建章路，汉家林苑纷无数。萦花始遍合欢枝，游丝半胃相思树。春楼初日照南隅，柔条垂绿扫金铺。宝钗新梳倭堕髻，锦带交垂连理襦。自怜柳塞淹戎幕，银烛长啼愁梦著。芳树朝催玉管新，春风夜染罗衣薄。城头杨柳已如丝，今年花落去年时。折芳远寄相思曲，为惜容华难再持。[2]

这首诗中的"渭桥"，是著名的送别之地，诗以渭桥垂柳如丝谐音"如思"，表达出对远行人无尽的思念之情。

二是柳枝乱拂，借以传达无穷离恨。雍陶《题情尽桥》："从来只有情难尽，何事名为情尽桥。自此改名为折柳，任他离恨一条条。"[3]借柳枝纷繁以传达离恨之多，在唐人诗中已经常见。韩琮《杨柳枝词》："枝斗纤腰叶斗眉，春来无处不如丝。霸陵原上多离别，少有长

① （宋）朱熹：《诗经集传》卷四，《新刊四书五经》，中国书店，1994年，第110页。
② （唐）许景先：《折柳篇》，《全唐诗》卷一一一，中华书局，1960年，第1134页。
③ （唐）雍陶：《题情尽桥》，《全唐诗》卷五一八，中华书局，1960年，第5920页。

条拂地垂。"① 孙鲂《杨柳枝词五首》其三 : "暖傍离亭静拂桥,入流穿槛绿阴摇。不知落日谁相送,魂断千条与万条。"② 都是把无以计数的柳枝化作了千万种离愁别恨。

三是柳树的特性是随地可活,落地生根,不管折枝插于何处,皆可成长。曹丕《柳赋》:"惟尺断而能植兮,信永贞而可羡。"③ 葛洪《抱朴子》:"夫木槿杨柳,断植之更生,倒植亦生,横之亦生。"④ 傅玄《柳赋》:"虽尺断而逾滋兮,配生生于自然。"⑤ 而远行的人身处异地,人离乡贱,往往生存艰难,折柳送给对方,含有希望远行者如同杨柳,随遇而安,很快融入所去之地的文化氛围中,顺利生存,一如杨柳随处可活。清人褚人获《坚瓠广集》卷四云 : "送行之人岂无他枝可折?而必于柳者,非谓津亭所便,亦以人之去乡,正如木之离土,望其随处皆安,一如柳之随地可活,为之祝愿耳。"⑥ 褚人获的解说,使得折柳送别具有了更为深刻的哲理内涵和更高的文化品味。

千百年来,以柳树为意象的送别诗数不胜数,柳树的意象,成为我国古代送别诗中最为典型的意象之一,故而刘禹锡在《杨柳枝词》中这样写 : "城外春风吹酒旗,行人挥袂日西时。长安陌上无穷树,唯

① (唐)韩琮:《杨柳枝词》,《全唐诗》卷五六五,中华书局,1960 年,第 6552 页。

② (唐)孙鲂:《杨柳枝词五首》其三,《全唐诗》卷七四三,中华书局,1960 年,第 8454 页。

③ (魏)曹丕:《魏文帝集》卷一《柳赋》,张溥编《汉魏六朝百三家集》,江苏古籍出版社,2002 年,第 708 页。

④ (晋)葛洪:《抱朴子》卷一三,王明《抱朴子内篇校释》,中华书局,1985 年,第 243 页。

⑤ (晋)傅玄:《傅鹑觚集·柳赋》,张溥编《汉魏六朝百三家集》,江苏古籍出版社,2002 年,第 367 页。

⑥ (清)褚人获:《坚瓠广集》卷四,《笔记小说大观》,上海古籍出版社,1995 年,第 1700 页。

有垂杨管别离。"①

　　总体来看,古代的祖饯活动中,原本为人所认可的"赠人以言",在唐代这样一个诗歌的朝代,彻底为诗歌所代替。笔者统计以"祖饯""祖筵""祖帐""祖道"为关键词进行的对《全唐诗》的调查,一共也不过二十九个,并且,"祖"字的出现已经很少用在祭祀形式本身,而且大量的与送别活动相关的诗作都代之以"饯别×××""饯送×××""饯×××""送×××""别×××"。正是这样一种变化,使得这一类诗与"祖饯诗"的"祖"字发生了较为彻底的分离,而与"别"的联系更加紧密。饯别,这一原本由祖道仪式发展而来的送别形式,在唐代发展成为送别诗。它虽然有时还称"祖""道""饯",但却已经彻底摆脱"祖""道"的仪式化内涵,而以送别为主,完全演变成为现实生活中的送别诗。也正是在这样一种变化的意义上,唐人的这一类诗便成为后来具有文学史意义的"送别诗"。

　　需要指出的是,由于唐人精神风貌的开朗,唐人的送别诗相较于魏晋南北朝时期的"祖饯诗",在精神气质上发生了重要变化。唐人送别诗依然有不少缠绵悱恻的别情诉说,像"泪随黄叶下,愁向绿樽生"(刘希夷)、"即今江北还如此,愁杀江南离别情"(常建)、"风雨吴门夜,恻怆别情多"(孺复)、"秋风一送别,江上黯消魂"(綦毋潜)等等,但更有不少送别诗在送别的感伤情绪之外增加了健康开朗的情调,出现了不少阳刚之作,"海内存知己,天涯若比邻。无为在歧路,儿女共沾巾"(王勃)、"丈夫不作儿女别,临歧涕泪沾衣巾"(高适)、"莫愁前路无知己,天下谁人不识君"(高适)、"何必儿女仁,相看泪成行"(李白)、"兴罢各分袂,何须醉别颜"(李白)、"悟来皆是道,此别不销魂"(刘禹锡)……唐人积极健康的送别心态给送别诗

---

① (唐)刘禹锡:《杨柳枝词》,《全唐诗》卷三六五,中华书局,1960年,第4113页。

带来了崭新风貌,让送别诗在别情之外兼具诗歌言志的功能,也使得送别诗的内容更加丰富多彩。

唐人的送别诗在艺术追求上也更加讲究,除了随着诗歌体裁的发展而出现的各种特点,如古体诗更加自由和奔放,近体诗讲究平仄、粘对、对仗等,还在送别诗中营造或固化了送别氛围中特有的文化意象,其中许多文化意象已经成为我们民族送别心理的象征,如长亭、古道、南浦、芳草、斜阳、杨柳、踏歌、帐饮等等,这些艺术上的成功,标志着送别诗的真正成熟。

以上几类,为驿路诗歌的主要内容,另有相对较少的诗歌,能够在聚会宴饮送别的抒写中表达较深的社会问题。比如戴叔伦赴婺州东阳县令任职的路途中,经过润州,有赠茶圣陆羽诗,诗题为《敬酬陆山人二首》,诗中对刘晏及其故吏被贬表示了强烈不满,诗句"党议连诛不可闻,直臣高士去纷纷。当时漏夺无人问,出宰东阳笑杀君"表达了对现实中直臣遭贬的不满。又比如刘禹锡和白居易在扬州初逢之时,白居易就在《醉赠刘二十八使君》中表达了对刘禹锡多年遭受排挤屈居下僚命运的深刻同情:"举眼风光长寂寞,满朝官职独蹉跎。亦知合被才名折,二十三年折太多。"[①]这一类诗歌在驿路诗歌中所占比例并不太高,但却是驿路诗歌中最具思想价值的作品。

第三节　唐代驿路诗歌的艺术特质

由唐代驿路诗歌的内容去探索其艺术追求和艺术成就发现:驿

---

① (唐)白居易著,顾学颉校点:《白居易集》卷二五《醉赠刘二十八使君》,中华书局,1979 年,第 557 页。

路诗歌中的写景作品写实性很强,并因此而具有地域性特征,如李白的《题宛溪馆》中的江南特色,杜甫《旅夜书怀》中的长江夜色;应酬唱和之作更多追求表面的形式美,但也不乏情深义重的送别诗,如杜甫的《奉济驿重送严公四韵》;写景抒情之作既追求景物描写的真实,也能够借助景物传达千古情谊,如王勃的《送杜少府之任蜀川》、李白的《渡荆门送远》《送友人》《送别·斗酒渭城边》、韩愈的《左迁至蓝关示侄孙湘》;思亲念友之作则以抒发真情为尚,往往产生感人肺腑的优秀之作,如宋之问的《度大庾岭》《渡汉江》、杜甫的《月夜忆舍弟》、白居易的《蓝桥驿见元九诗》《武关南见元九题山石榴花见寄》《途中感秋》、元稹的《阆州开元寺壁题乐天诗》;也有一些深沉的咏史之作,如李商隐的《隋宫》《筹笔驿》《马嵬二首》等。

一、风物描写的写实性与地域性

驿路诗歌以描写风物的作品为多,可以说,凡是关乎驿路的,几乎都离不开风物描写,因为驿路诗歌的发生地基本是在馆驿和驿路。散布在全国各地大大小小的馆驿,所在地不同,建筑风格不同,馆驿聚会的场景就不同;行走在驿路上的诗人们,由于驿路地点的频繁变换,视觉所受到的冲击也在不停幻化;加之不同的诗人观察的视角不同,对所见之所感亦不尽相同,驿路诗歌就出现了丰富多彩的样貌。

诗歌所描绘的是诗人对外在自然和社会的直接感觉。刘勰在《文心雕龙》中说:"春秋代序,阴阳惨舒,物色之动,心亦摇焉。盖阳气萌而玄驹步,阴律凝而丹鸟羞,微虫犹或入感,四时之动物深矣。若夫珪璋挺其惠心,英华秀其清气,物色相召,人谁获安? 是以献岁发春,悦豫之情畅;滔滔孟夏,郁陶之心凝。天高气清,阴沉之志远;霰雪无垠,矜肃之虑深。岁有其物,物有其容;情以物迁,辞以情发。一叶且或迎意,虫声有足引心。况清风与明月同夜,白日与春林共朝哉！"① 刘勰所言,正是自然风物对人的创作情感的影响。驿路诗歌的作者们,无论是馆驿宴聚还是驿路行进,所观所感的都是与驿路有关的物、人、事,当驿路诗人将他们的笔触指向风物的时候,因为不同地域驿路风物的不同,而自然呈现出阅读感觉的不同。这种不同,就是因为驿路风物的写实性而导致的风物描写的地域性。

（一）驿路诗歌的写实性。一般人行走在驿路上或在馆驿送别,一样会有诸多感慨,但只有能够发抒内心感情的诗人才能把这种感受形诸文字,并以此感染他人。驿路诗歌的写实性与它的发生地点和情感氛围有非常直接的关系。刘勰说："夫神思方运,万途竞萌,规矩虚位,刻镂无形。登山则情满于山,观海则意溢于海,我才之多少,将与风云而并驱矣。"② 观山则情在山,观海则意在海,驿路诗歌的作者们正是这样面对自己身处的外界环境,或者是纪行写景,或者是借景抒情,但都是要描写自身所处的自然环境,这就必然带来驿路诗歌的写实性特征。

其一,驿路景物描写的写实性。李德辉《唐宋时期馆驿制度及其与文学之关系研究》在谈及唐代驿路的绿化问题时说：

> 唐宋时期,水陆交通获得了很大的发展,陆路交通的发展尤大。许多唐宋文人,长期在驿道上穿行,熟知当时各地驿道绿化的实况,并赋于诗文,流传下来,成为唐宋驿道绿化状况的实录。而且因是出自文人的诗笔,比其他史料要生动、细致和有表现力,成为我们研究唐宋驿道绿化问题不可多得的资料。若将这

---

① 周振甫：《文心雕龙今译·物色》,中华书局,1986年,第414页。
② 周振甫：《文心雕龙今译·神思》,中华书局,1986年,第250页。

些诗料与史书所载互证,所得结论将更为可信。①

通过唐代的诗文就能描述出当时驿路的绿化状况,这是史学的问题,不是笔者关注的方向,暂不多言。笔者所关注的是,为什么通过唐代的诗文就能描述出当时驿路的绿化状况? 答案就是:驿路诗歌的景物描写基本是写实的。王勃入蜀之时,写有三十首纪行诗歌,这三十首诗歌在《全唐诗》中已经很难恢复其全貌了,但王勃的《入蜀纪行诗序》明确指出了其《入蜀纪行诗》所具有的写实性特征:

> 总章二年五月癸卯,余自长安观景物于蜀,遂出襃斜之隘道,抵岷峨之绝径,超元溪,历翠阜,迫弥月而臻焉。若乃采江山之俊势,观天下之奇作,丹壑争流,青峰杂起,陵涛鼓怒以伏注,天壁嵯峨而横立,亦宇宙之绝观者也。虽庄周诧吕梁之险,韩侯怯孟门之峻,曾何足云? 盖登培塿者,起衡霍之心;游涓浍者,发江湖之思。况乎躬览胜事,足践灵区! 烟霞为朝夕之资,风月得林泉之助。嗟乎! 山川之感召多矣,余能无情哉? 爰成文律,用宣行唱,编为三十首,投诸好事焉。②

所谓"观景物于蜀",就是要看一看蜀地的景物风情。这则序言告诉我们王勃的行程路线,也告诉我们他在《入蜀纪行诗》中主要就是对自然景观、人文景观的真实描摹。这组纪行诗今已不全,可以从现存王勃集中辑出六首,其总体特点可概括为壮美。宇文所安说:"在描

---

① 李德辉:《唐宋时期馆驿制度及其与文学之关系研究》,人民文学出版社,2008年,第412页。
② (唐)王勃:《入蜀纪行诗序》,《全唐文》卷一八〇,中华书局,1983年,第1833页。

写诗句中,王勃远离了宫廷诗人所实践的创造性模仿,对自然界进行了独到的观察。他走出宫廷诗人的园林游览,被大自然那些更为壮丽的方面迷住。"[1]

这种对驿路景物的真实性描写,几乎是唐代纪行诗的共同特点。比如刘长卿有《湘中纪行十首》,十首诗歌都是对湘中自然景物和人文景观的真实描述,我们以第一首为例说明:

> 荒祠古木暗,寂寂此江濆。未作湘南雨,知为何处云。苔痕断珠履,草色带罗裙。莫唱迎仙曲,空山不可闻。[2]

这是第一首《湘妃庙》的诗句,诗歌描写了湘妃庙的荒凉、冷寂,让我们看到了湘妃庙在刘长卿经过湘中时的境况。又如元稹入蜀的《使东川·夜深行》:

> 夜深犹自绕江行,震地江声似鼓声。渐见戍楼疑近驿,百牢关吏火前迎。[3]

诗歌写百牢关附近的江水声,水声如震鼓,其汹涌澎湃之境如同身临。再如白居易的《自江州至忠州》:

---

[1] [美]宇文所安著,贾晋华译:《初唐诗》,生活·读书·新知三联书店,2014年,第105页。

[2] (唐)刘长卿:《湘中纪行十首》,《全唐诗》卷一四八,中华书局,1960年,第1519页。

[3] (唐)元稹著,冀勤点校:《元稹集》卷一七《使东川·夜深行》,中华书局,1982年,第199页。

　　　　前在浔阳日,已叹宾朋寡。忽忽抱忧怀,出门无处写。今来
　　转深僻,穷峡巅山下。五月断行舟,滟堆正如马。巴人类猿狖,
　　矍烁满山野。敢望见交亲? 喜逢似人者。①

此诗写从江州至忠州路途上,尤其是忠州段的江险人野。江不能行
舟,因滟滪堆大水奔腾如马驰;巴人生活在深山僻谷,人为适应环境,
已经人如猿猴一般在山间活跃。这正是江流景象和山野生活的真实
写照。再如刘禹锡的《度桂岭歌》:

　　　　桂阳岭,下下复高高。人稀鸟兽骇,地远草木豪。寄言迁金
　　子,知余歌者劳。②

诗写刘禹锡经过桂阳岭时对周边景物的感受。在刘禹锡的感受世界
里,桂阳岭就是走不完的高高低低的山岭,不仅人烟稀少,而且鸟兽
骇人、林木豪横,令旅行者步履艰难。
　　这一类诗歌,最典型的代表就是杜甫的入蜀纪行诗。杜甫在整
组纪行诗中很完整地呈现了入蜀的道路和过程,每一段路程的地貌
特征、气候特点、艰难情形,都描写得淋漓尽致。如《赤谷》中写道:
"晨发赤谷亭,险艰方自兹。乱石无改辙,我车已载脂。山深苦多风,
落日童稚饥。"③ 可以想见他们路途的艰难:乱石丛生、满车泥泞、山
深风大。又如《铁堂峡》中所写"山风吹游子,缥缈乘险绝。峡形藏

---

① (唐)白居易著,顾学颉校点:《白居易集》卷一一《自江州至忠州》,中华书
　　局,1979年,第209页。
② (唐)刘禹锡:《度桂岭歌》,《全唐诗》卷三五四,中华书局,1960年,第3962页。
③ (唐)杜甫著,(清)仇兆鳌注:《杜诗详注》卷八《赤谷》,中华书局,1979年,第
　　676页。

堂隍,壁色立精铁。径摩穹苍蟠,石与厚地裂。修纤无垠竹,嵌空太始雪。威迟哀壑底,徒旅惨不悦"①,那种人走在山间似乎随时都被吹下悬崖的危险、铁堂峡的气魄压人、山石纵裂、中间绿竹、山顶积雪的样貌呈现在读者面前。又如《泥功山》中的"朝行青泥上,暮在青泥中"写出了整日陷在泥泞道路上的窘境,"白马为铁骊,小儿成老翁"则把泥水导致的人马的狼狈形状形容殆尽,而"哀猿透却坠,死鹿力所穷"则以常驻动物都无法在如此险峻的地势下保全自身展现诗人路途之惊险。还有《积草岭》《万丈潭》《木皮岭》《白沙渡》《水会渡》《飞仙阁》《五盘》《龙门阁》《石柜阁》《桔柏渡》《剑门》等。这一组诗数量多,地域色彩浓,写实特点清晰,仇兆鳌评曰:"蜀道山水奇绝,若作寻常登临揽胜语,亦犹入耳。少陵搜奇掘奥,峭刻生新,各首自斗境界,后来天台方正学入蜀,对景搁笔,自叹无子美之才,何况他人乎?"②周珽评价这组诗是:"少陵入蜀诸篇,绝脂粉以坚其骨,贱风神以实其髓,破绳格以活其肢,首首擒幽撷奥,出鬼入神,诗运之变,至此极盛矣。"③类似的景物描写在杜甫的入蜀纪行诗中比比皆是,所以这组诗也被后人称为"入蜀图经"。

　　类似的例子不胜枚举,不再多举。

　　由于驿路景物的写实性,使得后人能够通过这些景物描写去勾画真实的唐代驿路两旁的风物画面,恢复唐代驿路在初、盛、中、晚各个阶段的路况、植被、绿化等。李德辉《唐宋时期馆驿制度及其与文学之关系研究》第六章《从唐宋诗文看唐宋驿道的绿化》,就根据唐代诗歌描画了唐代初、盛、中、晚的情况,认为初唐因为百业待兴,驿

---

① (唐)杜甫著,(清)仇兆鳌注:《杜诗详注》卷八《铁堂峡》,中华书局,1979年,第677页。
② (唐)杜甫著,(清)仇兆鳌注:《杜诗详注》卷九,中华书局,1979年,第713页。
③ (唐)杜甫著,(清)仇兆鳌注:《杜诗详注》卷九,中华书局,1979年,第727页。

路绿化主要因袭隋朝成果,唐高宗、武后时期,绿化达到高峰,唐玄宗时期延续高宗、武后时期的成果,"玄宗生性好大喜功,屡有巡幸、封禅之举,规模之盛大,甚至超过了唐高宗。他也像高宗那样视长安、洛阳为东西两宫,重视行宫的修治与御路的修筑,开元二十六年(738),仍诏于两京路行宫,各造殿宇及屋千间。开元十三年(725),玄宗自洛阳出发东封泰山,河南府发动很多人马平御路。与行宫修建、御路修筑配套的就是两京间这条最重要的御路的绿化"①。唐后期驿路绿化则几于废弛,驿路两旁树木死损颇多。根据李德辉的考察,我们知道,东出都门的长乐坡、灞桥驿一带驿路树木以柳为主,如卢纶《与从弟瑾同下第后出关言别》其二:"杂花飞尽柳阴阴,官路逶迤绿草深。"李商隐《柳》:"清明带雨临官道,晚日含风拂野桥。"白居易《狐泉店前作》:"野狐泉上柳花飞。"而据薛逢《座中走笔送前萧使君》:"槐柳阴阴五月天。"白居易《西还寿安路西歇马》:"槐阴歇鞍马,柳絮惹衣巾。"又可知,这条驿路槐柳兼种。天宝以后,这条驿路上的官槐胜过柳树,李肇《唐国史补》:"东西列植,南北成行。绘影秦中,光临关外。"②如武元衡《送唐次》:"青槐驿路长,白日离尊晚。"韩愈《送进士刘师服东归》:"泥雨城东路,夏槐作云屯。"顾非熊《秋日陕州道中作》:"树势标秦远,天形到岳低。"李贺《春归昌谷》:"春热张鹤盖,兔目官槐小。"《勉爱行三首送小季之庐山》其二:"别柳当马头,官槐如兔目。"《送韦仁实兄弟入关》:"行槐引西道,青梢长攒攒。"白居易《赠皇甫宾客》:"轻衣稳马槐阴路,渐近东来渐少尘。"罗邺《入关》:"古道槐花满树开。"

---

① 李德辉:《唐宋时期馆驿制度及其与文学之关系研究》,人民文学出版社,2008年,第415页。

② (唐)李肇:《唐国史补》卷上,《唐五代笔记小说大观》,上海古籍出版社,2000年,第174页。

其二,驿路心态的写实性。驿路上的诗人,常常言及自己行走在驿路上的孤独和寂寞,这是心态的写实。

行走在驿路上的人们,不可能天天宴饮,夜夜笙歌,而更多的是奔走在驿路上。长时间地离开家乡、亲人和朋友,独行于漫漫驿路,难免孤独和寂寞,各种情愁随之而来也就是自然而然的事情了。潇洒如李白,也会被周边的景物感染,引发伤感,如其《宿巫山下》:

> 昨夜巫山下,猿声梦里长。桃花飞绿水,三月下瞿塘。雨色风吹去,南行拂楚王。高丘怀宋玉,访古一沾裳。①

诗歌写于诗人出蜀的路途上,夜宿巫山之时,深夜里传来的声声猿鸣,白天经过的桃花绿水,都是诗人耳闻眼见,并触发了诗人的情怀。这首诗告诉我们,诗人出峡的时间是在三月。而在巫山这个拥有宋玉《神女赋》传说的地方,诗人不禁为怀才不遇的宋玉感慨万千。他是在伤宋玉,又何尝不是为文人的命运而感伤? 由此,他是担心自己未来的命运吗? 再如,绵邈深情的李商隐,会在驿路景色中融入自己难以言说的哀愁,其《江亭散席循柳路吟》(归官舍):

> 春咏敢轻裁,衔辞入半杯。已遭江映柳,更被雪藏梅。寡和真徒尔,殷忧动即来。从诗得何报,惟感二毛催。②

诗题告诉我们,这是诗人参加了一次江亭宴聚之后沿官路返回官舍。

---

① (唐)李白著,(清)王琦注:《李太白全集》卷一九《宿巫山下》,中华书局,2011年,第890页。

② (唐)李商隐:《江亭散席循柳路吟》,《全唐诗》卷五三九,中华书局,1960年,第6148页。

在诗人的感觉世界里,江水映柳,已非柳之本貌,雪花掩映梅花,更是遮住了梅花的姿色。在遮掩真相的世界里,诗人曲高和寡,屡遭构陷,只觉得岁月悠悠,鬓毛添霜,老大无成,不禁忧从中来。这正是夹在"牛李党争"的缝隙中的李商隐最为真实的心态,借一弯江柳发抒。再如,避世如杨衡,曾经的驿路生活也让他满怀伤感,其《旅次江亭》写道:

> 扣舷不能寐,皓露清衣襟。弥伤孤舟夜,远结万里心。幽兴惜瑶草,素怀寄鸣琴。三奏月初上,寂寥寒江深。①

据《唐才子传》说,杨衡与符载、李群、李渤等避世于庐山,在五老峰下结草堂而居,号"山中四友"。为什么会隐居? 看一看这首诗,或许就会明白一二。曾经的奏章,应该有诗人报国的忠心,然而,奏章上达九重天,却无人过问,就如泥牛入海,这应该是诗人"扣舷不能寐"的真实原因,而诗人"弥伤孤舟夜,远结万里心",也应该是无奈的选择。

心态,完全由心境决定,故而,驿路景物虽然不殊,但用不同的心境去观照,读者获得的诗人的心态就会完全不同,这也是驿路诗歌写实性的重要侧面。

其三,情感的写实性。这里主要是针对驿路酬唱、奉送、送别的诗歌而言。曾经有不少人对酬唱、奉作、送别等诗歌中的人际交往因素给予了过高的估计,认为因为人际交往的因素,此类诗歌中有不少诗作缺乏感情色彩,或者无病呻吟,或者虚与委蛇,或者滥捧臭脚。笔者认为这种说法有一定道理,但也有失偏颇。人际交往的因素不可避免,勉强之作也委实不少,但其中的情感却不一定就是假的。因

---

① (唐)杨衡:《旅次江亭》,《全唐诗》卷四六五,中华书局,1960年,第5279页。

为人就是人,即使之前没有多少情感,但在驿路、馆驿这样特定的场合,情绪是容易被调动和被传染的。当这种被调动或被传染的情感注入作品中时,我们不能否认他的情感的真实性。比如刘禹锡被贬二十多年,终于被调回朝廷。回归路上,在扬州与白居易初次相见,白居易写有《醉赠刘二十八使君》:

> 为我引杯添酒饮,与君把箸击盘歌。诗称国手徒为尔,命压人头不奈何。举眼风光长寂寞,满朝官职独蹉跎。亦知合被才名折,二十三年折太多。[1]

这一定是扬州馆中的作品。白居易为刘禹锡因永贞革新而被贬二十余年感慨万千。在这首驿路赠答诗里,白居易用"命压人头不奈何"为刘禹锡叹息,用"满朝官职独蹉跎"为刘禹锡鸣不平,用"二十三年折太多"为刘禹锡叫屈。这种情感是发自内心的,是特别真诚的。也正因此,刘禹锡回有一首《酬乐天扬州初逢席上见赠》,向白居易深情倾诉这二十三年人世的变换,表示了自己不屈的意志,同时表达了对白居易"歌一曲"的感动。这是两位中唐重要诗人成为晚年至交的情感基础。再如杜甫的《送路六侍御入朝》:

> 童稚情亲四十年,中间消息两茫然。更为后会知何地,忽漫相逢是别筵。不分桃花红胜锦,生憎柳絮白于绵。剑南春色还无赖,触忤愁人到酒边。[2]

---

[1] （唐）白居易著,顾学颉校点:《白居易集》卷二五《醉赠刘二十八使君》,中华书局,1979年,第557页。

[2] （唐）杜甫著,（清）仇兆鳌注:《杜诗详注》卷一二《送路六侍御入朝》,中华书局,1979年,第985页。

这是一首典型的驿路送别诗。但诗歌在回忆双方四十年未见,突然相见却又不得不再次分别,而分别之后,又不知何年何月才有可能再次相见,以至于诗人在这样的日子里恨花厌草,觉得自己和路六侍御都不如花草或可长期相聚,觉得花草之美简直就是嘲笑自己之悲。这种感情也是相当真挚。

即使今天我们看起来似乎感觉一般的诗作,也许在当时的情境下,诗人的感情仍然是饱满的。有一个不恰当的比方:我们如果在电视上看一场歌舞晚会,就有很多挑剔,就有很多不满,觉得有些作品水平实在一般,不配搬上舞台。可当我们身临现场时,尤其是观赏身边的人参加的演出时,却对一些并不高明的演出给予很高的热情。为什么呢? 这就是在场和不在场的原因。在场的人,会被现场的气氛裹挟,哪怕有一些缺陷,也觉得能够烘托气氛,也觉得备受感染。驿路诗歌也是如此。也许在正常的生活环境中,彼此间没有太多的情感,但在浓郁的离情别绪的氛围中,诗作者的情感往往很容易被调动起来,从而创作出情真意切的作品。

二、内容与现实的疏离性

疏离,是一种隔膜,一种距离,一种没有深入其间,是一种不在场。唐代的诗人并非没有生活在现实,也并非在现实生活中不在场,但唐代的驿路诗歌,从内容上分析,即上节所谈到的羁旅行愁、思亲念友、驿路风物、唱和赠答、驿路别诗等类型。这五类作品,绝大部分都没有直接触及唐朝的现实生活——我们这里的"现实生活"主要指政治、民生、战争等——故而这些作品的现实指向性并不很强,与陈子昂的《感遇诗》、李白的《古风》、杜甫的《兵车行》、"三吏""三别"、《悲陈陶》《悲青坂》、白居易的新乐府诗、韦庄的《秦妇吟》之类的现实感很强的作品相较而言,驿路诗歌的关注点在于自己、亲人、朋友和驿路风物,它并不脱离现实,只不过是现实生活的另一种形式,但它又确乎没有直指现实社会的深处,似乎游离于有着尖锐社会问题的现实之外。故而,我们可以认为,驿路诗歌的内容确实与现实生活存在着一定的疏离性。

这是一个必然的问题。羁旅行愁往往是诗人在长久的驿路生活中的被搁置感,更关注诗作者此在的状况;思亲念友是在诗人消磨羁旅行愁时对亲朋好友的牵挂,诗作者所关注的是自己所关注的人的状况和他们对自己的情感;驿路风物是诗人眼观耳闻的一切,与地域特点联系更加紧密;唱和赠答其实就是一种交际应酬,关系稍微疏远的,所写内容就不关痛痒,关系不错的,也只是强调彼此;驿路别诗更在乎的是一种分别的殷殷情意,哪里还有更多心思关注社会、民生?所以,驿路诗歌从其生发的原因而言,是相对难以碰触社会深层问题的。

当然,难以碰触,不是就不碰触,绝不碰触。有些驿路诗歌也能够碰触现实生活中存在的深层次的问题,比如杜甫的《送陵州路使君赴任》:

> 王室比多难,高官皆武臣。幽燕通使者,岳牧用词人。国待贤良急,君当拔擢新。佩刀成气象,行盖出风尘。战伐乾坤破,疮痍府库贫。众僚宜洁白,万役但平均。霄汉瞻佳士,泥途任此身。秋天正摇落,回首大江滨。①

此诗,黄鹤注认为写在梓州时。朱鹤龄注认为与嘉陵被众夷僚所陷

---

① (唐)杜甫著,(清)仇兆鳌注:《杜诗详注》卷一二《送陵州路使君赴任》,中华书局,1979年,第1031—1032页。

有关,仇兆鳌认同此说,并认为路使君是在乱后赴任,嘱咐路使君擢拔贤良、平均赋役,将自己对治理现实问题的认识告诉对方,希望对方实施有益百姓的措施。其中的"王室比多难"直指现实的残酷,"战伐乾坤破,疮痍府库贫"揭示了现实的问题,所提的方案也是直接干预现实政治。再如韩愈的《左迁至蓝关示侄孙湘》:

> 一封朝奏九重天,夕贬潮州路八千。欲为圣朝除弊事,肯将衰朽惜残年。云横秦岭家何在,雪拥蓝关马不前。知汝远来应有意,好收吾骨瘴江边。[1]

这是韩愈在被贬路途上,行至蓝田驿时,侄孙韩湘赶来送行写下的一首诗歌。诗歌的写作背景是我们所熟悉的。元和十四年(819),唐宪宗佞佛,坚持将一节佛骨迎入宫廷供奉,引发朝廷上下和民众对佛教的狂热,严重影响社会正常生活秩序,因而韩愈极力劝谏唐宪宗不要迎佛骨入宫廷。而这却碰触了唐宪宗的逆鳞,将韩愈贬谪潮州。诗歌的前四句,直接碰触了现实的问题,揭示了自己被贬的原因,指出了朝廷不纳忠言的情况。这不就是司马迁说屈原时的"忠而被贬,信而见疑"的情况吗? 韩愈表达了自己"欲为圣朝除弊事"的忠心,并表示为此"肯将衰朽惜残年"的决心和不肯屈服的意志,这是为真理坚持到底的精神的写照,也是抗争到底的精神的再现。诗人倾情诉说,有怨艾,并无指责、愤怒、诅咒等激烈情怀,但也对未来的前途不抱任何幻想。从中我们似乎也能体味韩愈在谏迎佛骨事件中所遭受的打击。

---

[1] (唐)韩愈:《左迁至蓝关示侄孙湘》,《全唐诗》卷三四四,中华书局,1983年,第3860页。

与驿传体系的运行关系最紧密的诗歌,有的也已经碰触到现实生活中的深刻矛盾,如王梵志的诗:"里正追役来,坐着南厅里。广设好饮食,多酒劝且醉。追车即与车,须马即与使。须钱便与钱,和市亦不避。"①此诗很显然是写驿传对普通百姓的勒索,虽然被追役的人要什么给什么,似乎没有表现丝毫的怨艾心态,但我们也能从中窥测驿传的支撑是以对驿路两侧的百姓的剥削为基础的。

但更多的驿路诗歌,因为以"行驿"之人的自我关注为主要写作方向,故而,必然与深广的社会现实生活有很多的不同,因此也就不自觉地远离了以政治为关注点的中国传统的诗歌。

总体来看,驿路诗歌是以驿路本身为原点,向与驿路生活本身相关的方向拓展写作内容,而不轻易向驿路外的社会生活延展其内容,它只是社会生活的一个部分,却与驿路之外的社会生活迥然不同,这就注定了驿路诗歌与现实生活的疏离性。因此,很多驿路诗歌看似缺少当时生活的真实性,看似没有那么深刻,看似缺少阅读的厚度,从而导致驿路诗歌在很长时间都缺少人关注。

三、情感审美的悲凉性

通读唐代的驿路诗歌,无论就其实际的情形还是就其象喻的人生,不管前面的路是坦途万里,还是崎岖曲折,诗歌中都很少那种兴高采烈手舞足蹈的场面,也很少那种横眉立目愤怒激昂的场面。由于驿路生活的特性和驿路诗歌发生的特定场景,驿路诗歌整体呈现出的是一种幽怨的特质。

---

① (唐)王梵志:《富饶田舍儿》,张锡厚《王梵志诗校辑》卷五,中华书局,1983年,第163页。

（一）因故乡情形成的悲凉格调

从中国传统文化的角度看驿路生活的本质，驿路生活对于中国人而言是非正常的，反生活的，也是反人情的。中国农耕文化的传统观念中，"父母在，不远游""弄儿床前戏，看妇机中织""笑戏彩斑衣""三十亩地一头牛，老婆孩子热炕头""在家千日好，出门一时难"等观念相当浓郁，它缺乏海洋民族的那种闯荡精神和四海为家的生存理念，认为"四海为家此路穷"（李峤语），认为只有九州多事才四海为家，而一旦生逢四海为家日，那一定是"故垒萧萧芦荻秋"（刘禹锡语）了。因此，离家，对于中国人来说，是一种艰难的选择，是一种不得已的行为。对故土、亲情的留恋和这种留恋的不可保有，使得踏上或即将踏上驿路的人们心生悲凉，送别者也在这样的悲情中感受到同样的心境，情感的相通，使得拥有写作能力的诗人们无论是踏上或即将踏上驿路者抑或是送别者，都会被这种浓郁的氛围感染着，由此成为触发点的诗歌，自然容易带有悲凉的特性。

初唐诗人宋之问，虢州弘农（今河南灵宝）人。弱冠知名，却节操有亏，因受到武则天男宠张易之兄弟赏识，便倾心归附。后张易之事败，宋之问被贬到边远荒僻的岭南泷州（今广东罗定）。那里古称蛮荒之地，物质生活极其匮乏，加上又是政治上失意，宋之问的精神压力极大。在贬往南国的路途中，写有一些驿路诗歌，一改其在馆阁之时柔靡绮艳的诗歌风格，在孤独郁闷中更多的是因思乡情愁而形成的幽凄风格。如《初宿淮口》：

> 孤舟汴河水，去国情无已。晚泊投楚乡，明月清淮里。汴河东泻路穷兹，洛阳西顾日增悲。夜闻楚歌思欲断，况值淮南木落时。①

---

① （唐）宋之问：《初宿淮口》，《全唐诗》卷五一，中华书局，1960 年，第 628 页。

《晚泊湘江》：

> 五岭恓惶客，三湘憔悴颜。况复秋雨霁，表里见衡山。路逐
> 鹏南转，心依雁北还。唯余望乡泪，更染竹成斑。①

《度大庾岭》：

> 度岭方辞国，停轺一望家。魂随南翥鸟，泪尽北枝花。山雨
> 初含霁，江云欲变霞。但令归有日，不敢恨长沙。②

这些诗歌都是诗人在赴蛮荒贬所的驿路上创作的。我们这里不拷问宋之问的为人，只从其驿路作品的情感基调审视其作品。宋之问的作品确实具有一种幽怨悲凄的阅读感受，作者那种去国离乡不能遏止的强烈情感，那种回望故乡悲伤欲绝的情态，那种盼望北归的热切心愿，都足以令每一位心怀乡园的读者动容。

如果说，宋之问诗歌所代表的是贬谪诗人的特有情结——我们也必须承认，确实也存在这样的情况——那么，我们可以把目光转向那些有豪放心态、走上理想之路的诗人的驿路诗歌，而审视的结果是：这种悲凉格调依然十分浓烈。

李白作为中国古代最豪放的浪漫主义诗人，对于感情，没有人说李白不能够拿得起放得下，他对未来充满信心，是在多么不得意的时候都不会放弃的，就在他感慨着"多歧路，今安在"的时候，仍然能够激发出"长风破浪会有时，直挂云帆济沧海"的激情。就是这样一个

---

① （唐）宋之问：《晚泊湘江》，《全唐诗》卷五二，中华书局，1960 年，第 639 页。
② （唐）宋之问：《度大庾岭》，《全唐诗》卷五二，中华书局，1960 年，第 641 页。

诗人,当他带着对未来的期望离开故乡时,他的驿路诗歌也熔铸着淡淡的悲凉格调。《峨眉山月歌》只有四句:

> 峨眉山月半轮秋,影入平羌江水流。夜发清溪向三峡,思君不见下渝州。①

这首诗的驿路诗歌的特点,安旗指出:"前人多次称道此诗四句之中连用五个地名而不露痕迹、不嫌重复,其所以能够这样,就是因为诗中所用的地名不仅为纪行所需,而且在写景抒情中也自有它们的作用。试将诗中的地名略去,成为'山月半轮秋,影入江水流',就失去了'峨眉山月半轮秋,影入平羌江水流'的特殊情境,而流于一般化,诗人的行踪和当时的思想感情也就无从得知了。"② 峨眉山上的半轮秋月,跟随着诗人的万里行程,她像一个情深义重的情人,注目着诗人的万里行舟,而诗人也对这神仙眷属一般的情人默默瞩目,直到舟入渝州,山月西斜。诗人对即将远离的故乡的情愁,就在这一个个地名与诗人的深情告别中,而诗人也就在这点数地名中感受到故乡的渐行渐远,丝丝幽怨情愁入于字里行间。李白的另一首著名的驿路诗歌《渡荆门送别》也呈现出这样的特色。前文已经列举此诗,这里只分析其幽怨格调。诗中有一联"仍连故乡水,万里送行舟",诗歌所写是驿路送别,地点在荆门,已经远离李白的故乡。李白在这里送别朋友,是客中送别。李白用万里故乡水,送别朋友,表达了浓郁的乡情,也传达了李白对这一脉江水的深情——他的心,仍留在故乡的山

---

① （唐）李白著,（清）王琦注:《李太白全集》卷八《峨眉山月歌》,中华书局,2011 年,第 384 页。

② 安旗:《李白诗新笺》,韩兆琦《唐诗选注汇评》,北岳文艺出版社,1998 年,第153—154 页。

水之中,那一种依依不舍中蕴藏着多少的无奈。另一说,说这两句是李白以故乡人的口吻写作的,"连"是说相连的故乡水还在与李白依依不舍。"连"又作"怜",又说是李白对故乡的深情忆念,是说那可爱的故乡水跟随他李白送行了千里万里。不管哪一种解说,都在情意绵绵中看到了李白离乡的无奈。

　　岑参,也是一位很追求事功的文人,他有两次出塞的经历。第一次是到安西(治所在今新疆库车)节度使高仙芝幕府任职;第二次是到北庭(治所在今新疆吉木萨尔)节度使封常清幕府任职。在第一次从军入幕时的天宝八载(749),岑参带着"功名只应马上取,真正英雄一丈夫"[①]和"万里奉王事,一身无所求。也知塞垣苦,岂为妻子谋"[②]的理想奔赴边塞,进入边塞后所写的边塞诗多数是昂扬乐观的,表现出唐军高昂的士气和震撼大地的声威。但是,再坚强的心,遇到乡思乡愁,也会柔软,写下了《轮台歌奉送封大夫出师西征》《热海行》《白雪歌送武判官归京》这样豪迈诗歌的诗人,就在这第一次奔赴边塞的路途上,遭遇了乡情的折磨,其《逢入京使》所表现的,就是对故园和家人的真挚思念。在"故园东望路漫漫"的一步一回头中,在"双袖龙钟泪不干"的忧伤中,我们看到了岑参不愿离开故乡的满腹柔肠,而在"相逢马上无纸笔"的环境下,诗人只能"凭君传语报平安"。这是一种无奈,也是一种伤感。这是一首大家非常熟悉的诗歌,我们不再多说。下面看一看岑参在去往西域的路途上另外的思乡作品,如《宿铁关西馆》:

---

① (唐)岑参著,廖立笺注:《岑嘉州诗笺注》卷二《送李副使赴碛西官军》,中华书局,2004年,第369页。

② (唐)岑参著,廖立笺注:《岑嘉州诗笺注》卷一《初过陇山途中呈宇文判官》,中华书局,2004年,第239页。

> 马汗踏成泥，朝驰几万蹄。雪中行地角，火处宿天倪。塞迥心常怯，乡遥梦亦迷。那知故园月，也到铁关西。[1]

诗歌落笔在西域，所写途程景色"马汗踏成泥，朝驰几万蹄"展示的是西域长路漫漫、驿路泥泞、大雪铺地、关塞遥远的境况，但其关照点在中原，"地角""天倪（边际）"都是从诗人的家乡中原出发来认知西域世界。但此诗不仅从中原看西域，更从西域看中原。对岑参而言，边塞令人胆怯，中原令人想念，而中原乡远，梦中可能会迷路，因此很是伤感。但令诗人心中稍有慰藉的是故园的月色，它像一个懂事的朋友，走了千里万里，来到地角天涯看望诗人，让诗人稍解思乡之情。诗中的那种望月思乡的感伤情怀，令人动容。

（二）因异乡感生成的悲凉格调

行走在驿路上的人们，是离开了自己所熟悉的生存环境的一群。那曾经的热闹场景、曾经熟悉的面孔、曾经熟悉的一草一木，都渐行渐远，代之而来的是越来越强烈的生疏和不适应，强烈的隔绝和不适强化了"独在异乡为异客"的孤独和寂寞，当诗人将笔触指向这些异乡感很强的风物时，也容易形成悲凉的格调。如宋之问的《过蛮洞》：

> 越岭千重合，蛮溪十里斜。竹迷樵子径，萍匝钓人家。林暗交枫叶，园香覆橘花。谁怜在荒外，孤赏足云霞。[2]

---

[1]（唐）岑参著，廖立笺注：《岑嘉州诗笺注》卷三《宿铁关西馆》，中华书局，2004年，第483页。

[2]（唐）宋之问：《过蛮洞》，《全唐诗》卷五二，中华书局，1960年，第639页。

诗题"过蛮洞",诗中"蛮溪十里斜",都在强调一个"蛮"字,尽显了自己对故乡的远离,突出了所在之地的异质环境氛围,彰显了自己不属于此地的隔膜感,故而,"谁怜在荒外,孤赏足云霞",就凸显了"荒外"的孤独者,在"荒外"与"孤"的对比中生成悲凉的格调。

又如杨发的《宿黄花馆》:

> 孤馆萧条槐叶稀,暮蝉声隔水声微。年年为客路无尽,日日送人身未归。何处迷鸿离浦月,谁家愁妇捣霜衣。夜深不卧帘犹卷,数点残萤入户飞。[1]

馆驿的生活,与"弄儿床前戏,看妇机中织"的生活迥然不同,与"榆柳荫后檐,桃李罗堂前"的温馨画面更是相去甚远,独处的诗人所能关注到的,也尽是一些令人伤感的画面:稀疏的槐叶、萧条的孤馆、薄暮的蝉声、送人的场景,都足以令诗人切身地感受到一种自身不归的伤感,诸多的带有伤情的风物,组成一幅幽凄悲凉的画面,映衬着诗人仰望"迷鸿"的无限彷徨和相伴"数点残萤"的可怜孑孓。

晚唐诗人项斯,江东(今浙江台州)人,是浙江台州的第一位进士,也是台州第一位走向全国的诗人。但他仕途不顺,曾经西游边域寻求出路,他的《边州客舍》《边游》都是以中原中心视角展开的异域书写。其《边州客舍》曰:

> 开门不成出,麦色遍前坡。自小诗名在,如今白发多。经年无越信,终日厌蕃歌。近寺居僧少,春来亦懒过。[2]

---

[1] (唐)杨发:《宿黄花馆》,《全唐诗》卷五一七,中华书局,1960 年,第 5906 页。
[2] (唐)项斯:《边州客舍》,《全唐诗》卷五五四,中华书局,1960 年,第 6411 页。

诗中的"经年无越信"是诗人在边州客舍思乡情怀的流露,"终日厌蕃歌"是诗人深刻地体味到了边声与故乡声音的不同。可以想象,诗人"自小诗名在",曾经多么辉煌,而今满头白发,依然无所作为,甚至收不到家乡的一封书信!在"蕃歌"一片的边声里,诗人情绪全无,尽管春日已来,也丝毫激不起诗人对生活的热爱之情。这是哀莫大于心死的悲凉。

（三）因分别苦生成的悲凉格调

人是群居的动物,人的特性喜聚厌离,中国人尤其如此。而在现实生活中,很多人为家庭生计、为前程大计、为家国事务,都不得不面临一种很残酷的现实:分别。分别的悲凉在于,自此之后,天各一方,会期难定;天涯海角,或各终老。当驿路分别之时,踏上驿路的是飘萍不定、孤篷万里的征程,此时此刻,去者有依依不舍之意,留者多忧心忡忡之情。这种情绪的流露,给所有的驿路分别的诗歌带来了浓郁的悲凉色调,即使是处于昂扬心态的诗人的作品亦不例外。

谈到唐诗中颇具昂扬心态的驿路送别诗,我们自然首先会想到王勃的《送杜少府之任蜀川》,这首诗中的"海内存知己,天涯若比邻"已经成为人们在分别之时互相劝慰和鼓励的经典诗句,但就是这样一首诗歌,我们仔细品味,那"风烟望五津"中,是对友人驿路行程的丝丝牵挂,那"同是宦游人"中,是人生身不由己的种种无奈,那"无为在歧路,儿女共沾巾"中的惜别,不是也有压抑柔弱、揩干泪水的悲凉吗?

李白的豪气,在很多的驿路送别诗中都体现得非常清晰。这位说过"何必儿女仁,相看泪成行"的大诗人,在他的《送友人》中说:

青山横北郭,白水绕东城。此地一为别,孤篷万里征。浮云游子意,落日故人情。挥手自兹去,萧萧班马鸣。①

其实诗中的景色还是颇阳光的,是一幅寥廓秀丽的山水图景。告别的景色并无阴沉氛围,这是对前程充满热望的盛唐诗人们内心开朗的时代精神的写照,也是李白不少送别诗的主基调。但这绝不是说,李白不懂得情感。中间两联切题,写离别的深情,在对友人的牵挂中注入了丝丝悲凉,"此地一为别,孤蓬万里征",以"一"对"万",突出分别后相隔遥远,用"孤蓬"与"万里"的对举,以渺小对阔大,衬托友人在茫茫世界中的孤单。诗人已经设想到友人此去独闯天涯,就像孤篷飘泊在千里万里的海面,路途遥遥,风里浪里,友人的前途将是千惊万险。而到尾联两句"挥手自兹去,萧萧班马鸣",情意更切,用"挥手"这一分离时的动作传达不忍分别而又不得不别的痛苦,用"萧萧班马鸣"的场景,借马的悲鸣写人情的伤感。唐汝询云:"挥手就道,不复能留,惟闻班马之声而已,黯然消魂之思,见于言外。"②

盛唐时期的豪放诗人李白尚且如此,他人可知。再看两首诗。先看刘长卿的《饯别王十一南游》:

望君烟水阔,挥手泪沾巾。飞鸟没何处,青山空向人。长江一帆远,落日五湖春。谁见汀洲上,相思愁白蘋。③

---

① (唐)李白著,(清)王琦注:《李太白全集》卷一八《送友人》,中华书局,2011年,第716—717页。
② (清)唐汝询著,王振汉点校:《唐诗解》卷三三,河北大学出版社,2011年,第886页。
③ (唐)刘长卿:《饯别王十一南游》,《全唐诗》卷一四八,中华书局,1960年,第1512页。

此诗一看就是江亭送别。落日秋风长卿诗,刘长卿本就擅长写悲情,送别更是如此。这首诗,诗人一直在"望",一边望向江水深处,一边挥手告别,一边抹泪伤心,直看到飞鸟没处、青山尽头,直看到风帆已远、日落五湖,直看到汀洲上白蘋亦为之犯愁。望世间一切,也是望南游的友人,将与友人的分别写得情谊深长,感伤万分。

再看一首《谢亭送别》:

> 劳歌一曲解行舟,红叶青山水急流。日暮酒醒人已远,满天风雨下西楼。①

此诗亦是江亭送别。"劳歌"原指李白的《劳劳亭》,后代指一切别歌。一曲别离歌,唱响了此诗的悲伤格调。虽然有红叶青山,但挡不住的是水的急流而去,那是朋友远离的脚步,是自己拽不住的行舟。"日暮酒醒人已远",从写朋友的行舟转到写自己酒醒之后的情形。诗人到底驻足多长时间,看了多远,没有交代,但"酒醒"说明送别之时有宴饮活动,而且,在宴饮之时,诗人是喝了不少酒的,直到不胜酒力。然而,酒醒之后,世界已经发生了变化,送别的朋友已经远去,自己的世界已经是离开挚友的世界。"人已远",衬托自己的孤独和落寞,也就写出了对友人的珍重。最后一句"满天风雨下西楼",写眼前已经没有青山红叶,而是漫天风雨笼罩的谢亭。这景色恰如诗人心中之景,江山暗淡,天空变色,一片萧然,一片凄苦。以景语结尾,以景衬情,不言对方走后自己多么凄凉和悲伤,却是满篇萧索和凄苦。

此类诗歌很多,像綦毋潜《送宋秀才》中的"秋风一送别,江上黯消魂"、韦应物《送房杭州》中的"风雨吴门夜,恻怆别情多"、韩愈

---

① (唐)许浑:《谢亭送别》,《全唐诗》卷五三八,中华书局,1960年,第6136页。

《送李员外院长分司东都》中的"饮中相顾色,送后独归情。两地无千里,因风数寄声"、杜牧《送友人》中的"都门五十里,驰马逐鸡声",等等,等等,无不充满着因分别之苦而带来的人生的悲凉之感。

但唐代驿路送别诗中的这种悲凉之感,并不给人带来消极负面的情绪,而是展示着人生中最具人情的一面,使阅读者感受到彼此间的丝丝牵挂,体味到有情人生的温馨,从而更加珍重这一份情感。

第三章　唐代驿传在唐诗异地
交流中的功能

在唐代诗歌的当时传播中,异地诗人之间的互动,是唐诗发展的重要环节。异地诗人之间的互动,包括诗人创作地点的变化、诗歌的流转传播、诗人之间的观念交流等方面。而这些可能促使诗人或诗歌异地互动的方式,只能通过驿传实现。驿传,实在是唐诗异地交流的不可或缺的因素。

第一节　驿路:诗人迁转各地的主要渠道

唐代诗歌的艺术追求、风格变化、流派形成等,与诗人群体的聚散有相当重要的联系。诗人群体的聚散有各种各样的形态,但诗人驿路迁转是最显而易见的因素。诗人驿路迁转主要有以下一些原因:

一、诗人因科举行走于驿路

唐代是一个给知识分子提供更多机会的时代,无论哪一个阶层的士人,都有机会参加国家通过科举选拔杰出人才的考试。这样的机会,以"修身、齐家、治国、平天下"为己任的士人们是不肯放弃的。

为了实现自己的人生理想,他们寒窗攻读,夤夜用心,然后进京赶考,结果或衣锦还乡,或落第返乡,都需要通过驿路实现其行程,如此,驿路就成为参加科举的士人们奔走人生的主要渠道。驿路将他们递送到京都,又随着他们科举的结果将他们递送到该到之处。

行走在驿路上的士子,因为考试的关系,需要拜谒一些重要人物,递送诗卷、写作呈赠诗歌、参与驿路的宴饮酬唱等,这些活动,都与诗歌产生了千丝万缕的联系。比如《唐语林》卷三《识鉴》中记载,李绛就是通过节度使判官张正甫和节度使樊泽的推荐参加科举考试成名的:

> 李相绛,先人为襄州督邮,方赴举,求乡荐。时樊司空泽为节度使,张常侍正甫为判官,主乡荐。张公知丞相有前途,启司空曰:"举人悉不如李某秀才,请只送一人,请众人之资以奉之。"欣然允诺。又荐丞相弟为同舍郎。不十年而李公登庸,感司空之恩,以司空之子宗易为朝官。人问宗易之文于丞相,答曰:"盖代。"时人用以"盖代"为口实,相见论文,必曰:"莫是樊三盖代否?"后丞相之为户部侍郎也,常侍为本司郎中,因会,把诗侍郎唱歌,李终不唱而哂之,满席大噱。①

这个故事的后半部分其实是很令李绛狼狈的,但前半部分所讲,确实能够让我们看到李绛科考之前的拜谒活动,而节度使樊泽和判官张正甫为了能够使得推荐的举子有更多川资在驿路行走,便将众举子的川资交给李绛一人使用,使得李绛得以成名。

---

① (宋)王谠撰,周勋初校证:《唐语林校证》卷三,《唐宋史料笔记丛刊》,中华书局,1987年,第158页。

《唐摭言》卷二《争解元》记载了白居易任杭州刺史时,江东文士纷纷奔赴杭州请白居易推荐的事情。当时徐凝和张祜比试诗作,结果徐凝占据上风:

> 白乐天典杭州,江东进士多奔杭取解。时张祜自负诗名,以首冠为己任。既而徐凝后至。会郡中有宴,乐天讽二子矛盾。祜曰:"仆为解元,宜矣。"凝曰:"君有何嘉句?"祜曰:"甘露寺诗有'日月光先到,山河势尽来'。又金山寺诗有'树影中流见,钟声两岸闻'。"凝曰:"善则善矣,奈无野人句云'千古长如白练飞,一条界破青山色'。"祜愕然不对。于是一座尽倾。凝夺之矣。①

这则资料,在《云溪友议》中有类似的记载,只不过加上了一句更值得我们在本书中应该注意的话:"试讫解送,以凝为元,祜其次耳……"② 所谓"解送",就是由官府出资送举子入京,那自然是驿路无疑。《唐才子传》卷一〇"褚载"条更能说明士人进京赶考,是行走于驿路之上的:

> 载,字厚之,家贫,客梁、宋间,困甚,以诗投襄阳节度使邢君牙,云:"西风昨夜坠红兰,一宿邮亭事万般。无地可耕归不得,有恩堪报死何难。流年怕老看将老,百计求安未得安。一卷新诗满怀泪,频来门馆诉饥寒。"君牙怜之,赠绢十四,荐于郑滑节度使,

---

① (唐)王定保:《唐摭言》卷二,上海古籍出版社,1978年,第17—18页。
② (唐)范摅:《云溪友议》卷中,《唐五代笔记小说大观》,上海古籍出版社,2000年,第1283页。

不行。乾宁五年,礼部侍郎裴贽知贡举,君牙又荐之,遂擢第。①

储载诗中提到的"一宿邮亭事万般",说明储载进京赶考,是因资费问题被困于邮亭。后来襄阳节度使邢君牙对储载的资助,也正是惜其才助其资,以便其驿路奔走。后储载经过两次科举考中进士。

哪有名人或权贵,举子们便会向哪里聚集,以便求得拜谒和举荐。《全唐诗》中有很多标明《×××谒×××》的篇章,都清楚地告诉我们,科考之前拜谒名人高官是举子们经常性的活动。这种拜谒活动不回避朋友,不回避亲人,是公开的,目标性很强的。因此,有些诗歌就谈及拜谒活动的原因或预想拜谒成功的效果,如张众甫《送李观之宣州谒袁中丞赋得三州渡》是谈拜谒原因的:

> 古渡大江滨,西南距要津。自当舟楫路,应济往来人。翻浪惊飞鸟,回风起绿苹。君看波上客,岁晚独垂纶。②

诗歌极类孟浩然《洞庭湖赠张丞相》,以渡口要津比喻袁中丞的重要地位,以舟楫渡人比喻应提携他人,以岁晚垂钓比喻自己还是一位需要提携之人。章孝标的《送进士陈峣往睦州谒冯郎中》则是预想拜谒结果的:

> 孤帆几日程,投刺水边城。倚棹逢春老,登筵见月生。饮酣

---

① (元)辛文房著,傅璇琮主编:《唐才子传校笺》卷一〇,中华书局,1987年,第4册第388—389页。
② (唐)张众甫:《送李观之宣州谒袁中丞赋得三州渡》,《全唐诗》卷二七五,中华书局,1960年,第3122页。

杯有浪,棋散漏无声。太守怜才者,从容礼不轻。①

诗歌除明言举子的拜谒活动是乘驿而行外,也预见了陈峣拜谒冯郎中的可能结果:这位太守是一位怜才的太守,应该对才子悠游礼遇,或者陈峣会受到重视。

由以上诗例我们可以确定,各地推荐上来的举子,都是经过一条条驿路汇聚京师的,或由京师散向各地的。

送举子入京,送成名者还乡,往往有饯别活动,而饯别活动中又往往有写诗送行的文化活动,所以在《全唐诗》中就有无数的题为《送 ××举人入试》《送××秀才贡举》《送××擢第归乡》《送××擢第应制》《送××下第还乡》《送××下第游××》的诗作。这些诗作,反映了唐人对举子入京和科考成名的认识,也让我们看到了唐代文士为此举行的一次次文化活动。

在唐代科举以诗赋取士为重的时代,诗人很受重视,即使有些士子尚未成名或为官,因为对"白衣卿相"的期许和敬畏,士子们走到的地方,往往会有为官的诗人或追捧诗人的地方官员举行各种名目的宴饮活动,酒酣耳热之际常引发各种形式的诗歌创作活动。

二、诗人因迁谪行走于驿路

宦海浮沉,升迁贬谪,是官场中之常事。由地方官升任京官、由此地低级官职升任他地高级官职、地方之间的官员平级调动,都是属于仕途中的正常升迁和调动。因为是国家命令,升迁赴任的官员都要通过驿路行走,制书中的"仍即驰驿赴京""驰驿发遣""驰驿

---

① (唐)章孝标:《送进士陈峣往睦州谒冯郎中》,《全唐诗》卷五〇六,中华书局,1960年,第5749页。

赴任""仍驿赴京""仍令驰驿赴职""驰驿领送至任""差使驰驿领送至彼"等常用词汇告诉我们,驿路,是宦海浮沉的人们必须面对的生存环境。以我们最熟悉的王勃《送杜少府之任蜀川》为例。此诗明确告诉我们,杜少府赴蜀川之任,王勃要"风烟望五津",而五津,正是四川境内长江的五个水驿渡口:白华津、万里津、江首津、涉头津、江南津。以水驿渡口代指四川,以"风烟"迷茫形容之,突出了杜少府驿路遥遥、关津辛苦的上任途程。再如马怀素的《饯许州宋司马赴任》:

> 颍川开郡邑,角宿分躔野。君非仲举才,谁是题舆者。悯悯琴上鹤,萧萧路傍马。严程若可留,别袂希再把。①

送宋司马赴任,其实质是一次文人的宴饮聚会,李适、李乂、卢藏用、薛稷、马怀素、徐坚等初唐诗人参与了这一次文人宴聚,且都有同题诗作,可证饯送在一定程度上的聚会性质。卢藏用诗中提到,这一次宴聚是在灞亭的馆驿,而马怀素诗中的"严程"说明宋司马赴任,一定乘驿而行,而且,要完全遵守国家的乘驿时间,不能随意羁程。这一次文人聚会,产生了数首驿路宴聚诗歌。再如李颀的《送人尉闽中》:

> 可叹芳菲日,分为万里情。阊门折垂柳,御苑听残莺。海戍通闽邑,江航过楚城。客心君莫问,春草是王程。②

---

① （唐）马怀素:《饯许州宋司马赴任》,《全唐诗》卷九三,中华书局,1960 年,第 1009 页。
② （唐）李颀:《送人尉闽中》,《全唐诗》卷一三四,中华书局,1960 年,第 1360 页。

李顾所送之人是谁我们不知道,但据此诗诗题可知,所送之人到闽中为官,"万里"极言其远,"海戍通闽邑",可见沿途都是有军队驻守的水路,"王程"则是根据驿程规定的行驿时间。又如姚合的《送刘禹锡郎中赴苏州》:

> 三十年来天下名,衔恩东守阖闾城。初经咸谷眠山驿,渐入梁园问水程。霁日满江寒浪静,春风绕郭白蘋生。虎丘野寺吴中少,谁伴吟诗月里行。①

这是刘禹锡任苏州刺史时姚合的送别之作。"阖闾城"即吴国都城苏州。诗中写刘禹锡到苏州的行程,要经过"咸谷"。"咸谷"或即函谷关,若走开封(诗中的"梁园")水路,必经函谷关,而《元和郡县图志》《元丰九域志》都没有"咸谷"之名。此诗告诉我们,从长安出发到开封,刘禹锡应是走山东大驿道,到开封后,则选择水路行进。

武功体诗歌的创作者姚合到杭州任职时,友人刘得仁写有一首《送姚合郎中任杭州》的诗:

> 水陆中分程,看花一月行。会稽山隔浪,天竺树连城。候吏赍鱼印,迎船载旆旌。渡江春始半,列屿草初生。②

诗歌将水陆驿程都计算在内,估计姚合到杭州需一月行程。刘得仁设想姚合在一月行程中,一路看花观浪,在驿吏们的迎接送行中交驿

---

① (唐)姚合:《送刘禹锡郎中赴苏州》,《全唐诗》卷四九六,中华书局,1960年,第5616页。
② (唐)刘得仁:《送姚合郎中任杭州》,《全唐诗》卷五四四,中华书局,1960年,第6283页。

券、换驿券,忙忙碌碌,在春半时分能够抵达杭州。刘得仁的心,已经随着姚合去了杭州,可谓"我寄愁心与明月,随君直到杭州城"了。

仅此几例,用以说明官员赴任都是通过驿路完成自己的行程。再举几例贬谪之人行走于驿路上的诗例。

宋之问因谄媚武则天宠臣张易之获罪,被贬为泷州(今广东罗定)参军,一路之上写下不少驿路诗歌,如《留别之望舍弟》写于出发前的饯饮宴席,《汉江宴别》《初发荆府赠长史》《晚泊湘江》《过蛮洞》《经梧州》《渡吴江别王长史》《途中寒食题黄梅临江驿寄崔融》《宿清远峡山寺》《题大庾岭北驿》等写于驿路上,清楚地交代了诗人行驿的行程路线,而《度大庾岭》是将到达贬所时的一首诗,诗歌写道:

> 度岭方辞国,停轺一望家。魂随南翥鸟,泪尽北枝花。山雨初含霁,江云欲变霞。但令归有日,不敢恨长沙。①

这是初唐诗人中一首格律严整、属对精密、音韵谐婉、辞藻华美的驿路诗歌。诗中的"停轺"即指停住前往贬所的驿车。此诗之前,诗人还有一首《早发大庾岭》,其中有"晨跻大庾险,驿鞍驰复息"两句,说明诗人是乘驿前往贬所。而在这首诗中,面对华夷分界的大庾岭,诗人停住了行驿的脚步,因为在这里他真正体味到辞别"故国"的滋味,表达了愿归的心情。

韩愈被贬,是因为元和十四年(819),宪宗皇帝大搞佛教迷信活动,韩愈劝谏忤逆宪宗。唐宪宗迷信佛教,不仅仅是倡导,还要派遣中使迎请法门寺佛骨入京,要求沿途修路盖庙,官、商、民等皆舍物捐

---

① (唐)宋之问:《度大庾岭》,《全唐诗》卷五二,中华书局,1960年,第641页。

款,京城一时掀起信佛狂潮。《旧唐书》说:"王公士庶,奔走舍施,唯恐在后。百姓有废业破产、烧顶灼臂而求供养者。"[1] 韩愈对这种劳民伤财的愚蠢行为极为反感,上书谏迎佛骨,得罪了宪宗皇帝,刚刚做了两年刑部侍郎便又被贬潮州。赴潮州的路途中,韩愈写下了很多驿路诗歌,如《左迁至蓝关示侄孙湘》《武关西逢配流吐蕃》(谪潮州时途中作)、《次邓州界》《晚次宣溪,辱韶州张端公使君惠书叙别酬以绝句二章》《将至韶州先寄张端公使君借图经》《过始兴江口感怀》《韶州留别张端公使君》。其中最有名的诗作就是《左迁至蓝关示侄孙湘》:

> 一封朝奏九重天,夕贬潮州路八千。欲为圣朝除弊事,肯将衰朽惜残年。云横秦岭家何在,雪拥蓝关马不前。知汝远来应有意,好收吾骨瘴江边。[2]

这首选入中学课本、文学史上必讲的名作,以高度凝练的笔墨概括了自己以耿耿之心忠言劝谏却"朝谇而夕替"的经历,也写出了他为除朝中"弊事"不惜残年投荒的决心和信心。虽然明知此去有可能生命不永,虽然离开亲人也不免戚戚之意,却以坚定悲怆的心态面对这政治的风雨。以我们课题关注的角度而言,韩愈被贬,驿路投荒,侄孙韩湘赶到蓝关送行,面对前面八千里之遥(夸张)的驿程,想到潮州那瘴雾弥漫的地方,一种悲壮之感从韩愈胸中升起,他用这样一首驿路诗歌向世界宣布着他的耿耿忠心、无辜被贬,表达着他宁死不屈

---

[1] (后晋)刘昫等:《旧唐书》卷一六〇《韩愈传》,中华书局,1975年,第4198页。
[2] (唐)韩愈:《左迁至蓝关示侄孙湘》,《全唐诗》卷三四四,中华书局,1960年,第3860页。

的个性。

韩愈写于贬谪召回路途的《去岁自刑部侍郎以罪贬潮州刺史，乘驿赴任，其后家亦谴逐，小女道死，殡之层峰驿旁山下，蒙恩还朝，过其墓，留题驿梁》更是典型的驿路诗歌：

> 数条藤束木皮棺，草殡荒山白骨寒。惊恐入心身已病，扶异沿路众知难。绕坟不暇号三匝，设祭惟闻饭一盘。致汝无辜由我罪，百年惭痛泪阑干。[①]

诗歌正文是怀念死于驿路上的小女，文字与驿路无关，但诗题清楚地告诉我们，诗人奔赴贬谪之地是乘驿而行，贬谪官员的家属也是乘驿追随诗人去往贬谪之地。诗人的女儿死在驿路上，埋葬于层峰驿旁，诗人再经此地，伤感小女之死，在驿馆梁柱题诗。

柳宗元，永贞革新中的重要人物，"二王八司马"之一，永贞革新失败后被贬。元和十年（815），被贬永州的柳宗元被召回京，在回京的驿路上，写下了很多与馆驿相关的诗歌，如《诏追赴都回寄零陵亲故》是诗人回京路途上回寄给在永州的亲朋好友的一首诗：

> 每忆纤鳞游尺泽，翻愁弱羽上丹霄。岸傍古堠应无数，次第行看别路遥。[②]

---

① （唐）韩愈：《去岁自刑部侍郎以罪贬潮州刺史，乘驿赴任，其后家亦谴逐，小女道死，殡之层峰驿旁山下，蒙恩还朝，过其墓，留题驿梁》，《全唐诗》卷三四四，中华书局，1960 年，第 3862 页。

② （唐）柳宗元：《诏追赴都回寄零陵亲故》，《全唐诗》卷三五一，中华书局，1960 年，第 3932 页。

这首诗可称初赴回京驿路的诗歌,诗人取水路,故言"岸傍古堠"。这些用以计算驿程的"古堠"被诗人一个个甩在脑后,诗人在计算"别路遥"中,展现了自己急欲还京的心情。一路上,诗人用诗歌记录了所经过的驿路、驿站:《过衡山见新花开却寄弟》《离觞不醉,至驿却寄相送诸公》《北还登汉阳北原题临川驿》《善谑驿和刘梦得酹淳于先生》,至写《诏追赴都二月至灞亭上》,说明诗人已经来到京都附近。

从以上诗例可以看出,无论升迁贬谪,这些官员的到任都是通过驿路实现的。在这些官员中,绝大部分都是能诗能文者。每一位诗人,无论升迁贬谪,都会有朋友相送,聚会宴饮的诗作,都会从所在之地传播开来,故而我们说,升迁贬谪也是驿路诗歌产生的重要原因。同时,当驿路递送这些升迁贬谪的官员诗人到任后,新的诗歌传播地随即诞生。

三、诗人因入幕行走于驿路

唐代士人走上仕途的另一重要途径是入幕府为幕僚。幕府是因唐代方镇节度使权力的实职化而衍生的组织机构。节度使原本是一有名位无实权的官职,后渐渐成为实权很大的官职。《通典》卷三三《职官一五》:

> 大唐武德元年,改郡为州,改太守为刺史,加号持节。后加号为使持节诸军事,而实无节,但颁铜鱼符而已。天宝元年,改州为郡,刺史为太守。自是州郡史守更相为名,其实一也。太宗初理天下也,重亲人之任,疏督守之名于屏,俯仰视焉,其人善恶,必书其下,是以州郡无不率理。逮贞观之末,升平既久,群士多慕省阁,不乐外任。其折冲果毅有材力者,先入为中郎、郎将,次补郡守,其轻也如是。武太后临朝,垂拱二年,诸州都督

刺史,并准京官带鱼。长安四年,纳言李峤、同平章事唐休璟奏曰:"窃以物议重内官而轻外职,凡所出守,多因贬累,非所以澄风俗、安万人。臣请择才于台阁省寺之中,分典大州,共康庶政。臣等请辍近侍,率先具僚。"太后乃令书名采之,中者当行。于是凤阁侍郎韦嗣立、御史大夫杨再思等二十人中之,皆以本官检校刺史。[①]

节度使的实职化就是具体管理州郡军国大事,并建立相应的幕僚机构。唐代的幕府制始于高宗永徽二年(651)。幕府招纳幕僚成为唐代士人为官的重要途径之一。《唐语林》卷八有一条颇为偏颇的记载,但能在一定程度上说明入幕作为为官途径的重要:

> 游宦之士,至以朝廷为闲地,谓幕府为要津。迁腾倏忽,坐致郎官。[②]

朝廷当然不是闲地,而幕府府主有相当大的军事权力,并有推荐人才的权力,而统治者忌惮幕府府主的军事权力,也便对幕府府主礼让三分,这样一来,幕府确实在很大程度上成为升职的津梁。也因此,很多文人在仕途不顺时便积极入幕,之后的升迁反而很快。比如高适,举有道科中第,但却落拓不得志,在经历了哥舒翰幕府的生活之后便迅速升迁,甚至成为唐代所有诗人中唯一一位封侯者。裴度和柳公绰都曾在武元衡西川幕府任职,柳公绰先于裴度入朝,裴度后

---

① (唐)杜佑撰,王文锦点校:《通典》卷三三《职官一五》,中华书局,1988年,第907—909页。

② (宋)王谠撰,周勋初校证:《唐语林校证》卷八,《唐宋史料笔记丛刊》,中华书局,1987年,第693页。

亦贵为宰相。《旧唐书》记载此事：

> 公绰性谨重，动循礼法。属岁饥，其家虽给，而每饭不过一器。岁稔复初。家甚贫，有书千卷，不读非圣之书。为文不尚浮靡。慈隰观察使姚齐梧奏为判官，得殿中侍御史。冬，荐授开州刺史，入为侍御史，再迁吏部员外郎。武元衡罢相镇西蜀，与裴度俱为元衡判官，尤相善。先度入为吏部郎中，度以诗饯别，有"两人同日事征西，今日君先捧紫泥"之句。①

显然，裴度写给柳公绰的诗歌是在柳公绰入朝时的馆驿饯别诗。而柳公绰和裴度入武元衡幕，并从幕府升职，自是驿路来去。也就是说，幕府作为重要的文人集散地，其实现集散的途径乃是驿路。

唐代幕府几乎都是文人荟萃之所，这因两方面原因决定：一是有些幕府府主喜好文学，愿意结交文士，比如张建封、鲍防、武元衡、裴度等；二是幕府僚佐官职的设置也需要文职人员充任，自然便能汇集希望尽快升迁者来任职，比如高适去哥舒翰幕府任职、岑参在封常清幕府任职、杜甫在严武幕府任职。杜甫在严武幕府任职时人就在成都，因而没有赴幕府的驿路诗作，而高适、岑参都有不少赴幕府任职的驿路诗作。幕府文职官员的设置，《新唐书》有这样一条资料：

> 掌书记，掌朝觐、聘问、慰荐、祭祀、祈祝之文与号令升绌之事。行军参谋，关豫军中机密。
> 节度使、副大使知节度事、行军司马、副使、判官、支使、掌书记、推官、巡官、衙推各一人，同节度副使十人，馆驿巡官四人，府

---

① （后晋）刘昫等：《旧唐书》卷一六五《柳公绰传》，中华书局，1975年，第4300页。

院法直官、要籍、逐要亲事各一人,随军四人。节度使封郡王,则有奏记一人;兼观察使,又有判官、支使、推官、巡官、衙推各一人;又兼安抚使,则有副使、判官各一人;兼支度、营田、招讨、经略使,则有副使、判官各一人;支度使复有遣运判官、巡官各一人。①

由于幕府僚佐职事的需要,很多文人将目光抛向幕府。而入幕者,又多是进士及第、在朝求官不顺者,或者是进士未第希望找到出路者。在朝求官不顺,却能经过幕府转折者实在不在少数。比如韩愈进士及第后,到张建封幕府任职,被调回朝任四门博士;李逢吉进士及第后做振武节度使幕府掌书记,后调朝中任左拾遗,并逐渐升迁至相;薛逢进士及第后只做了一个校书郎的闲职,到河中节度使幕府任职后遂为万年县尉;杜牧进士及第后也是做了校书郎的闲职,后来有了淮南节度使的经历后,才到京任监察御史等职。

　　幕府职事与升迁的关系,可以肯定地说,入幕之后,幕主对幕僚的倚重、推荐,以及朝廷真正意识到幕僚的本领确实不错后,就会很快重用,让他们担当更加重要的官职。幕僚的升迁,对比两则白居易的制诰文可以看得更为清晰:

　　　　以才佐贤,蜀必理矣。辍三署吏,赞丞相府,假宪官职,加台郎暨一命再命之服以遣。其于张大光荣,与四方征镇之宾寮(僚)不侔矣。尔等苟佐吾丞相以善政闻,使吾无一方之忧,吾宁

---

① (宋)欧阳修、宋祁:《新唐书》卷四九下《百官志四下》,中华书局,1975年,第1309页。

久遗汝于诸侯乎？尔其勉之！①

　　敕：剑南西川节度判官、朝散大夫、检校尚书户部员外、兼侍御史、上柱国、赐紫金鱼袋李虞仲，西川观察判官、朝议郎、检校（尚书）刑部员外郎、兼侍御史、云骑尉、赐绯鱼袋崔戎等：去年春，朕忧西南事，授丞相文昌钺（往）镇抚之。次选郎吏有才实如虞仲辈者，往赞理之。故其制云："苟佐吾丞相以善政闻，宁久遗汝于诸侯乎？"今蜀政成矣，蜀人乂矣，是汝辈职修事举，而奉吾诏书甚谨也。前言在耳，安可弭忘？并命为郎，主吾信赏。②

　　这两则资料，一是对在幕府任职幕僚的未来的允诺，一是对已经有过幕府经历的文职官员的提拔，前后呼应，说明朝廷确实很重视在幕府任职的文士，这也就难怪在京不得意的文士纷纷将目光投向幕府了。元稹《授王陟监察御史充西川节度判官制》总结幕府在文士提升中的作用时说："列诸侯之宾者，迁次淹速，得与上台比伦。"③白居易《温尧卿等授官赐绯充沧景江陵判官制》也有类似的观点："今之俊乂，先辟于征镇，次升于朝廷；故幕府之选，下台阁一等，异日入为大夫公卿者十八九焉。"④幕府经历的未来魅力，使得文士们从四面八方聚集于幕府，幕府中的各类文士活动由此展开。如《唐语林》

---

① （唐）白居易著，顾学颉校点：《白居易集》卷四八《韦审规可西川节度副使、御使中丞可李虞仲、崔戎、姚向、温会等，并西川判官，皆赐绯，各检校省官兼御使制》，中华书局，1979 年，第 1010 页。

② （唐）白居易著，顾学颉校点：《白居易集》卷四八《李虞仲可兵部员外郎，崔戎可户部员外郎制》，中华书局，1979 年，第 1012 页。

③ （唐）元稹著，冀勤点校：《元稹集》外集补遗卷五《授王陟监察御史充西川节度判官制》，中华书局，2010 年，第 774 页。

④ （唐）白居易著，顾学颉校点：《白居易集》卷四九《温尧卿等授官赐绯充沧景江陵判官制》，中华书局，1979 年，第 1033 页。

卷三《雅量》：

> 夏侯孜在举场。有王生者，有时名，遇孜下第，偕游京西，凤翔节度使馆之。从事有宴召焉。酒酣，以骰子祝曰："二秀才明年但得第，当掷堂印。"王生自负，怒曰："吾诚浅薄，与夏侯孜同年乎？"不悦而去。孜后及第，累官至宰相，王生竟无所闻。孜在河中，王生之子不知有隙，偶获孜与其父生平书疏数纸，持以谒孜。孜问其所欲，一以予之，因召诸从事，语其事。①

夏侯孜下第，与当时有声名的王生游览京西，在凤翔节度使的驿馆宴会上，无论王生怎样不友善，从笔者课题的角度看，驿馆确实是文士聚会的场所。因此我们可以说，文士们经常性的活动是奔走在京城和幕府之间，而一条条驿路承载着文士们对自我人生的未来追求，一座座驿馆也为文士们的这种奔走铺开了饯别送行的场面，让他们在驿馆、驿路上，演绎了一幕幕与诗歌相关的故事。

高适入边地幕府，在驿路上会朋见友，行驿中送别，留下一些诗作，如《途中寄徐录事》《送白少府送兵之陇右》《河西送李十七》《使青夷军入居庸三首》等。

岑参入边地幕府，一路西向，驿路之上写下了很多诗作，如《夜过盘石，隔河望永乐，寄闺中，效齐梁体》《河西春暮忆秦中》《过酒泉，忆杜陵别业》《早发焉耆，怀终南别业》《宿铁关西馆》等。《宿铁关西馆》是诗人初次入幕府，行至铁关，夜宿驿馆，又思念家乡时写下的：

---

① （宋）王谠撰，周勋初校证：《唐语林校证》卷三，《唐宋史料笔记丛刊》，中华书局，1987年，第240页。

马汗踏成泥,朝驰几万蹄。雪中行地角,火处宿天倪。塞迥心常怯,乡遥梦亦迷。那知故园月,也到铁关西。①

之所以到边地入幕,主要原因就是岑参仕途不顺。岑参入幕之前有一首诗作《题虢州西楼》,说自己"错料一生事,蹉跎今白头。纵横皆失计,妻子也堪羞"。可见岑参进士及第后并没有得到朝廷重用。岑参入幕的程途共计六个多月,半年多的驿路生活,能够陪伴诗人的,就是这些诗作了。他的很多驿路诗作都能传达出其对故乡的牵挂和思念,其中最动人的就是《逢入京使》。这是一首传诵千古的思乡之作,其最动情处,是马上与入京使者相逢,虽无笔墨纸砚,但诗人对故乡的迁恋,也要通过使者之口传达。"故园东望路漫漫,双袖龙钟泪不干。马上相逢无纸笔,凭君传语报平安"的优美而凄凉的诗句,触动着每一位思乡者心中最柔软的记忆。

韩愈"生七岁而读书,十三而能文,二十五而擢第于春官,以文名于四方。前古之兴亡,未尝不经于心也;当世之得失,未尝不留于意也"②。他十九岁时到京师应举,二十五岁进士及第,但却只有进士身份,而未得官,二十六岁时仍然过着"无僦屋赁仆之资,无缊袍粝食之给"③的生活,二十八岁时仍"饥不得食,寒不得衣"④。他连续三年应博学鸿词科试,都没有中,又三次上书宰相求官,也没有得到,三十

---

① (唐)岑参著,廖立笺注:《岑嘉州诗笺注》卷三《宿铁关西馆》,中华书局,2004年,第483页。
② (唐)韩愈:《与凤翔邢尚书书》,《全唐文》卷五五三,中华书局,1983年,第5599页。
③ (唐)韩愈:《上考功崔虞部书》,《全唐文》卷五五四,中华书局,1983年,第5609页。
④ (唐)韩愈:《上宰相书》,《全唐文》卷五五一,中华书局,1983年,第5583页。

岁时只好选择入幕府为幕僚,做了汴州宣武节度使董晋的观察推官,之后又任徐州张建封幕府节度推官。他的入幕,不仅仅是一个人的驿路旅程,还引发了孟郊、李翱、张籍等人亦追随而至。韩愈诗中有《此日足可惜赠张籍》,题下自注:"愈时在徐,籍往谒之,辞去,作是诗以送。"① 诗中透露,孟郊、李翱也都曾经来徐,并已分离:"东野窥禹穴,李翱观涛江。"可见韩、孟诗派在驿路上的来来往往,也可见幕府对文人聚会的作用。

胡曾,晚唐诗人,《唐才子传》对他的评价是"天分高爽,意度不凡",但却科考不顺,经多次科考之后才进士及第,仕途仍不顺。他的《寒食都门作》中有"轩车竞出红尘合,冠盖争回白日斜。谁念都门两行泪,故园寥落在长沙"的诗句,写自己的京都寥落;又有《薄命妾》,以阿娇的"龙骑不巡时渐久,长门空掩绿苔纹"写自己的命运不济。后先在路岩剑南西川节度使幕任掌书记,又为剑南西川节度使高骈掌书记,高骈徙荆南节度使时,又任荆南节度使幕僚。他的《早发潜水驿谒郎中员外》记录自己赴幕府的驿路生活:

> 半床秋月一声鸡,万里行人费马蹄。青野雾销凝晋洞,碧山烟散避秦溪。楼台稍辨乌城外,更漏微闻鹤柱西。已是大仙怜后进,不应来向武陵迷。②

"万里行人",可知诗人是在奔往西川节度使府的路途中。"青野雾销""碧山烟散"写环境的渐变,可见驿路上的烟雾迷茫,而迷雾稍

---

① (唐)韩愈:《此日足可惜赠张籍》,《全唐诗》卷三三七,中华书局,1960年,第3771页。

② (唐)胡曾:《早发潜水驿谒郎中员外》,《全唐诗》卷六四七,中华书局,1960年,第7418页。

散,便急忙在"更漏"时分启程,因为那里有理解他的"大仙"。

文人入幕的原因,主要就是朝中不遇,而希望通过幕府获得更多机遇。有些诗人的诗歌和前文元稹、白居易文以及《唐语林》中所说的通过幕府升迁是可以互相印证的。

文人入幕可以形成文人聚会。我们看一首戴叔伦的《送李审之桂州谒中丞叔》了解一下:

> 知音不可遇,才子向天涯。远水下山急,孤舟上路赊。乱云收暮雨,杂树落疏花。到日应文会,风流胜阮家。①

据此诗可知,才子在朝中不遇,才选择天涯幕府。尽管路途之上孤舟难耐、目的地遥远,而天涯幕府的"到日应文会",既展现了幕府对文人的盛情,也让我们推测到幕府因何成为文人重要的集散地。而因为文人入幕的原因,一些幕府就成为文人团体形成的重要基地。这一问题,留至探讨文人团体的形成时再谈。

四、诗人因出使行走于驿路

在唐朝的行政管理中,还有一批行走于驿路上的诗人,既不是考试、升迁贬谪,也不是入幕,也不是一般意义的递送军情、传宣王命,而是因为出使。他们有的是宣示任职诏命,有的是犒赏三军,有的是观察风土人情,有的是身负外交使命。这些出使者的身份都比较高,文化修养也高,因此大多也可归入文士之列。他们的出使不必快马加鞭,六百里加急或八百里加急,而多为一般的驿路行程,因此有一

---

① (唐)戴叔伦:《送李审之桂州谒中丞叔》,《全唐诗》卷二七三,中华书局,1960年,第3088页。

定闲暇参加馆驿聚会,有一定时间吟诗作句。很多有过出使使命的诗人都留下了他们奉使出行的诗作。仅举两三例。

驿路出使最有名的诗作当推王维的《使至塞上》。

这是大家非常熟悉的一首诗。开元二十五年(737),河西节度副大使崔希逸在青涤西大破吐蕃军,王维以监察御史身份奉使凉州,宣慰将士,察访军情,并就任河西节度使判官。此时的王维虽然对朝廷政局并不满意,但尚未失去信心,因而诗中有浓郁的昂扬激情。诗歌首联的"属国"为用典,因汉朝苏武曾为典属国,唐遂以此指使臣。这里是诗人自指。颔联写边塞人文景观和自然景观,以"汉塞""胡天"点示边域所在,一出一入,既是写自然风物,也隐含着诗人的行程和身在边域的风物特点。颈联是一幅画面,是王维画笔写诗的典范,用圆圈和直线,刻画出大漠独特的风光。但绝不仅仅如此。"孤烟",古代的烽火,用狼粪燃烧,据《埤雅》说,狼烟垂直聚集向上而飞,虽风吹之不斜。烽燧制度,有一柱烟、二柱烟、三柱烟的区别。放一柱烟是平安的象征。大漠孤烟,说明唐人的平安已远至边地,那是大唐军事的傲骄战果,是和平生活的象征。尾联以藏答于问的形式,写唐代北部边域战将的功业。"萧关",故址在今宁夏固原,唐时这里属于边域所在。"候骑",侦察骑兵。"都护",唐朝都护府的长官。"燕然",山名,即今蒙古国境内杭爱山。永元元年(89),东汉大将窦宪大破匈奴于燕然山,勒石记功而还,这显然是借窦宪事,引发了对唐人功业的赞美。诗中以平安的狼烟写边塞将士给国家带来的安宁,而"都护在燕然"既写战争的遥远,又写边将在匈奴腹地为国建立奇功的英雄业绩。辽阔的大漠、无尽的长河、平安的风烟、都护的功业,构成一幅壮阔的英雄功业图,使整首诗充溢着豪迈激昂的气概。

张籍出使时,写有一首句句不离驿传的诗歌《使至蓝谿驿,寄太

常王丞》,诗中写道:

> 独上七盘去,峰峦转转稠。云中迷象鼻,雨里下筝头。水没
> 荒桥路,鸦啼古驿楼。君今在城阙,肯见此中愁。①

诗题告诉我们,诗人出使,因驿路来到蓝谿驿,想念朋友,写下此诗。诗歌首联写蓝谿驿附近的七盘岭峰回路转,颔联写这里云重雨大,颈联接写驿路水灾,尾联直言友人王丞在城楼上居住,当然不了解驿路受水阻的人心中的愁烦。其实是希望王丞关注一下驿路行进的困苦。

中唐诗人窦牟出使江南时,张继为其送行,写有《送窦十九判官使江南》:

> 游客淹星纪,裁诗炼土风。今看乘传去,那与问津同。南郡
> 迎徐子,临川谒谢公。思归一惆怅,于越古亭中。②

诗歌首联预想窦牟所到之地的地理环境可能对其诗歌产生的影响,颔联翻回来写窦牟出使路途上的"乘传"和"问津",颈联以"南郡""临川"为代表,写窦牟所经之地所进行的各种交往,尾联则把窦牟的思归锁定在越地的馆驿古亭。诗歌句句设想窦牟出使江南的种种情形,虽是推想,亦是将来必发生之实情,颇有"我寄愁心与明月,随君直到夜郎西"的深情。

---

① (唐)张籍:《使至蓝谿驿,寄太常王丞》,《全唐诗》卷三八四,中华书局,1960年,第4318页。

② (唐)张继:《送窦十九判官使江南》,《全唐诗》卷二四二,中华书局,1960年,第2719—2720页。

写出使与驿路的诗作在唐诗中有很多,随意拈一些诗题有"奉使"的作品便可见一斑。如卢照邻《奉使益州至长安发钟阳驿》、张九龄《夏日奉使南海在道中作》《奉使自蓝田玉山南行》、宋之问《奉使嵩山途经缑岭》、李峤《奉使筑朔方六州城率尔而作》、杜审言《和李大夫嗣真奉使存抚河东》、苏颋《送贾起居奉使入洛取图书因便拜觐》、王湾《奉使登终南山》、孙逖《和左司张员外自洛使入京中路先赴长安逢立春日赠韦侍御等诸公》、储光羲《酬李壶关奉使行县忆诸公》、刘长卿《奉使至申州,伤经陷没》《送路少府使东京便应制举》《奉使新安自桐庐县经严陵钓台宿七里滩下寄使院诸公》《奉使鄂渚至乌江道中作》、李华《奉使朔方,赠郭都护》、岑参《使交河郡,郡在火山脚,其地苦热无雨雪,献封大夫》、包何《送韦侍御奉使江岭诸道催青苗钱》、窦常《奉使西还早发小涧馆寄卢滁州迈》、窦牟《奉使至邢州赠李八使君》、窦巩《奉使蓟门》、郑审《奉使巡检两京路种果树事毕入秦因咏》……因"奉使"在驿路创作的诗歌很多,仅在《全唐诗》中诗题出现"奉使"二字的就有百余首,写到驿站、驿路、乘驿、乘传、驿程、驿馆的诗作就更多,可见诗人们在驿路的感慨颇多,可见诗歌与驿路关系之紧密。

第二节 驿寄:诗人传递诗书的主要方式

由于"人在旅途"的状况,互相熟悉的诗人们为生存、为发展、为未来,往往天涯海角,各自一方,但从唐代诗文中的信息看,他们之间并不因天遥地远而音信不通,而是经常书来信往,互通消息。其中,通过驿传体系实现诗歌的互来互往是经常的事情,这对于远距离的诗人之间的诗歌往来非常重要,尤其对诗人之间观念、风格的互相影响以及诗人之间的诗艺探讨非常有益。李德辉《唐宋时期馆驿制度及其与文学之关系研究》说：

> 通过书邮而突破地域限制，这就为文学唱和的发展提供了新的可能，创造了新的空间。
>
> 酬寄活动大大缩短了因地域空间而造成的疏离，也拉近了朋友间的心理距离，使他们感到"虽穷达异趣而音英同域……相去回远而音徽如近"（刘禹锡《彭阳唱和集引》）。稳固的唱和关系克服了地域空间的天然隔绝，使他们不论天南地北，心都紧紧相连，"会面必抒怀"，"离居必寄兴，重酬累赠，体备今古"（同前）。①

通过驿传体系实现诗歌的互来互往主要由两类人完成：

一、通过驿吏、邮吏实现

根据笔者查阅的资料，唐代初期驿传管理特别严格，驿传主要为军国传驿服务，非军国之事不得入驿，驿使不准携带私物。盛中唐以后，因为国家财力的增加，驿传建设的完备，职责范围的扩大，驿传也可以传递官员之间的私人书信。因为唐代的官员文化水准相对比较高，唐代又是一个诗歌的时代，故此，很多官员之间的书信来往是以诗代信的，如张九龄《南还以诗代书赠京师旧僚》、宋之问《游陆浑南山自歇马岭到枫香林以诗代书答李舍人適》、李白《以诗代书答元丹丘》、杜甫《得广州张判官叔卿书，使还，以诗代意》、独孤及《得李滁州书以玉潭庄见托，因书春思，以诗代答》、权德舆《酬灵彻上人以诗

① 李德辉：《唐宋时期馆驿制度及其与文学之关系研究》，人民文学出版社，2008年，第312页。

代书见寄》《祗役江西路上以诗代书寄内》、白居易《以诗代书,寄户部杨侍郎,劝买东邻王家》《以诗代书,酬慕巢尚书见寄》等,而这些以诗代信的诗歌,又往往是通过驿吏、邮吏实现的。唐人诗歌反映了这方面的情况。

严维有一首《酬王侍御西陵渡见寄》,就是通过驿使传递书信:

> 前年万里别,昨日一封书。郢曲西陵渡,秦官使者车。柳塘薰昼日,花水溢春渠。若不嫌鸡黍,先令扫弊庐。①

从诗歌反映的内容看,应是王侍御从郢曲西陵渡寄给诗人一封书信,而书信是通过来自秦地的驿使传递而来。诗人有感于对方万里寄书的情义,热诚邀请对方来访,说自己要准备鸡黍饭,还要洒扫厅室以待友人,就像当年的张劭等待范式一般,可见情义殷殷。

杜甫在成都草堂时,弟弟杜观要来成都探望,他高兴至极,但又觉得五弟杜丰没有消息,便写了两首诗代替书信,诗题为《第五弟丰独在江左,近三四载寂无消息,觅使寄此二首》。"觅使"二字,透露了杜甫欲通过驿使给独自在江左生活的五弟杜丰传递思念的信息。

杜牧出使回京,在驿馆时,得到唐州崔司马书信,写有《使回枉唐州崔司马书,兼寄四韵因和》,诗中有"清晨候吏把书来,十载离忧得暂开"句,可见是驿吏将书信交予杜牧的,而杜牧的诗题透露,他自己也是要通过回唐州的使者寄上自己的四韵和诗。

白居易元和十年(815)被贬江州,临行前,写有一篇百韵长诗《代书诗一百韵寄微之》,那时元稹已经被贬通州。白居易正是通过

---

① (唐)严维:《酬王侍御西陵渡见寄》,《全唐诗》卷二六三,中华书局,1960年,第2914页。

驿使传递这封以诗代书的信件的,诗歌的结尾写道:"狂吟一千字,因使寄微之。"也就是说,自己所写的这百韵长诗,要通过使者传递给元稹。由此我们不难想象,白居易和元稹的"通江唱和"绝大多数是通过使者传递的。

白居易和元稹杭州、越州之间的诗词唱和(杭、越唱和)更是典型的通过驿吏实现的案例。大概是因为杭州和越州天气多雨,而元稹和白居易之间的唱和诗歌又很多,所以二人之间的唱和都是通过竹制"诗筒"来传递。白居易《醉封诗筒寄微之》说:

> 一生休戚与穷通,处处相随事事同。未死又邻沧海郡,无儿俱作白头翁。展眉只仰三杯后,代面唯凭五字中。为向两州邮吏道,莫辞来去递诗筒。①

诗歌所说的"两州邮吏",正是官方的驿吏、驿子、邮夫、邮童之类。由此也不难推想,白居易、元稹和崔玄亮之间的三州唱和也是通过此类方式实现的。

韩偓有一首《午寝梦江外兄弟》,诗中说:

> 长夏居闲门不开,绕门青草绝尘埃。空庭日午独眠觉,旅梦天涯相见回。鬓向此时应有雪,心从别处即成灰。如何水陆三千里,几月书邮始一来。②

---

① (唐)白居易著,顾学颉校点:《白居易集》卷二三《醉封诗筒寄微之》,中华书局,1979年,第505页。
② (唐)韩偓:《午寝梦江外兄弟》,《全唐诗》卷六八二,中华书局,1960年,第7818页。

此诗一作《午梦曲江兄弟》，应是诗人被贬为濮州（今山东鄄县、河南濮阳以南地区）司马时期的作品。"曲江"，代指京都。因为盼望身在京都的兄弟的书信，觉得邮吏几个月方始一来，实在是太过漫长了，可见对邮吏盼望之殷，也说明通信是通过邮吏实现的。

元和十一年（816）刘禹锡为连州刺史时，岭南节度使马总寄其著述并诗歌。马总的节度使身份和刘禹锡诗题《南海马大夫远示著述兼酬拙诗，辄著微诚，再有长句。时蔡戎未弭，故见于篇末》都可说明，马总的著述和诗歌，是通过邮驿送达的。

驿吏、驿子、邮吏、邮夫等，都属于驿传体制中的在编人员。进入盛唐以后，在传递书信这方面的管制不像初唐时期那般严格，故而人们能够通过他们传递家书，因此也就能够传递代替书信或为互相沟通而写作的诗歌。也因此，他们对于诗人之间的信息沟通起了相当重要的作用。

二、通过驿路过往乘驿人员实现

由于驿吏、驿子、邮吏、邮夫往往更多承担国家下发公文以及各州府之间的书信往还，远远不能满足人们互相沟通信息的需要，因此，更原始的依靠行人传递书信的方式仍然是诗人之间互相沟通信息的重要渠道。

唐人开放的文化环境给了唐代士子更多的仕进机会，唐代发达的驿传体系也给更多人提供了行驿的方便，因此，驿路之上常常是人来人往，不仅仅驿寄如流星，乘驿之人亦如流星，故此很多的书信往往也能通过相熟的乘驿人员携带。《全唐诗》中显示出的通过行驿之人携带诗书的诗歌数不胜数，仅在诗题中明确标识是行驿之人乘驿之时携带诗书给其他人的作品就有一百五十多首，比如苏颋《春晚送瑕丘田少府还任，因寄洛中镜上人》、杜甫《短歌行，送祁录事归合州，

因寄苏使君》《泛江送魏十八仓曹还京,因寄岑中允参、范郎中季明》
《别崔溥因寄薛据、孟云卿》,岑参《送许子擢第归江宁拜亲,因寄王大
昌龄》、李嘉祐《送窦拾遗赴朝因寄中书十七弟》、刘长卿《逢郴州使,
因寄郑协律》《夏口送长宁杨明府归荆南,因寄幕府诸公》、贾至《别
唐十五诫,因寄礼部贾侍郎》、郎士元《送彭偃房由赴朝因寄钱大郎
中李十七舍人》、卢纶《送张调参军侍从归觐荆南因寄长林司空十四
曙》《逢南中使因寄岭外故人》、司空曙《送况上人还荆州,因寄卫侍
御象》、崔峒《秋晚送丹徒许明府赴上国,因寄江南故人》、杨巨源《送
李虞仲秀才归东都,因寄元李二友》、刘禹锡《送湘阳熊判官孺登府罢
归钟陵因寄呈江西裴中丞二十三兄》《送李策秀才还湖南,因寄幕中
亲故兼简衡州吕八郎中》《洛中逢白监同话游梁之乐,因寄宣武令狐
相公》、白居易《送高侍御使回,因寄杨八》《醉送李协律赴湖南辟命,
因寄沈八中丞》《张十八员外以新诗二十五首见寄郡楼月下吟玩通
夕因题卷后封寄微之》、徐铉《送察院李侍御使庐陵因寄孟员外》等。
这些被送别的人,基本上乘驿而行。"因",即就此,借机会。"因寄"
就是通过这些被送别的人带上自己想要传递的诗歌。

　　这些诗题中所透露的乘驿人员捎带诗书,都是有实事可考的。
如元和十年(815)元稹通过熊孺登给白居易带诗歌事。当时元稹被
贬通州司马,到通州不久即患病,之后到兴元养病。熊孺登,元和年
间进士,拜四川藩镇从事,后罢归钟陵(今江西进贤)老家。熊孺登
罢归钟陵归家之前,曾专门到兴元去看望过元稹。而罢归时要路过
白居易贬所,元稹就通过熊孺登捎给白居易新旧文二十轴。熊孺登
曾在江西洪州路遇白居易,白居易写有《洪州逢熊孺登》可证。

　　白居易贬谪江州期间,曾有很多朋友关切慰问,当有京中使者回
京时,白居易便托入京使者带回了自己的谢诗。如有一首诗题为《京
使回,累得南省诸公书,因以长句诗寄谢萧五、刘二、元八、吴十一、韦

大、陆□郎中、崔二十二、牛二、李七、庾三十二、李六、李十、杨三、樊
大、杨十二员外》：

> 雪压泥埋未死身，每劳存问愧交亲。浮萍飘泊三千里，列宿
> 参差十五人。禁月落时君待漏，畲烟深处我行春。瘴乡得老犹
> 为幸，岂敢伤嗟白发新。[1]

江州距京城三千里，诗中说有十五人慰问白居易，这种慰问，应该也
如白居易托入京使者通过路过江州的乘驿人员捎带而至。

刘禹锡因王叔文永贞改革失败而被贬，曾转任夔州刺史，此间，
曾与熊孺登交好。熊孺登罢归钟陵，刘禹锡有诗相送，并请熊孺登捎
去了自己对裴度的问候，诗题作《送湘阳熊判官孺登府罢归钟陵因寄
呈江西裴中丞二十三兄》，虽有"送湘阳熊判官孺登"，但内容只有几
句是送行，更多的是对裴度的赞美和问候，可知刘禹锡此诗主要是欲
通过熊孺登捎给裴度的。

大历诗人刘长卿在驿路上遇到出使郴州的使者，便托他们捎给
当时任协律郎的朋友一首诗歌，诗题作《逢郴州使，因寄郑协律》。诗
歌写于代宗大历五年（770年）以后，是其任鄂岳转运留后时的作
品，是通过出使郴州的使者捎回京都的。

这一类情况太多了，再列一些诗题佐证。如苏颋《春晚送瑕丘
田少府还任，因寄洛中镜上人》、刘长卿《夏口送长宁杨明府归荆南，
因寄幕府诸公》、岑参《送许子擢第归江宁拜亲，因寄王大昌龄》、李

---

① （唐）白居易著，顾学颉校点：《白居易集》卷一八《京使回，累得南省诸公
书，因以长句诗寄谢萧五、刘二、元八、吴十一、韦大、陆□郎中、崔二十二、牛
二、李七、庾三十二、李六、李十、杨三、樊大、杨十二员外》，中华书局，1979
年，第380页。

嘉祐《送窦拾遗赴朝因寄中书十七弟》、杜甫《短歌行，送祁录事归合州，因寄苏使君》《泛江送魏十八仓曹还京，因寄岑中允参、范郎中季明》、郎士元《送彭偃房由赴朝因寄钱大郎中李十七舍人》、卢纶《送张调参军侍从归觐荆南因寄长林司空十四曙》《逢南中使因寄岭外故人》《夜中得循州赵司马侍郎书因寄回使》、李益《华阴东泉同张处士诣藏律师兼简县内同官因寄齐中书》、司空曙《酬郑十四望驿不得同宿见赠因寄张参军》、崔峒《秋晚送丹徒许明府赴上国，因寄江南故人》、权德舆《奉使丰陵职司卤簿，通宵涉路，因寄内》、刘禹锡《洛中逢白监同话游梁之乐，因寄宣武令狐相公》、白居易《祗役骆口驿，喜萧侍御书至，兼睹新诗，吟讽通宵，因寄八韵》《醉送李协律赴湖南辟命，因寄沈八中丞》、杜牧《除官行至昭应，闻友人出官因寄》、薛逢《送庆上人归湖州因寄道儒座主》、贾岛《处州李使君改任遂州因寄赠》、徐铉《送察院李侍御使庐陵因寄孟员外》等，都是因为有人要乘驿，托乘驿人员将自己的诗歌带给朋友或家人。

　　过往乘驿人员，虽然也是动用国家驿传物资供给食宿、驿马、传车等，但除了他本身所承担的政务外，有很多东西不受驿传规定的约束，比如携带私人物品和私人信件。如此，流星一样的乘驿人员就成为远距离的人们互相交通信息的重要传递者，成为常常以诗代信的唐代人传递诗歌的重要中介，从而为唐诗的当时传播提供了重要的交流渠道。

第三节　驿壁：诗人沟通信息的特有凭藉

　　唐代诗歌的当时传播有驿壁题诗的时尚，可供题壁诗写作的地方有驿壁、驿亭、驿柱、诗板等。当人与人之间的信息不能完全通过邮递的方式完成的时候，奔波于驿路上的诗人们也有他们另一种独特的交流方式,即:通过题壁诗互相了解情况、沟通感情。驿壁题诗因此也就拥有了特殊的交际和传播功能。

一、驿壁:唐代馆驿中特有的文化设施

唐代驿传体系的发达不仅仅体现在驿馆规模的扩大、精美,驿路的四通八达,更体现于其文化功能的增强。唐代馆驿的重要文化标识就是各种各样供诗人书写的粉壁、诗板、廊柱等。仅以墙壁和诗板而言,唐人为题壁诗的书写所提供的便利在书籍中屡屡有见。

墙壁。只要有房子的地方就有墙壁,有墙壁的地方大约就可以书写诗歌,从唐人题壁诗写于墙壁的情况分析,诗人只要诗兴萌生,不拘什么墙壁都可以书写诗歌,但“满墙尘土”的墙壁和“粉壁以待”的墙壁,对诗人而言感觉是完全不同的。“粉壁以待”体现了唐人对诗歌的重视和对诗人题写诗歌的欢迎。

为了给诗人题写诗歌以方便,楼台亭馆到处都有“粉壁”等待诗人题写,馆驿也是如此。《全唐文》卷八二九载有刘咏的《堂阳亭子诗序》:“乃有扶风员外,悉皆留题粉壁,著咏雕梁。隋珠与赵璧相鲜,凤竹共鸾丝迭奏。回锵词律,妙尽精华。乃文苑之仪刑,实翰林之圭臬。”[1] 也就是说,唐人把粉壁留题当成一种惯例,也当成一种文苑盛事。唐代不少文献资料反映了相关情况,仅举几例:

> 仙客诚难访,吾人岂易同。独游应驻景,相顾且吟风。药畹琼枝秀,斋轩粉壁空。不题三五字,何以达壶公。[2]
>
> 昨夜江楼上,吟君数十篇。词飘朱槛底,韵堕渌江前。……

① (唐)刘咏:《堂阳亭子诗序》,《全唐文》卷八二九,中华书局,1983 年,第 8736 页。
② (唐)窦牟:《陪韩院长韦河南同寻刘师不遇》,《全唐诗》卷二七一,中华书局,1960 年,第 3035 页。

交流迁客泪,停住贾人船。暗被歌姬乞,潜闻思妇传。斜行题粉壁,短卷写红笺。①

　　诗楼郡城北,窗牖敬亭山。几步尘埃隔,终朝世界闲。凭师看粉壁,名姓在其间。②

　　每来归意懒,都尉似山人。台榭栖双鹭,松篁隔四邻。进泉清胜雨,深洞暖如春。更看题诗处,前轩粉壁新。③

　　以上几则资料,都可看出,馆驿里一般都会有"粉壁"待诗待画。这种"粉壁",供画家涂抹或诗人题写,常常动辄几十间,成为亭台楼馆里一道靓丽的风景,也鼓励了文人吟诗作赋的雅兴。《全唐文》卷九五八载郑遥之《明月照高楼赋》,赋云:

　　　　及夫高秋廓落,寒夜肃清,四空迥而晃朗,九层屹而峥嵘。列欢宴,会友生,去洞房兮即重屋,灭华灯而临前楹。玉槛连彩,粉壁迷明,动鲍昭(鲍照)之诗兴,销王粲之忧情。④

赋中既反映了粉壁生辉的绚丽景象,也反映出粉壁对诗人诗兴的刺激。《唐文拾遗》卷四九收有怀素《自序帖》云:"语疾速,则有窦御史冀云:'粉壁长廊数十间,兴来小豁胸中气。忽然绝叫三五声,满壁

---

① (唐)白居易著,顾学颉校点:《白居易集》卷一七《江楼夜吟元九律诗,成三十韵》,中华书局,1979年,第350—351页。
② (唐)鲍溶:《宣城北楼,昔从顺阳公会于此》,《全唐诗》卷四八五,中华书局,1960年,第5514—5515页。
③ (唐)姚合:《题大理崔少卿驸马林亭》,《全唐诗》卷四九九,中华书局,1960年,第5679页。
④ (唐)郑遥:《明月照高楼赋》,《全唐文》卷九五八,中华书局,1983年,第9950页。

纵横千万字。'"① 几十间长廊粉壁,多么壮观的景象! 而能够让诗人小豁胸中之气,亦足见长廊粉壁所引发的文人雅兴。

唐人爱诗,并愿为诗人提供粉壁以待书写,有闻大诗人至而粉壁以待题写诗歌的故事,最典型地体现了唐人欢迎壁上题诗的情况。《云溪友议》卷上"巫咏难"条载:

> 秭归县繁知一,闻白乐天将过巫山,先于神女祠粉壁,大署之曰:"苏州刺史今才子,行到巫山必有诗。为报高唐神女道,速排云雨降清词。"②

这则故事的下文交代,白居易并没有按照繁知一的意愿题壁。但有一点是肯定的:唐人愿意为诗人题写提供方便条件。由此可以推想,像繁知一粉神女祠壁以待白居易题诗这一类的故事一定不在少数。

诗板。诗板也是唐人很流行的一种题写传诗的方式,有不少驿馆、寺院专门备有诗板供诗人题写诗歌。《太平广记》卷三一二"刘山甫"条记载:

> 唐彭城刘山甫,中朝士族也。其父官于岭外,侍从北归,舟于青草湖,登岸,见有北方天王祠,因诣之。见庙宇摧颓,香火不续。山甫少有才思,因题诗曰:"坏墙风雨几经春,草色盈庭一座尘。自是神明无感应,盛衰何得却由人。"是夜梦为天王所责,自云我非天王,南岳神也,主张此地,何为见侮? 俄而惊觉,

---

① (唐)怀素:《自序帖》,《唐文拾遗》卷四九,中华书局,1983 年,第 10932 页。
② (唐)范摅:《云溪友议》卷上,《唐五代笔记小说大观》,上海古籍出版社,2000年,第 1263 页。

风浪暴起,殆欲沉溺。遽起,悔过,令撤诗板,然后方定。(出山甫自序)①

题诗的当夜有梦,俄而惊觉,遽起,悔过,令撤诗板,一系列事件发生在夜间和夜起后,而写诗是在头天,可见诗板不是临时赶制,而是寺院原本备有。一个破损的寺庙里尚有诗板,由此可以推知其他寺院亦当备有诗板。

诗板是木料制成的薄板,样式一般是长方形,竖放,有些像我们今天的竖版镜框条幅,今天尚能见到一些古代诗板遗存物或仿制品,放两幅图片可以有直观的感受(见图3-1、图3-2)。

从唐代的文献资料看,准备诗板供诗人题写并非只有寺院,驿馆亭舍亦有准备诗板的习尚。《唐摭言》卷一三《惜名》记载:

> 李建州,尝游明州磁溪县西湖题诗;后黎卿为明州牧,李时为都官员外,托与打诗板,附行纲军将入京。蜀路有飞泉亭,亭中诗板百余,然非作者所为。后薛能佐李福于蜀,道过此,题云:"贾掾曾空去,题诗岂易哉!"悉打去诸板,惟留李端《巫山高》一篇而已。②

李建州"托与打诗板"的行为,说明李建州对诗板传诗的功能认识非常清楚,故欲借诗板传诗,而"亭中诗板百余,然非作者所为"则清楚说明不是作者做好诗板后再题诗其上,那么,一定是有心人为方便诗人题署而准备诗板或诗人题署后为诗人之诗打造诗板。诗人来至

---

① (宋)李昉等编:《太平广记》卷三一二,中华书局,1961年,第2468—2469页。
② (五代)王定保:《唐摭言》卷一三,上海古籍出版社,1978年,第149页。

图3-1　诗板示意图（1）

图3-2　诗板示意图（2）

飞泉亭,倘有诗兴,便可随时在诗板上题写诗歌或题诗后交人制作诗板。唐人的这种为诗人题写提供方便的情况,可从《山西通志》卷二二九采录的一则有趣的记载中获得印证:

> (白居易)曰:"历山刘郎中禹锡,三年理白帝,欲作一诗于此,怯而不为,罢郡经过,悉去诗板千余首,但留沈佺期、王无竞、皇甫冉、李端四章而已。此四章,古今绝唱,人造次不合为之。"①

"诗板千余首",数量相当可观,应该不是临时准备。

既然驿馆长亭有为诗人题诗准备诗板的风尚,诗人也喜欢在诗板上题诗,所以,乘驿的人们每到长亭驿馆,就在馆驿长亭的山石、墙壁、廊柱、诗板上书写诗歌,诗人们常常选择这样的方式公开自己的作品。

唐人很看重题壁。《全唐文》卷四〇五载有张恍《请刻睿宗老子孔子赞元宗颜回赞奏》,奏云:

> 先奉恩敕,令臣校搭(拓)御书《睿宗大圣真皇帝集》,臣伏见集中具载前事赞文,又见孔子庙堂,犹未刊勒,臣窃以为尊儒重道,褒贤纪功,本于王庭,以及天下,一则崇先圣之德,一则纪先圣之文。其兖州孔子旧宅、益州文翁讲堂,经今千有余载,皆未题颂,臣特望搭御书赞文,及陛下所制颜回赞,并百官撰七十二弟子及廿□贤赞,令东都及天下诸州孔子庙堂,精加缮写,御制望令刻石,百官作望令题壁。陛下孝理天下,义冠古今,

---

① 《山西通志》卷二二九,《文渊阁四库全书》,上海古籍出版社,1987年,第550册第757页。

使海内苍生,欣逢圣造,冀敦劝风俗,光阐帝猷。①

　　赞文,是一种有韵的文体形式,是诗歌中的一种形式。张恍请求将御制赞文和百官赞文题壁,可见唐人对题壁的看重。馆驿题壁,来来往往的人更多,更为诗人们看重,因此形成了馆驿题壁的习尚。以下以元稹的题壁情况作为个案进行说明:

　　元稹元和四年(809)三月充剑南东川详覆使,行至骆口驿,有《使东川·骆口驿二首》其一记录骆口驿邮亭壁上题诗情况:"邮亭壁上数行字,崔李题名王白诗。尽日无人共言语,不离墙下至行时。"诗题下有题注:"东壁上有李二十员外逢吉、崔二十二侍御诏使云南题名处,北壁有翰林白二十二居易题《拥石》《关云》《开雪》《红树》等篇,有王质夫和焉。王不知是何人也。"②从"崔李题名王白诗"可以看到唐代诗人在邮亭驿壁书诗的习尚,从元稹"不离墙下至行时"的行为看,邮亭驿壁书诗甚多,可以反映诸多人际交往之情况,因之成为元稹驿路上消磨时间的最好方式。

　　元和五年(810)二月,元稹自东川返回长安,过武关,忆白居易,题诗道旁墙上。冀勤点校本《元稹集》之《使东川》组诗今不存此诗。其后,白居易《武关南见元九题山石榴花见寄》记此事:"往来同路不同时,前后相思两不知。行过关门三四里,榴花不见见君诗。"③元稹又写《酬乐天武关南见微之题山石榴花诗》回赠之:"比

---

① (唐)张恍:《请刻睿宗老子孔子赞元宗颜回赞奏》,《全唐文》卷四〇五,中华书局,1983年,第4145页。

② (唐)元稹著,冀勤点校:《元稹集》卷一七《使东川·骆口驿二首》其一,中华书局,2010年,第222页。

③ (唐)白居易著,顾学颉校点:《白居易集》卷一五《武关南见元九题山石榴花见寄》,中华书局,1979年,第313页。

因酬赠为花时,不为君行不复知。又更几年还共到,满墙尘土两篇诗。"① 元、白交谊深厚,却难得同见,彼此的情感联系,题壁诗成为历史的见证。

元稹元和十年(815)到通州(今四川达州)以后,于江馆柱心见到白居易诗歌,其《见乐天诗》云:"通州到日日平西,江馆无人虎印泥。忽向破檐残漏处,见君诗在柱心题。"② 元稹在辽远的通州发现"破檐残漏"之处,竟然还存有他人题写的白居易的诗,可见题写他人诗歌的并不仅仅是元、白等少数诗人。白居易知其事后,亦有一诗,题曰《微之到通州日,授馆未安,见尘壁间有数行字,读之,即仆旧诗……然不知题者何人也……》,而题写的这首"旧诗",竟然是白居易早年写阿软的诗歌,是白氏"十五年前初及第时,赠长安妓人阿软绝句",白居易因此而"缅思往事,杳若梦中,怀旧感今,因酬长句"。诗中的"偶助笑歌嘲阿软,可知传诵到通州。昔教红袖佳人唱,今遣青衫司马愁。惆怅又闻题处所,雨淋江馆破墙头"③,是白居易对他人题写自己诗歌并助传诵的万千感慨。

元和十年(815),元稹由江陵赴京,至蓝桥驿,题诗于柱,留呈刘禹锡、柳宗元、李景俭。诗名《留呈梦得、子厚、致用》(题蓝桥驿)。后白居易见到此诗,白集中有《蓝桥驿见元九诗》,诗题后小字云"江

---

① (唐)元稹著,冀勤点校:《元稹集》卷二一《酬乐天武关南见微之题山石榴花诗》,中华书局,2010年,第270页。

② (唐)元稹著,冀勤点校:《元稹集》卷二〇《见乐天诗》,中华书局,2010年,第257页。

③ (唐)白居易著,顾学颉校点:《白居易集》卷一五《微之到通州日,授馆未安,见尘壁间有数行字,读之,即仆旧诗。其落句云:"渌水红莲一朵开,千花百草无颜色。"然不知题者何人也。微之吟叹不足,因缀一章,兼录仆诗本同寄省。其诗乃十五年前初及第时,赠长安妓人阿软绝句。缅思往事,杳若梦中,怀旧感今,因酬长句》,中华书局,1979年,第310页。

陵归时逢春雪",诗云："蓝桥春雪君归日,秦岭秋风我去时。每到驿亭先下马,循墙绕柱觅君诗。"① 元、白交谊深厚,人所共知,白居易"每到驿亭先下马,循墙绕柱觅君诗"的举动,一方面说明元稹习惯于在邮亭驿壁上书写诗歌,另一方面也说明白居易深悉元稹习惯,而作为至交朋友,如能在旅途寂寞时看到其诗歌,自然会在精神上获得极大安慰和享受。

　　元和十二年(817),元稹自兴元养病好后回通州,路过阆州,游开元寺,题白居易诗于壁:"忆君无计写君诗,写尽千行说向谁。题在阆州东寺壁,几时知是见君时。"② 可见题写友人诗的风尚。同年冬天,白居易也思念元稹,并书写元稹诗歌于屏风以慰思念,白居易记此事云:"(元稹寄来之诗歌)虽藏于箧中永以为好,不若置之座右,如见所思。由是掇律句中短小丽绝者,凡一百首,题录合为一屏风……因题绝句,聊以奖之。"③

　　唐宪宗元和八年(813),武元衡从西川还京,复宰相位,经过百牢关时,题诗《元和癸巳余领蜀之七年奉诏征还二月二十八日清明途经百牢关因题石门洞》,诗中表达了"昔佩兵符去,今持相印还"的感慨,有郑馀庆、赵宗儒和之,分别为《和黄门相公诏还题石门洞》《和黄门武相公诏还题石门洞》,以表示祝贺之意。

　　乘驿之时,在驿馆歇息,没有更多的文化消遣,题壁几乎成为元稹特有的乘驿中的文化生活,可见馆驿题诗对乘驿的诗人们而言有

① (唐)白居易著,顾学颉校点:《白居易集》卷一五《蓝桥驿见元九诗》,中华书局,1979年,第312页。

② (唐)元稹著,冀勤点校:《元稹集》卷二○《阆州开元寺壁题乐天诗》,中华书局,2010年,第260页。

③ (唐)白居易著,顾学颉校点:《白居易集》卷一七《题诗屏风绝句》,中华书局,1979年,第361页。

多重要。而在唐代,像元稹这样的官员兼诗人双重身份的人,实在是
太多了,所以唐代的题壁诗留存很多。据刘洪生编著之《唐代题壁
诗》共选唐代题壁诗八百四十一首①,其中相当一部分与驿馆有关,
由此可见驿壁题诗之风尚。

二、驿壁诗:士人沟通信息的特有方式

刘洪生编《唐代题壁诗》收唐人题壁诗八百四十一首,作者
三百二十四人,数量相当可观。但这远非唐代题壁诗的全部。事实
上,几乎每一位唐代诗人都有题壁诗。《全唐诗》共收作者两千二百
多人,故此,无论作者还是诗歌的数量,刘编著作都与唐人题壁诗相
去甚远。由此也可以推想,唐代馆驿题壁诗也应有大量作品,只是由
于馆驿题壁诗的保存形态不能太长久和一些其他方面的原因,我们
今天能够看到的馆驿题壁诗只几百首而已。从有些资料中透露的馆
驿驿吏坚请题壁或题诗诗板的情况看,馆驿题壁诗是唐代馆驿最令
人瞩目的文化现象。从某种意义上说,唐代馆驿题壁诗的较多存在,
应归功于唐人馆驿为诗人题诗于壁所提供的方便。

驿站题壁,与私藏于自己诗卷中的诗歌不同,它是一种公开的出
版方式。诗歌一旦题壁,它就不由诗歌作者控制,而是通过其他乘驿
人员的阅读产生其特有的文化价值,成为唐人诗歌交流中一道靓丽
的风景。

(一)了解馆驿题壁诗作者的情况

诗歌,往往是有感而发的成果。馆驿题诗,说明诗作者一定经过
此地,也说明诗人在此地一定有所怀、有所想,它是诗人反映自己乘
驿状况的最直接也最真实的作品,因此,很多乘驿的诗人都把馆驿

---

① 刘洪生:《唐代题壁诗》,中国社会科学出版社,2004 年。

题壁诗当作了解对方近况的重要途径,所谓"每到驿亭先下马,循墙绕柱觅君诗"(白居易),可见驿站题壁诗在唐代诗人心目中的重要地位。

通过阅读题壁诗,可以了解自己所关心的题壁诗作者的相关情况。比如曾任宰相的武元衡,在经过善阳馆时写有一首《单于罢战却归,题善阳馆》,透过诗题我们知道,诗人曾经出征,单于罢战,经过善阳馆,武元衡心情安闲,题写此诗。从诗中透露的情绪看,诗人似乎对单于罢战非常满意,一句"每闻胡虏哭阴山",可以体味到武元衡对自己五年边关功业的得意。

元和五年(810),元稹自东川返回长安过武关,思念白居易,写有一首题壁诗。后元和十年(815)白居易被贬江州,在武关南见到此诗,感慨万千,因有《武关南见元九题山石榴花见寄》,诗中的"往来同路不同时"说明二人在不同时间经过了同一条驿路,元稹写诗时,正是榴花似火的季节,白居易经过的时候,已经是秋月,正是榴花开过子满枝的时候,所以,他没有见到元稹诗中描写的石榴花,只看到了那一题题壁诗。此诗,反映了同在一条驿路上行进,却因季节不同不能相遇、也不能见同样景致、体会同样心情的遗憾。

长庆四年(824),白居易杭州任职时满,除太子左庶子,分司东都,赴洛路上,再次经过曾经的贬谪地江州。站在江州郡楼,诗人感慨万千,题诗《重到江州感旧游,题郡楼十一韵》。从诗中我们可以知道,白居易已经在杭州任满三年时间,江州郡楼写诗的这天,诗人醉于临江楼。

唐敬宗宝历元年(825),白居易由太子左庶子分司东都授苏州刺史,三月二十九日出发,秋到苏州。几年来的行程、所到之地、到时的时间以及自己的形貌变化,都可从他的《九日宴集,醉题郡楼,兼呈周、殷二判官》中感受到。比如诗中有这样几句:"前年九日馀杭郡,呼宾命宴虚白堂。去年九日到东洛,今年九日来吴乡。两边蓬鬓一时白,三处菊花同色黄。"

通过驿壁诗,可以了解作者行踪和近况,是唐代的"白居易"们"每到驿亭先下马,循墙绕柱觅君诗"的重要原因之一。

(二)了解驿壁诗创作的特定情境

馆驿题壁,作为唐人题壁诗中的重要组成部分,其发生情况、创作情景,是当时社会文化生活的清晰再现。这些创作情形,为我们勾画了当时诗歌创作的真实情境,对我们阐释诗歌创作的背景、情感特征等,提供了重要依据。

独自在馆驿题壁。唐代的读书人有题壁的习惯,往往不拘何处,兴致一来,便在墙壁、亭柱、山石、诗板上题诗。这种题诗,很多时候完全是灵光突现、兴之所至。如李骘归涔阳时,取道无锡,路过惠山寺,在寺中留滞读书,竟在惠山寺屋壁题诗几百首,颇为壮观,号为"凡言山中事者,悉记之于屋壁"①。中唐时期,与白居易、刘禹锡、张籍等友善的元宗简也即元八,其成名得自于偶然书写于邮亭上的诗歌:

> 八元,睦州桐庐人。少喜为诗,尝于邮亭偶题数语,盖激楚之音也。宗匠严维到驿,见而异之,问八元曰:"尔能从我授格乎?"曰:"素所愿也。"少顷遂发,八元已辞亲矣。维大器之,亲为指谕,数岁间,诗赋精绝。大历六年王淑榜第三人进士。②

元宗简题于邮亭的诗歌引起了严维的注意,严维就决定亲自传授其

---

① (唐)李骘:《题惠山寺诗序》,《全唐文》卷七二四,中华书局,1983年,第7453页。
② (元)辛文房著,傅璇琮主编:《唐才子传校笺》卷四,中华书局,1987年,第2册第109—110页。

诗赋,以助其成名,而元宗简也颇重视,立马与亲人告别,跟随严维,故能很快达到"诗赋精绝"的境界。

柳宗元被贬永州司马,后被召回,行至临川驿,感慨万千,题诗于壁,诗名《北还登汉阳北原题临川驿》:

> 驱车方向阙,回首一临川。多垒非余耻,无谋终自怜。乱松知野寺,余雪记山田。惆怅樵渔事,今还又落然。①

诗歌说"多垒非余耻",可见柳宗元始终认为自己参与永贞革新并不后悔,而"无谋终自怜"是说自己没有自我保护的本领,只能自我怜惜。现在,因为驿路独行,回首往事,好不容易已经形成的"孤舟蓑笠翁,独钓寒江雪"的心态,又要因为"向阙"而化为泡影了。这样一种心境,在乱松、野寺间,只有向壁而说了。

刘禹锡晚年出任苏州刺史之时,路过敷水驿,写有《途次敷水驿伏睹华州舅氏昔日行县题诗处潸然有感》:

> 昔日股肱守,朱轮兹地游。繁华日已谢,章句此空留。蔓草佳城闭,故林棠树秋。今来重垂泪,不忍过西州。②

诗题告诉我们诗人驿路取道的情况,也告诉我们,刘禹锡母家在华州,其舅舅曾任敷水县令,有题壁诗存留,而今,舅舅已逝,见舅舅题壁诗,诗人伤感满怀。

---

① (唐)柳宗元:《北还登汉阳北原题临川驿》,《全唐诗》卷三五一,中华书局,1960年,第3933页。
② (唐)刘禹锡:《途次敷水驿伏睹华州舅氏昔日行县题诗处潸然有感》,《全唐诗》卷三五八,中华书局,1960年,第4043页。

晚唐时期的温庭筠,行经马嵬驿西侧的望苑驿,题诗于壁,诗名《题望苑驿》,题下小注:"东有马嵬驿。西有端正树,一作相思树。"诗云:

> 弱柳千条杏一枝,半含春雨半垂丝。景阳寒井人难到,长乐晨钟鸟自知。花影至今通博望,树名从此号相思。分明十二楼前月,不向西陵照盛姬。①

从诗歌的内容看,诗歌属于写景怀古。小注中没有交代其他,应是独自行驿,而在驿馆中能够遥想东侧的马嵬驿和西侧的相思树,可知没有更多的其他交往活动,属于独自在馆驿吟咏题壁。

应邀在馆驿题壁。唐代馆驿中的驿吏和驿子的整体文化素质并不是很高,但唐代整个社会对诗歌的推崇也影响了他们的文化趣味,驿馆中往往备有粉壁和诗板,供诗人题咏,而且唐人以此为美谈,津津乐道,如《全唐文》卷八二九载刘咏《堂阳亭子诗序》云:

> 其东亭也,地压上流,名居胜境。傍依古堞,下瞰平原。罗物象于檐楹,簇江山于左右。一川风景,随朝暮以长新。四面烟花,逐炎凉而各异。至若春草碧,春波清,云乍合,雨初晴,风飏柳花汀鹭起,棹穿荷叶浦鱼惊。此景也,桃源金谷,谬得其名。又若秋蓼红,秋水绿,菡萏香,凫鸥浴。陌上人歌陇首词,月中渔唱江南曲。此时也,青草洞庭,比之不足。故得兰台俊彦,蓬岛神仙。或因税驾之饮,竞纵临川之赏。乃有扶风员外,悉皆留题粉壁,著咏雕梁。隋珠与赵璧相鲜,凤竹共鸾丝迭奏。回锵词

---

① (唐)温庭筠:《题望苑驿》,《全唐诗》卷五七八,中华书局,1960 年,第 6721 页。

律,妙尽精华。乃文苑之仪刑,实翰林之圭臬。①

　　"堂阳",指堂阳县,汉代所置县,属钜鹿郡,唐朝属冀州,县治在今河北新河县城关。堂阳亭子,即县属驿亭。亭子里有粉壁,扶风员外即将歌咏题于粉壁,被视为"文苑之仪刑",也即文苑之典范。

　　但诗人并不一定时时都有诗兴,到馆一定题壁。大约是为了丰富馆驿的文化生活,也为了提升馆驿的文化品位,有的时候,一些驿吏或驿子会主动邀请诗人创作题壁诗,前文所言秭归知县繁知一邀请白居易写诗就是一典型案例。再比如,晚唐诗人郑仁表很有才学,诗名彰于两京,所过之地,驿吏多知其名,一次,经过沧浪峡,"憩于长亭",驿吏便乘机"坚进一板"请其题诗,而郑仁表也不好推辞,就在诗板上挥笔成诗,满足了驿吏的要求。

　　集体在馆驿题壁。唐代馆驿的功能多样化,使得唐人有机会经常在馆驿宴聚,而馆驿拥有的粉壁和诗板,也为宴聚题壁诗提供了条件。因为集体题壁的活动时常可见,故此时有将题壁盛会公之于世之事。比如杜甫晚年飘泊时,写有《巫山县汾州唐使君十八弟宴别,兼诸公携酒乐相送,率题小诗,留于屋壁》,诗题交代得非常清楚,诸公相送,杜甫也一同写有一首自认为比较随意的诗歌,题于屋壁。又如唐穆宗时期,太子宾客韦绶致仕归,武元衡和诸同僚在京西望苑驿饯送韦绶,在场十余人的唱和诗,均题壁于望苑驿驿壁,《全唐诗》载有武元衡《韦常侍以宾客致仕,同诸公题壁》:

　　　　孤云永日自徘徊,岩馆苍苍遍绿苔。望苑忽惊新诏下,彩鸾

---

① （唐）刘咏:《堂阳亭子诗序》,《全唐文》卷八二九,中华书局,1983 年,第 8736 页。

归处玉笼开。①

这首诗情深意长,可见武元衡对韦绶致仕的不舍。不过,在本节小标题下我们不探讨此诗的情感,我们关注其"集体题壁"的情况。"诸公",说明为韦绶送别的有不少人。而这么多人题壁送别韦绶,也是一种令人动容的场面,何况武元衡的诗写得情真意切,那种对人生的惊惧之感跃然纸上。又如李商隐的《奉同诸公题河中任中丞新创河亭四韵之作》:

> 万里谁能访十洲,新亭云构压中流。河鲛纵玩难为室,海蜃遥惊耻化楼。左右名山穷远目,东西大道锁轻舟。独留巧思传千古,长与蒲津作胜游。②

诗歌仅仅是因为河亭竣工,而河亭正是水驿驿亭。"诸公"说明是有很多人都为此河亭写诗。

这种活动,相当于我们今天有什么庭院寺庙落成,请名人题联、题字之类,有很大应酬的因素。比如李商隐的这首诗即是奉命之作、应酬之作,没有调动起诗人的创作激情,艺术价值并不高。当然并不是所有的都缺少价值,像武元衡那首诗,就很感动人。

(三)了解乘驿人员的孤独和寂寞

由于有各种各样的送别、招饮、宴聚活动,馆驿生活有时候热闹纷繁,但绝不是日日如此,夜夜如此,更多的时候,乘驿人员在驿馆中

---

① (唐)武元衡:《韦常侍以宾客致仕,同诸公题壁》,《全唐诗》卷三一七,中华书局,1960年,第3576页。

② (唐)李商隐:《奉同诸公题河中任中丞新创河亭四韵之作》,《全唐诗》卷五四一,中华书局,1960年,第6230页。

的生活是孤独寂寞、无聊难耐的。由于乘驿受时间限制，不准疾驰，到驿歇马，怎样消遣漫漫长夜，怎样打发孤独时间，就成为乘驿的唐代士人共同面临的话题。有的人是在馆驿附近的自然景观或历史遗迹处流连，有的人则是在馆驿里观看驿壁题诗。如元稹的《使东川·骆口驿二首》其一：

> 邮亭壁上数行字，崔李题名王白诗。尽日无人共言语，不离墙下至行时。①

元稹在出使东川时，行至骆口驿，却是"尽日无人共言语"，所以即以阅读"邮亭壁上数行字"作为自己的文化生活，一直到乘驿出发。诗歌道尽了题壁诗在乘驿诗人的孤独寂寞之时所起的作用，而乘驿人员阅读题壁诗就成为重要的文化消遣方式。

白居易游览感化寺时，也是伫立粉壁许久，有《感化寺见元九、刘三十二题名处》，诗中除了交代元稹已经贬谪千里之外，还知道刘太白已经有十一年不曾再到感化寺。而白居易阅读元稹和刘太白的题壁诗，是在"尘埃壁上破窗前"，可见感化寺的破败不堪，由此也知白居易在感化寺时孤独寂寞，只能以读题壁诗作为一种消遣。他的另一首题壁诗《往年稠桑曾丧白马，题诗厅壁，今来尚存，又复感怀，更题绝句》："路傍埋骨蒿草合，壁上题诗尘藓生。马死七年犹怅望，自知无乃太多情。"②说明诗人在经过自己曾经居住的丧失白马的驿馆时，也阅读题壁诗。也正是有此活动，才发现自己往年的题壁诗仍在。

---

① （唐）元稹著，冀勤点校：《元稹集》卷一七《使东川·骆口驿二首》其一，中华书局，2010年，第222页。

② （唐）白居易著，顾学颉校点：《白居易集》卷一五《往年稠桑曾丧白马，题诗厅壁，今来尚存，又复感怀，更题绝句》，中华书局，1979年，第728页。

温庭筠过怀贞亭时,写有一首《题崔公池亭旧游》,是一首题壁诗,见出宿馆时的孤独和寂寞:

> 皎镜方塘菡萏秋,此来重见采莲舟。谁能不逐当年乐,还恐添成异日愁。红艳影多风袅袅,碧空云断水悠悠。檐前依旧青山色,尽日无人独上楼。①

从诗中所写的景物看,怀贞亭附近景色不可谓不美,又是方塘荷影,又是采莲小舟,然而,作为行旅中的看客,诗人却感到了无人相伴的寂寥。一句"尽日无人独上楼",写尽了馆驿生活的单调和无聊。

（四）了解乘驿人员间的情感交流

由于官场生活的必须,很多人常年奔走驿路,朋友之间常常天南地北,即使可能都在乘驿,也可能你向东他向西。通讯的极其不发达,使得唐人之间的信息交流受到极大限制。在特定的环境下,唐人能够想出自己独到的交流方式,通过题壁诗实现乘驿人员之间的交流就是一种非常聪明的方式。馆驿题壁,是公开的,只要题壁诗作者关注的人因事到达这里,就能够获得这里的信息。或者,只要乘驿人员遇到题壁诗所关注的人,就有可能将信息传递给他,使得与题壁诗相关的人员能够在彼此未曾谋面、未与对方互通音讯、不知对方情况时,尽快了解到所关注的人的情况。

元和五年（810）二月,元稹自东川返回长安,过武关,忆白居易,题诗道旁墙上。《元稹集》有《感石榴二十韵》,未知是否指此诗。其后,白居易《武关南见元九题山石榴花见寄》记此事:"往来同路不同

---

① （唐）温庭筠:《题崔公池亭旧游》,《全唐诗》卷五七八,中华书局,1960 年,第 6723 页。

时,前后相思两不知。行过关门三四里,榴花不见见君诗。"① 元稹集中则有《酬乐天武关南见微之题山石榴花诗》回赠白居易："比因酬赠为花时,不为君行不复知。又更几年还共到,满墙尘土两篇诗。"②

元和十年(815),元稹由江陵赴京,至蓝桥驿,题诗于柱,留呈刘禹锡、柳宗元、李景俭。诗名《留呈梦得、子厚、致用》,又名《题蓝桥驿》。后白居易见到此诗,白集中有《蓝桥驿见元九诗》,诗题小注:"江陵归时逢春雪。"诗云:"蓝桥春雪君归日,秦岭秋风我去时。每到驿亭先下马,循墙绕柱觅君诗。"白居易的行为,是一种感情上的需要,他与元稹情深谊厚,每每看到元稹的题壁诗作,就感觉见到了元稹本人,正所谓"代面唯凭五字中"。

刘禹锡曾经善谑驿,有《题淳于髡墓》。柳宗元经过此地,见到刘禹锡题诗,作《善谑驿和刘梦得酹淳于先生》。两首诗歌无论内容还是艺术,均无特别值得推崇处,但两个人对淳于髡的认识和因之而互有酬和,正是刘、柳友谊的需要。

在交流很难实现且浪费时间的时代,通过馆驿题壁诗传递信息,在一定程度上满足了交流的需要,这是特定时代的行之有效的方法。突然想起过去的岁月,曾经在火车站的留言板上见到"××,我乘××车到××地,我们在××地××旅馆等你"的留言条,千载而下,这种方法仍在一定程度上实现着人们彼此交换信息的价值。

三、驿壁题诗的传播学价值

中国的雕版印刷可能出现于唐太宗时期,但雕印诗文则是五代

① (唐)白居易著,顾学颉校点:《白居易集》卷一五《武关南见元九题山石榴花见寄》,中华书局,1979 年,第 313 页。
② (唐)元稹著,冀勤点校:《元稹集》卷二一《酬乐天武关南见微之题山石榴花诗》,中华书局,2010 年,第 270 页。

和宋以后的事情。也就是说,唐人的诗文集在唐代基本上没有以雕版印刷的方式公开出版。因此,唐代的题壁诗就是唐代诗歌的一种特有的出版发行形式。虽然题写的地方是固定的,但来来往往的人却是不固定的,因此,题壁诗的阅读者们所观看到的是同一个版本的文字内容。这种"出版形式",提供的是一种可供众人同时或不同时、反复、长久阅览同一种文字的出版形式,相当于现代书籍的第一版。人们要想确认诗歌的原始风貌,保存的题壁诗可信度最大。

诗板是题壁诗的另一种形态,可视为比题壁本身更好的一种传播方式。胡震亨《唐音癸签》:

> 或问:"诗板始何时?"余曰:"名贤题咏,人爱重,为设板。如道林寺宋、杜两公诗,初只题壁,后却易为板是也。"又问:"今名胜处少有宋、杜句,而此物正不少,奈何?"余曰:"亦有故事。刘禹锡过巫山庙,去诗板千,留其四。薛能蜀路飞泉亭,去诗板百,留其一。有此辣手,会见清楚在。"①

胡震亨明确指出了诗板的传播价值是因为"名贤题咏,人爱重,为设板",说明不是诗人准备诗板,而是喜爱"名贤题咏"的人们为诗人准备之。

(一)驿壁诗的初始扩散方式:放射性扩散

驿站,是奔波于驿路上的诗人们得以喘息停歇的落脚点,旅途的劳顿、升迁的感慨、思家的情怀,使得他们心潮起伏,而这得以栖息的落脚点给了他们抒情的机会,成为他们抒情的场所。而从传播条件讲,驿馆不仅有粉壁、亭柱,甚至还有专备的诗板以备诗人书写诗歌。当诗人们诗兴涌动时,他们可以尽情地题诗于馆壁、亭柱或诗板。

---

① (明)胡震亨:《唐音癸签》卷二九,上海古籍出版社,1981年,第305页。

题写的诗歌，内容丰富多彩，有专门以驿站为诗题的作品，如前文所举杜甫、元稹、白居易等人以驿站为诗题的诗作，也有写思乡恋家、羁旅情怀的作品，还有就是书写其他诗人的诗作。本节开头所举元和十年（815）元稹在通州江馆柱心发现的白居易诗，应该是白诗的爱好者所题。元和十二年（817），元稹从兴元养病回通州，路过阆州，游开元寺，思念白居易，遂题白居易诗于壁，还写有《阆州开元寺壁题乐天诗》诗记录此事："忆君无计写君诗，写尽千行说向谁。题在阆州东寺壁，几时知是见君时。"① 元稹题诗的行为，既是一种思念的方式，也是一种传播的手段。对于这一点，元稹是十分清楚的，其《白氏长庆集序》曰：

> 然而二十年间，禁省、观寺、邮候、墙壁之上无不书，王公、妾妇、牛童、马走之口无不道，至于缮写模勒，衒卖于市井，或持之以交酒茗者，处处皆是。②

这"禁省、观寺、邮候、墙壁之上无不书"中的"邮候"，指小型的馆驿，正可说明驿站是重要的诗歌传播源之一。

驿站作为交通要道，来往人员繁杂，人员阶层不一，去向四面八方，他们在驿站休闲时欣赏诗歌，倾听与这些诗歌有关的故事，有意或无意间将书写于驿馆亭壁的诗歌带往四面八方。如此，唐代诗人在迁徙流转的过程中于驿亭邮壁所写之自己的或友人的诗作，即以驿站为传播源，成辐射状态广为传播，驿站便成为诗歌的中转站，发

---

① （唐）元稹著，冀勤点校：《元稹集》卷二〇《阆州开元寺壁题乐天诗》，中华书局，2010 年，第 260 页。
② （唐）元稹著，冀勤点校：《元稹集》卷五一《白氏长庆集序》，中华书局，2010年，第 641—642 页。

挥出强大的传播功能,成为重要的诗歌集散地。

（二）驿壁诗的再次扩散方式:水流性扩散

题壁诗,因为是书诗在壁,具有固定性和不可复制性。题壁诗题写于墙壁、山石、廊柱、诗板,一般是不移动的。诗板当然可以移动,但一般是哪里的诗板保存在哪里,本质上仍然是不能移动。因此,题壁诗"出版"后的状态一般情况下是静止的,即:它不会离开它的出版地,不会像印本诗文那样到处流传。但其仍有再次传播的传播学价值。

就像上文所说,驿壁诗可以被来到驿壁诗所在的地方的人们带向四面八方,这样一来,就可能形成驿壁诗的二次传播、三次传播等。也就是说,"出版"虽然是静止的,但阅读题壁诗的人是流动的,"经过"是阅读题壁诗的人们的生存状态,他们必然要离开这个暂时的栖息之所,而对于自己爱不释目的诗作,抄写就成为一种必然。这些读者,"经过"并抄写题壁诗之后,这些题壁诗的传播方式就发生了变化,由不动而动,其传播形态是以题壁诗所书写的地方为传播源,以阅读题壁诗的读者为传播辐射线,由阅读者带往所去之地。如同流水,"经过"者流向哪里,驿壁诗就可能被传播到哪里。

（三）驿壁诗传播的文本特点:固定和唯一

文学传播有印本以后,文本依据可以同时拥有多个印本,这一版的文字自然是固定的,但不是唯一的,读者可以通过多种渠道获得同一版本的本子。但题壁诗不一样。题壁诗是固定在某处墙壁上,只有这一个本子,故其文本特点是固定的,传播标准是唯一的。阅读者所阅读的是"同一个地点同一个版本"的文字形态,除非作者重回题壁诗所在地进行修改或他人有意修改。这一特定位置的特定版本,是阅读者共同拥有的,公开的,唯一的,如果在传播中出现"版本争议",传播源也就是题壁诗的存在之所即是最标准的校对样本。

（四）驿壁诗的作者传名特点：显性且长久

以题壁诗传名，是喜诗爱诗的唐人的一种很重要的宣传手段，而且能够将题壁诗长久保存的，往往也是那些名流佳贤的墨迹。徐黄《塔院小屋，四壁皆是卿相题名，因成四韵》："雁塔挽空映九衢，每看华宇每踟蹰。题名尽是台衡迹，满壁堪为宰辅图。鸾凤岂巢荆棘树，虬龙多蛰帝王都。谁知远客思归梦，夜夜无船自过湖。"[①] 从"台衡迹""宰辅图"可以看到，人们愿意留存的题壁诗，都是一些成名者的诗作，可见题壁诗的传名性质和留名性质。

唐人非常重视这样一种传名方式，比如白居易，其《宿张云举院》就说自己"棋罢嫌无敌，诗成愧在前。明朝题壁上，谁得众人传"。还未题壁，先就担心题壁后的结果，可见多么重视。

唐人喜欢题壁，驿馆拥有题壁诗的创作条件，故而馆驿题壁诗作为一种特有的文化现象得到了唐人的认可。很多行走在驿路上的人，在寂寞的馆驿生活中以阅读馆驿题壁诗为消遣，形成了"循墙绕柱觅君诗"和寻找诗板读诗的风习，所谓"公斋一到人非旧，诗板重寻墨尚新"[②] "得意却思寻旧迹，新衔未切向兰台。吟看秋草出关去，逢见故人随计来。胜地昔年诗板在，清歌几处郡筵开。江湖易有淹留兴，莫待春风落庾梅"[③]，说明题壁诗在乘驿人员的寂寞馆驿生活中所起的作用。当乘驿人员把寻找题壁诗作为一种游赏的内容时，馆驿题壁诗便通过人们的游览观赏传播开来，诗人的诗名也便随之

---

① （唐）徐黄：《塔院小屋，四壁皆是卿相题名，因成四韵》，《全唐诗》卷七〇九，中华书局，1960年，第8159页。

② （唐）高璩：《句》，《全唐诗》卷五九七，中华书局，1960年，第6908页。

③ （唐）郑谷：《送进士吴延保及第后南游》，《全唐诗》卷六七六，中华书局，1960年，第7744页。

流播四方。刘禹锡《洛中寺北楼见贺监草书题诗》便是这样一首典型的总结题壁诗传名价值的诗作：

> 高楼贺监昔曾登,壁上笔踪龙虎腾。中国书流尚皇象,北朝文士重徐陵。偶因独见空惊目,恨不同时便伏膺。唯恐尘埃转磨灭,再三珍重嘱山僧。[1]

诗中前两句点出贺知章的草书题壁诗,接着两句"中国书流尚皇象,北朝文士重徐陵"意在说明,显示着书法水平的题壁诗是颇为人重视的,而且,因为怕这题壁诗时间久了会被磨灭,刘禹锡再三嘱咐寺僧一定要好好保存。刘禹锡的这一行为,一方面是要保存贺知章的墨迹,另一方面也是要贺知章像北朝著名文士徐陵一样的文名得以长久流传。

---

[1] (唐)刘禹锡:《洛中寺北楼见贺监草书题诗》,《全唐诗》卷三五九,中华书局,1960年,第4051—4052页。

第四章　唐人驿路传诗的具体方式

唐诗在唐代的传播渠道很多,诸如秘府的汇集与传播、音乐机关的汇集与传播、达官显贵的汇集和传播、文人的聚会与传播、民间的传抄、书肆的贩卖等,而驿路传播是重要渠道之一。这一章,侧重于驿传在唐诗当时传播中的实现方式的描述,旨在探讨唐人在当时怎样因驿传而传播诗歌,并使诗歌成为当时社会风行的文化现象。

第一节　驿路士人携诗行:驿路传诗方式之一

行走在驿路上的人们,往往携诗而行。我们的问题是:他们携带什么人的诗歌?为什么要携带这些诗歌?

这与行走在驿路上的乘驿者的身份直接相关。行走在驿路上的人主要有四种:驿使、升迁贬谪的官员、进京赶考或落第还乡的士人、升迁贬谪官员的允带家人。在这四种人中,最可能实现驿路携带诗卷的是第二类和第三类。他们可能携带的诗卷和诗歌有这样几类:

一、临行前送别乘驿人的送别诗

唐人重视出行,出行之时,往往会有饯行的宴会,尤其是升迁贬谪的官员、进京赶考或落第还乡的士人,常常有同僚、同学、好友、亲人为其举行饯行宴会。喜诗能诗的唐人不屑于站在大路边,闲话而已,挥别而已,而一定要写诗赠别,所谓"彼瞻望伫立,壮夫耻之,非歌诗莫足以赠"①,反映了唐人送别时的共同心态,所以一般会写作一些送别诗,"赋诗赠行",让行驿之人带在身边,"以慰遐心"。《全唐文》中,有很多诗序,都是送别时产生,从这些诗序交代的情形看,大都是很多人共同写作送别诗,然后由一人作序,编成诗卷,交由驿路行人带在身边。以下罗列几位诗人的诗序,以证明此言不虚:

宋之问《送怀州皇甫使君序》:

> 甸服三百里,共京都参化;良吏二千石,与天子分忧:覃怀奥区,必寄能者。皇甫使君,累司宠职,凤著香名,威惠历刺于外台,风流载款于京国。议者应南宫之象,实谓光朝;使乎奏西河之能,更劳为郡。襜帷即路,供帐出郊,宿雨碧滋,浮汉城之气色;朝阳红景,入太山之草树。新丰美酒,不换离心;函谷重关,能摇别恨? 河内未理,暂借寇恂;颍川既辑,伫归黄霸。庙堂侧席,群公以尚义相高;川陆分途,我辈以赠言为贵。况筵开灞岸,路指太行,请居人赠王粲之诗,去者留阮公之作。②

宋之问《送尹补阙入京序》:

> 河间尹公,博物君子,解褐调慈州司仓。白云在天,不乐为吏,有竹林近郿杜南山,弹琴读书,日益沦放。虽道贵物外,久无世情,身退名高,再显天爵,遂使公卿举手,羔雁成群。无何,敕

---

① (唐)独孤及:《送泽州李使君兼侍御史充泽潞陈郑节度副使赴本道序》,《全唐文》卷三八七,中华书局,1983年,第3936页。

② (唐)宋之问:《送怀州皇甫使君序》,《全唐文》卷二四一,中华书局,1983年,第2437—2438页。

书到秦,徵诣函洛,天子以其老成达学,昂藏有古人风,命典著书,职在补阙。时议以谓伯喈得召,仲甫登闻。既而藉马入关,西摧老幼,重见乔木,载驰旧山。念出处事违,居人惜别,离车将远,凡我同志,赋诗赠行。①

宋之问《三月三日于灞水曲饯豫州杜长史别昆季序》:

> 上巳佳游,近郊春色,朱轩映野,见东流之祓禊;白云在天,怆南登之送别。杜长史言辞灞浐,将适荆河,恋旧乡之乔木,藉故园之芳草。鸰原四鸟,是日分飞;舆泉二龙,此时云远。绿潭一望,青山四极,秦人去国,乘右辅之修途;洛客思归,忆东京之曲水。请染翰操纸,即事形言,各赋兰亭之诗,咸申葛陂之赠。②

独孤及《送长洲刘少府贬南巴使牒留洪州序》:

> 曩子之尉于是邦也,傲其迹而峻其政,能使纲不紊,吏不欺。夫迹傲则合不苟,政峻则物忤,故绩未书也,而谤及之。臧仓之徒得骋其媒孽,子于是竟谪为南巴尉。而吾子直为己任,愠不见色,于其胸臆,未尝蒂芥。会同谴有叩阍者,天子命宪府杂鞠,且廷辨其滥,故有后命,俾除馆豫章,俟条奏也。是月也,舣船吴门,将涉江而西。夫行止者时,得丧者机,飞不抟不高,矢不激不远,何用知南巴之不为大来之机括乎?由图南而致九万,吾惟子

---

① (唐)宋之问:《送尹补阙入京序》,《全唐文》卷二四一,中华书局,1983年,第2438页。
② (唐)宋之问:《三月三日于灞水曲饯豫州杜长史别昆季序》,《全唐文》卷二四一,中华书局,1983年,第2438页。

之望。但春水方生,孤舟鸟逝,青山芳草,奈远别何?同乎道者,盍偕赋诗,以觊吾子?①

独孤及《送薛处士业游庐山序》:

薛侯敦于诗,固于学,敏于行,时然后言,言而寡尤,口弗言禄,禄亦不及。识其真者,以为永叹,而薛侯居之淡如,君子哉若人也。方以城市鄙于邱壑,倦游不如嘉遁。是月也,拂缨上之尘,西游庐山。山上有峰顶大林,下有东林、西林、化成、遗爱六寺。惠远、道生二公,昔尝眷恋于斯焉,履痕屐齿,遍满崖谷。神期胐尨,恒若对面,之子之往,获心契矣。苟藏器于身,时行则行,大之将来,隐显一致,彼安贞者,其或为利涉之枢机乎?赵补阙骅王侍御定、张评事有略各以文为觊,记行迈之所以然。余亦持片言,用代疏麻瑶华之赠。②

独孤及《送韦员外充副元帅判官之东都序》:

太尉临淮王之秉旄淮沂也,天子命公为介。洎临淮薨而相国太原公继授兵符,尽护东夏诸将,亦表公参成周军事如初命。故事,登掖垣者不驱传,居谏臣者不就辟,将使其能,必易其秩。故自左补阙为尚书郎,元年仲春,始以使节赴洛阳。经大盗虔刘之余,顽民虽迁,污俗未返,三军之心注于帅,帅之耳目属于参

---

① (唐)独孤及:《送长洲刘少府贬南巴使牒留洪州序》,《全唐文》卷三八七,中华书局,1983年,第3933—3934页。

② (唐)独孤及:《送薛处士业游庐山序》,《全唐文》卷三八七,中华书局,1983年,第3934页。

佐。以公贞谅文敏，能恤大事，且成宣之后也，故以部从事咨焉。
夫民残则讹，讹则流，禁流莫若以德；兵不戢则玩，玩则暴，禁暴
莫若以信。建信与德，以为幕中之画，繄吾子是冀。将贺不暇，
别于何有？我饮饯者，姑以诗代路车乘马。①

独孤及《送孙侍御赴凤翔幕府序》：

　　右扶风之地，枕跨陇蜀，扼秦西门，帝命司徒，为唐方叔。开
府之日，搜贤自贰，于是孙侯以监察御史领司徒掾。夫子卿族
也，用文学缵绪，而兄弟皆材。伯曰宿，以秋官郎辟丞相府；仲曰
绛，拾遗君前，及余为寮。夫子则以贞干肃恪之能，入主方书，出
佐戎政。花萼灼于三台，时人荣之。二月丙午，乘传诣部，人谓
扶风于是乎有三幸。获白额而南山有采藜藿者，一幸也，（先是
司徒于南山擒贼帅高玉）；今夫操兵者如虎，而司徒仁而爱人，
二幸也；其府君则贤，其幕府多士，而孙侯懿之以文德，三幸也。
恪于德以临事，度于义以从政，力于忠以成绩，吾子勉之，其蔑不
济矣！士为知己者用，岂干荣乎？请居者歌之，子其行乎！君子
赠人以言，亦以是也。②

独孤及《送泽州李使君兼侍御史充泽潞陈郑节度副使赴本道序》：

　　今岁皇帝择可以守四方之臣，分命大司徒凉公作蕃汭阳，平

① （唐）独孤及：《送韦员外充副元帅判官之东都序》，《全唐文》卷三八七，中华
　书局，1983年，第3934—3935页。
② （唐）独孤及：《送孙侍御赴凤翔幕府序》，《全唐文》卷三八七，中华书局，1983
　年，第3935页。

秩西夏。凉公季弟曰抱真,敬事好学,仁勇忠信。凡仁则不偷,勇则不挠,忠则能宣力,信则人任焉。故天子器之,方倚以肩附,使宅高平,绥厥有众,董次将之任,且以柱后惠文冠冠之。诏下之日,军府胥悦。盖萧何守关中,举宗诣军,而凉公荷方召之寄,亦以爱弟居东旅于行间,忠之大者。夫高平、上党之地,当赵、魏、燕、代、潞之咽喉,太行、恒山为之襟带。公居有专城之任,行有亚旅之职,其略足以固其封疆,其惠足以柔其民人,勖哉夫子!进吾往也,伯兮仲兮!执兵之要,谨身以肥家,自家以刑国,高平之政,可以未行而窥矣。彼瞻望伫立,壮夫耻之,非歌诗莫足以赠。①

独孤及《送成都成少尹赴蜀序》:

岁次乙巳,定襄郡王英乂出镇庸蜀,谋亚尹,佥曰左司郎成公可,温良而文,贞固能干,力足以参大略,弼成务。既条奏,诏曰俞往。公朝受命而夕撰日,卜十一月癸巳出车吉。尚书诸曹郎四十有二人,叹轩骑将远,故相与载笾豆盎罍、刲羊鲙鲂,修饮饯于萧朋观以为好。饮中客有赋《蜀道难》者,公曰:"士感遇则忘躯,臣受命则忘家。姑务忠信,夷险一致,患已不称于位,于行迈乎何有?"言讫抗手,建节即路,且以纷悦刀砺侍轻轩而西。凡强学以修业,积行以取位,赴知己不为名,适四方不违亲,卿大夫之孝也。吾子其母忘可移之忠,将容度是务,使岷峨其乂,苟慝不作。天听自民,谁谓蜀远?夫别细故也,岂虿芥乎?凡今会

---

① (唐)独孤及:《送泽州李使君兼侍御史充泽潞陈郑节度副使赴本道序》,《全唐文》卷三八七,中华书局,1983年,第3935—3936页。

同,非诗无以道居者之志。①

独孤及《送吏部杜郎中兵部杨郎中入蜀序》:

　　二公罢东西曹草奏启事之剧,而参军西南。时人或讥朝廷
易其大而难其细,及以为不然。当其天子命将帅以守四方,丞
相秉钺,为唐南仲,择佐命介,宜先才者、贤者,事孰大焉! 彼夫
《采薇》《出车》,以遣役劳勤,我则异于是。受王命者不言勤,赴
知己者不怆离。今日斗酒,姑展交好,遂以道吾子四方之志,亦
使满座歌二公乎! ②

独孤及《送商州郑司马之任序》:

　　往岁司马宰湖,而湖人安辑,是德政之孚也。大驾东狩之往
复也,其供帐职办,无不整具,因是天子以为能,故宠之以两绶,
劳勤也。今兹佐商,增秩也。人谓使人任器之道,当处司马以
剧,而观其利用。司马曰:"与其徇名以利人,宁勤身以安亲? 况
佐郡之逸乎?"于是五采其衣,是日南迈。流火戒节,寒蝉嘹唳,
峣阙白云,片片秋色。二三子之感时伤离者,斯可以言诗矣。③

---

① (唐)独孤及:《送成都成少尹赴蜀序》,《全唐文》卷三八七,中华书局,1983
　年,第3936页。
② (唐)独孤及:《送吏部杜郎中兵部杨郎中入蜀序》,《全唐文》卷三八七,中华
　书局,1983年,第3937页。
③ (唐)独孤及:《送商州郑司马之任序》,《全唐文》卷三八七,中华书局,1983
　年,第3937页。

由以上事例可知,几乎凡有文人送行,就有送行诗作,所谓"众皆赋诗,以慰行旅"也,因此,行走在驿路上的行驿者,大多带有友人送行的诗卷,而这些诗作也就由行人从它们的创作地带向行人的目的地,形成异地传播。

二、临行前朋友赠送的诗卷

唐人在朋友出行之时,有送友人诗卷的习俗。可能因为那时旅途之上没有什么可以消遣的文化活动,为了朋友不至旅途寂寞,送上自己的诗卷或自己抄录的诗卷,可以供朋友旅店憩息时消遣寂寞时光。比如,中唐前期的诗人戎昱,曾在荆南节度使卫伯玉幕府中任从事,当其流寓湖南、云贵等地离开时,与公安县贾明府告别,告别诗作里透露,他此行带有贾明府的诗卷:

> 叶县门前江水深,浅于羁客报恩心。把君诗卷西归去,一度相思一度吟。①

可见戎昱是把友人的诗卷当作驿路思念的慰藉了。

白居易对朋友的路途忆念,常常通过阅读友人的诗卷实现。对元稹的思念前文已多次言及,路途读,江楼吟,不随身携带,安得实现?而白居易的路途绝不仅仅携带元稹的诗歌,也还有其他诗人的诗歌,如在《东归》诗中他说自己在路途"膝上展诗卷",在《忆晦叔》中又说"游山弄水携诗卷",这就是诗人对诗卷的爱不释手。

在元稹和白居易的交往中,诗卷是他们友情的见证。元稹离京

---

① (唐)戎昱:《别公安贾明府》,《全唐诗》卷二七〇,中华书局,1960年,第3017页。

赴东川节度使任,与白居易相遇于街衢,白居易命弟弟为其送行,并赠诗一轴,让元稹驿路讽诵,消遣娱乐。

《全唐文》卷五二九中有顾况一篇《送韦处士适东阳序》:

> 珠玉在渊,兰在深林。士不定方而处。东阳佳地,楼上隐侯之八咏,溪中康乐之赠答。韦生翱翔,若复故都。会予放逐,相逢姑蔑之山,所裁新诗,婉而有意。凡游山水,苦无卷轴,复无幽人携手,一何异飞鸟一翼,行车只轮,眼界孤矣。放言自遣,以贶处士乎哉。[①]

从中可知,他是担心自己的友人在赴东阳的路上形单影只,无所慰藉,于是把自己被放逐时候创作的诗歌,赠送给友人,其意自是希望友人有卷轴陪伴,不致太过孤独。

这些朋友在乘驿人员上路时赠送的诗卷,陪伴乘驿人员的寂寞和孤独,也随着乘驿人员走向远方。

三、携带朋友的寄友诗

在古代,人和人之间联系不便,寄送书信成为亲人朋友之间最好的联络方式,所谓见字如面,可以表达一份彼此的牵挂。如果知道行驿之人的行踪,而又知道另外的友人与行驿之人的路线或到达地相同或相近,写一封书信传递一份情谊是常有的事,而唐人对诗的热忱,往往变成以诗代书,这样一来,行驿之人的身上就常常携带一些友人的寄友诗。我们先以杜甫诗中所反映的情况进行说明:

---

① (唐)顾况:《送韦处士适东阳序》,《全唐文》卷五二九,中华书局,1983年,第5370页。

　　天宝十四载（755）春，哥舒翰入朝，因患风疾留住长安，其都尉蔡希鲁先归陇右，杜甫写诗为其壮行。此时高适已在哥舒翰幕府，人在陇右，杜甫此诗也由蔡希鲁带给陇右的高适，见《送蔡希鲁都尉还陇右，因寄高三十五书记》。乾元元年（758），杜甫任左拾遗时，和他一起的同事许八（名不详）归江宁省亲。杜甫年轻时曾在吴越漫游，在那里结识了旻上人（名不详），便趁许八归江宁，让他捎给旻上人一首诗，以叙当年交情，见《因许八奉寄江宁旻上人》。广德元年（763），杜甫在梓州时，有一位姓魏的仓曹参军回京，杜甫请他带去了给岑参、范季明的诗歌，见《泛江送魏十八仓曹还京，因寄岑中允参、范郎中季明》。广德元年（763），合州（今四川合川）一位祁录事回合州，而合州苏使君为杜甫相熟的朋友，便托祁录事带给苏使君一首诗，告诉苏使君，他也要出峡过合州，希望"江花未尽会江楼"，见《短歌行，送祁录事归合州，因寄苏使君》。广德二年（764），杜甫在严武幕府，有一个叫唐诚的书生进京参加科举考试，而这一年主持考试的是杜甫的好友贾至，于是，杜甫写诗给贾至，并推荐这位年轻的后生，见《别唐十五诚，因寄礼部贾侍郎》。大历元年（766）冬，杜甫寓居夔州，其内弟崔潩要到湖南任职，而此时，杜甫的好友薛据、孟云卿正在荆州，杜甫就让内弟捎信给两位朋友，希望有机会与他们谈诗论文，见《别崔潩因寄薛据、孟云卿》。大历元年（766）冬，夔州都督柏茂琳的弟弟要到江陵去看望卫伯玉的母亲，那时，杜甫的从弟杜位（李林甫女婿）因受李林甫的牵连被贬为荆南节度使行军司马，杜甫就借这一机会给杜位一首诗，"报与惠连诗不惜，知吾斑鬓总如银"。

　　透过杜甫的这些因人寄诗的情况，我们不难推知，很多诗人之间的诗歌交流，都是通过这样的方式进行，因此，行驿之人携带友人的寄友诗是非常普遍的现象。可以随意再举一些这样的例子。

　　如被誉为燕赵大手笔的苏颋，在瑕丘田少府还任时，知其必过洛阳,就写了一首诗,托他带给了洛中镜上人,见《春晚送瑕丘田少府还任,因寄洛中镜上人》。刘长卿在夏口送别长宁杨明府归荆南时,托杨明府把自己的诗歌带给幕府中熟悉的朋友,见《夏口送长宁杨明府归荆南,因寄幕府诸公》。卢纶在送别张调回荆南省亲时,就请他捎去了给司空曙的诗歌,见《送张调参军侍从归觐荆南因寄长林司空十四曙》。杨巨源在送别秀才李虞仲回东都时,请他给在东都的元、李二友捎去了自己的诗书,见《送李虞仲秀才归东都,因寄元、李二友》。熊孺登罢归钟陵离开四川时,刘禹锡请他顺路捎给裴度诗歌,见《送湘阳熊判官孺登府罢归钟陵因寄呈江西裴中丞二十三兄》,等等。

行驿之人带着朋友的寄友诗,身负着传递消息、问候平安、传递友情的重任,所以,他们一定会尽力把自己肩负的重托传递给应该传递的人,而这样,也就实现了很多诗人之间的远距离的诗歌交流。

四、携带乘驿人的自制诗卷

诗歌往往是缘情而发或因事而发,记录着诗人自己的人生轨迹或心灵状态,即使写得艺术上略有欠缺,也是自己的一种人生的记忆,所以诗人自己往往特别珍视,所谓敝帚自珍也。又因为唐代社会重视诗名的原因,诗人们对自己的诗歌就更加爱惜,常常贮之卷轴,藏之箱箧,时时拿出品咏或修改。而一旦有机会,他们就会带上这些诗卷,踏上科考或求职的漫漫征程。即使已经成名的诗人,也会珍惜自己的作品,将自己创作的诗作增诸卷轴,带在身边。有些诗人所携带的诗卷,可能是经过作者自己精挑细选的,往往代表作者当时的最高水平,因此也常常制造一些诗名。比如李白初入京时,带上了自己的代表作《蜀道难》,还因此被贺知章惊为"谪仙人";白居易进京赶考时带上了自己少年时期的成名之作《赋得古原草送别》,得到顾况赏识;李贺进京欲参加科考,带上了自己的著名诗作《雁门太守行》,一下子就引起了韩愈的重视。这都是我们所熟知的例子,不必多说。再举几个平时不常见的例子,以证唐人驿路携带自制诗卷是常态。大历诗人钱起有《初至京口示诸弟》,诗云:

> 还家百战后,访故几人存。兄弟得相见,荣枯何处论。新诗添卷轴,旧业见儿孙。点检平生事,焉能出荜门。①

这是一首典型的驿路诗,是诗人避乱还家到京口时所写。其中"新诗添卷轴",可见诗人在战乱中亦常写诗,并保存在自己身边,跟随自己到处奔波。

大约生活于唐德宗时期的法振,写有一首《送韩侍御自使幕巡海北》,诗云:

> 微雨空山夜洗兵,绣衣朝拂海云清。幕中运策心应苦,马上吟诗卷已成。离亭不惜花源醉,古道犹看蔓草生。因说元戎能破敌,高歌一曲陇关情。②

诗中法振所送的这位韩侍御,应是如王维到崔希逸幕府一般,以侍御身份巡边。法振知韩侍御在幕府中一定运筹帷幄,经心佐幕,也相信作为文官的韩侍御,马上吟诗的诗卷也一定能写成。这其实就是告诉我们,很多文人无论在什么情况下都不会辍笔,因之也会有随身的

---

① (唐)钱起:《初至京口示诸弟》,《全唐诗》卷二三七,中华书局,1960年,第2644页。
② (唐)法振:《送韩侍御自使幕巡海北》,《全唐诗》卷八一一,中华书局,1960年,第9142页。

自制诗篇或诗卷。

韩愈有一首《赠崔立之评事》,诗中有这样几句:

> 崔侯文章苦捷敏,高浪驾天输不尽。曾从关外来上都,随身卷轴车连轸。朝为百赋犹郁怒,暮作千诗转遒紧。①

诗中的这位崔斯立,韩愈在题序介绍,说他"字立之,博陵人",后来曾在做西城县令的时候,为赈济西城灾荒中的百姓用尽心力,得到百姓赞赏。我们所选韩愈的这几句诗告诉我们,当年崔立之从博陵(今河北博野、蠡县、定州、安国、安平、深州一带)进京时随身携带着整车的卷轴。

这一类的事情在唐代文人故事中不胜枚举。可以肯定地说,每一位参加科考的举子或求职的士子都会在行进的路途携带诗卷,将诗卷从出发地带往目的地,形成唐诗的一种传播形态。

第二节　驿路行吟尽诗兴:驿路传诗方式之二

为功名利禄奔走在驿路上的人们,其生活是离群独步、孤独寂寞的,有一首《东阳夜怪诗》写出了这种奔走驿路的辛劳和寂寞:

> 长安城东洛阳道,车轮不息尘浩浩。争利贪前竞著鞭,相逢尽是尘中老。日晚长川不计程,离群独步不能鸣。赖有青青河畔草,春来犹得慰羁情。②

---

① (唐)韩愈:《赠崔立之评事》,《全唐诗》卷三三九,中华书局,1960年,第3796—3797页。

② (唐)卢倚、马寄:《东阳夜怪诗》,《全唐诗》卷八六七,中华书局,1960年,第9815—9816页。

驿路上的生活,就是这样寂寞而孤独,青青河畔草,竟然成为慰藉羁旅愁情的最为可爱的物事,怪不得很多诗人都会在诗中用凄清的风物描述自己的驿路生活,如杜甫《舟中》的"风餐江柳下,雨卧驿楼边。结缆排鱼网,连樯并米船"①,司空曙《题江陵临沙驿楼》中的"江天清更愁,风柳入江楼。雁惜楚山晚,蝉知秦树秋。凄凉多独醉,零落半同游。岂复平生意,苍然兰杜洲"②。这样的驿路生活,其单调乏味是可以想见的。旅途之上,又不可能携带较大的休闲娱乐用品,故而旅途寂寞之余,吟诗诵词,成为一种没有太多行囊负担而又优雅的休闲方式。姚合《送刘禹锡郎中赴苏州》:

> 三十年来天下名,衔恩东守阖闾城。初经咸谷眠山驿,渐入梁园问水程。霁日满江寒浪静,春风绕郭白蘋生。虎丘野寺吴中少,谁伴吟诗月里行。③

姚合所担心的,是刘禹锡驿路之上,没有人相伴吟诗,可见吟诗在士人的驿路行程中是非常重要的精神生活。

要在驿路吟诗,就需要有吟诗的素材:诗卷。而驿路携带的诗卷,主要是本章第一节所谈的四种诗卷。吟咏这些诗卷,可以慰藉驿路上孤独的心灵。

---

① (唐)杜甫著,(清)仇兆鳌注:《杜诗详注》卷二一《舟中》,中华书局,1979年,第1901页。

② (唐)司空曙:《题江陵临沙驿楼》,《全唐诗》卷二九三,中华书局,1960年,第3330页。

③ (唐)姚合:《送刘禹锡郎中赴苏州》,《全唐诗》卷四九六,中华书局,1960年,第5616页。

一、阅读友人赠送之送别诗

在上一节中，我们罗列了很多送别之时人们要写诗送别的情况，而且也知道，这些写送别诗的人们的创作目的就是以诗代言，赠别远行之人，而这些送别之作可以让远行之人"置之怀袖，以慰遐心"。张说《送工部尚书弟赴定州诗序》：

> 《宵旰》，天子送冬卿之诗也。河朔愆岁，恒阳俟牧，借威六官，导俗千里，俾乎列城迁仰止之化，邻境蒙波及之泽，不然者，岂一小郡而劳大贤哉？尚书河东侯，朝廷之旧宰也。操法度于掌握，运陶钧于方寸。是将敷皇惠，寒谷挟纩而知暄；畅君恩，疲人饮德而自饱。苏其槁瘁，乐我阳和，亢宗殿国，亦望于此。于时春带馀寒，野衔残雪，太官重味，御酒百壶。供帐临岐，假丝竹以留宴；倾城出饯，会文章以宠行：三台厚常寮之意，八座深联事之瞩。既而离人遽起，班马争嘶，寻太行之连山，想邯郸之长陌。虽仰瞻鸿雁，来往易于前期；而相对桑榆，迟暮难于远别：送归之地，欢怅如何？应制华篇，凡若干首，骞翔鸾凤，欲挂千金之木；纠合蛟龙，附藏群玉之府。置之怀袖，以慰遐心云尔。[1]

驿路鞍马劳顿，馆驿歇息之时，把览这些送别诗卷，体味友人的送别之情，感受一份人间的温暖，可以慰藉旅途的孤独和寂寞。

很多诗人谈及在送别时写诗相赠，确实有令对方品味诗中之意、共品人间真情、慰藉旅人旅途寂寞之意。如大历诗人戴叔伦有一首《奉天酬别郑谏议云逵、卢拾遗景亮见别之作》，诗中明言，写诗"惆怅

---

[1]（唐）张说：《送工部尚书弟赴定州诗序》，《全唐文》卷二二五，中华书局，1983年，第2272页。

语不尽,裴回情转剧。一尊自共持,以慰长相忆"①。欧阳詹在襄阳与友人作别,在《江夏留别华二》(一作《别辛三十》)中也说,写诗实在是因为"弭棹已伤别,不堪离绪催。十年一心人,千里同舟来。乡路我尚遥,客游君未回。将何慰两端,互勉临岐杯"②。从诗人们感伤的情绪中我们不难感受到,能够用诗歌让朋友感受到自己的存在,是他们在当时所能想到的最好的安慰友人的方式。

　　而友人在寂寞孤独的旅途生涯中,有朋友的赠别诗歌相伴,心中也确实颇多慰藉。李白长流夜郎时,有一首诗题很长的诗歌,名为《张相公出镇荆州,寻除太子詹事,余时流夜郎,行至江夏,与张公去千里,公因太府丞王昔使车寄罗衣二事,及五月五日赠余诗,余答以此诗》,诗中写道:

　　　　张衡殊不乐,应有四愁诗。惭君锦绣段,赠我慰相思。鸿鹄复矫翼,凤凰忆故池。荣乐一如此,商山老紫芝。③

诗中所提到的"四愁诗",是指张衡的《四愁诗》,在这里代指张镐寄给自己的送别诗歌,"锦绣段"也是张镐寄给李白的,赠送这些的目的是让李白以"慰相思"。看起来,诗歌对于旅途中人,确实有"何以慰饥渴,捧之吟一声"(白居易语)的价值。大历诗人崔峒,在《酬李

---

① (唐)戴叔伦:《奉天酬别郑谏议云逵、卢拾遗景亮见别之作》,《全唐诗》卷二七三,中华书局,1960年,第3069页。

② (唐)欧阳詹:《江夏留别华二》,《全唐诗》卷三四九,中华书局,1960年,第3903页。

③ (唐)李白著,(清)王琦注:《李太白全集》卷一九《张相公出镇荆州,寻除太子詹事,余时流夜郎,行至江夏,与张公去千里,公因太府丞王昔使车寄罗衣二事,及五月五日赠余诗,余答以此诗》,中华书局,2011年,第768页。

补阙雨中寄赠》中谈及自己"十年随马宿"的旅途生涯时，觉得旅途中读朋友的诗歌，是可以慰藉自己的旅途孤魂的：

> 十年随马宿，几度受人恩。白发还乡井，微官有子孙。竹窗寒雨滴，苦砌夜虫喧。独愧东垣友，新诗慰旅魂。①

中唐诗人张籍，行旅途中，读友人诗句，感慨万千，写下《舟行寄李湖州》：

> 客愁无次第，川路重辛勤。藻密行舟涩，湾多转楫频。薄游空感惠，失计自怜贫。赖有汀洲句，时时慰远人。②

"汀州句"是指那位李湖州留给自己的诗句。在辛勤艰难的旅途生涯中，有这样的友人赠别的诗句，可以慰藉远行之人内心的孤独和寂寞。

由此可见，驿路送别诗作绝不是可有可无的应景之作，也不仅仅是行驿之人文化水平的衬托，而是行驿之人的精神食粮，是他们在寂寞孤独的旅行生涯中不可或缺的精神享受。

二、阅读友人赠送之诗卷

除了送别诗作，行走在驿路之上的诗人们，有时在临行前赠送给朋友诗卷，也有时从远地让驿卒、驿使传递诗卷。这些诗卷，白居易

---

① （唐）崔峒：《酬李补阙雨中寄赠》，《全唐诗》卷二九四，中华书局，1960年，第3342页。
② （唐）张籍：《舟行寄李湖州》，《全唐诗》卷三八四，中华书局，1960年，第4313页。

《醉后走笔酬刘五主簿长句之赠兼简张大贾二十四先辈昆季》说,其目的就是"二千里别谢交游,三十韵诗慰行役",因此,也是驿路行人用以慰藉寂寥的重要资本。

　　比较典型的是,白居易经常在路途之上讽咏元稹和其他友人的诗作。这些诗作不是白居易囊中的装饰品,而是他消遣寂寞旅途生活或馆驿生活的精神寄托。《江上吟元八绝句》云:

> 大江深处月明时,一夜吟君小律诗。应有水仙潜出听,翻将唱作步虚词。①

元八,即元宗简,字居敬,河南洛阳人,与白居易、张籍、姚合等人关系密切。又如《舟中读元九诗》云:

> 把君诗卷灯前读,诗尽灯残天未明。眼痛灭灯犹暗坐,逆风吹浪打船声。②

又如《江楼夜吟元九律诗,成三十韵》云:

> 昨夜江楼上,吟君数十篇。词飘朱槛底,韵堕绿江前。清楚音谐律,精微思入玄。收将白雪丽,夺尽碧云妍。寸截金为句,双雕玉作联。八风凄间发,五彩烂相宣。冰扣声声冷,珠排字字圆。文头交比绣,筋骨软于绵。颂涌同波浪,铮拟过管弦。醴泉

① (唐)白居易著,顾学颉校点:《白居易集》卷一五《江上吟元八绝句》,中华书局,1979年,第314页。

② (唐)白居易著,顾学颉校点:《白居易集》卷一五《舟中读元九诗》,中华书局,1979年,第316页。

流出地,钧乐下从天。神鬼闻如泣,鱼龙听似禅。星回疑聚集,月落为留连。雁感无鸣者,猿愁亦悄然。交流迁客泪,停住贾人船。暗被歌姬乞,潜闻思妇传。斜行题粉壁,短卷写红笺。肉味经时忘,头风当日痊。老张知定伏,短李爱应颠。[①]

元九,即元稹。从以上三首诗看,在寂寞的旅途生涯中,是元稹、元宗简等人的诗句,陪伴白居易消遣漫漫长夜。对于白居易而言,吟读和书写元稹等人的诗句,可以忘却肉味,可以治疗头风,可让心中温暖,其精神上的安慰价值自不待言。

大历、贞元年间的诗人陈存,有一首《寓居武丁馆》,在住宿的旅馆内,陪伴他的也是一卷诗歌:

暑雨飘已过,凉飙触幽衿。虚馆无喧尘,绿槐多昼阴。俯视古苔积,仰聆早蝉吟。放卷一长想,闭门千里心。[②]

武功体诗人姚合有一首《喜览裴中丞诗卷》,又作《寄裴使君》,写的是自己驿路阅读裴度诗卷的情形:

新诗盈道路,清韵似敲金。调格江山峻,功夫日月深。蜀笺方入写,越客始消吟。后辈难知处,朝朝枉用心。[③]

---

① (唐)白居易著,顾学颉校点:《白居易集》卷一七《江楼夜吟元九律诗,成三十韵》,中华书局,1979年,第350—351页。
② (唐)陈存:《寓居武丁馆》,《全唐诗》卷三一一,中华书局,1960年,第3513—3514页。
③ (唐)姚合:《喜览裴中丞诗卷》,《全唐诗》卷五〇二,中华书局,1960年,第5712页。

晚唐诗人许浑《行次虎头岩酬寄路中丞》是一首写于驿路的诗歌，诗歌写道：

> 樟亭去已远，来上虎头岩。滩急水移棹，山回风满帆。石梯迎雨滑，沙井落潮醎。何以慰行旅，如公书一缄。①

在山回滩急的水驿行程中，能够慰藉诗人的，是路中丞的书札一缄，这当然包括路中丞的诗作。

晚唐诗人杜荀鹤，夜宿峡谷，有《读友人诗卷》：

> 冰齿味瑶轴，只应神鬼知。坐当群静后，吟到月沈时。雪峡猿声健，风栖鹤立危。篇篇一字字，谁复更言诗。②

晚唐五代时期的诗人徐铉，在《和张先辈见寄二首》其一中谈及故人书札对旅途中人的作用时说：

> 去国离群掷岁华，病容憔悴愧丹砂。溪连舍下衣长润，山带城边日易斜。几处垂钩依野岸，有时披褐到邻家。故人书札频相慰，谁道西京道路赊。③

---

① （唐）许浑：《行次虎头岩酬寄路中丞》，《全唐诗》卷五三二，中华书局，1960年，第6079页。

② （唐）杜荀鹤：《读友人诗卷》，《全唐诗》卷六九一，中华书局，1960年，第7928页。

③ （唐）徐铉：《和张先辈见寄二首》其一，《全唐诗》卷七五四，中华书局，1960年，第8575页。

"赊"就是远。有故人书札相慰,真正是"莫愁前路无知己"了,再远的道路,也不会有山高水长的感慨了。这就是故人书札、友人诗卷的重要作用。

时间上的消磨、精神上的慰藉、感情交流的需要,使得行走在唐代驿路上的诗人们,常常与友人的诗卷相伴。

三、吟咏诗人自制诗作

旅途自吟自得,是一种自己消遣、自我慰藉的常有情形。姚合在《武功县中作三十首》其九中有这样一句:"秋凉送客远,夜静咏诗多。"这其实道出了唐代士人的一种生活方式。本书在第二章《唐代驿传与驿路诗歌的生发》中谈到驿路诗歌有两种情况属于诗人自己创作,一是"行驿中的匆匆行程和驿路行吟",一是"馆驿中的独对孤灯和夜下长吟",很多行驿之人的寂寞旅途和孤馆生活,就是这样打发的,故而,吟咏、雕琢、推敲自己的诗作,必然成为他们旅途生活的重要文化活动。如刘禹锡《和窦中丞晚入容江作》就是诗人替窦容设想旅途中吟咏自作道中诗歌的情景:

> 汉郡三十六,郁林东南遥。人伦选清臣,天外颁诏条。桂水步秋浪,火山凌雾朝。分圻辨风物,入境闻讴谣。莎岸见长亭,烟林隔丽谯。日落舟益驶,川平旗自飘。珠浦远明灭,金沙晴动摇。一吟道中作,离思悬层霄。[1]

又如元稹《长滩梦李绅》写自己在长滩旅宿,独寝独吟,大概因

---

[1] (唐)刘禹锡:《和窦中丞晚入容江作》,《全唐诗》卷三六三,中华书局,1960年,第4096页。

为旅途寂寞,竟然梦到了好友李绅:

> 孤吟独寝意千般,合眼逢君一夜欢。惭愧梦魂无远近,不辞风雨到长滩。①

白居易驿路上有一首名为《自秦望赴五松驿,马上偶睡,睡觉成吟》的诗作,说自己在漫漫长途中竟然睡着了,醒来后吟成这首马背上的诗歌:

> 长途发已久,前馆行未至。体倦目已昏,瞌然遂成睡。右袂尚垂鞭,左手暂委辔。忽觉问仆夫,才行百步地。形神分处所,迟速相乖异。马上几多时,梦中无限事。诚哉达人语,百龄同一寐。②

马背疲倦,居然成睡,而这样的情形在诗人醒后立即成诗,其自吟自咏的特点尤其突出。

与姚合同时期的诗人郑巢,在《全唐诗》中仅存诗一卷,却几乎都与驿路相关。他的第一首诗歌就是《泊灵溪馆》,诗云:

> 孤吟疏雨绝,荒馆乱峰前。晓鹭栖危石,秋萍满败船。溜从华顶落,树与赤城连。已有求闲意,相期在暮年。③

---

① (唐)元稹著,冀勤点校:《元稹集》卷一九《长滩梦李绅》,中华书局,2010年,第255页。

② (唐)白居易著,顾学颉校点:《白居易集》卷八《自秦望赴五松驿,马上偶睡,睡觉成吟》,中华书局,1979年,第150页。

③ (唐)郑巢:《泊灵溪馆》,《全唐诗》卷五〇四,中华书局,1960年,第5734页。

郑巢在灵溪馆"孤吟"时所感受到的,是晚唐时期驿馆的荒凉、驿船的破败,其悲凉心境可知,其所反映的晚唐驿路损毁状况可知。

唐人在驿路行走时,有兴致的时候,他们还会让驿卒或舟子吟咏自己的诗作。如大历二年(767),元结在道州刺史任上。春天,到衡州计事,返回道州时,路途作《欸乃曲五首》,船夫唱其曲。《元次山集》卷四《欸乃曲五首序》:"大历丁未中,漫叟以军事诣都使。还州,逢春水,舟行不进,作《欸乃五首》,舟子唱之。"这种在歌唱中尽兴的情形,在唐代士人的驿路行走中应该不在少数。

四、吟咏驿站题壁诗

唐代的馆驿,是引发诗情的地方,唐代的馆驿,也为馆驿题壁提供很多方便,而题诗上壁是唐代诗歌传播的一种风尚,笔者在《唐诗传播与唐诗发展之关系》(中华书局,2013 年)之第一章《唐代的诗歌传播条件》中有详细论述,可参看。诸如前文所言粉壁待诗、诗板待诗等。故而,馆驿里的墙壁、廊柱等都留有诗人们题写的馆驿题壁诗,馆驿题壁诗也就成为馆驿一道靓丽的文化景观,成为唐代诗人展现自我、宣传自我的地方,也成为唐人交流信息、表达对友人关注的重要场所。在馆驿驻足的行驿者,也就有了很多可以观览的题壁诗。在文化生活相对比较贫乏的时代,饭后茶余,"循墙绕柱觅君诗""不离墙下至行时"就成为士人驿路休闲、寻找慰藉的生活方式。

令人欣慰的是,几乎每个馆驿都有题壁诗。而唐人也很注意保存这些题壁诗,并为这些题壁诗的留存与否进行传播取舍。从唐代的文献资料看,馆驿里极多粉壁题诗、诗板题诗,有见识的人到此,会把那些缺少传播价值的诗歌剔除掉。《唐摭言》卷一三《惜名》记载:

　　李建州,尝游明州磁溪县西湖题诗;后黎卿为明州牧,李时为都官员外,托与打诗板,附行纲军将入京。蜀路有飞泉亭,亭中诗板百余,然非作者所为。后薛能佐李福于蜀,道过此,题云:"贾掾曾空去,题诗岂易哉!"悉打去诸板,惟留李端《巫山高》一篇而已。①

飞泉亭中的百余诗板,留有多少诗人的诗篇! 薛能将很多诗板去掉,只留下大历才子李端的《巫山高》。这首诗,今存《全唐诗》中,诗云:

　　巫山十二峰,皆在碧虚中。回合云藏月,霏微雨带风。猿声寒过涧,树色暮连空。愁向高唐望,清秋见楚宫。②

这首诗实在值得留下,是典型的大历诗风的代表,用语清雅,对偶精工,声律不爽,意境清幽,还带着大历诗人的淡淡的哀愁。再如《山西通志》卷二二九采录的一则有关白居易的资料所记载的诗板数量更多:

　　(白居易)曰:"历山刘郎中禹锡,三年理白帝,欲作一诗于此,怯而不为,罢郡经过,悉去诗板千余首,但留沈佺期、王无竞、皇甫冉、李端四章而已。此四章,古今绝唱,人造次不合为之。"③

"诗板千余首",数量极其可观,虽然被刘禹锡撤到只剩下四首,但我

① (五代)王定保:《唐摭言》卷一三,上海古籍出版社,1978年,第149页。
② (唐)李端:《巫山高》,《全唐诗》卷二八五,中华书局,1960年,第3242页。
③ 《山西通志》卷二二九,《文渊阁四库全书》,上海古籍出版社,1987年,第550册第757页。

们仍能想象到当年的盛况,也可以想象到刘禹锡为留下这四章传世诗作费了多少斟酌和掂量。又如罗隐《秋日泊平望驿寄太常裴郎中》诗写道:

> 蘋洲重到杳难期,西倚邮亭忆往时。北海尊中常有酒,东阳楼上岂无诗。地清每负生灵望,官重方升礼乐司。闻说江南旧歌曲,至今犹自唱吴姬。①

诗中提到题壁诗,竟然和杯中酒相比,所谓"北海尊中常有酒,东阳楼上岂无诗",这似问实答的话语中,透露了唐人题壁诗遍布邮亭驿楼的情况。

阅读题壁诗成为很多人的一种精神追求。窦群《重游惠山寺记》中记录了他独自游览惠山寺时重读壁上自己和朋友们二十年前的旧作的情形:

> 元和二年五月三日,重游此寺,独览旧题,二十年矣。当时三人,皆登谏列,朱遐景方诣行车,王晦伯寻卒郎署,余自西掖累迁外台,复此踌躇,吁嗟存殁。朱拾遗诗云:"岁月人间促,烟霞此地多。殷勤竹林寺,更得几回过。"可谓得诗人之思也。因命题壁,以志所怀。山南道节度副使检校兵部郎中兼御史中丞赐紫金鱼袋窦群记。②

---

① (唐)罗隐:《秋日泊平望驿寄太常裴郎中》,《全唐诗》卷六五八,中华书局,1960年,第7560页。
② (唐)窦群:《重游惠山寺记》,《全唐文》卷六一二,中华书局,1983年,第6185页。

"独览旧题"指窦群二十年前来惠山寺游览之时的作品。这些作品二十年后仍在,可见保护得不错。

此类情形在唐人诗集中比较常见,如在《白居易集》里有《武关南见元九诗》《蓝桥驿见元九诗》《感化寺见元九、刘三十二题名处》,《元稹集》中有《使东川·骆口驿二首》《见乐天诗》《阆州开元寺壁题乐天诗》《和乐天题王家亭子》等诗作,李绅有《转寿春守,太和庚戌岁二月,祗命寿阳,时替,裴五塘终殁。因视壁题,自墉而上……》,皇甫冉有《洪泽馆壁见故礼部尚书题诗》,冯延巳有《奉使中原署馆壁》等。这一类诗歌,或在驿站阅读题壁诗,或因阅读题壁诗引发诗兴又题诗于壁,可见驿站题壁诗不仅有传播价值,而且有引发创作激情的作用。

第三节　驿路旅客传诗情:驿路传诗方式之三

驿路的特有生活,为驿路诗歌的生产和传播提供了方便,驿路旅客,也在消遣寂寞的驿路生活中成为唐诗传播的真正使者,他们,为唐诗的广泛传播和唐诗在唐代产生影响,发挥了重要作用。

一、吟诵与传诗

关于行驿之人在驿路吟诵诗歌,上一节已经做了相对详细的考察。这里要说的是:吟诵怎样传播诗歌。

郑樵《通志二十略》之《乐略·正声序论》云:

> 古之诗曰歌行,后之诗曰古近二体。歌行主声,二体主文。诗为声也,不为文也。浩歌长啸,古人之深趣。今人既不尚啸,

而又失其歌诗之旨,所以无乐事也。①

所谓"诗为声也,不为文也",所谓"浩歌长啸,古人之深趣",都是指声音在诗歌中的重要作用。因此,古人读诗、写诗,声音在其中占有相当重要的地位。任半塘先生在《唐声诗》中说:

> "诗为声,不为文"突出其本质,坚定其本位……以声为用,乃以用定体也。
>
> 盖声诗乃在正义之先决条件下发展,并非在是非邪正漫无选择下发展也。……作诗者苟不为声,义虽正而行不能远,有体无用,其作必滥,反伤于义。故"诗为声",正所以为义之行远耳。②

正是因为声音的重要,所以需要通过吟诵去感觉,而无论是创作诗歌还是阅读诗歌。由此说来,驿路吟诵诗歌也就特别可以理解。而这样的吟诵,对于诗歌的传播颇有助益。冯少洲曰:

> 其发而为声诗,能使人甘听忘倦,如饮醇酒。一唱而三叹,能使人酸心出涕,使人长相思,使人起舞,使人泠然敛衽,正色而坐,其味不同然。③

这其实道出了诗歌的声音传播所起的作用。胡居仁《居业录》卷八曰:

---

① (宋)郑樵撰,王树民点校:《通志二十略·乐略·正声序论》,中华书局,1995年,第887页。
② 任半塘:《唐声诗》上编,上海古籍出版社,1982年,第4页。
③ (明)冯少洲:《汉魏诗纪》,任半塘《唐声诗》上编,上海古籍出版社,1982年,第6页。

> 诗之所以能兴起人心之善者,以人情事理所在,又有音韵以便人之歌咏吟哦。吟咏之久,人之心自然歆动和畅。①

意思是说,吟咏诗歌之所以能够引发人的内心深处的感应,就在于其音韵所能够起到的传情并进而触动人心的作用。苏东坡说"三分诗,七分读",故清代的刘大櫆在《论文偶记》中提出通过吟诵"于音节求神气"的主张,说:"神气者,文之最精处也;音节者,文之稍粗处也。字句者,文之最粗处也……神气不可见,于音节见之。"②并且断言:"音节高则神气必高,音节下则神气必下,故音节为神气之迹。……合而读之,音节见矣。歌而咏之,神气出矣。"③虽然唐人没有在理论上提出声音对于诗歌传播的意义,但唐人通过声口相传进行了大量的传播活动,而后人的总结恰是对唐人声口相传的传播活动的肯定。与此关系紧密的驿路行吟的活动对于诗歌的传播意义就一目了然了。

其一,驿路吟诵有可能通过口耳相传的形式真正下放到民间。在驿路和馆驿吟诵诗歌的人,往往是诗人,他们对诗歌的理解有自己的独到见解,传达出去的声音也必定感人。而驿路两旁或馆驿周边,往往是店肆林立,人烟辐辏,生活在这种环境中的人们,在诵读完全进入诵读者的自由境界的时候,只要喜欢听、喜欢记忆、喜欢跟着吟诵,就可以实现传播,这是没有文化基础也可以将馆驿吟诵的诗歌下放到民间的最重要的方式,使诗歌通过口耳相传的古老形式在更广泛的人群中实现其传播。元稹《酬乐天江楼夜吟稹诗,因成三十韵》

---

① (明)胡居仁:《居业录》卷八,《文渊阁四库全书》,上海古籍出版社,1987年,第714册第103—104页。
② (清)刘大櫆:《论文偶记》,人民文学出版社,1998年,第6页。
③ (清)刘大櫆:《论文偶记》,人民文学出版社,1998年,第6页。

中所说的"伎乐当筵唱,儿童满巷传"[1],不正是因为白居易总是在驿馆、江楼等地方吟诵元稹的诗歌,才使得元稹的诗歌成为民间广为传唱的作品吗?白居易《江楼夜吟元九律诗,成三十韵》所说的"昨夜江楼上,吟君数十篇。词飘朱槛底,韵堕渌江前。清楚音谐律,精微思入玄。……交流迁客泪,停住贾人船。暗被歌姬乞,潜闻思妇传。斜行题粉壁,短卷写红笺"[2],不正是因为"吟君数十篇"才使得"词飘朱槛底,韵堕渌江前",然后才有歌姬悄悄请词而去,思妇私下体味并传诵这些诗歌吗?

其二,由于驿路吟诵的作用,有些诗人成为著名诗人。也就是说,吟诵可以助诗人传名。比如杜甫在《同元使君舂陵行》中,谈及读元结作品的感受,杜甫有一种"吾人诗家秀,博采世上名。粲粲元道州,前圣畏后生"的感慨,他对元结的诗赞不绝口,甚至为元结的作品"呼儿具纸笔,隐几临轩楹。作诗呻吟内,墨澹字欹倾。感彼危苦词,庶几知者听"[3]。杜甫就很希望通过自己吟诵元结的作品为其传名。杜甫吟诵元结的诗歌未必是在馆驿、驿路,但白居易吟诵元稹的诗歌和元稹吟诵白居易的诗歌,很多确实是在驿路或驿馆发生,这对于双方的诗名得以在邮候、亭壁、童仆、马走之间广为传播确实是很有帮助。

其三,驿路吟诵对于诗人诗作的整理颇有助益。由于诵读的实现,诗人之名不仅仅在有传抄能力的人群中得以传播,而且在更广

---

[1]（唐）元稹著,冀勤点校:《元稹集》卷一三《酬乐天江楼夜吟稹诗,因成三十韵》,中华书局,2010年,第165页。

[2]（唐）白居易著,顾学颉校点:《白居易集》卷一七《江楼夜吟元九律诗,成三十韵》,中华书局,1979年,第350—351页。

[3]（唐）杜甫著,（清）仇兆鳌注:《杜诗详注》卷一九《同元使君舂陵行》,中华书局,1979年,第1693页。

泛的人群中获得知名度,如卢藏用在《陈子昂别传》中说陈子昂的文章:"其文章散落,多得之于人口,今所存者十卷。"[①] 又如柳宗元《大理评事杨君文集后序》云:"若杨君者,少以篇什著声于时,其炳耀尤异之词,讽诵于文人,盈满于江湖,达于京师。"[②] 诗歌整理得完整与否,与吟诵的程度有关。现存唐人作品中,有相当篇幅的驿路送别诗,再加上驿路行吟的创作,几乎占《全唐诗》的五分之一,如果没有广泛的吟诵传播,这种收集几乎是不可能实现的。

其四,吟诵时的声音感受还对创作有很大的帮助。任半塘《唐声诗》:"善诵者可以发明诗文之精义,使人开悟,而得其余味;可以显示诗文中之结构作用,使人得谋篇修辞之法。"[③] 唐人普遍好讽诵歌咏,这就使得诗歌不再是象牙塔中的圣物,使得很多人都能通过声口相传悟得创作法则而加入诗歌创作队伍,也就是说,可以有很多并无太多文化基础的人,通过讽咏歌诵学习创作。这是唐诗得以发达的重要基础。

二、歌唱与传诗

唐人诗歌入乐的具体情况,任半塘先生认为"北宋时已晦昧",但他肯定唐代歌诗存在的现实。也就是,唐代人唱诗。关于诗歌的入乐传唱,郑樵《通志二十略》之《乐略·正声序论》云:

　　诗者乐章也,或形之歌咏,或散之律吕,各随所主而命。主

---

① (唐)卢藏用:《陈子昂别传》,《全唐文》卷二三八,中华书局,1983年,第2414页。

② (唐)柳宗元:《大理评事杨君文集后序》,《全唐文》卷五七七,中华书局,1983年,第5832页。

③ 任半塘:《唐声诗》上编,上海古籍出版社,1982年,第15页。

于人之声者,则有行,有曲。散歌谓之行,入乐谓之曲。主于丝
竹之音者,则有引,有操,有吟,有弄。各有调以主之,摄其音谓
之调,总其调亦谓之曲。凡歌、行虽主人声,其中调者皆可以被
之丝竹。凡引、操、吟、弄虽主丝竹,其有辞者皆可以形之歌咏。
盖主于人者,有声必有辞,主于丝竹者,取音而已,不必有辞,其
有辞者,通可歌也。近世论歌行者,求名以义,强生分别,正犹汉
儒不识风雅颂之声,而以义论诗也。①

也就是说,诗歌入乐是无可置疑的。而唐代诗歌的入乐传唱,
也屡屡见诸文献记载,如《云溪友议》卷下"艳阳词"条记载的刘采
春"所唱一百二十首,皆当代才子所作"②。旗亭画壁所言之王昌龄的
《芙蓉楼送辛渐》《长信秋词》、高适的《哭单父梁九少府》、王之涣的
《凉州词》等。与驿路相关的诗歌也得到广泛传唱,如王维的《渭城
曲》、李白的《劳劳亭》、韦庄的《衢州江上别李秀才》中的离歌等,都
是入乐的驿路送别诗歌。

关于这些诗歌的入乐情况,任半塘先生在探讨传唱方法时引用
的王灼《碧鸡漫志》的材料和谈及任先生自己的判断透露的信息,说
明唐代诗歌很多入乐:

王灼《碧鸡漫志》卷一曰:"唐歌曲比前世益多,声行于今、
辞见于今者,皆十之三四,世代差近耳。"于此当问……王氏何
以得闻其十之三四? 相差何远? 此十之三四中,必兼包声诗与

①（宋）郑樵撰,王树民点校:《通志二十略·乐略·正声序论》,中华书局,1995
年,第887页。
②（唐）范摅:《云溪友议》卷下,《唐五代笔记小说大观》,上海古籍出版社,2000
年,第1307页。

长短句词两种在,观王氏《志》文所举诗调之多者可知。其述蜀王衍命宫人李玉箫歌衍自撰七绝宫词,曾曰:"五代犹有此风,今亡矣。"语乃专指诗乐而言,不复及词岳。然所谓"亡"者,乃宾主当筵,歌唱诗篇之风,至南宋已亡,非谓唐乐、唐谱至南宋初皆渺不可睹也。①

　　歌唱是诗歌传播的重要方式,甚至是评判诗名高下的主要依据,著名的"旗亭画壁"的故事就是高适、王之涣、王昌龄三人比拼才艺的典型案例,他们通过唱歌之多寡或是否为压轴判断自己的诗歌水平和传唱效果,可见传唱对诗名的影响不可忽视。

　　与驿传体系有关的传唱主要有两种形式:

　　一是馆驿传唱。这主要是聚会传唱,有诗人聚会招伎传唱,也有随意聚会的传唱。"旗亭画壁"的故事就发生在驿路上的一个相对较小的驿馆。薛用弱《集异记》"王涣之"②条记载此事:

　　　　开元中,诗人王昌龄、高适、王涣之齐名。时风尘未偶,而游处略同。一日,天寒微雪,三诗人共诣旗亭贳酒小饮。忽有梨园伶官十数人登楼会宴。三诗人因避席偎映,拥炉火以观焉。俄有妙妓四辈寻续而至,奢华艳曳,都冶颇极。旋则奏乐,皆当时之名部也。昌龄等私相约曰:"我辈各擅诗名,每不自定其甲乙,今者可以密观诸伶所讴,若诗入歌词之多者,则为优矣。"俄而,一伶拊节而唱,乃曰:"寒雨连江夜入吴,平明送客楚山孤。洛阳亲友如相问,一片冰心在玉壶。"昌龄则引手画壁曰:"一绝

①　任半塘:《唐声诗》上编,上海古籍出版社,1982年,第162—163页。
②　王涣之,应为王之涣,高适、王昌龄同时期诗人。

句。"寻又一伶讴之曰："开箧泪沾臆,见君前日书。夜台何寂
寞,犹是子云居。"适则引手画壁曰:"一绝句。"寻又一伶讴曰:
"奉帚平明金殿开,强将团扇共徘徊。玉颜不及寒鸦色,犹带昭
阳日影来。"昌龄则又引手画壁曰:"二绝句。"涣之自以得名已
久,因谓诸人曰:"此辈皆潦倒乐官所唱,皆巴人下里之词耳,岂
阳春白雪之曲,俗物敢近哉?"因指诸妓之中最佳者曰:"待此
子所唱如非我诗,吾即终身不敢与子争衡矣。脱是吾诗,子等当
须列拜床下,奉吾为师。"因欢笑而俟之。须臾,次至双鬟,发声
则曰:"黄河远上白云间,一片孤城万仞山。羌笛何须怨杨柳,
春风不度玉门关。"涣之即揶揄二子曰:"田舍奴,我岂妄哉!"
因大谐笑。诸伶不喻其故,皆起诣曰:"不知诸郎君何此欢噱?"
昌龄等因话其事,诸伶竞拜曰:"俗眼不识神仙,乞降清重,俯就
筵席。"三子从之,欢醉竟日。①

从这则故事看,王昌龄与高适、王之涣的文人聚会发生在旗亭,
梨园伶官十数人的宴饮聚会也发生在旗亭。伶人的歌唱成为三位风
尘未偶的诗人私相赌赛的资本,可见诗人们都知道入乐传唱之重要,
也可大略窥知,这种馆驿聚会传唱应该不在少数。

《云溪友议》卷上《钱歌序》所载《听盛小蕊歌送崔侍御浙东廉
使》所透露的信息则是正规的馆驿宴别而招伎唱诗:

> 是年秋,崔君(崔元范)鞫狱于谯中,乃终于柏台之任矣。
> 杨、封、卢、高数篇,亦其次也。《听盛小蕊歌送崔侍御浙东廉

---

① (唐)薛用弱:《集异记》,《文渊阁四库全书》,上海古籍出版社,1987年,第
1042册第580—581页。

使》，李讷："绣衣奔命去情多，南国佳人敛翠蛾。曾向教坊听国乐，为君重唱盛蔂歌。"《奉和亚台御史》，崔元范："杨公留宴岘山亭，洛浦高歌五夜情。独向柏台为老吏，可怜林木响余声。"团练判官杨知至："燕赵能歌有几人，落花回雪似含嚬。声随御史西归去，谁伴文翁怨九春。"观察判官封彦冲："莲府才为绿水宾（庾杲之在王俭府，似芙蓉泛渌水，故有此句），忽乘骏马入咸秦。为君唱作西河调，日暮偏伤去住人。"观察支使卢邺："何郎戴笏别贤侯，更吐歌珠宴庾楼。莫道江南不同醉，即陪舟楫上京游。"前进士高湘："谢安春渚饯袁宏，千里仁风一扇清。歌黛惨时方酩酊，不知公子重飞觥。"处士卢澣："乌台上客紫髯公，共捧天书静镜中。桃叶不须歌白苎，耶溪暮雨起樵风。"[①]

崔元范要赴阆庭，李讷为之饯行，盛小蔂为之佐歌，席间，"在座各为一绝句赠送之"，那么，席间的新作也就被民间艺人盛小蔂所得，并借助盛小蔂的歌唱再行流传。

二是驿路吟唱。《元次山集》卷四《欸乃曲五首序》记录了这样一种情况："大历丁未中，漫叟以军事诣都使。还州，逢春水，舟行不进，作《欸乃五首》，舟子唱之。"船上创作的作品，船夫唱之，是再典型不过的驿路传唱。《唐诗纪事》卷六〇"裴虔馀"条载：

> 咸通末，虔馀佐北门李公淮南幕，尝游江，舟子刺船，竹篙溅水，湿近座之衣，公色变。虔馀纪一绝云："满额鹅黄金缕衣，翠翘浮动玉钗垂。从教水溅罗衣湿，知道巫山行雨归。"公极欢，

① （唐）范摅：《云溪友议》卷上，《唐五代笔记小说大观》，上海古籍出版社，2000年，第1272—1273页。

命讴者传之。①

　　虔馀因事而发所写下的绝句,其幕主"命讴者传之",就是驿路旅客有意借助讴者的歌唱尽情传递诗歌之情意。

　　这种传唱是很有价值的,笔者在《唐诗传播与唐诗发展之关系》中所谈传唱对诗歌的价值可以拿来一用,因为驿路传唱和民间传唱不可能有本质的不同:

　　其一,民间传唱可以使得那些优美动听的歌曲迅速传播,并能助长诗歌的传播效果。《中朝故事》卷上载:

> 华清宫汤泉内,天宝中刻石为座,及作芙蓉。仆闻说到今犹在,屋木亦有全者。骊山多飞禽,名阿滥堆。
>
> 明皇帝御玉笛,采其声翻为曲子名焉。左右皆传唱之,播于远近。人竞以笛效吹,故词人张祐(祜)诗曰:"红树萧萧阁半开,上皇曾幸此宫来。至今风俗骊山下,村笛犹吹《阿滥堆》。"②

唐明皇翻制的曲子词,因为玉笛的伴奏而致"左右皆传唱之,播于远近",这就是音乐的力量。

　　其二,一些作品和一些诗人由于音乐的特殊辅助作用而成名。李重华《贞一斋诗说》:"七绝乃唐人乐章,工者最多","盖唐时入乐,专用七言绝句,诗家亦往往由此得名"③。在唐代诗人中,王昌龄、李

---

① (宋)计有功撰,王仲镛校笺:《唐诗纪事校笺》卷六〇,中华书局,2007年,第2054页。

② (五代)尉迟偓:《中朝故事》卷上,《唐五代笔记小说大观》,上海古籍出版社,2000年,第1786页。

③ (清)李重华:《贞一斋诗说》,《清诗话》,上海古籍出版社,2015年,第959、962页。

白、王维、李益、杜牧、李商隐等,都是以七绝闻名于世。

其三,歌唱比诵读具有更广泛的民间意义,甚至成为劳动者之歌。吟诵或者不是每一个人都喜欢的文化活动,歌唱却是人者皆能也可能皆好的娱乐活动。歌唱可以是任何人在任何时候任何情景下用以消遣、助兴或抒发情感的方式。《炀帝迷楼记》载,迷楼歌女有弟在民间,搜集民间歌词演唱引起注意,炀帝问及歌词来源,宫女曰:"臣有弟在民间,因得此歌。曰:道途儿童多唱此歌。"① 这与白居易诗歌"童子解吟《长恨》曲,胡儿能唱《琵琶》篇"有同样的意义。王维的《渭城曲》,在乐工歌女的传唱下遍及各地,乃至成为劳动者之歌。《刘宾客嘉话录》记载一位卖薄饼者,贫穷但勤劳乐观,每日吟唱《渭城》不断:

> 刑部侍郎从伯伯刍尝言:某所居安邑里巷口有鬻饼者,早过户,未尝不闻讴歌而当炉,兴甚早。一旦,召之与语,贫窭可怜,因与万钱,令多其本,日取饼以偿之。欣然持镪而去。后过其户,则寂然不闻讴歌之声,谓其逝矣。及呼,乃至,谓曰:"尔何辍歌之遽乎?"曰:"本流既大,心计转粗,不暇唱《渭城》矣。"从伯曰:"吾思官徒亦然。"因成大噱。②

在这个故事中,"鬻饼者"本小活计少时,有闲暇之心,日日"讴歌而当炉",但自从伯刍帮助了卖饼者,以至于卖饼者无暇唱歌。但从这个故事里可知,诗歌的歌唱传播非常广泛,以致成为劳动者之歌的

---

① (元)陶宗仪:《说郛》卷一一〇下,《文渊阁四库全书》,上海古籍出版社,1987年,第 882 册第 395 页。

② (唐)韦绚:《刘宾客嘉话录》,《唐五代笔记小说大观》,上海古籍出版社,2000年,第 794 页。

情况。

类似的声耳相传的传播,善记者往往因声而记辞曲,就如《集异记》记玄宗默记《霓裳羽衣曲》传于人间一般。而这些传唱的诗歌既然已经被"舟子""鬻饼者"之类的民间人士获得,就会由此辗转相传,使得在驿路和驿馆传唱的诗歌,也就一传十、十传百,呈放射状传播。

三、抄写与传诗

唐诗在唐代的传播主要有五种形式:吟诵、传唱、题壁、勒石、传抄。这五种形式中,题壁与驿传关系最为紧密。而题壁诗歌的传播又与传抄有紧密的关系。

题壁诗的传抄主要有两种情形:

一是抄写馆驿题壁诗。有些题壁诗是即兴的写景诗,有的是即兴的联络感情的贺友诗,如王勃《普安建阴题壁》、元稹《公安县远安寺水亭见展公题壁漂然泪流因书四韵》、孟浩然《秋登张明府海亭》、李白《自巴东舟行经瞿唐峡,登巫山最高峰,晚还题壁》、无名氏《题长乐驿壁》、吕群《题寺壁二首》、温宪《题崇庆寺壁》等。路过的行驿之人在阅读这些题壁诗时,对于自己感兴趣的诗歌进行抄写并带往所去之地。

二是在粉壁上抄写自己或他人的诗歌,为"到此一游"者抄写题壁诗提供方便。有些诗歌是诗人的宿构,或由自己、或由友人题写于驿路寺壁,成为他人阅读或抄写的范本。如元稹《阆州开元寺壁题乐天诗》:

忆君无计写君诗,写尽千行说向谁。题在阆州东寺壁,几时知是见君时。①

这种方式,为诗歌的更为广泛的传播提供了方便,也拓展了驿传传诗的范围。驿路上"官私商旅甚多,故白居易诗云:'两京大道多游客',《国史补》记渑池道中一次前车失事塞道,后队铃铎数千,罗拥不能进,尤见其盛。王贞白曰:'商山名利路,夜亦有人行。'两京大路驿,当又过之"②。驿路上人烟辐辏,商旅云集,有很多有雅兴的人都加入传抄诗歌的队伍,使得驿站题壁诗被带往四面八方,并在社会中产生影响。

这种传诗方式相对于吟诵和传唱,拥有更多的传播优势。

吟诵和传唱依靠声音。吟诵一般是在吟咏者性之所至时的即兴活动,它不具备复制的特点,因此,吟诵即使有较好的传播效果,也局限于听者的记忆能力。传唱借助于音乐,或婉转悠扬或慷慨激昂或缠绵凄切或欢快活泼的音乐,具有比吟诵更易让人接受的因素,它可能会比吟诵的复制效果更好,比如听唱一曲可能记住它的乐谱和相当多的歌词,但仍然不能够做到完全复制,而且,没有传抄的辅助,它也不具备长久保存的效果。唐代的燕乐久已失传就是明证。刘崇德先生的《燕乐新说》和他所翻译的《九宫大成》乐谱,如果不是有新发现的抄本存在作为依据,恐怕是不可能实现的。

笔者在《唐诗传播与唐诗发展之关系》中谈及传抄的优势,认为传抄的优长至少有四点:

---

① (唐)元稹著,冀勤点校:《元稹集》卷二〇《阆州开元寺壁题乐天诗》,中华书局,2010年,第260页。

② 严耕望:《唐代交通图考》第一卷,上海古籍出版社,2007年,第88页。

　　首先,它可以反复复制,累相传抄,而文字形态能够保持基本稳定;其次,它可以是吟诵、传唱、勒石的底本,使其有所依据,可以使得不管哪里的吟诵、传唱、勒石基本保持一致;其三,它具有广泛的流通功能,可以跟随传抄者穿山越海,行遍九州;其四,它具有长久保存而不失真的功能。比如敦煌写本的《秦妇吟》现有 10 个写本传世,《王梵志诗》有 28 个写本传世,其内容和文字大体一致,也就是说,我们今天所见到的唐人诗歌,相对于唐人所看到的唐人诗歌,没有本质上的差异。但是,唐人怎样吟诵或传唱这些诗歌,我们已经不可复得了。虽然今天也有人主张诗歌教学应该借助吟诵、歌唱,但却不能复原当时的吟诵或传唱,而传抄的本子,如果我们获得了那时的底本,而且也想传达当时传抄的真实情况,我们就可以做到完全复制,比如拍照。[①]

在这四点中,馆驿题壁诗除可能不具备第四点外,比如,有些馆驿题壁诗在岁月经久后可能因风雨侵蚀、驿壁毁坏等原因不复存在,也可能因重新粉壁而不复存在,所以会导致长久保存的不可能实现,其他三点对于馆驿题壁诗的传抄优长而言都是一致的。这种传抄更可能有助于诗歌的广泛传播并在唐代就发生影响,也更有助于后代流传。

---

① 吴淑玲:《唐诗传播与唐诗发展之关系》,中华书局,2013 年,第 63 页。

第五章　唐代驿传与唐人诗歌团体的形成

唐代诗歌团体的形成,有多方面的因素,诸如时代环境、文人情趣、文人入幕、文人个性、文人唱和等,但尚未有人注意到驿传与唐代诗歌团体形成的关系。事实上,驿传对唐代诗歌团体的形成有相当重要的影响,尤其是不同地域的文人的聚合、相距较远的文人之间诗歌观念和诗艺的互相影响,没有驿传,几乎是不可能的。

第一节　驿路与唐人诗歌观念的互相影响

由于驿传的方便快捷,唐代诗人之间的互相沟通非常方便,通过书来信往,探讨对诗歌的看法,由此而使得相隔较远的诗人之间的诗歌观念可以互相发生影响,而诗歌观念的一致是诗歌团体形成的重要因素之一。我们以几个重要的诗歌团体之间诗歌观念的互相影响进行考察,可大体了解这方面的情况。

一、驿路与韩、孟诗派诗歌观念的互相影响

韩、孟诗派的形成,与两次重要的文人聚会有关系。《中国文学史》谈及韩、孟诗派形成的这两次文人聚会时是这样说的:

韩孟诗派及其诗风的形成有一个过程。早在贞元八年（792），42 岁的孟郊赴长安应进士举，25 岁的韩愈作《长安交游者一首赠孟郊》及《孟生诗》相赠，二人始有交往，由此为日后诗派的崛起奠定了基础。此后，诗派成员又有两次较大的聚会：一次是贞元十二年至十六年（796—800）间，韩愈先后入汴州董晋幕和徐州张建封幕，孟郊、张籍、李翱前来游从；另一次是元和元年到六年（806—811）间，韩愈先任国子博士于长安，与孟郊、张籍等相聚；后分司东都洛阳，孟郊、卢仝、李贺、马异、刘叉、贾岛陆续到来，张籍、李翱、皇甫湜也时来过往，于是诗派全体成员得以相聚。这两次聚会，对韩孟诗派群体风格的形成至为重要。第一次聚会时，年长的孟郊已基本形成了自己的独特诗风，从而给步入诗坛未久的韩愈以明显影响；到第二次聚会时，韩愈的诗歌风格已完全形成，他独创的新体式和达到的成就已得到同派诗人的公认和仿效，孟郊则转而接受韩愈的影响。通过这两次聚会，诗派成员酬唱切磋，相互奖掖，形成了审美意识的共同趋向和艺术上的共同追求。①

这是当前古代文学研究界比较通行的说法，点透了韩、孟诗派形成的原因。肖占鹏《韩孟诗派研究》的观点与此基本一致。这两次诗人聚会，其实都是通过驿路实现的，这还在其次，更重要的是，这个文人团体之间诗歌观念的互相影响，是在驿站或通过驿传实现的。

关于"不平则鸣"说。韩愈的文学主张里，最著名的，当是"不平则鸣"的文学观，这一观点的出处是《送孟东野序》：

---

① 袁行霈：《中国文学史》第二卷，高等教育出版社，2005 年第二版，第 256 页。

大凡物不得其平则鸣：草木之无声，风挠之鸣。水之无声，风荡之鸣。其跃也，或激之；其趋也，或梗之；其沸也，或炙之。金石之无声，或击之鸣。人之于言也亦然，有不得已者而后言。其歌也有思，其哭也有怀，凡出乎口而为声者，其皆有弗平者乎！①

"不平则鸣"的观点，主要是针对孟郊发言，说孟郊特别"善鸣"是因为遭遇困顿，所以就如同"物不得其平则鸣"一般，是因为时乖运塞，才"其歌也有思，其哭也有怀"。这一观点，与"诗穷而后工"的意思完全一致。这些观点，人们已经不知道讨论了多少遍，我们这里就不再讨论。我们需要关注的是，孟郊四十六岁中进士，五十岁时才得了个溧阳尉的九品芝麻官，在赴任之时，韩愈等为孟郊饯行，一帮朋友写诗送别，而韩愈为这一组送别诗写了这篇序言，这篇序言即产生于驿路送别的场合。虽然没有更详细的资料谈及孟郊对这篇文章的态度，但依据唐人送别之时都是将送别诗交予被送别者的常例，孟郊应该携带着那些送别诗和韩愈的《送孟东野序》乘驿，或于沿途诵读，或到达任所再仔细品咂，总而言之，韩愈的观点，是随着孟郊的驿路旅途到达了江苏省南部的溧阳（今属上海）了，韩愈的观点，也在遥远的溧阳对孟郊发生着影响。

　　关于"奸穷怪变得"和大胆创新。韩、孟诗派，又名险怪诗派。险怪诗派的名称，足以说明这个诗派在艺术风格上的某些追求，而对险怪的共同追求，基本上也是通过驿路实现的。韩愈《调张籍》中"百怪入我肠"的意思，在送别贾岛的《送无本师归范阳》（贾岛初为浮屠，名无本）中也曾出现：

---

① （唐）韩愈：《送孟东野序》，《全唐文》卷五五五，中华书局，1983年，第5612—5613页。

　　无本于为文,身大不及胆。吾尝示之难,勇往无不敢。蛟龙
弄角牙,造次欲手揽。众鬼囚大幽,下觑袭玄窞。天阳熙四海,
注视首不颔。鲸鹏相摩窣,两举快一啖。夫岂能必然,固已谢黯
黮。狂词肆滂葩,低昂见舒惨。奸穷怪变得,往往造平澹。①

诗中说贾岛写作诗歌文章,胆子非常大,无论多难(应该包括诗题、内
容、格律、韵律之类),他都敢于去尝试,而且,贾岛追求奸穷怪变,已
经到了出神入化的程度,能够给人怪而不怪的艺术感受。这首诗,等
于是对贾岛艺术追求的肯定,而贾岛得到这样的肯定后,一定会更加
坚定不移地维持并发扬自己的艺术特点。而这首诗,也是产生在送
别贾岛宴会上的一首驿路送别诗。

　　关于“**欢愉之辞难工,而穷苦之言易好**”。这是韩愈的又一著
名诗论。唐宪宗元和二年(807)杨凭入京任刑部侍郎,元和三年
(808),裴均入朝为右仆射。三年,二人编辑以前在荆南、湖南任上的
唱和诗为《荆潭唱和集》。时韩愈在洛,有一从事带来《荆潭唱和集》
给韩愈,韩愈为之作序,提出了著名的“欢愉之辞难工,而穷苦之言易
好”的论点:

　　夫和平之音淡薄,而愁思之声要妙;欢愉之辞难工,而穷苦
之言易好也。是故文章之作,恒发于羁旅草野;至若王公贵人,
气满志得,非性能而好之,则不暇以为。今仆射裴公开镇蛮荆,
统郡惟九。常侍杨公领湖之南,壤地二千里。德刑之政并勤,爵
禄之报两崇。乃能存志乎诗书,寓辞乎咏歌,往复循环,有唱斯

① (唐)韩愈:《送无本师归范阳》,《全唐诗》卷三四〇,中华书局,1960年,第
　　3810页。

和;搜奇抉怪,雕镂文字,与韦布里闾憔悴专一之士,较其毫厘分寸;铿锵发金石,幽眇感鬼神,信所谓材全而能钜者也。两府之从事与部属之吏,属而和之。苟在编者,咸可观也。宜乎施之乐章,纪诸册书。①

韩愈的序文指出了《荆潭唱和集》的产生是两州之间,无疑也如白居易和元稹的唱和,是通过驿吏实现的。而韩愈在洛阳,《荆潭唱和集》的编者在京都,阅集、交序,应该也是通过驿路实现。

　　由此可见,韩、孟诗派文学观念的互相影响,或者干脆说韩愈对韩、孟诗派其他诗人文学观的影响,多是借助驿传实现的。韩、孟诗派又称险怪诗派,因而在追求险怪方面尤其不怕出格,但过犹不及,一些诗作虽然在描写上确实能够做到出奇出新,却实在是怪味丛生,生涩难懂,因此,韩、孟诗派的文学观点在当时就有人试图矫正,比如著名贤相裴度。裴度虽以功业著称,在文学上也并没有太多努力,但他确实是以诗赋进士并进入政坛的。由于自身的文学功底,裴度特别注意对文学之士的奖拔,很多诗人出其门,比如大历诗人中有好些诗人都受到裴度的提拔奖掖,方回说:"裴晋公度累朝元老,于功名之际盛矣,而诗人出其门尤盛。"② 就是裴度这位功业名盛之士,在韩愈的文学理论影响很大之时,适时地泼了一点冷水。他在《寄李翱书》中说"文之异,在气格之高下,思致之浅深,不在磔裂章句,隳废声韵",主张"不诡其词而词自丽,不异其理而理自新"③,这无疑是对

---

① (唐) 韩愈:《荆潭唱和诗序》,《全唐文》卷五五六,中华书局,1983 年,第5629—5630 页。
② (元) 方回著,李庆甲汇评校点:《瀛奎律髓汇评》卷一七,上海古籍出版社,1986 年,第 653 页。
③ (唐) 裴度:《寄李翱书》,《全唐文》卷五三八,中华书局,1983 年,第 5461—5462 页。

韩、孟诗派"奸穷怪变得"等创作观念的矫正。而这一观念,也是通过驿寄李翱书信的方式实现的。

韩、柳关于古文的很多理论,也多是在送别、寄书时产生的,与驿传也有很多关系。因古文不在本书关注的视野,姑不论。

二、驿路与元、白诗派诗歌观念的互相影响

元、白之间的诗歌观念的互相影响,多是通过驿传实现。

元稹和白居易贞元十年(794)同登书判拔萃科时,遂成莫逆。那时及以后一段时间,一个是十五六岁少年郎,一个是二十二三岁血气方刚的青年,彼此的惺惺相惜和共同的关注现实政治的志向,将他们紧紧连在一起。大约在贞元十三年(797)之后的一段时间,他们在京中及京畿附近为官,彼此相互联系,相互帮助,共同为新乐府诗歌做出了很多努力。但以后政治命运的起起伏伏,异地为官的仕途旅程,让他们经常相隔遥远,而他们的诗歌观念总是能够保持基本一致,驿传确实有不灭之功。

元稹驿路寄递《叙诗寄乐天书》。关于元稹写作诗歌,有一个有趣的传说,说是因为元稹明经及第,不为年轻诗人李贺所重,当元稹执挚拜访时,李贺竟然因为元稹是明经及第,不是以诗赋为主的进士及第,拒绝相见。这个故事,其实很荒谬,李贺816年就去世了,元稹拜相则在829年,而资料说是"相国稹年老",执挚拜谒李贺,这纯粹是风马牛不相及。但信息里透露出时人对诗赋的重视。这或许是元稹努力于诗歌创作的一个重要因素。而元稹与白居易结为莫逆之交后,交往特别频繁,除了生活上的互相救助,更有大量的诗文往还,其中以元稹主动与白居易探讨为多。元稹的《叙诗寄乐天书》就是元稹主动与白居易探讨诗歌写作的一个重要范本。其中有这样一段:

　　稹九岁学赋诗,长者往往惊其可教。年十五六,粗识声病……仆时孩骏,不惯闻见,独于《书》《传》中初习"理乱萌渐",心体悸震,若不可活,思欲发之久矣。适有人以陈子昂《感遇》诗相示,吟玩激烈,即日为《寄思元子》诗二十首。故郑京兆于仆为外诸翁,深赐怜奖,因以所赋呈献京兆,翁深相骇异,秘书少监王表在座,顾谓表曰:"使此儿五十不死,其志义何如哉!惜吾辈不见其成就。"因召诸子训责泣下。仆亦窃不自得,由是勇于为文。又久之,得杜甫诗数百首,爱其浩荡津涯,处处臻到,始病沈、宋之不存寄兴,而讶子昂之未暇旁备矣。不数年,与诗人杨巨源友善,日课为诗,性复僻懒,人事常有闲暇,闲则有作,识足下时,有诗数百首矣。习惯性灵,遂成病蔽,每公私感愤,道义激扬,朋友切磨,古今成败,日月迁逝,光景惨舒,山川胜势,风云景色,当花对酒,乐罢哀馀,通滞屈伸,悲欢合散,至于疾恙穷身,悼怀惜逝,凡所对遇异于常者,则欲赋诗。又不幸,年三十二时有罪谴弃,今三十七矣。五、六年之间,是丈夫心力壮时,常在闲处,无所役用。性不近道,未能淡然忘怀,又复懒于他欲,全盛之气,注射语言,杂糅精粗,遂成多大,然亦未尝缮写。适值河东李明府景俭在江陵时,僻好仆诗章,谓为能解,欲得尽取观览,仆因撰成卷轴。其中有旨意可观,而词近古往者,为古讽;意亦可观,而流在乐府者,为乐讽;词虽近古,而止于吟写性情者,为古体;词实乐流,而止于模象物色者,为新题乐府;声势沿顺,属对稳切者,为律诗,仍以七言、五言为两体;其中有稍存寄兴,与讽为流者,为律讽;不幸少有伉俪之悲,抚存感往,成数十诗,取潘子《悼亡》为题;又有以干教化者,近世妇人,晕淡眉目,绾约头鬓,衣服修广之度,及匹配色泽,尤剧怪艳,因为艳诗百余首,词有古、今,又两体。自十六时,至是元和七年,已有诗八百余首,色类相从,共成十体,凡二十卷。自笑冗乱,亦不复置之于行李。昨来京师,偶在筐箧。及通行,尽置足下,仅亦有说。①

　　文中谈及陈子昂、杜甫对自己的影响,谈及自己诗歌创作的努力,谈及对诗歌体式的认识。这是元稹积极与白居易交流,是元稹在东川回京时通过驿传寄给白居易的。而且从白居易诗文中透露的信息看,这样的主动探讨已经有好多次,所以才引发了白居易著名的《与元九书》。

　　白居易的《与元九书》。白居易最著名的诗歌理论文章《与元九书》,就是白居易寄给元稹的一封书信。在这封书信体文学理论文章中,白居易详细地阐释了自己对诗歌的理解。从驿传与诗歌关系的角度看,这封书信里值得重视的信息是:

　　　　月日,居易白。微之足下:自足下谪江陵至于今,凡枉赠答诗仅百篇。每诗来,或辱序,或辱书,冠于卷首,皆所以陈古今歌诗之义,且自叙为文因缘,与年月之远近也。仆既受足下诗,又谕足下此意,常欲承答来旨,粗论歌诗大端,并自述为文之意,总为一书,致足下前。累岁已来,牵故少暇,间有容隙,或欲为之;又自思所陈,亦无出足下之见;临纸复罢者数四,卒不能成就其志,以至于今。②

从这一段文字不难看出,元稹在与白居易唱和的诗歌中,每每与白居

① (唐)元稹著,冀勤点校:《元稹集》卷三〇《叙诗寄乐天书》,中华书局,2010年,第405—406页。
② (唐)白居易著,顾学颉校点:《白居易集》卷四五《与元九书》,中华书局,1979年,第964页。

易商讨"古今歌诗之义""自叙为文因缘",其探讨诗歌应该怎样写、写作缘由的目的性相当清晰。而白居易也在回信中明确提出了自己一系列的诗歌主张,其中包括"感人心者,莫先乎情,莫始乎言,莫切乎声,莫深乎义。诗者,根情,苗言,华声,实义""诗补察时政""歌泄导人情""痛诗道崩坏,忽忽愤发,或废食辍寝,不量才力,欲扶起之""文章合为时而著,歌诗合为事而作"等著名文学观念。他们之间互相探讨诗歌理论,是通过这些酬唱诗歌的序、书得以实现的。而这样一封封书信,正是通过驿传,飞越千山万水,或从元稹贬所到达白居易贬所,或从白居易居所抵达元稹居所,双方在交流中沟通着对诗歌的认识,并在一定程度上达成共识。比如关于新乐府诗歌,这是白居易和元稹都曾热衷的诗体形式,但并未得到时人的广泛承认,这是他们二人共同痛心的。而白居易和元稹共同创作的杂律诗反倒在社会上广泛风行,白居易说"时之所重,仆之所轻",元稹则在后来编选《白氏长庆集》时对这一点表示了认同。

白居易的《寄唐生》。新乐府运动的著名文学观点还有"非求宫律高,不务文字奇。惟歌生民病,愿得天子知"等,也是白居易通过驿传影响他人。这一观点出现在《寄唐生》中:

> 贾谊哭时事,阮籍哭路歧。唐生今亦哭,异代同其悲。唐生者何人,五十寒且饥。不悲口无食,不悲身无衣。所悲忠与义,悲甚则哭之。太尉击贼日,尚书叱盗时。大夫死凶寇,谏议谪蛮夷。每见如此事,声发涕辄随。往往闻其风,俗士犹或非。怜君头半白,其志竟不衰。我亦君之徒,郁郁何所为。不能发声哭,转作乐府诗。篇篇无空文,句句必尽规。功高虞人箴,痛甚骚人辞。非求宫律高,不务文字奇。惟歌生民病,愿得天子知。未得天子知,甘受时人嗤。药良气味苦,瑟淡音声稀。不惧权豪怒,

亦任亲朋讥。人竟无奈何,呼作狂男儿。每逢群动息,或遇云雾披。但自高声歌,庶几天听卑。歌哭虽异名,所感则同归。寄君三十章,与君为哭词。①

唐生,即唐衢,新乐府运动的重要诗人。在这首诗里,白居易为唐衢的悲剧命运感慨,为唐衢的忠义之心感动,更为唐衢乐府诗的价值叫好。白居易认为,唐衢的乐府诗"篇篇无空文,句句必尽规",是对乐府诗反映社会生活的价值的认可;"功高虞人箴,痛甚骚人辞",是对唐衢乐府诗的讽谏价值的赞同;"非求宫律高,不务文字奇",指出了唐衢乐府诗在艺术上的自由无拘;"惟歌生民病,愿得天子知"则是对唐衢乐府诗创作目的的肯定。而这几条,条条都是新乐府运动遵守的创作规范。白居易的这篇作品,是"寄"给唐衢的。虽然没有资料明确显示唐衢此时身在何地,但从唐衢的境遇和经历来看,或者此时正游太原戎帅幕。

观念的变化能够互相沟通,互相认同,也就拥有了共同的努力方向,所以,元稹和白居易虽然常常山水阻隔,却能够做到诗歌观念大体共同律动。这是形成元、白诗歌流派的相当重要的因素,由此可知,在当时的社会条件下,没有驿传,是没有办法实现这种互动的。

三、大历诗人群体诗歌观念的互相影响

之所以把大历诗人群体放在这里,不是有意把年代搞乱,而是认为大历诗人群体在文学观念的互相影响方面远不如元、白之间和韩、孟诗派之间。

---

① (唐)白居易著,顾学颉校点:《白居易集》卷一《寄唐生》,中华书局,1979年,第15—16页。

经历了安史之乱后的大唐诗坛，随着王维、李白、杜甫等大诗人的相继逝去而为年轻一代的刘长卿、顾况、韦应物及被称为"大历十才子"的诗人所占据。他们主要活动于唐代宗大历年间、唐德宗贞元年间。这一批诗人，少年长于盛唐的繁华盛世，青壮年时期经历了安史之乱的社会动荡，中年以后则看到和感受到的是战乱之后的破败萧条和大唐帝国的日渐衰败。"年少逢胡乱，时平似梦中"（戎昱语）、"白发壮心死，愁看国步移"（钱起语），是当时诗人的普遍感受，故而这一时期的诗人形成了大体相近的特点：曾经的入世热情、救民思想的流露和对大唐帝国未来的忧虑，以及进而形成的消极心态。作品多是早期尚存壮心，如"丈夫当为国，破敌如摧山。何必事州府，坐使鬓毛斑"（韦应物语）、"劝君用却龙泉剑，莫负平生国士恩""宁唯玉剑报知己，更有龙韬佐师律"（钱起语）、"千金未必能移性，一诺从来许杀身"（戎昱语），等等，但残酷的现实让他们感受不到大唐帝国还能重整山河、再造盛世，他们在失望中描写着夕阳、落叶、秋风、败菊、寒山、冷雁，形成了共同的落寞悲凉的诗风。

大历诗人并没有共同的领袖人物，也没有鲜明的文学主张由大家共同遵守，在文学上主要有李益、刘长卿、韦应物、独孤及和大历十才子。他们的文学观是在共同的时代感受和互相的诗歌创作交流中发生的影响，尤其是在彼此寄赠的驿路诗歌和送别诗歌的交流中互为影响，并形成了共同的关注视角和风格取向，使得秋风、夕照、晚风、暮雨、寒雁、黄叶、寂寥等富含冷淡色调的词语和青山、白云、寒汀、芳草、沧洲等带有隐逸意味的词汇以及乱流、落叶、转蓬等代表飘泊的词语，都纳入他们的诗作，形成了共有的格调。比如刘长卿有一首《瓜洲道中送李端公南渡后，归扬州道中寄》，诗中写道：

片帆何处去,匹马独归迟。惆怅江南北,青山欲暮时。①

诗歌是刘长卿送别李端之后回归扬州的路途上所作,诗人以"片帆"写友人,以"匹马""独"写自己,江南江北,相隔关山,共对暮天,好不凄凉。刘长卿的《赴宣州使院,夜宴寂上人房,留辞前苏州韦使君》:

白云乖始愿,沧海有微波。恋旧争趋府,临危欲负戈。春归花殿暗,秋傍竹房多。耐可机心息,其如羽檄何。②

这是诗人赴宣州任淮西节度留后时,临行前写给韦应物的留别诗。诗中,诗人已经完全看透了世事,感觉到春归花谢的悲哀,也就完全没有了要争强努力的"机心"。这种极其颓唐的心态,也是大历诗人共有的。面对同样的时代和世事,想来韦应物也不会有更好的心情。

　　之所以形成如此趋近的格调,与他们有意识的共同努力是分不开的。虽然他们没有互相探讨诗歌理论的文字留存于世,但共同的追求是确实存在的。这一点,我们可以通过权德舆的一篇序文看到些许情况。《全唐文》中载有权德舆《送崔端公赴江陵度支院序》,序中透露了大历诗人对诗歌的共同追求,对唐诗的发展还是很有影响的。事在唐德宗贞元二年(786),崔峒赴江陵度支院,时戴叔伦、权德舆、萧公瑜、王绍均在洪州,各作五言诗为其送行,权德舆为之作序。序言中有这样一段话:

---

① (唐)刘长卿:《瓜洲道中送李端公南渡后,归扬州道中寄》,《全唐诗》卷一四七,中华书局,1960年,第1480页。
② (唐)刘长卿:《赴宣州使院,夜宴寂上人房,留辞前苏州韦使君》,《全唐诗》卷一四八,中华书局,1960年,第1512页。

　　五言诗送别之始，故自戴临川（叔伦）、萧王二柱史（萧公
瑜、王绍）已降，皆征文觌远。字用五而词多楚者，以地理所历，
且行古之道也。①

　　从序中透露的信息看，这些人在送别崔峒之时，商定以五言诗送
别，而且在文辞上也有共同的追求，多用楚语，可见是非常自觉的观
念的趋同。

第二节　唐代驿传与唐人诗艺的互相切磋

　　文学流派的形成，需要文学理论的支撑，更需要文学创作的跟
进。除了相近的诗歌观点，更重要的还是大量的内容趋近、艺术追求
趋近的诗歌创作的支撑。驿传除了在传递诗人之间的诗歌理论方
面起到了重要作用，也为诗人之间互相交流诗作、切磋诗艺提供了方
便，大量的送别、酬唱、同题、仿写的诗作，或分韵而成，或步韵而作，
为形成内容趋近、艺术追求趋近的诗歌创作奠定了基础。通过一些
重要的诗歌团体内部诗人之间诗歌创作因驿传而产生的互相交流和
影响，可以说明：唐代驿传与唐人诗艺的互相切磋关系紧密。这种现
象，在大历以后的诗人团体的形成中体现得较为突出。

一、大历诗人群体的诗艺切磋

　　大历诗人之间的交往非常频繁，很多交往都是发生在较多诗人
之间，其中，饯别时的诗人聚会是经常性的活动，这些活动，一般是

────────────

① （唐）权德舆：《送崔端公赴江陵度支院序》，《全唐文》卷四九一，中华书局，
1983年，第5010页。

发生在驿馆、驿亭。他们常常在这样的场所进行唱和活动,进行诗艺切磋,有时是单纯的切磋技巧,有时还以比拼诗艺的方式进行艺术探讨。

大历诗人的送别诗很多。据唐人资料,送人远行,饯别的地点往往在长亭、驿馆,送别的地点往往在行人的驿路起点甚或更远,折柳送别的意象、长亭送别的意象、南浦送别的意象等,均因驿路送别而生。大历诗人的有些送别诗点明了驿路送别的情况,有些点的不是很明确,但从行人身份判定,大多发生在驿路。

唐代宗大历二年(767),吉中孚为校书郎时,欲归楚州,送行者皆作诗送别。李端诗题为《送吉中孚拜官归楚州》,卢纶诗题为《送吉中孚校书归楚州旧山》,李嘉祐诗题为《晚春送吉校书归楚州》,司空曙诗题为《送吉校书东归》。此次送别的地点是水驿,李端诗中的"别我长安道……方随水向山"、卢纶诗中的"送客随岸行"、司空曙诗中的"行逢江海秋",都说明了这一点。值得说明的是,他们的诗,皆因送别而略显感伤。而在诗艺方面,李端、卢纶都做了转韵诗。这说明,诗歌的转韵问题已经受到这些诗人的关注。

唐代宗大历三年(768),新罗王宪英卒,册立其子乾运为新罗王,归崇携副使陆珽、顾愔出使新罗吊祭,皇甫冉、耿沣、李端、吉中孚、钱起、顾况、独孤及送行,均有诗。独孤及为之作序,称"凡以诗贶别,姑美遣使臣之盛云尔"。这一次送别,必然发生在驿路上,据钱起《送陆珽侍御使新罗》诗中的"受命辞云陛,倾城送使臣",送别不可能在城中的什么饭店之类的地方,而是在驿路之上。这一次送饯活动中的诗作,都是伤感的主题,一则与送别的景况有关,一则与大历诗人的总体努力方向相同,故与大历诗人的总体风格相一致。

唐代宗大历三年(768)七月,著名诗人王维的弟弟王缙赴幽州节度使任,大历诗人钱起、皇甫冉、皇甫曾、韩翃作诗送别,韩翃诗擅胜场。《唐国史补》记载:"《送王相公之镇幽朔》,韩翃擅场。《送刘相之巡江淮》,钱起擅场。"① 所谓"擅场",就是在比较诗艺的过程中胜出,可见,作完送别诗之后,文人们的活动并没有结束,还进行了比较长短、分别胜负的工作。在这个过程中,除了阅读评判,就是比较研究、探讨诗艺本身的东西。

上一节所列唐德宗贞元二年(786),崔峒赴江陵度支院,时戴叔伦、权德舆、萧公瑜、王绍均在洪州,各作五言诗为其送行,权德舆为之作序。序言中"字用五而词多楚者,以地理所历,且行古之道也"②,可知这些人在送别崔峒之时,受洪州所在地域影响,共同商定以五言诗为崔峒送别,自觉在文辞上使用楚语,可见是非常自觉的诗艺研讨和努力。

唐德宗贞元二年(786),卢纶、畅当均在河中,耿沣寄书卢纶,伤故友零落,卢纶作诗呈畅当,其诗题为《得耿沣司法书因叙长安故友零落兵部苗员外发秘省李校书端相次倾逝潞府崔功曹峒长林司空丞曙俱谪远方余以摇落之时对书增叹因呈河中郑仓曹畅参军昆季》,交代了大历诗人的零落,等于宣告大历诗人群体退出文学史舞台。

写作诗歌时所面临的共同处境,驿路风物对情绪渲染的作用,驿路送行的离别情绪,对行人驿路漫漫的相同关切……所要表达的都是相似的情感、相类的氛围,再加之有时的特别的诗艺要求,如"字用五而词多楚者"之类,这就成就了大历诗人共同的艺术风范。虽然大历诗人并没有特别明确的诗歌理论,但却有非常明确的相类的艺

---

① (唐)李肇:《唐国史补》卷上,《唐五代笔记小说大观》,上海古籍出版社,2000年,第167页。

② (唐)权德舆:《送崔端公赴江陵度支院序》,《全唐文》卷四九一,中华书局,1983年,第5010页。

术追求,而这些共同的艺术追求多因驿路而起,可见驿传体系对大历诗人成为一个文人团体的重要性。

二、韩、孟诗派之间的诗艺切磋

韩、孟诗派团结得非常坚实,他们形成团体后,互相之间的诗艺切磋非常频繁,有的是通过诗人聚会进行,比如孟郊在京都与韩愈结交后,先是孟郊影响韩愈的诗歌创作,待韩愈诗歌风格形成后转头影响孟郊的诗歌创作;贾岛在街头撞到韩愈出行的仪仗后,两人之后在京城进行多次的诗艺交流;刘叉与孟郊、韩愈之间也有多次这类活动。

韩、孟诗派两次比较大的聚会,是通过驿传实现的:京城的聚会,都是诗人们为着进士考试,通过驿路汇集而来;韩愈在徐州张建封幕府,韩、孟诗派的其他成员追随而至,亦是通过驿路实现。这是笔者在其他文章中已经谈论过的内容,兹不赘述。

除了这两次比较大的诗人聚会以外,韩、孟诗派的成员大部分时间也是分散各地的,如韩愈在徐州张建封幕府时,这些诗友分别来徐州看望或拜谒,而后又四散求学求官,韩愈诗《此日足可惜赠张籍》道出了这种情况:"我友二三子,宦游在西京。东野窥禹穴,李翱观涛江。萧条千万里,会合安可逢。淮之水舒舒,楚山直丛丛。子又舍我去,我怀焉所穷。男儿不再壮,百岁如风狂。高爵尚可求,无为守一乡。"[1] 这样一来,他们之间的诗艺切磋,事实上也只能通过驿寄诗歌供对方欣赏、评判;他们之间的酬赠、唱和诗歌也是通过驿传实现。

---

[1] (唐)韩愈:《此日足可惜赠张籍》,《全唐诗》卷三三七,中华书局,1960 年,第3771 页。

　　贞元十三年（797）年末，在孟郊的推荐下，张籍来汴州节度使幕府拜见韩愈，韩愈和张籍订交。韩愈将张籍安排在驿馆，两人多次馆驿畅谈，盘桓数日。自此后，两人之间诗歌往还、探讨诗艺，便是经常的事情了。韩愈《此日足可惜赠张籍》诗说：

> 念昔未知子，孟君自南方。自矜有所得，言子有文章。我名属相府，欲往不得行。思之不可见，百端在中肠。维时月魄死，冬日朝在房。驱驰公事退，闻子适及城。命车载之至，引坐于中堂。开怀听其说，往往副所望。孔丘殁已远，仁义路久荒。纷纷百家起，诡怪相披猖。长老守所闻，后生习为常。少知诚难得，纯粹古已亡。譬彼植园木，有根易为长。留之不遣去，馆置城西旁。岁时未云几，浩浩观湖江。众夫指之笑，谓我知不明。儿童畏雷电，鱼鳖惊夜光。州家举进士，选试缪所当。驰辞对我策，章句何炜煌。相公朝服立，工席歌鹿鸣。礼终乐亦阕，相拜送于庭。之子去须臾，赫赫流盛名。①

孟郊向韩愈推荐张籍的文章，张籍来到汴州与韩愈畅谈的是文章，众人在不了解张籍其人时，讥笑韩愈没有知人之智，而张籍终于在州选中骈辞对策，出类拔萃，令大家刮目相看。从诗中的信息看，韩愈、张籍的诗人聚会和探讨文章（包括诗艺）相当畅快，应该算是彼此膺服吧。韩愈为了能够与张籍探讨诗艺，特意留张籍于驿馆，双方之间的诗艺探讨，或发生在韩愈所在幕府，或发生在驿馆之中。而此时，李翱也到了汴州，拜韩愈为师。韩愈《与冯宿论文书》对这些情况有所

---

① （唐）韩愈：《此日足可惜赠张籍》，《全唐诗》卷三三七，中华书局，1960 年，第3772 页。

交代：

> 近李翱从仆学文，颇有所得，然其人家贫多事，未能卒其业。有张籍者，年长于翱，而亦学于仆，其文与翱相上下，一二年业之，庶几乎至也；然闵其弃俗尚而从于寂寞之道，以之争名于时也。久不谈，聊感足下能自进于此，故复发愤一道。愈再拜。①

张籍离开汴州城后，即到汴州城西馆，准备应考。有《上韩昌黎书》，劝韩愈不要"尚驳杂无实之说"，而应弃"无实之说，宏广以接天下士"，以成圣人之道。韩愈认同张籍的观点。贞元十四年（798），韩愈任府试主考官，于府试中推张籍为首荐。可见，张籍虽为学生，也能在一定程度上影响韩愈。李翱的情况大略相类。

这一年，韩愈有《醉留东野》诗。诗中之意，说孟郊要离开汴州南归，由此可知孟郊也来汴州与韩、孟诗派的文人风流际会，并探讨诗艺。韩愈的《醉留东野》，对李白、杜甫二人不能常相聚感到遗憾，并借此表达对孟郊离去的不舍，表达愿意身为云彩，"四方上下逐东野"，可知此时孟郊对韩愈的影响更大些。

宣武节度使府主董晋去世后，韩愈到徐州，张建封留居睢上。贞元十五年（799），韩愈闲居徐州，张籍又追随韩愈到徐州相会月余，上面所举《此日足可惜赠张籍》即写于此次离别之时。题后注曰"愈时在徐，籍往谒之，辞去，作是诗以送"，可见是驿路送别之作。

贞元十七年（801），孟郊授溧阳尉，驿路赴任。时韩愈在洛阳，孟郊路过，韩愈送之，有《送孟东野序》，倡导"不平则鸣"的文学观，

---

① （唐）韩愈：《与冯宿论文书》，《全唐文》卷五五三，中华书局，1983年，第5597页。

并特别申明："东野之役于江南也,有若不释然者,故吾道其命于天者以解之。"① 也就是说,韩愈一定要抓住这一次驿路送别的机会向孟郊传达自己的文学观和生活观,以供孟郊在驿路之上好好品味、回思,以期达于一致。

韩愈与刘禹锡之间也有诗艺交流。唐顺宗永贞元年(805),刘禹锡、柳宗元因为永贞革新的失败被贬,刘禹锡先被贬为连州刺史,继而贬为朗州司马,柳宗元先被贬为邵州刺史,继而贬为永州司马。刘禹锡赴贬所路途,经过江陵,与韩愈相会,韩愈以自己的《岳阳楼别窦司直》请刘禹锡品读,并要求刘禹锡作和诗。这是又一种形式的诗艺比拼,大概是韩愈认为自己的诗还算不错,给刘禹锡做一个样板学习吧。

唐宪宗元和三年(808),韩愈在洛阳,皇甫湜在陆浑,作《陆浑山火》诗,韩愈和之作《陆浑山火和皇甫湜用其韵》,题下小注:"湜时为陆浑尉。""用其韵"已是对韩愈有很高的要求,还要写同题诗,还不能与皇甫湜文字、意境重复,这就需要大费脑筋,绞尽脑汁掂量词语,正适应了韩、孟诗派追求创新、不避险俗怪诞的理论要求,应该是韩愈刻意去锻炼这方面的能力。此后,二人时有诗歌往还,均是通过邮吏实现。韩愈诗《寄皇甫湜》:"敲门惊昼睡,问报睦州吏。手把一封书,上有皇甫字。"② 可见双方的诗艺交流对驿路的依赖。

由上可知,韩、孟诗派锻炼诗艺的活动,不少也是通过驿路实现或直接因驿路而产生。驿路对汇聚韩、孟诗派的诗人以及他们之间的诗艺研磨也是功不可没。

---

① (唐)韩愈:《送孟东野序》,《全唐文》卷五五五,中华书局,1983 年,第 5613 页。
② (唐)韩愈:《寄皇甫湜》,《全唐诗》卷三四〇,中华书局,1960 年,第 3815 页。

三、元、白诗派成员之间的诗艺切磋

在唐代诗人中,诗歌之间的互相交流、诗艺的互相切磋,没有人比元稹和白居易更加频繁。不仅仅是元、白之间,新乐府诗人之间的诗艺切磋、元和体形成过程中的诗艺切磋,绝大部分也是通过驿传体系实现的。如元稹的很多作品都是与白居易的唱和之作或追和之作,元稹、李绅、白居易等人之间通过驿寄方式传递诗歌互相学习,对彼此的诗歌艺术的锻炼都产生过重要作用。

元稹和白居易,一生共在一地供职的时间少之又少,他们之间诗歌艺术的互相影响,绝大多数都是通过驿传实现的,而这种诗歌的影响,主要是白居易影响元稹。元稹明经及第,是其一生的"伤痛",这是不得已的选择,因为元稹幼年丧父,寄居母舅,不能等待"五十少进士"的辉煌并进而以进士及第的身份为自己谋求更好的出身。他必须首先生存,在"三十老明经"的时代文化氛围中,"明经"是相对容易的一条求仕之路,所以元稹不得不要走明经及第之路。但明经及第也让元稹受到不少屈辱,有一个发生在两位著名文人间的不愉快的故事可以说明这种情况。《剧谈录》卷下"元相国谒李贺"条载:

> 元和中,进士李贺善为歌篇①。韩文公深所知重,于缙绅之间每加延誉,由此声华藉甚。时元相国稹年老,以明经擢第,亦攻篇什,常愿交结于贺。一日,执贽造门。贺览刺不容,遽令仆者谓曰:"明经擢第,何事来看李贺?"相国无复致情,惭愤而退。其后左拾遗制策登科,日当要路。及为礼部郎中,因议贺名晋,不合应进士举。贺亦以轻薄为时辈所排,遂成辚轲。文公惜

---

① 进士:此处实际是对准备参加进士科考试的举子的称谓,李贺一生未曾参加进士科考试,当然也就不是考中的进士。

其才,为著《讳辩录》明之,然竟不成事。①

这则故事,并非事实,因为李贺死于元和十一年(816),而元稹大和三年(829)方任相职,此时李贺已经逝去十余年,不可能与已老的元稹有交集,但却可以用来说明一种实质上的真实:当时人对进士及第的重视。而进士及第主要是试诗赋。元稹是否确实遭遇过类似的尴尬,我们今天已经不得而知了,但元稹用心于诗歌创作和用心于向白居易学习,却是不争的事实,这或者正是当时人重视诗赋出身的社会心理在元稹身上的反映,而在元稹以白居易为目标的诗歌学习过程中,驿传所起的作用也是无可争议的。

(一)元、白之间寄赠、转寄与索阅诗卷、诗集,很多时候通过驿传实现②

元稹和白居易之间远距离的诗歌交流主要有寄赠、转寄与索阅诗卷、诗集。查阅《元稹集》和《白居易集》,约略可以勾勒出元、白之间远距离诗歌交流的状况(按年代):

元和五年(810),元稹离京赴东川,与白居易相遇于街衢,白居易命弟弟为其送行,并赠诗一轴,使其在途讽诵。

元和五年(810),元稹被贬江陵士曹参军,于驿路之上,寄途中所作诗歌十七首与白居易。

元和十年(815),元稹被贬通州司马,行前,留赠旧文二十轴与白居易。稍后,又托熊孺登通过驿路捎给白居易新旧文二十轴。

长庆二年(822)十月,白居易在杭州任上,张籍从京城长安寄来

① (唐)康骈:《剧谈录》卷下,《唐五代笔记小说大观》,上海古籍出版社,2000年,第1497页。
② 以下内容参见吴淑玲:《元、白诗歌的传播学考察》,《贵州师范大学学报(社会科学版)》2009年第3期。

二十五首诗歌,白居易把玩赏咏,之后转寄越州刺史元稹。

元稹和白居易杭越唱和,互相寄赠,凭诗筒传诗,更是文坛佳话。今检白居易诗集,提及诗筒传诗者有《醉封诗筒寄微之》《与微之唱和来去常以竹筒贮诗陈协律美而成篇因以此答》《秋寄微之十二韵》等。

有寄赠、转寄与索阅诗卷、诗集,才有可能实现诗歌的交流,也才有了互相学习和切磋的可能。

(二)元、白之间的互相影响与驿路传递诗歌联系甚深

翻开元稹、白居易的诗集,双方唱和的诗作有八九百首,而元稹"酬""和"白居易之作尤多,其中大部分是驿路传诗。最典型的事例是"通江唱和"和"杭越唱和"。

"通江唱和",元、白二人,一个在"三千里外巴蛇穴"的通州,一个"住近湓江地低湿"的江州,中间远隔千山万水,诗章往还,不计元稹治病突然中断联系的一段时间,尚能一年内至少往还两次,全靠驿传之功。

"杭越唱和",元、白二人各为越州、杭州刺史,利用邮传,用诗筒传诗。白居易诗记载"杭越唱和":"一生休戚与穷通,处处相随事事同。未死又怜沧海郡,无儿俱作白头翁。展眉只仰三杯后,代面唯凭五字中。为向两州邮吏道,莫辞来去递诗筒。"[1]可见其诗歌往来传递对驿传的依赖。二人一生走过地方无数,留下唱和诗章几百首,双方借助完备的驿传体系传递诗歌,不仅联络了感情,而且切磋了诗艺,为当时的诗坛留下了很多颇有影响的诗章。

元、白的很多诗歌,虽然没有标明是"酬""和"之类,但实际上仍然属于这一类,在传达彼此的深情厚谊中提升着彼此的诗艺。比

---

① (唐)白居易著,顾学颉校点:《白居易集》卷二三《醉封诗筒寄微之》,中华书局,1979年,第505页。

如元稹有病,白居易寄药:"已题一帖红消散,又封一合碧云英。凭人寄向江陵去,道路迢迢一月程。未必能治江上瘴,且图遥慰病中情。到时想得君拈得,枕上开看眼暂明。"① "凭人"就是托去向江陵的人捎着。元稹居通州恶劣之地,白居易寄生衣并于封上题诗:"浅色縠衫轻似雾,纺花纱袴薄于云。莫嫌轻薄但知著,犹恐通州热杀君。"② 白居易在江州,元稹亦寄衣物于白:"溢城万里隔巴庸,纻薄绵轻共一封。腰带定知今瘦小,衣衫难作远裁缝。唯愁书到炎凉变,忽见诗来意绪浓。春草绿茸云色白,想君骑马好仪容。"③ 元、白之间的深情厚谊,点点滴滴都通过驿传寄赠的物品和诗歌传达出来。这些诗歌,设身处地,情真意切,不因双方地位而有变化,不因相距遥远而有隔阂,很多都是传世佳作。

双方也经常在驿寄的诗歌里探讨诗歌究竟应该怎样写,自己和对方在写作中存在着哪些问题,如唐宪宗元和五年(810),元稹因在敷水驿与宦官争驿受辱,被贬为江陵士曹参军,在赴江陵途中写有十七首诗歌寄给白居易,白居易作《和答诗十首》,后论二人之诗云:"顷者,在科试间,常与足下同笔砚,每下笔时,辄相顾,共患其意太切而理太周。故理太周则词繁,意太切则言激。然与足下为文,所长在于此,所病亦在此。足下来序,果有词犯文繁之说,今仆所和者,犹前病也。"④ 可知他们在寄赠诗歌时,也是经常互相探讨诗歌创作的一些问题的。

① (唐)白居易著,顾学颉校点:《白居易集》卷一四《闻微之江陵卧病以大通中散碧腴垂云膏寄之因题四韵》,中华书局,1979年,第276页。
② (唐)白居易著,顾学颉校点:《白居易集》卷一五《寄生衣与微之,因题封上》,中华书局,1979年,第309页。
③ (唐)元稹著,冀勤点校:《元稹集》卷二一《酬乐天得稹所寄纻丝布白轻庸制成衣服以诗报之》,中华书局,2010年,第270页。
④ (唐)白居易著,顾学颉校点:《白居易集》卷一七《和答诗十首并序》,中华书局,1979年,第40页。

在双方的诗歌交流中,元稹对白居易的学习更多一些。元稹有很多追和白居易的诗作,有时白居易寄给他的诗歌已经过了许久,而且很多,不一定非要追和,但他往往追和,这实际是一种很高明的借鉴和学习。元稹对于这一点并不否认,他在《上令狐相公诗启》中云:

> 居易雅能为诗,就中爱驱驾文字,穷极声韵,或为千言,或为五百言律诗,以相投寄,小生自审不能以过之,往往戏排旧韵,别创新词,名为次韵相酬,盖欲以难相挑耳。①

小文中交代,白居易的诗是通过"投寄"的方式到达元稹手中的,而元稹在自思不能逾越白居易时,就按照白居易诗歌的旧韵,作一些次韵追和的诗作。这样的诗作当然更有难度,但元稹愿意向这样的难度挑战。就是在追和的过程之中,元稹磨炼了自己的诗歌格律技巧,并和白居易一起,成为百韵长篇和散碎小章的"元和体"的主要作者,声名与白居易一起远播。白居易《编集拙诗成一十五卷因题卷末戏赠元九、李二十》中透露了元稹借鉴自己诗歌的情况:

> 一篇长恨有风情,十首秦吟近正声。每被老元偷格律,苦教短李伏歌行。世间富贵应无分,身后文章合有名。莫怪气粗言语大,新排十五卷诗成。②

这则资料里除了透露元稹学习白居易的情况,所谓"每被老元偷格

① (唐)元稹著,冀勤点校:《元稹集》卷六〇《上令狐相公诗启》,中华书局,2010年,第727—728页。
② (唐)白居易著,顾学颉校点:《白居易集》卷一六《编集拙诗成一十五卷因题卷末戏赠元九、李二十》,中华书局,1979年,第349页。

律"，可知元稹多次借鉴白居易律诗的格律运用方法，可见白居易诗歌对元稹的影响。而且，这首诗也透露了白居易与李绅之间的诗艺交流。"短李"即指李绅，因为李绅身材短小，而与白居易关系极好，故白居易戏称其为"短李"。所谓"苦教短李伏歌行"，说的则是白居易歌行体诗对李绅的影响。而李绅也时有作品寄给白居易，如白居易为杭州刺史时，李绅将自己的二十首诗歌寄给白居易，白居易把玩欣赏毕，随即寄给在越州的元稹，意思是共同欣赏，共同学习。后来，李绅承认、白居易也自得，自己的乐府诗超越了李绅。

白居易还写有一首《余思未尽，加为六韵，重寄微之》透露过他们彼此交流诗歌、追求共同的诗体的努力情况：

> 海内声华并在身，箧中文字绝无伦。遥知独对封章草，忽忆同为献纳臣。走笔往来盈卷轴，除官递互掌丝纶。制从长庆辞高古，诗到元和体变新。各有文姬才稚齿，俱无通子继余尘。琴书何必求王粲，与女犹胜与外人。①

"走笔往来盈卷轴"句下解释："予与微之前后寄和诗数百篇，近代无如此之多有也。"是说双方交流的诗作太多了。"制从长庆辞高古"指双方共同为长庆年间的制文改革做出的贡献，主功在元稹，诗句下解释："微之长庆初知制诰，体格高古，始变俗体，继者效之也。""诗到元和体变新"是他们共同努力于长律之事，句下解释："众称元、白为千字律诗，或号元和格。"最后感慨两个人都有女儿堪称才女，都无儿子继承自己的事业，但同时肯定，女儿也是传业人。

---

① （唐）白居易著，顾学颉校点：《白居易集》卷二三《余思未尽，加为六韵，重寄微之》，中华书局，1979年，第503页。

观察元、白之间和元、白与其他诗人的交流可以断定,没有驿路,元、白之间难以实现诗歌观点的互通;没有驿路,也不会有那么多元稹追仿白居易的诗作,当然也就难以形成他们共同的诗歌创作追求;同样也不能在大江南北形成他们的诗歌的当时影响。可以说,没有驿传体系的贡献,元和体诗歌的影响力不可能达到"是后各佐江、通,复相酬寄。巴、蜀、江、楚间泊长安中少年,递相仿效,竞作新词,自谓为'元和诗'"[①] 的传播效应。

其他文人团体的形成,也多有类似现象。

由以上几则材料可以断定,唐代的诗人之间的诗歌交流、诗艺切磋,是相当频繁的,这对提升诗歌技巧,形成诗歌流派等,都有相当重要的影响。而这些活动,很多都依赖于驿传体系的存在。驿路本身所特有的风物、文化活动,也会在一定程度上影响驿路诗歌的创作。

第三节　唐代驿传与唐人诗歌团体的形成

由于驿传的方便快捷,唐代一些远距离的诗人在互相交流中形成共识或互相产生影响,一些诗歌流派由是而成,如以王维和孟浩然为代表的山水田园诗派;以韩愈、孟郊为代表的险怪诗派;以元结为中心的中晚唐早期现实主义诗人团体;元、白新乐府诗派;元、白"元和体"诗,等等。

一、驿路与王、孟山水诗歌群体的形成

通常情况下,我们说王维、孟浩然的山水田园诗派如何如何,而

---

① (唐)元稹著,冀勤点校:《元稹集》卷五一《白氏长庆集序》,中华书局,2010年,第641—642页。

我们这里的标题只有"山水",这是因为二人的田园诗在其生活的静默之处,二人的山水诗与驿传的关系更为密切。

孟浩然的山水诗中,绝大部分都与驿传体系有关,有的是驿路风景,有的是与人乘驿,有的是住宿馆驿,有的是驿馆送别。孟浩然一生只有一次进京科考的机会,而且,因为与唐玄宗之间发生的"南山诗"故事而终生不仕①,但他的二百七十首作品中,有三分之一强的作品与驿传体系有关,尤其是他作品中的馆驿住宿诗作,说明在孟浩然的时代,文人士子乘驿或住宿馆驿已经是特别普遍的事情了。翻阅孟浩然的诗集,跳入眼帘的多是这样一些诗题:《夏日南亭怀辛大》《江上别流人》《宿永嘉江,寄山阴崔少府国辅》《江上寄山阴崔少府国辅》《唐城馆中早发,寄杨使君》《初出关旅亭夜坐,怀王大校书》《人日登南阳驿门亭子,怀汉川诸友》《与杭州薛司户登樟亭楼作》《舟中晓望》《自洛之越》《途中遇晴》《夕次蔡阳馆》《夜泊牛渚,趁薛八船不及》《途次望乡》《永嘉上浦馆逢张八子容》(一题作《永嘉浦逢张子容客卿》)、《宿武阳即事》《送王昌龄之岭南》《奉先张明府休沐还乡,海亭宴集》《初年乐城馆中卧疾怀归作》《登岘山亭,寄晋陵张少府》《扬子津望京口》《同储十二洛阳道中作》等等,而他的这些驿诗,又多与山水相连。我们举两例说明之。《江上别流人》:

> 以我越乡客,逢君谪居者。分飞黄鹤楼,流落苍梧野。驿使

---

① 此事见《唐才子传》:"孟浩然少好节义,诗工五言,隐鹿门山,即庞公隐栖处也。四十游京师,诸名士闲,尝集秘省联句。浩然曰:'微云淡河汉,疏雨滴梧桐。'众钦服。张九龄、王维极称道之。维待诏金銮,一旦私邀之,商较风雅,俄报玄宗临幸。浩然错愕,伏匿床下,维不敢隐,因奏闻。帝喜曰:'朕素闻其人而未见也。'诏出再拜。帝问曰:'卿将诗来耶?'对曰:'偶不齐。'即命吟近作。诵至'不才明主弃,多病故人疏'之句,帝怃然曰:'卿不求仕,朕何尝弃耶?奈何诬我?'因命放还南山。"

乘云去,征帆沿溜下。不知从此分,还袂何时把。①

此诗写于江上,被贬谪之人与孟浩然相识,两人江上相逢又分手。诗人把黄鹤楼作为分飞的地点,是典型的送别意象。"苍梧"当是被贬谪者的去向,且以苍梧之野的广袤写被贬之人的天遥地远。所以感慨分别之后,不知何时才能再相逢。又如《宿永嘉江,寄山阴崔少府国辅》:

> 我行穷水国,君使入京华。相去日千里,孤帆天一涯。卧闻海潮至,起视江月斜。借问同舟客,何时到永嘉。②

诗歌写自己要去永嘉,寄诗给山阴的崔国辅,说二人分隔两地,都是天涯旅程,孤帆一片,都是"卧闻海潮至,起视江月斜",在海潮与江月的陪伴下,越发显示了行旅之人的孤独和寂寞。

王维一生,主要生活于京城,但也有三次比较重要的京外活动,一次是被贬济州,一次是知南选,一次是出使塞外,而且与驿传相关的诗作也不算太少,尤其有一首特别著名,那就是《使至塞上》,那"大漠孤烟直,长河落日圆"的塞外路途所见景色,吸引了多少人评论。

王维的送别诗作还是有几十首,都是与驿传相关的,而且主要是写景送别,如《送张判官赴河西》《送岐州源长史归》《同崔兴宗送衡岳瑗公南归》《送刘司直赴安西》《送梓州李使君》等等。以《送刘司直赴安西》为例:

---

① (唐)孟浩然:《江上别流人》,《全唐诗》卷一五九,中华书局,1960年,第1622页。

② (唐)孟浩然:《宿永嘉江,寄山阴崔少府国辅》,《全唐诗》卷一六〇,中华书局,1960年,第1634页。

　　绝域阳关道,胡沙与塞尘。三春时有雁,万里少行人。苜蓿
随天马,葡萄逐汉臣。当令外国惧,不敢觅和亲。①

　　王维并没有随着刘司直去安西,但在这首送别诗中,王维想象着阳关
路上的沙尘,想象着有雁无人的大漠上马追逐着苜蓿而生的情景、葡
萄进奉于汉家的情况,诗中虽有孤单,却颇具豪情,与孟浩然的驿路
诗歌风格并不相同。

　　但是,王维在京中为官时,常常闲居蓝田,由于不愿介入朝政中
的纷争,王维的目光转向山水和田园,他的这部分作品中的山水诗和
孟浩然驿诗的山水描写风格相近,所以他们才能在某些方面相一致。
再加上孟浩然的田园诗和王维的田园诗都不是像陶渊明那样把田园
当作现实的映衬来写,而是把田园生活作为一种理想状态,并不接触
真正的田园生活,在对理想的描写方面也都达到了很高的水平,故而
他们能够并称盛唐时期的山水田园诗派。就我们的课题而言,孟浩
然是以他驿路诗歌中的山水诗参与了王孟诗派的山水诗的创作,并
为这一诗派的形成奠定了坚实的创作基础。

二、驿路与大历诗人群体的形成

　　大历诗人群体的主要活动时间在大历年间,主要有两个文人团
体,一个是以长安和洛阳为中心的钱起等“十才子”诗人,一个是在
江南任职的地方官诗人,如刘长卿、韦应物、李嘉祐、戴叔伦等。我们
以大历十才子为目标进行考察。

　　大历之前,十才子之间已有唱和、送别、酬赠等作品。大历年间,

---

① (唐)王维:《送刘司直赴安西》,《全唐诗》卷一二六,中华书局,1960年,第
　　1271页。

这一群诗人之间的交往开始变得频繁。十才子的作品,主要产生于与驿传相关的场合,送别诗相对较多,主要描写送别时的景物和送别的感伤情怀。以钱起和卢纶为例。

钱起的诗作。 依据孟二冬《中唐诗歌之开拓与新变》所附诗歌年表,与驿传相关的诗作有:大历元年(766)的《赋得青城山歌,送杨、杜二郎中赴蜀军》《奉送刘相公江淮催转运》等;大历二年(767)的《送任先生任唐山丞》《岁初归旧居酬皇甫侍御见寄》《送虞说擢第东游》《送朗四(士元)补阙东归》;大历三年(768)的《离居夜雨,奉寄李京兆》《送陆珽侍御使新罗》《送萧常侍北使》《送李大夫赴广州》《送王相公赴范阳》等;大历四年(769)的《送冷朝阳擢第后归金陵觐省》等;大历五年(770)的《送杨皞擢第游江南》等;大历六年(771)的《送陆挚擢第还苏州》(按:与八年同题,其中有一误断)、《寄袁州李嘉祐员外》等;大历十一年(776),有《送鲍中丞赴太原军营》等。

卢纶的诗作。 依据孟二冬《中唐诗歌之开拓与新变》所附诗歌年表,卢纶大历初年自鄱阳到京都应举,写有《晚次鄂州》;大历三年(768)举进士不第,有《与从弟瑾同下第后出关言别》;大历四年(769),往来于长安、鳌屋之间,写有《送吉中孚校书归楚州旧山》《客舍苦雨即事寄钱起郎士元二员外》;大历五年(770)仍往来于长安、鳌屋之间,写有《送潘述应宏词下第归江南》《送杨皞东归》《送元赞府重任龙门县》《出山逢耿沛》《春日瀼亭同苗员外寄皇甫侍御》等;奔走于权相元载之门,得阌乡尉,有《将赴瀼上留别钱起员外》《早春归鳌屋旧居却寄耿拾遗沛李校书端》《寄郑七纲》等;大历九年(774),卢纶升任监察御史,有《驿中望山戏赠渭南陆贽主簿》《和常舍人晚秋集贤院即事十二韵寄赠江南徐薛二侍郎》;大历十一年(776)在长安任职,有《送张调参军侍从归觐荆南因寄长林司空十四曙》《送李尚书郎君昆季侍从归觐滑州》《送鲍中丞赴太原》《和金吾裴将军使往河北宣慰因访张氏昆季旧居兼寄赵侍郎赵卿拜陵未回》《奉和太常王卿酬中书李舍人中书寓直春夜对月见寄》等；大历十二年（777），卢纶受元载、王缙案牵连，如虢州罪所，后昭雪，旅食江湖，有《罪所送苗员外上都》《送申屠正字往湖南迎亲兼谒赵和州因呈上侍郎使君并戏简前历阳李明府》《赴池州拜觐舅氏留上考功郎中舅》（时舅氏初贬官池州）、《春日抒情赠别司空曙》等；大历十三年（778），卢纶调为陕府户曹，又升为河南密县县令，有《送黎燧尉阳翟》《夜中得循州赵司马侍郎书因寄回使》《驿中望山戏赠渭南陆贽主簿》《送陕府王司法》《卧病寓居龙兴观枉冯十七著作书知罢摄洛阳赴猴氏因题十四韵寄冯生并赠乔尊师》《秋夜寄冯著作》等。

　　以上所列只是孟二冬著作中有系年的驿诗。文学史上谈起大历诗人群体，尤其是大历十才子，一般都会说他们主要参加许多重要的唱和活动，善于写应酬之作，"作品多为题赠送别之作"，从所列钱起和卢纶的诗作我们也确实可以感受到这一点，而这些作品大多与驿馆、驿路、驿路风物、行驿之苦、惜别之情有关。由于时代的没落，在这些诗人的作品中，已经很少见到盛唐时期的那种热血奔涌、激情满怀、充满信心的精神气质，更多的是嗟老叹卑、吟咏秋风、感叹落叶的内容，情调伤感，志气低迷，虽然非常讲究诗歌本身的技巧，但较少在整体上给人气度非常的审美感受。由于以应酬送别的诗作为主体，而且相当一部分作品就是他们之间的应酬送别之作，因此，大历十才子无论是团体的聚合、诗歌内容的主要关注点，还是诗歌因此而形成的意象，都与驿传有不可分割的关系。

三、驿路与韩、孟诗派的形成

　　韩、孟诗派的形成，最典型的标志就是两次大的诗人群体的聚合。一次是贞元十二年至十六年（796—800）间，韩愈在汴州董晋幕府,一次是元和元年到元和六年(806—811)韩愈任国子监博士和分司东都洛阳时,旗下弟子纷纷从各地奔赴韩愈所在幕府和两都工作之所,两次聚会涉及近二十人次,他们行走在驿路上,走向自己诗派的领袖;他们在驿路上送别;他们在馆驿里畅谈诗文,为共同的诗歌方向而努力。

可以肯定地说,韩、孟诗派的文人聚合全是借助于驿传之功,无论是在汴州董晋幕府、徐州张建封幕府,还是长安、洛阳的聚合,都是因为这一诗派的文学领袖韩愈在那里。以韩愈为中心点,韩、孟诗派的文人纷纷乘驿前往,又由此乘驿散去。当他们乘驿而来的时候,他们在诗歌创作上或许还有一些不太一致的东西,而当他们乘驿而去的时候,他们就基本上接受了韩愈的观念,并带着这些观念奔赴各地,在各地实施着这些观念,所以,尽管他们常常分散于各地,相距遥远,但他们的追求都非常一致,因而他们的创作就非常接近。

韩、孟诗派中最早走入诗坛的是孟郊。孟郊贞元七年(791)到长安应考之时,已经四十二岁,也已经初步形成了自己的风格。而那时的韩愈刚刚二十四岁,尚未完全形成自己的特点。他们从不同的地方汇聚长安之后订交,最初是孟郊影响韩愈。韩愈在诗歌创作方面很快形成自己独特的风格,而且有自己的独到见解,他的创作和主张,得到孟郊的认同,孟郊反而转过来接受韩愈的影响。韩愈及第入仕早于孟郊,随着入仕方式的变化,比如开始韩愈在京城待职,而后入开封董晋幕和徐州张建封幕,而孟郊追随而至,韩愈开始对孟郊产生影响。韩愈在幕府为职,李翱、张籍等来游。之后,各人因生计、仕途的原因又分散各地。而韩愈的影响并没有退去。他们通过驿寄书信传递文学观念,通过驿寄诗歌互相探讨诗歌艺术。到韩愈回京都和东都任职时,孟郊、卢仝、李贺、马异、刘叉、贾岛陆续到来,张籍、李翱、皇甫湜虽有职事,也时来过往,于是诗派全体成员得以相聚。他们在一段时间里时时聚会,互相讨教,在韩愈的鼓励和支持中真正建立起自己的创作方向和诗歌风格。当他们再次分散的时候,驿寄的诗歌基本上就都实现了韩、孟诗派的创作特点。比如韩愈和皇甫湜互寄的陆浑山火诗、韩愈的《送无本师归范阳》、孟郊的《赠崔纯亮》、贾岛的《寄乔侍郎》《寄胡遇》《送李傅侍郎剑南行营》等。

这一诗派的诗人,除韩愈的官职较高外,其他都是才高而位卑,他们的诗歌,作不平之鸣,挖掘自己惨痛的人生经历或其他的痛苦感受,以枯涩、险怪、冷僻见长,而这种特点,在京都和东都的聚会之后基本上形成。

四、驿路与元、白诗派及元和体诗歌的形成

在文学创作方面,能够将元稹和白居易紧紧联系在一起的,就是新乐府诗派和元和体诗歌。

元稹和白居易,虽有时相聚,但更多时相隔很远,这一诗派的形成全在双方有意识的共同努力。他们的传播意识很强,并不是收到对方的诗歌以后,经过阅读就束之高阁,而是尽自己一切努力使对方的诗歌在自己的生活圈子周围广泛传播,而且,他们明确表示,这样做的目的,就是在自己的生活圈子里为朋友诗歌的广泛传播进行一些工作。白居易的诗歌里有明确答案:"相忆采君诗作障,自书自勘不辞劳。障成定被人争写,从此南中纸价高。"① 元稹也努力宣传白居易的诗歌:"君写我诗盈寺壁,我题君句满屏风。与君相遇知何处,两叶浮萍大海中。"② 其中,"君写我诗盈寺壁"是元稹传播白诗的努

---

① (唐)白居易著,顾学颉校点:《白居易集》卷一七《题诗屏风绝句》,中华书局,1979年,第361页。
② (唐)白居易著,顾学颉校点:《白居易集》卷一七《答微之》,中华书局,1979年,第361页。

力。两首连读,可以这样理解,他们互相题写对方的诗作,一是情感的需要,在阅读对方的诗作中获得见其诗如见其面的欣慰,二是让世人了解对方诗歌创作的情况,为对方诗歌张目。

这样的传播案例在元、白诗歌中是可以找到几则的,比如,元和十二年(817),元稹兴元养病回通州后,路过阆州,游开元寺,因思念白居易,题白居易诗于壁,并留有自作诗歌记载此事:"忆君无计写君诗,写尽千行说向谁。题在阆州东寺壁,几时知是见君时。"① 可见元稹曾经在阆州东寺壁题写白诗以助传播。这一年冬天,白居易也在江州思念元稹,并于屏风上书写元稹诗歌以慰思念。白居易在序中记此事:"(元稹寄来之诗歌)虽藏于箧中永以慰好,不若置之座右,如见所思。由是掇律句中短小丽绝者,凡一百首,题录合为一屏风……因题绝句,聊以奖之。"② 可见白居易有意识地在客人都能够见到的屏风上书写元稹诗,一则见诗如面,更重要的是奖掖其创作的勤奋,为之传名。

彼此为对方张目,让对方的诗歌在自己经过的地方和自己的诗歌一样得到广泛传播,就自然而然发生共同的影响,这种影响的扩大化是元、白诗派在当时就得到公认的重要因素。关于这一点,元稹在为白居易编辑的诗集序言中曾经谈及。元稹《白氏长庆集序》:

> 予始与乐天同校秘书之名,多以诗章相赠答。会予遣掾江陵,乐天犹在翰林,寄予百韵律诗及杂体,前后数十章。是后各佐江、通,复相酬寄。巴、蜀、江、楚间泊长安中少年,递相仿效,

---

① (唐)元稹著,冀勤点校:《元稹集》卷二〇《阆州开元寺壁题乐天诗》,中华书局,2010年,第260页。

② (唐)白居易著,顾学颉校点:《白居易集》卷一七《题诗屏风绝句并序》,中华书局,1979年,第361页。

竞作新词,自谓为"元和诗",而乐天《秦中吟》《贺雨》《讽谕》《闲适》等篇,时人罕能知者。[①]

　　根据序言的表述,当元稹贬官江陵的时候,白居易尚在翰林院任职,白居易寄给元稹很多诗章;后来元稹被贬通州,白居易被贬江州,二人又互寄不少作品,这样一来,二人的作品就在巴、蜀、江、楚间广泛传播,并产生了很大影响,以至于除四地之外,长安少年也追逐仿效,并给这种诗体起了一个有时代标识的名称:"元和体"。

　　这就是说,元稹和白居易的诗歌在社会上产生广泛的影响,全是通过驿寄诗歌的方式,如果没有驿寄,双方的诗歌不可能在对方生存的地域产生影响。

　　元、白友谊是历史上的佳话,元、白诗歌的紧密联系也如他们的友谊。白居易在《与元九书》中说:

　　　　微之,夫贵耳贱目,荣古陋今,人之大情也……今仆之诗,人所爱者,悉不过杂律诗与《长恨歌》已下耳。时之所重,仆之所轻。至于讽谕者,意激而言质;闲适者,思澹而辞迂。以质合迂,宜人之不爱也。今所爱者,并世而生,独足下耳。然百千年后,安知复无如足下者出,而知爱我诗哉?故自八九年来,与足下小通则以诗相戒,小穷则以诗相勉,索居则以诗相慰,同处则以诗相娱。知吾罪吾,率以诗也。

　　　　如今年春游城南时,与足下马上相戏,因各诵新艳小律,不杂他篇,自皇子陂归昭国里,迭吟递唱,不绝声者二十里余。樊、李

---

① (唐)元稹著,冀勤点校:《元稹集》卷五一《白氏长庆集序》,中华书局,2010年,第641—642页。

在傍,无所措口。知我者以为诗仙,不知我者以为诗魔。何则? 劳心灵,役声气,连朝接夕,不自知其苦,非魔而何? 偶同人当美景,或花时宴罢,或月夜酒酣,一咏一吟,不觉老之将至。虽骖鸾鹤、游蓬瀛者之适,无以加于此焉,又非仙而何? 微之,微之! 此吾所以与足下外形骸、脱踪迹、傲轩鼎、轻人寰者,又以此也。①

这两段文字,不仅透露了双方诗歌的密切交流,而且透露出元稹诗歌艺术成长的路径,让后人了解到元稹对白居易诗歌的喜爱和追随,亦足以见出诗歌在二人生活中的作用。而此文所透露的信息还说明,追随白居易的,又何止元稹一人,还有"自皇子陂归昭国里,迭吟递唱,不绝声者二十里余"。很多人,都追仿白居易诗,这也就充分说明了白居易诗歌在社会上的影响。

共同的创作追求、互相的诗艺影响、共同的诗艺努力,一起影响着一个群体内很多人的创作,也一起影响着一个时代的诗风,元、白诗派由是而成。

透过以上几个诗派生成的资料可知,在信息交流以驿传为主渠道的时代,驿路传诗对文学创作的影响。诗人们也借助驿传之功,进行着阅读彼此诗歌、传播彼此诗歌、借鉴彼此诗歌的共同努力,并进而形成大体一致的文学追求,也就成为后人所认同的诗派了。可以说,没有驿传之功,这些诗派的形成几乎是不可能实现的,尤其是远距离诗人形成的诗派。

---

① (唐)白居易著,顾学颉校点:《白居易集》卷四五《与元九书》,中华书局,1979年,第965页。

第六章　唐代驿传与唐代诗风的变迁

　　通览唐代诗歌发展史,唐代诗歌风格的变化是显而易见的。这一点,唐人自己也早已经意识到,李肇《唐国史补》:"大抵天宝之风尚党,大历之风尚浮,贞元之风尚荡,元和之风尚怪也。"[①]但这个说法只是就盛唐到中唐的变化而言。后人对这些变化也有不同的总结,比如许总《唐诗史》把唐诗分为六个阶段:第一阶段起自高祖开国(618)迄于高宗显庆五年(660),凡四十三年,是为承袭期;第二阶段起自高宗龙朔元年(661)迄于睿宗景云二年(711),凡五十一年,是为自立期;第三阶段起自玄宗先天元年(712)迄于天宝十四载(755),凡四十四年,是为高峰期;第四阶段起自肃宗至德元载(756)迄于德宗贞元二十年(804),凡四十九年,是为转折期;第五阶段起自顺宗永贞元年(805)迄于宣宗大中十三年(859),凡五十五年,是为繁盛期;第六阶段起自懿宗咸通元年(860)迄于哀帝天祐四年(907),凡四十八年,是为衰微期。论及六个阶段的变化,许总以努力接近原态的方式揭示唐诗的阶段性变化和嬗革说:

　　第一阶段:

---

① (唐)李肇:《唐国史补》卷下,《唐五代笔记小说大观》,上海古籍出版社,2000年,第194页。

虽有多种传统遗存丰富了诗人的创作,但诗风走向却愈见声色华美的南朝宫廷诗魅力的增强,在以应酬题材为主体的创作实践中逐步形成虚内华外、形制整饬的唐初宫廷诗程式规范。在体式特征方面,讲求对偶声律的宫廷诗程式本身就是诗歌律化进程在特定阶段的产物,但是一方面律化定式远未完成,简单地讲求偶对、声调反而造成板滞堆垛的体格,另一方面又因声色骈俪的广施滥用而消蚀古调,几乎所有作品都表现为古律不分、诗体混沌的状态。可见,唐代开国气象恢宏,但在文化传统的强固性与文学演进的自律性之中,与之相符称的"唐诗"之质态并未形成,诗坛只能是对隋代及南北朝诗风的并不均衡的承袭。

第二阶段:

就其整体趋向而言,既是对旧有诗坛秩序的打破,又是对新的艺术范型的建构。四杰首倡文学革新,并初步分离、规范诗歌体式、功能,是这一趋向的开端标志;稍后,陈子昂纠正了四杰将建安与六朝混为一谈的理论偏颇,使风雅与气骨在观念上统一起来,为唐音建构奠定精神性基石;沈、宋及"文章四友"等人承接四杰诗中"六朝锦色"部份(分)而加以精密化,使六朝新体诗在诗歌律化进程中得到完全成熟定型,表现为唐音建构的形制精密化进展;此外,刘希夷、张若虚以及作为向下一阶段过渡的人物张说,将人生意气、宇宙意识表达于优美的语言形制,在情景的混然莫辨中造成诗境的弘远化,则又为唐音建构昭示意境范式。

第三阶段:

正基于多重因素的综合作用,这一时期诗坛不仅群星璀璨、大家辈出,而且构成特定的时代精神及文化特性的集中体现。在宏大的功业目标与人生理想的追求中,对王霸之业与英雄气魄的赞美与讴歌,成为诗人创作的普遍现象:即使在不遇之境中,也不仅坚持其理想与信念,而且消褪了那种因时命不济而生的哀婉意绪以及由时光流驶(逝)而生的抽象思索,以宽容的襟怀与洒脱的气度,表现出兼济与独善、追求与超脱的完美人格建构。与此相一致,开天文人的文学思想与艺术观念亦表现得极为活跃、解放而通达,并由此形成对前代文学遗产的空前的熔裁力与包容量。他们在继承并推进唐音自立期诗学成果的同时,一方面进一步弥合以四杰为代表的理论与创作的二重分裂状态,另一方面又大力纠正以陈子昂为代表的对齐梁词(辞)彩汰洗过甚的偏激现象,他们的理想追求是强劲风骨与玲珑兴象的融合统一。

第四阶段:

在这一阶段中,亲历战乱的诗人再也唱不出充满浪漫情调的欢歌,走到峰巅极致的理想主义文学终于让位于反映战乱社会与民生疾苦的写实主义创作主流。作为这一转向的标志,当以杜甫、元结及《箧中集》诗人为代表。……他们虽与开天时代较年轻一辈诗人年岁仿佛,但创作精神却已截然不同,明人胡应麟称其"实与盛唐大别",确具卓识。……杜甫的出现,不仅改变了整个唐代诗史的流程与走向,而且在艺术上既集前代之大成,又以其创新精神为后世开启无限法门。因而,杜甫、元结虽在大历年间即相继辞世,但作为一种新的创作思潮的起点,其影响却在后世不断延伸、发展、增殖。杜甫、元结之后,大历、贞元诗坛渐呈多样化趋向。在写实思潮的影响下,诗人多能面对现实写出战乱情形与民生苦难;同时,在动乱的社会环境中,诗人又多"窃占青山白云,春风芳草"的写景之作,表现出对现实政治的着意回避,对心灵憩休港湾的努力寻求。

第五阶段:

正是这种希望与失望交织、振奋与压抑并见的特殊的时代现实,造成空前复杂多变的社会心理。由此衍射到文学创作领域,也就形成一种大规模的多向性的文学革新精神,就诗坛构成与创作倾向看,其时诗人之众多、体派之纷呈、风格之多样,都是其他阶段无可比拟的,呈现出空前繁盛局面。当然,由政治图变与文学革新精神叠合促生的诗歌繁荣,以"元和诗变"为最显著标志,但是这种以元和时代世风与士风为依据的诗风一旦形成,也就以其自律性而超越其所依据的政治时态之局限,在"元和中兴"气象消逝无踪后,群彦续起的诗坛上多向化的审美追求却承沿不绝,直至宣宗大中末杜牧、李商隐等人相继辞世,诗坛才顿见衰歇,从而标示出一个文学史时段的明显界划。

第六阶段:

就唐诗创作历程看,大中末、咸通初,创造了唐诗最后繁盛局面的重要诗人许浑、杜牧、李商隐、温庭筠等相继辞世,唐诗史也就进入了其自身的衰微阶段。当然,唐末诗坛诗人数量并不为少,创作活动也并不寂寞,除皮日休、陆龟蒙、杜荀鹤、聂夷中、罗隐、吴融、郑谷、韩偓、韦庄、李山甫、司空图等较具特色的诗人外,还活跃着被称为"咸通十哲""芳林十哲"的诗人群,但以诗美建构与艺术创新的水准来衡量,这一时期诗坛映带着衰乱时代氛围的投影,实未构筑起足与前期比配的艺术价值观念,在具体的创作实践中也并无任何重要的开拓与进展可言。

　　所谓"唐音"的自立,正以反对齐梁诗风、清除绮艳婉弱遗绪的理论自觉为标志与起点,在创作实践上,则是力图以雄强风骨构成内质的充盈,以替代华外虚内的靡弱的宫廷诗程式惯例,在兼备的诗歌体式及其美学功能的成熟规范中映带着强盛的时代精神背景,一步步将唐诗艺术推向理想主义之峰巅。唐中期后,随着朝政的渐趋败坏与社会的日益动荡,文人心中的理想与处身的现实产生巨大的反差,诗歌创作也出现感事与写意的渐趋分离,不过,这时的创作主体并未对客观现实完全失望,而是积极面对现实、改造现实,争取主客观的重新统一与平衡。同时,由于艺术经验的长期积累以及诗人个性的充分发挥,在旧有范式的不断突破过程中,新的诗歌体格、风范得到不断的创设与重构。及至唐末,极端衰乱的时代氛围与社会环境造成文人回避客观现实、转入自我封闭的心态,诗歌创作以沉湎声色与淡漠世事为主调,重新形成浮艳其外、虚靡其内的体格质态,恰恰回复到"长风一振,众萌自偃"的唐代首次文学革命亦即"唐音自立"标志之前的状态。这在折射着时代精神的变迁、沉积着文学传统的流衍的同时,也明晰划出唐诗史自身回环运动的进程与轨迹。①

---

① 许总:《唐诗史》,江苏教育出版社,1994 年,第 37、39、40、42、43、44—45、46—47 页。

其实,类似的论断不仅仅是许总,很多文学史和唐诗研究专著都有涉及。而我们需要思考的问题是,除了政治、经济、军事、文学传承本身等各方面因素影响之外,还有哪些因素影响到唐代诗歌风格的变迁? 在笔者看来,驿传也对诗歌风格的变化有直接的影响。

第一节　唐代驿传速度与诗风变迁

唐代诗风的变迁与很多因素有关,驿传也是不能不关注的重要因素之一。"篇章传道路"是唐代驿路一道亮丽的景观,这些传于道路的诗歌,传到哪里,影响到哪里。

一、诗歌传播速度决定诗风变化速度

驿路传诗与唐诗风格变化的关系其实是显性的,只不过还没有人直接将这层关系挑破。但已经有人对驿路传诗与诗人传名做出了研究,李德辉《唐代交通与文学》总结唐诗在驿路传播的盛况时说:

　　他们(驿路行客——笔者注)在南来北往的过程中耗费了大量的时间,创作了大量诗篇,文学创作几乎成了这些热爱文学的诗人们的第二生命,才士型诗人尤其是这样,沈佺期、宋之问、韩愈南贬北还,历州过府,几乎每经过一地都要作诗,白居易、元稹、刘禹锡、杜牧等南迁北返途中也诗歌前后不绝……与此同时,文学传播活动无时无刻不在进行,饯送、题壁、题名、寄赠、吟诵……既是社交活动也是文学活动,还为文学传播提供了良好契机,因而都可视为文学传播行为,其中既有寄赠、异地唱酬等自觉传播,也有题壁、题名、吟诵等不自觉的传播。题壁、题名是对文学传播影响最为直接、明显的两种创作方式,如《太平广记》卷二四引《续仙传》中的许宣平,平时喜爱吟诗,文才颇高,一首《庵壁题诗》仙风道骨,富有远韵,"好事者多咏其诗,有时行长安,于驿路洛阳同华间传舍是处题之",往来行人争睹之。由此可见,"到处题之"——"播于口耳"——"流传后世"之间前后相承,具有因果关系。①

意即:驿路上,不仅诗歌活动不断,而且,驿路也是诗歌传播的很好契机,"到处题之""播于口耳",已经接近"即时传播""及时影响"这样的意思,只是还未点透。

从唐代驿传速度推测,驿路诗歌产生之后,由于过往行旅多有好诗之人,因此诗歌传播速度一定很快。而且,不仅驿路创作的作品传播很快,驿路携带的诗卷也一样传播很快。本书也在第一章第三节《唐代驿路的传递速度》专门谈及驿传与诗歌的传播速度。当士人、行旅尤其是来往官员被限制行驿速度的时候,羁迟的可能性就非常少,这自然就会使得这些人身上所携带的诗歌也较少羁迟,而以比较快的速度到达行驿之人的目的地,而这样的传播速度就使得很多诗歌在当时就产生影响,不少人纷纷仿效,诗风因之而变,如元、白作品"二十年间,禁省、观寺、邮候、墙壁之上无不书,王公、妾妇、牛童、马走之口无不道,至于缮写模勒,衒卖于市井,或持之以交酒茗者,处处皆是"②。"自衣冠士子,至闾阎下俚,悉传讽之,号为'元和体'。"③ "巴、蜀、江、楚间洎长安中少年,递相仿效,竞作新词,自谓为

①　李德辉:《唐代交通与文学》,湖南人民出版社,2003 年,第 191—192 页。
②　(唐)元稹著,冀勤点校:《元稹集》卷五一《白氏长庆集序》,中华书局,2010 年,第 642 页。
③　(后晋)刘昫等:《旧唐书》卷一六六《元稹传》,中华书局,1975 年,第 4332 页。

'元和诗'。"① 可知"元和体"二十年间风行于世的情况,甚至于连边远的敦煌也能比较及时地接收到唐代比较近时的诗歌。

由于驿传的准确及时,使得诗歌传播如风之迅疾,一种新的风格的诗歌出现后,会在尽可能快的时间内传遍全国,常常出现"未容寄与微之去,已被人传到越州"(白居易语)的情况。唐人文集中谈及此方面情况甚多,如吴筠的诗,"在剡与越中文士为诗酒之会,所著歌篇,传于京师","词理宏通,文彩焕发,每制一篇,人皆传写"②。岑参的诗,"属辞尚清,用意尚切,其有所得,多入佳境,迥拔孤秀,出于常情,每一篇绝笔,则人人传写,虽闾里士庶,戎夷蛮貊,莫不讽诵吟习焉"③。高适"每一篇已,好事者辄传布"④。贺知章更是为好事者到处追随,具笔墨以待诗成。魏颢《李翰林集序》:"白久居峨眉,与丹邱因持盈法师达,白亦因之入翰林,名动京师,《大鹏赋》时家藏一本。"⑤ 赵儋《大唐剑南东川……故拾遗陈公建旌德之碑》云:"拾遗(陈子昂)之文,四海之内家藏一本。"⑥ 刘禹锡《和乐天南园试小乐》:"花木手栽偏有兴,歌词自作别生情。多才遇景皆能咏,当日人传满凤城。"⑦ 张籍《和左司元郎中秋居十首》其十:"新诗才上卷,已得满

① (唐)元稹著,冀勤点校:《元稹集》卷五一《白氏长庆集序》,中华书局,2010年,第641—642页。

② (后晋)刘昫等:《旧唐书》卷一九二《吴筠传》,中华书局,1975年,第5129、5130页。

③ (唐)杜确:《岑嘉州诗序》,廖立笺注《岑嘉州诗笺注》,中华书局,2004年。

④ (宋)欧阳修、宋祁:《新唐书》卷一四三《高适传》,中华书局,1975年,第4681页。

⑤ (唐)魏颢:《李翰林集序》,《全唐文》卷三七三,中华书局,1983年,第3798页。

⑥ (唐)赵儋:《大唐剑南东川节度观察处置等使户部尚书兼御史大夫梓州刺史鲜于公为故拾遗陈公建旌德之碑》,《全唐文》卷七三二,中华书局,1983年,第7549页。

⑦ (唐)刘禹锡:《和乐天南园试小乐》,《全唐诗》卷三六〇,中华书局,1960年,第4063页。

城传。"① 王建《哭孟东野二首》其二曰："但是洛阳城里客,家传一首《杏殇》诗。"② 权德舆《吴尊师传》："凡为文词理疏通,文彩焕发,每制一篇,人皆传写。"③ 都是当时传播盛况的真实写照。

二、驿路传诗与唐代诗风变化的律动

唐代诗歌的这样一种传播情况,使得著名诗人每到一地,都会影响诗人所在时所在地的文学欣赏趣味的变化,而诗人们也会在读者群的欣赏中找到自己的位置,创作更多的符合人们审美趣味的作品。于是,诗歌风格就会在自觉不自觉中随着这种变化而变化,甚至波及整个文坛,形成新的诗歌创作风格。比如元稹曾论及元合体诗歌影响当时文坛的情况:

> 予始与乐天同校秘书,前后多以诗章相赠答。会予遣掾江陵,乐天犹在翰林,寄予百韵律诗及杂体,前后数十章。是后各佐江、通,复相酬寄。巴、蜀、江、楚间洎长安中少年,递相仿效,竞作新词,自谓为"元和诗"。④

元稹被贬江陵,白居易尚在翰林院;元稹被贬通州,白居易被贬江州,他们"复相酬寄"的各种诗歌,竟被命名为"元合体",被"递相仿效",可见影响之快、之广。

① (唐)张籍:《和左司元郎中秋居十首》其十,《全唐诗》卷三八四,中华书局,1960 年,第 4323 页。
② (唐)王建:《哭孟东野二首》其二,《全唐诗》卷三〇一,中华书局,1960 年,第 3434 页。
③ (唐)权德舆:《吴尊师传》,《全唐文》卷五〇八,中华书局,1983 年,第 5165 页。
④ (唐)元稹著,冀勤点校:《元稹集》卷五一《白氏长庆集序》,中华书局,2010 年,第 641—642 页。

这绝不是元稹自卖自夸,透过杜牧《唐故平卢军节度巡官陇西李府君墓志铭》可知,元稹所言不虚:

> 诗者可以歌,可以流于竹,鼓于丝,妇人小儿,皆欲讽诵,国俗薄厚,扇之于诗,如风之疾速。尝痛自元和以来,有元、白诗者,纤艳不逞,非庄士雅人,多为其所破坏,流于民间,疏于屏壁,子父女母,交口教授,淫言媟语,冬寒夏热,入人肌骨,不可除去。①

诗章互答和复相酬寄的作品,通过驿传达于对方,再通过彼此的题壁、题屏、抄写等形式外传,遂被递相仿效,"如风之疾速",可见驿传对诗风影响速度之快。此则材料,杜牧本是痛恨元、白诗歌影响如此迅疾如此广泛,那是因为杜牧儒家思想、治国理念所致,而从本书研究课题看,他的话恰恰证明了元、白诗歌的影响速度与诗歌风格变化之间的关系。由此可以推想,李肇所言的"大抵天宝之风尚党,大历之风尚浮,贞元之风尚荡,元和之风尚怪也"② 的诗歌风尚变迁,正是唐诗律动的结果,自与驿传速度有不可分割的关系。

更典型的例子是敦煌。敦煌诗歌的风格变迁,受到驿路畅通与否、驿传速度等的直接影响。

初唐时期,当大唐王朝盛行贞观体诗风的时候,以奉和、唱酬为主的学士诗歌在敦煌写本中比较多见,可见风花雪月、婉丽辞藻的诗风直接影响到敦煌的诗歌传播。在敦煌的早期抄本中有不少都反映了相关情况,如《翰林学士集》《珠英集》《李峤杂咏注》之类,在敦煌写卷中可以见到抄本(见图6-1、图6-2)。

---

① (唐)杜牧:《唐故平卢军节度巡官陇西李府君墓志铭》,《全唐文》卷七五五,中华书局,1983年,第7834页。

② (唐)李肇:《唐国史补》卷下,《唐五代笔记小说大观》,上海古籍出版社,2000年,第194页。

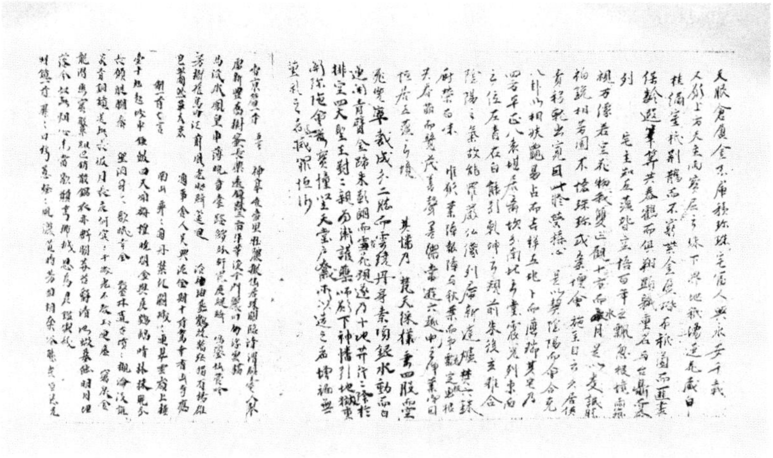

图6-1 斯2717V2《珠英集》第四第五

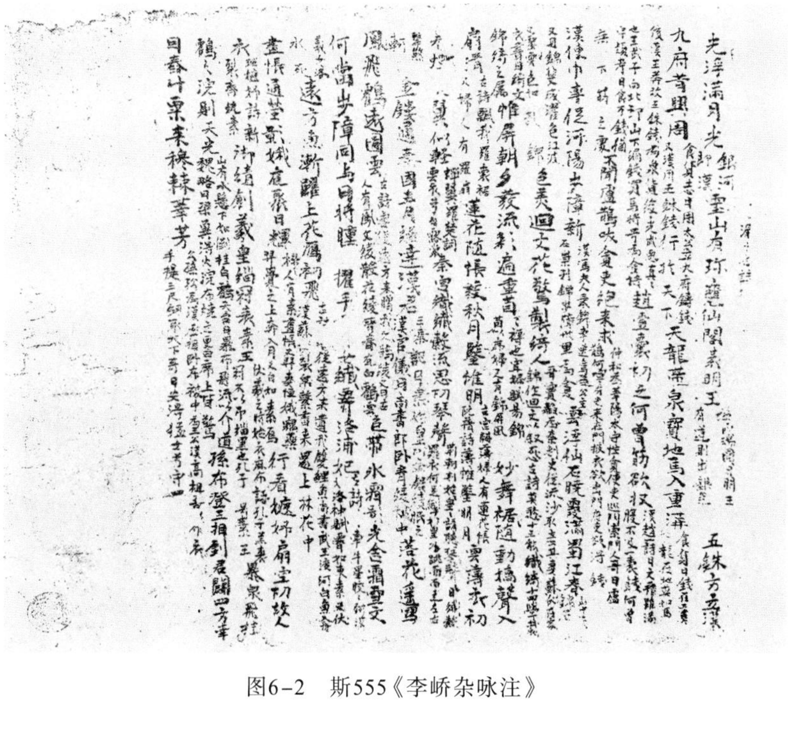

图6-2 斯555《李峤杂咏注》

　　盛唐时期，当大唐王朝盛行王维、孟浩然、高适、岑参、李白的诗歌时，敦煌写卷中就能够见到相应的抄本（见图6-3）。

　　中唐时期，唐代最流行的就是白居易、元稹的诗歌，而敦煌写卷中也有各种各样白居易诗歌的抄本，卷子装、册页装都有（见图6-4）。

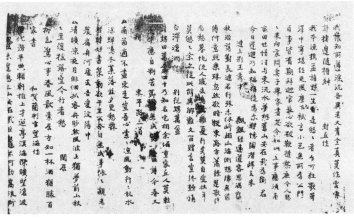

图6-3　伯3862《高适诗集》9-2

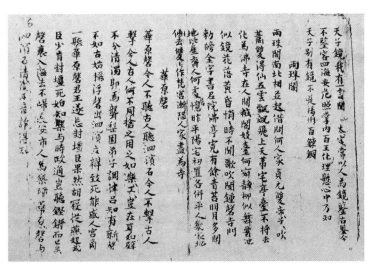

图6-4　伯2492《白香山诗集》10-4（册页装）

晚唐时期,战乱的困扰,军阀混战的情况,使得唐代社会陷入了极大的不安宁,敦煌更是因为七十年的陷蕃生活深深体味到战争的痛苦,故而,晚唐五代时期的敦煌写卷里有很多抄写晚唐诗人韦庄作品《秦妇吟》的写卷,笔者做过统计,现存就有十个写卷:(一)伯3381卷,天复五年(905)敦煌郡金光明寺学仕张龟写本①;(二)伯3780卷,显德四年(957)学士郎马富德写本(见图6–5);(三)伯3910对折册页装诗文选抄卷,署名"癸未年二月六日净土寺弥赵员住左手书之,癸未年二月六日净土寺赵赵岿",经考实为宋太平兴国四年己卯(979)学郎阴奴儿所写;(四)伯3953卷;(五)斯692卷,贞明五年(919)金光明寺学仕郎安友盛写本;(六)伯2700、斯5834

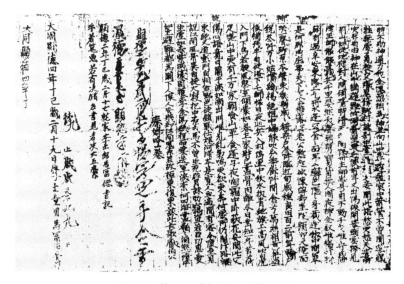

图6–5　伯3780《秦妇吟一卷》3–3

---

① 天复五年:在唐代历史上并没有天复五年这一历史纪年。唐昭宗李晔天复年号只有四年。但敦煌远在西陲,应是唐哀帝李柷即位的信息尚未到达敦煌时敦煌人继续使用"天复"年号所致。

拼合卷,据斯5834残片末行题记,知为贞明六年(920)写本;(七)斯5476卷,对折册页装本;(八)斯5477对折册页装,当为阴奴儿写本;(九)李盛铎原藏本;(十)俄罗斯藏残卷。

《秦妇吟》诗以"秦妇"为主人公,书写了战争给社会带来的巨大动荡,给人的生命带来的残害。敦煌地区唐代属沙州管辖,公元781年沦为吐蕃管辖,曾经陷蕃七十年,大中二年(848)在张议潮领导下赶走吐蕃势力,使沙州重归唐朝管理。但直到咸通二年(861),收复凉州,整个敦煌地区才彻底结束吐蕃统治,真正重归唐朝版图。虽然版图重归,而吐蕃和唐朝的争执并未完全结束,摩擦还时常发生,战争的创伤依然留在敦煌人的心中,敦煌人关注战争方面的诗歌是正常的心理状态。这种诗歌直接影响到敦煌地区的诗歌创作:著名陷蕃诗人马云奇与另外一位失名的陷蕃诗人的陷蕃诗歌,应该是受到《秦妇吟》之类作品的影响。这或许是敦煌《秦妇吟》写本众多的原因之一。

总体来看,由于唐代驿路传播的速度迅疾,唐朝每个地方的诗歌基本能够与大唐中心同律动,中心重辞藻声律,四方亦重辞藻声律;中心高华壮丽,四方亦高华壮丽;中心简易通俗,四方亦简易通俗;中心有战乱,四方亦传战乱诗,典型代表是韦庄的《秦妇吟》。

关于驿传与诗歌风格变化,涉及内容尚多,篇幅所限,不述。

第二节　唐代驿传范围与诗风变迁

唐代驿传辐射到唐代社会的各个角落,即使边远地区,除非战争的阻隔,都能够与唐代诗歌的主流传播息息相通,并接受主流诗歌的影响,敦煌诗歌的流变就是受到唐代诗歌当时传播影响的典型范例。可以这样说,由于驿传的快捷和迅疾,唐代的诗歌往往一经创作,就很快向外传播,并随着驿传的触角向各地蔓延,它所蔓延的地方,也是它产生影响的地方,那个地方的诗歌就有可能因之而发生变化。我们以江浙、巴蜀、敦煌三个点作为考察对象。三个不同的方向,应该具有一定的代表性。

一、江浙诗歌创作风格与驿传

江浙一带,自晋室南迁以后,就改变了这里留给人们的蛮荒印象,而以山灵水秀、人文荟萃称著。吴越文化与中原文化的合流给这里注入了文化的生机和活力。这里,为中华民族培育了许多优秀人才,唐代的不少大诗人出自这里或与这里有不可分割的联系。从江浙走出来的诗人和在江浙生活过的诗人,都给江浙的诗歌传播带来热闹景象。可以从江浙一带的诗歌传播正反两方向考察,即从江浙诗歌的向外渗透传播以及外地诗歌向江浙的回流传播看以江浙为中心的诗歌传播情况。

陶翰在《送惠上人还江东序》中说"长江之南,世有词人旧矣"[1],可见江浙一带人文荟萃的情况唐人就已经注意到。唐时江浙一带确实诗人辈出。从陈尚君《唐代诗人占籍考》的诗人占籍情况看,有唐一代,江南东道的诗人有四百零四人,约占全唐诗人的五分之一,在唐代诸道中诗人最多。从戴伟华《地域文化与唐代诗歌》中对江浙诗人的数字统计看,浙江初、中、盛、晚唐的诗人数字分别是:十三、六、三十、三十三,江苏初、中、盛、晚唐的诗人数字分别是二十五、二十四、四十二、十七,总计一百九十人,这个数字在唐代所有诗人中约占十分之一,数量是相当可观的,而这还不包括来到江浙

---

[1] （唐）陶翰:《送惠上人还江东序》,《全唐文》卷三三四,中华书局,1983年,第3381页。

的诗人的创作(以下论述中谈及江浙诗人创作,我们是将来到江浙的诗人创作涵盖其中的)。从江浙诗人的诗歌创作来看,江浙诗人的业绩也是唐诗繁荣中的一道靓丽风景。

江浙地区的诗歌创作,并不主要由江浙诗人完成,到这里漫游的诗人、在这里入幕的诗人、在这里为官的诗人,都为这里的诗歌创作做出过自己的贡献。

江浙诗人在唐代的每一个时期都有骄人的业绩。如盛唐早期的贺知章、包融、张旭、张若虚,以"吴中四士"享誉文坛。盛唐早期,有孟浩然、李白、祖逖等人在越州的创作。盛唐中后期,丹阳一批诗人活跃于诗坛,殷璠特以地域文人集的方式收集他们的诗歌为一集:

> 融与储光羲皆延陵人;曲阿有余杭尉丁仙芝、缑氏主簿蔡隐丘、监察御史蔡希周、渭南尉蔡希寂、处士张彦雄张潮、校书郎张晕、吏部常选周瑀、长洲尉谈戭,句容有忠王府仓曹参军殷遥、硖石主簿樊光、横阳主簿沈如筠,江宁有右拾遗孙处玄、处士徐延寿,丹徒有江都主簿马挺、武进尉申堂构,十八人皆有诗名。殷璠汇次其诗,为《丹阳集》者。①

安史之乱不仅给社会带来巨大动荡,而且带来了文人的大迁徙,不少士人随着家族避乱吴中或就食江南,给江浙文坛注入了更多文学血液,江南文坛,蔚为兴盛,著名诗人韩愈就曾经避乱江南。韦应物《郡斋雨中与诸文士燕集》诗说:"吴中盛文史,群彦今汪洋。方知

---

① (宋)欧阳修、宋祁:《新唐书》卷六〇《艺文志四》,中华书局,1975年,第1609—1610页。

大藩地,岂曰财赋疆。"①宴集活动,诗人之间互相受到影响。刘太真写有《顾十二况左迁,过韦苏州、房杭州、韦睦州三使君,皆有郡中燕集诗,辞章高丽,鄙夫之所仰慕,顾生既至,留连笑语,因亦成篇以继三君子之风焉》,从诗题即可看出,刘太真的诗歌创作,是受到顾况左迁拜访苏州、杭州、睦州刺史时的馆驿诗歌创作的影响,所谓"继三君子之风",直接点出了这种互相追风的现象。

大历年间,鲍防主幕浙东,形成了以他为中心的浙东文人联唱群体,不仅从各地汇集到幕府的文人互相之间经常举行宴集、联唱,而且还常常与幕府之外的浙东文人相联系,形成了一个包括幕府内外诸多文人如谢良辅、杜弈、丘丹、严维、郑概、陈元初、吕渭、吴筠等三十七人的联唱集团,他们的作品最后结集为《大历年浙东联唱集》,可见大历年间浙东诗歌创作的丰富。这些诗人的诗作,本地诗人受外地诗人影响,外地诗人更受本地风情的影响。江浙一带少受干戈之苦,成为北方饱受战乱之苦的人们的避乱之所,但目睹过战乱的诗人们深知战争之残酷,汇集到这一带,终于有了安稳之所,便在这里玩起了风花雪月,《大历年浙东联唱集》比较典型地体现了这一特点。皎然《诗式》:"大历中,词人多在江外,皇甫冉、张继、严维、刘长卿、李嘉祐、朱放,窃占青山、白云、春风、芳草,以为己有。"②浙东联唱的诗人群体因驿站而汇集,因时代而改变性情,因地域变迁到江南春风芳草中而转变诗风。

长庆年间,白居易因上书言宰相武元衡被杀当逮捕凶手事,被认为越权谏事而遭排挤,求为外任,除杭州刺史。"居易累上疏论其

① (唐)韦应物:《郡斋雨中与诸文士燕集》,《全唐诗》卷一八六,中华书局,1959年,第1901页。

② (唐)释皎然:《诗式》卷四,张伯伟《全唐五代诗格汇考》,凤凰出版社,2002年,第305页。

事,天子不能用,乃求外任。七月,除杭州刺史。俄而元稹罢相,自冯
翊转浙东观察使。交契素深,杭、越邻境,篇咏往来,不间旬浃。"①此
时的浙江尚有湖州刺史崔玄亮,几位诗人同在浙江,创作了很多对生
活感慨的诗作以及与江浙风物有关的诗作,著名的"三州唱和"即发
生于此时。三位州长官的诗歌通过"竹筒"等防潮的传诗工具,经过
"邮吏"之手,互相传递和影响,甚至影响当地诗风。

晚唐时期,这里依然风流不减,段成式、温庭筠、余知古等人聚会
于徐商幕府,酬唱赠和,形成联唱诗集《汉上题襟集》。皮日休、陆龟
蒙在苏州一带酬唱赠和,形成以二人为首的苏州诗人群,皮、陆联唱
结集为《松陵集》,也可以说是一时盛况的记录。

元人盛如梓《庶斋老学丛谈》中谈及唐代尤其中晚唐时期的江
南诗坛时,所列人物多为江浙人:

> 唐诗人江南为多,今列于后:陶翰、许浑、储光羲、皇甫冉、皇
> 甫曾、沈颂、沈如筠、殷遥(润州人);三包(融、何、佶)②、戴叔伦
> (金坛人);陆龟蒙、于公异、邱为、邱丹、顾(况、非熊)父子、沈(传
> 师、诚之)父子(苏州人);三罗(虬、邺、隐)、章孝标、章碣(杭州
> 人);孟郊、钱起、沈亚之(湖州人);施肩吾、章八元、徐凝、李频、
> 方干(睦州人);贺德仁、吴融、秦系、严维(越人);张志和(婺人);
> 吴武陵、王贞白(信州人);王昌龄、刘眘虚、陈羽、项斯(江东人);
> 张乔、杜荀鹤(池州人);刘太真、顾蒙、汪遵(宣州人);任涛、来鹏

---

① (后晋)刘昫等:《旧唐书》卷一六六《白居易传》,中华书局,1975年,第
　4353页。
② 三包,文渊阁四库全书本作"王包",误,应为"三包",即包融、包何、包佶。包
　融,《全唐诗》存诗八首。包何,《全唐诗》存诗一卷。包佶,《全唐诗》存诗
　一卷。

（豫章人）；李群玉（澧人）；李涛、胡曾（长沙人）。皆有诗名。①

　　此一段所列，张乔、杜荀鹤以下为安徽和湖南人，其余皆为江浙人。再加上那些在江浙生活并留下大量诗歌创作的诗人，不难想象，江浙一带的诗文创作活动的蔚然成风。由此，亦可见在唐代诗坛中，江浙作为一有代表性地域所占地位之重要。

　　江浙一带的诗歌活动非常活跃，从驿路汇集而来的各地诗人在互相酬唱中彼此影响，所结诗集如《丹阳集》《大历年浙东联唱集》《豫章冠盖盛集》《松陵集》等，所涉及的诗人已经很难断定彼此的风格了。诗人之间较近距离的寄赠，如杭州刺史白居易、越州刺史元稹、湖州刺史崔玄亮之间的酬唱，多是通过邮吏用诗筒传诗，使得彼此的诗歌也在浙江一带传播并发生影响，以至于这一带的州民也诗风衣被。白居易在离开杭州时，曾得意地夸美自己在杭州所做的文化事业：“吟山歌水嘲风月，便是三年官满时。春为醉眠多闭阁，秋因情望暂褰帷。更无一事移风俗，唯化州民解咏诗。”② 州民都晓得吟咏诗章，而这些州民自然是学习白居易及其友人们写作诗歌的路子。

　　江浙产生的诗歌因举子进京、吏部铨选、官员升迁等，经驿路向外扩散，四方诗歌创作也向江浙回流并产生影响。

　　在唐代，江浙诗歌向京师及四方的渗透和京师及四方诗歌向江浙的回流也非常活跃。主要有以下几种渠道：江浙诗人的诗作，一方面是谋求功名的江浙诗人离开本土奔向京师和方镇幕府的求仕活动带来的传播，另一方面是唐人有意无意的才名传播使江浙诗人的诗

---

① （元）盛如梓：《庶斋老学丛谈》，《文渊阁四库全书》，上海古籍出版社，1987年，第 866 册第 538 页。
② （唐）白居易著，顾学颉校点：《白居易集》卷二三《留题郡斋》，中华书局，1979年，第 513 页。

作流入京师及四方;京师及四方的诗作向江浙的回流传播,一方面是成功的江浙诗人的诗作的回流传播,另一方面是著名诗人诗作的辐射传播;再就是来往京师及四方的官员与江浙官员之间的酬唱赠诗。

骆宾王,浙江义乌(今浙江义乌)人,七岁时就因《咏鹅》诗而名播四海。《旧唐书》记载:"骆宾王,婺州义乌人。少善属文,尤妙于五言诗,尝作《帝京篇》,当时以为绝唱。"①

贺知章,会稽永兴(今属浙江绍兴)人,诗名扬于京师,《旧唐书》卷一九〇《贺知章传》载:

> 先是,神龙中,知章与越州贺朝、万齐融,扬州张若虚、邢巨,湖州包融,俱以吴、越之士,文词俊秀,名扬于上京。朝万(当为贺朝,"万"为衍字)止山阴尉,齐融昆山令,若虚兖州兵曹,巨监察御史。融遇张九龄,引为怀州司户、集贤直学士。数子人间往往传其文,独知章最贵。②

作为吴、越士人,因为文词俊秀而在京师扬名,可见他们的作品在京城获得了传播市场,得到了传播领域的认同。而且这种认同对他们中的一些人最终考中进士并进而进入仕途起了相当重要的作用。如《旧唐书》本传记载贺知章"少以文词知名,举进士"。

鲁中儒生吴筠,来到浙江后,创作了很多诗篇,"在剡与越中文士为诗酒之会,所著歌篇,传于京师","词理宏通,文彩焕发,每制一篇,

① (后晋)刘昫等:《旧唐书》卷一九〇上《骆宾王传》,中华书局,1975年,第5006页。
② (后晋)刘昫等:《旧唐书》卷一九〇中《贺知章传》,中华书局,1975年,第5035页。

人皆传写"①。当我们顺着吴筠诗歌的创作和传播路径寻找答案的时候,不难发现:驿路把吴筠从鲁中带到了"剡与越中",驿路又把吴筠的诗歌从"剡与越中""传于京师",以致吴筠的诗歌"人皆传写",在社会上发生了广泛的影响。

天台诗僧寒山,创作了大量的通俗诗作,鞭挞世俗丑恶,教化众生行善。还在《家有》诗中说:"家有寒山诗,胜汝看经卷。书放屏风上,时时看一遍。"② 甚至坚信自己的诗作能够天下传诵:

> 有人笑我诗,我诗合典雅。不烦郑氏笺,岂用毛公解。不恨会人稀,只为知音寡。若遣趁宫商,余病莫能罢。忽遇明眼人,即自流天下。③

事实证明,寒山诗确实因其通俗而又富含哲理而流传广泛,后来还被台州刺史闾丘胤收集编集,传至京师,影响四方,甚至连边远的敦煌都有寒山诗广泛传播。

刘禹锡领苏州牧时,令狐楚在太原方镇为幕,后在京师为宰,两人虽相隔千山万水,却常"发函寓书,必有章句络绎于数千里内,无旷旬时"④。白居易在京都,也与刘禹锡唱和寄赠不绝,白居易《与刘苏州书》谈及双方唱和寄赠诗作时感慨万千,颇为自得:

① (后晋)刘昫等:《旧唐书》卷一九二《吴筠传》,中华书局,1975年,第5129、5130页。
② (唐)寒山:《家有》,钱学烈校评《寒山拾得诗校评》,天津古籍出版社,1998年,第457页。
③ (唐)寒山:《有人》,钱学烈校评《寒山拾得诗校评》,天津古籍出版社,1998年,第451页。
④ (唐)刘禹锡:《彭阳唱和集后引》,《全唐文》卷六〇五,中华书局,1983年,第6115页。

　　梦得阁下：前者枉手札数幅，兼惠答《忆春草》《报白君》已下五六章。发函披文，而后喜可知也。又覆视书中，有攘臂痛拳之戏，笑与抃会，甚乐甚乐！谁复知之。因有所云，续前言之戏耳，试为留听。（仆）与阁下在长安时，合所著诗数百首，题为《刘白唱和集》卷上、下。去年冬，梦得由礼部郎中、集贤学士迁苏州刺史，冰雪塞路，自秦徂吴。仆方守三川，得为东道主。阁下为仆税驾十五日，朝觞夕咏，颇极平生之欢，各赋数篇，视草而别。岁月易迈，行复周星，一往一来，忽又盈箧。诚知老丑冗长，为少年者所嗤。然吴苑、洛城，相去二三千里，舍此何以启齿而解颐哉？嗟乎！微之先我去矣，诗敌之勍者，非梦得而谁？前后相答，彼此非一，彼虽无虚可击，此亦非利不行，但止交绥，未尝失律。然得隽之句，警策之篇，多因彼唱此和中得之，他人未尝能发也，所以辄自爱重。今复编而次焉，以附前集，合成三卷，题此卷为"下"，迁前"下"为"中"，命曰《刘白吴洛寄和卷》，自太和六年冬，送梦得之任之作始。居易顿首。①

从文中可以看到，刘禹锡在苏州的创作，因为白居易为官地点的变化而分别传至三川和京洛，而且还与白居易的唱和诗结集传播。

　　其他地方的诗歌也向江浙进行回流传播。

　　白居易在浙江做杭州刺史时，长庆二年（822），张籍曾经将自己的二十五首诗歌从京城寄给白居易。白居易阅读之后，觉得很有价值，随后就转寄给在越州为刺史的元稹。白居易很注意诗歌传播，恐怕不只给元稹看。这使身在京都长安的张籍的诗歌通过驿寄的方式

---

① （唐）白居易著，顾学颉校点：《白居易集》卷二三《与刘苏州书》，中华书局，1979年，第1444—1445页。

传播至浙江,又在浙江通过白居易、元稹等人的努力而四处流传。

柳宗元被贬南荒,不甘心于碌碌无为,曾上书献诗赋于李吉甫,其《上扬州李吉甫相公献所著文启》云:

> 宗元启:始阁下为尚书郎,荐宠下辈,士之显于门阀者以十数,而某尚幼,不得与于厮役。及阁下遭谗妒,在外十余年,又不得效薄伎于前,以希一字之褒贬。公道之行也,阁下乃始为赞书训辞,擅文雅于朝,以宗天下。而某又以此时去表著之位,受放逐之罚,荐仍因锢,视日请命。进退违背,思欲一日伏在(一作于)门下而不可得,常恐抱斯志以没,卒无以知于门下,冥冥长怀,魂魄幽愤,故敢及其能言,贡书编文,冒昧严威,以毕其志,伏惟览观焉。幸甚幸甚。
>
> 　阁下相天子,致太平,用之郊报,则天神降、地祇出;用之经邦,则百货殖、万物成;用之文教,则经术兴行;用之武事,则暴乱翦灭。依倚而冒荣者尽去,幽隐而怀道者毕出,然后中分主忧,以临东诸侯,而天下无患。盛德大业,光明如此,而又有周公接下之道,斯宗元所以废锢滨(一作摈)死,而犹欲致其志焉。阁下倘以一言而扬举之,则毕命荒裔,固不恨矣。谨以杂文十首上献。缧囚而干丞相,大罪也。宁为有闻而死,不为无闻而生。去就乖野,不胜大惧。谨启。①

李吉甫在扬州为官,柳宗元为得到李吉甫的提举,千里修书,将自己的诗文编集投赠,希望李吉甫能够揄扬,这是柳宗元诗文通过驿寄向

---

① (唐)柳宗元:《上扬州李吉甫相公献所著文启》,《全唐文》卷五七六,中华书局,1983年,第5823页。

江浙的传播。

还有很多类似的例子,限于篇幅,不再列举。

江浙诗歌向四方的地域传播,尤其是向京师的地域传播,具有很强大的渗透力,既能为江浙诗人传名,也给京都诗坛带来许多新鲜感觉,丰富了京都诗坛,为诗风的南北合流做出了贡献。而京师诗歌和其他地方的诗歌向江浙的回流传播,也就把京师和其他地方最新的诗歌信息回传江浙,使得江浙诗坛始终能够随同大唐王朝的诗歌动向而运动,与时代诗歌同其脉搏,共同创造和展示着唐诗繁荣的新局面。

二、巴蜀诗歌创作风格与驿传

驿传对诗歌的交流有直接的影响,并进而影响诗歌创作风格,在巴蜀诗歌与中原诗歌的对比中可以呈现出特别明显的特点,它与江浙与驿传之间的关系不太相同,而与西南驿路本身的特点直接相关。

从京都到巴蜀,也是一条异常繁忙的驿路。但是,这条驿路与通往江浙的驿路不同。有两种出蜀方案:或者走李白出蜀的驿路,沿长江经三峡直到云安、鄂州,这一条驿路,有三峡险滩,且路途遥远;或者走杜甫的入蜀路线,驿路上,无尽无穷的高山,愈行愈险的隘路,像赤谷、铁堂峡、寒硖、青阳峡、龙门镇、石龛、积草岭、泥功山、木皮岭、白沙渡、水会渡、飞仙阁、五盘、龙门阁、石柜阁、桔柏渡、剑门等,每行进一步,都有无数的危险在等待,确似李白所说:"蜀道之难,难于上青天。"这两条驿路,随着诗人的出蜀和入蜀,带出来许多诗文,又带进去许多诗文。

巴蜀诗歌与中原诗歌通过驿路所进行的对流传播与江浙极其相似。比如,巴蜀诗人的出蜀和入蜀、升迁官员的入蜀和离蜀,都会带来频繁热闹的诗歌传播活动。李白早年创作的《大鹏赋》,有"家传一本"之说;白居易年轻时候所写的诗歌,很早就从京师传入巴蜀,元稹元和十年(815)被贬通州见到江馆柱心破破烂烂的檐壁间题有白居易的诗歌就是明证。其《见乐天诗》云:"通州到日日平西,江馆无人虎印泥。忽向破檐残漏处,见君诗在柱心题。"①

但因为驿路的艰难,巴蜀诗歌与中原诗歌通过驿路所进行的对流传播相较于江浙一带的对流传播,又有很多不同。

巴蜀诗歌在唐代主要有两个中心:成都和梓州。

梓州在唐代的文化地理位置十分重要,来自四川的诗人基本占籍梓州,像李义府、赵蕤、陈子昂、李白,都是梓州附近人。但这些诗人在本土之时并未特别出名,也没有将诗名传至京师,只有当他们从水上驿路到达中原之后,其文名才开始在中原产生较大影响。也就是说,由于驿路的艰难,中原和川蜀的诗歌交流存在很大障碍。

比如陈子昂,从梓州走出来之后,他的诗歌文章并没有引起他人注意,他是通过在京都"摔琴鬻文"的特殊行为,将自己从巴蜀带来的文章推荐出去,使得其文引起了他人的注意。当他落第还乡和落职还乡时,驿路上的唱和诗歌及抒情诗才拥有了他三十八首《感遇诗》的风格。

尤其是李白。李白在蜀地创作的诗歌很少有知名的作品,但当他踏上水上驿路,并开始了驿路诗歌创作后,很多诗歌就成为诗史留名的作品,如《峨眉山月歌》《渡荆门送别》等。之后,李白的诗歌之路越走越宽,很多优秀作品仍然出现在驿路上,驿路送别诗如《劳劳亭》《题宛溪馆》《送友人》《送别》《送友人入蜀》《江夏送友人》《宣州谢朓楼饯别校书叔云》等,既成就了李白,也成就了驿路。驿路

---

① (唐)元稹著,冀勤点校:《元稹集》卷二〇《见乐天诗》,中华书局,2010年,第257页。

风物、驿路生活、驿路送别、驿路独吟,带给诗人太多的感触,触发了诗人的诗歌创作灵感,成为诗歌创作的原动力。

成都的本土诗人很少,严武、高适、杜甫等诗人入蜀后,才形成以成都为中心的诗歌创作群体。也就是说,唐代成都诗坛的繁荣,是借助了驿路转送来的诗人。而严武、高适、杜甫等诗人入蜀以后的创作,也与以往的诗歌风格不同。比如,杜甫的驿路诗歌,从秦州到同谷,从同谷到成都,诗歌中的物象呈现出韩愈所说的"百怪入我肠"的险怪风格,那是驿路风物对诗人的影响。而到成都以后,诗歌的风格则有很大变化,以浣花溪周边景物为描写对象的诗歌,呈现出一派田园风光,说明驿路风物、驿路生活确实直接影响着诗人的诗歌创作。

据笔者考察,巴蜀诗歌向外扩散的能力相对较弱,应该主要是驿传的问题。陈子昂、李白在蜀地时并没有制造出很大名声,出蜀后才声名远播就是例证。而杜甫恰恰相反。杜甫入蜀后的诗歌传播,可以作为反面例子说明巴蜀诗歌外流的艰难。作为唐朝著名的诗人,杜甫诗名其实很早时就已经很响了,所谓"李邕求识面,王翰愿卜邻",并不是随便说说的,但杜甫却没有王维、李白等诗人的诗歌名头更响,尤其是把他的诗歌传播和晚唐诗人韦庄的某些诗歌的传播进行对比的时候,我们就会注意到驿路传诗的重要性。杜甫和韦庄,都有描写战争灾难的诗歌,两个人都有过对诗歌传播的限制,杜甫说过自己的诗歌只"寄给××",不必"寄××",韦庄也限制过给自己带来赫赫诗名的《秦妇吟》的传播,不许家人"垂《秦妇吟》障子"。但当韦庄经历黄巢兵乱到江浙避乱的时候,全国各地却广泛传播着《秦妇吟》,甚至敦煌这样的边郡,今天的实物都已经发现了十个抄本。但是,杜甫的《哀王孙》《哀江头》《悲陈陶》《悲青坂》、"三吏""三别"、《洗兵马》等著名诗歌,却随着杜甫进入巴蜀,没有能够在其他地域传开,这从《唐人选唐诗》不见或极少见杜甫诗作即可确证,说明杜甫入蜀后的诗作确实没有广泛播散。至于其中原因,笔者认为有可能有政治原因,有时代审美风格难以一下子接受杜甫对唐诗风格的改变的原因,有诗人自我限制自我诗歌传播的原因,更有巴蜀路难,影响杜甫诗歌出蜀的原因。难以出蜀,也就难怪"名岂文章著"了,当然也就无法影响其他诗人的诗歌创作风格了①。

在巴蜀创作的诗歌很难影响其他地域的诗人的创作,比如杜甫的成都诗就没有和大历诗人的作品汇合。其他地域创作的诗歌也较少影响巴蜀之地的诗歌风格,比如晚唐时期的现实主义诗歌,如皮日休、聂夷中、陆龟蒙的作品,也没有影响到巴蜀诗风,巴蜀之地只有自己的花间诗风。这是因为割据势力的作乱和蜀道的艰难,阻隔了驿路的畅通,也就隔绝了诗歌传播的管道。

三、敦煌诗歌创作风格与驿传

敦煌的诗歌创作并不特别丰富,也没有在唐诗领域里占有特别重要地位的诗人,现在在敦煌写卷中见到的敦煌诗人都是在唐诗中不太入流的作家。但敦煌的唐诗传播,可以用热闹纷繁形容。由于资料被损毁,我们已经无法完全描述当时的传播盛况,但仅存的敦煌藏经洞所发现的唐诗抄本已经令我们非常震惊。今天,在全面普查已经公布的敦煌文书的基础上发现,现存敦煌唐诗写卷至少有四百多个,存诗两千多首,涉及重要诗人几十位。其中,有少部分属于敦煌本土的诗人创作,更多的却是汇集来自全国各地各类诗人的诗歌,如白居易在京都创作的新乐府诗作,刘希夷《代悲白头翁》,孟浩然在襄阳的诗歌创作,李白在鲁中、武昌等地的诗歌,高适、岑参入幕边关

---

① 参见吴淑玲:《唐人选唐诗及敦煌写卷中少见杜诗的传播学因素》,《杜甫研究学刊》2009 年第 1 期。

的诗歌等,都能够在敦煌写卷中见到。

如此遥远的地方,为什么会有如此多的内地诗歌在辗转传抄?答案当然是驿路传播。由于交通的重要,这里的文化异常发达,唐诗在唐代就不断通过驿路传播到这里,丰富了这里的诗歌阅读材料,也在一定程度上影响到这里的诗歌创作风格。

(一)敦煌写卷:驿路传诗到敦煌

敦煌是丝绸之路上的明珠,是一座因商业而兴起的城市。敦煌是一座文化名城,在这里交汇了中国、印度、希腊、伊斯兰等多种文化。敦煌,还是西北的军事重镇,著名的阳关、玉门关都在距此不远的地方。

敦煌,在唐人心目中既是一个遥远的地方,也是一个充满神奇魅力的地方,这里和比这里更远的许多景物在唐人诗歌中频繁出现,诸如大漠孤烟、玉门闻笛、天山飞雪、金山烟尘等等,都在唐代诗人笔下形成了富有代表性的诗歌意象,记录着唐人建功沙场、立功边塞的精神风貌。

或许正是因为这里的商业气息、异域情调、征战精神,使得这里的本土人民被多种因素影响着。他们较多接受王朝中心文化的影响,本土诗人的创作反而相对比较少。比如,朱庆馀有一首《自萧关望临洮》,就是从这里的尚武习俗解释这里缺少文人的原因的:

> 玉关西路出临洮,风卷边沙入马毛。寺寺院中无竹树,家家壁上有弓刀。惟怜战士垂金甲,不尚游人着白袍。日暮独吟秋色里,平原一望戍楼高。[1]

―――――――――

[1] (唐)朱庆馀:《自萧关望临洮》,《全唐诗》卷五一四,中华书局,1960年,第5876页。

"家家壁上有弓刀"是指这里崇尚的尚武精神。"游人",这里当指游历之人。"白袍",即读书人,也即诗人,因为白袍是唐代参加进士考试的士子的专用服装,当时有"白衣公卿"之类的称呼,就是指进士科出路好,可能在穿白袍的士子中就有未来的达官。"日暮独吟",可见没有同吟者,缺少同调,也就是,朱庆馀认为这里缺少一点文人精神。

但是,由于这里交通发达,关塞重要,由京城通往这里的驿路上,经商者不绝,行武者不绝,驿递使不绝,故而来自京城的各种信息也往往能很快到达,诗歌方面的信息也一样能很快到达。

敦煌到京城的距离,《元和郡县图志》卷四〇《陇右道下》记载:

> 八到:东南至上都三千七百里。东南至东都四千五百六十里。东至瓜州三百里。西至石城镇一千五百里。西至吐蕃界三百里。北至伊州七百里。[①]

按照《唐六典》卷三《尚书户部·度支员外郎》条规定的驿传速度:"凡陆行之程:马日七十里,步及驴五十里,车三十里。水行之程:舟之重者,溯河日三十里,江四十里,余水四十五里,空舟溯河四十里,江五十里,余水六十里。沿流之舟则轻重同制,河日一百五十里,江一百里,余水七十里。"[②]可大致计算正常情况下人们从京都来此的时间,大约是:骑马要两个月,骑驴和步行要两个半月,坐车要四个月,即使考虑中间有涉江过河,骑马大概也就要两个半月,骑驴和步

---

① (唐)李吉甫撰,贺次君点校:《元和郡县图志》卷四〇,中华书局,1983年,第1026页。

② (唐)李林甫等撰,陈仲夫点校:《唐六典》卷三,中华书局,1992年,第80页。

行也就要三个月,坐车也就要五个月。这个速度,与军事上传递信息没法相比,军事有六百里加急之类。虽然对于传递军事消息或许太慢了,但对于诗歌传播来说,已经相当不错了。因为唐人疯狂的抄诗传诗的习俗,来自京城的诗歌,敦煌人是可以在当年或一两年之内就能看到,并受到影响。

笔者搜索到一些材料,虽非敦煌,却是传至西北边疆的驿路传诗,可见京城诗歌确实通过这样一些渠道传至西北边远之地,当然也包括敦煌。如高适《送白少府送兵之陇右》:

> 践更登陇首,远别指临洮。为问关山事,何如州县劳。军容随赤羽,树色引青袍。谁断单于臂,今年太白高。①

从诗题看,高适在送别白少府,而白少府所去之地,恰恰是陇右,那么,这首送别诗当然会通过白少府带到陇右。基于白少府国家官员的身份和唐朝驿使羁程的处置之严,这首诗至少在两个月左右就到达陇右了。

杜甫有一首《送蔡希鲁都尉还陇右,因寄高三十五书记》:

> 蔡子勇成癖,弯弓西射胡。健儿宁斗死,壮士耻为儒。官是先锋得,才缘挑战须。身轻一鸟过,枪急万人呼。云幕随开府,春城赴上都。马头金匼匝,驼背锦模糊。咫尺雪山路,归飞青海隅。上公犹宠锡,突将且前驱。汉使黄河远,凉州白麦枯。因君

---

① (唐)高适:《送白少府送兵之陇右》,《全唐诗》卷二一四,中华书局,1960年,第2226页。

问消息,好在阮元瑜。①

诗歌大约写于天宝十四载春,此时安史之乱还未发生。哥舒翰奉旨还京述职,令蔡希鲁先回幕府,杜甫为之送行。当时,高适亦在陇右的哥舒翰幕府,因此,这首诗除了写给都尉蔡希鲁为其送行,同时也会由蔡希鲁带往陇右,抄给高适。这个时间,自然也就只有两个月左右。

又如,崔国辅的《渭水西别李仑》:"陇右长亭堠,山阴古塞秋。不知呜咽水,何事向西流。"② 李仑将为官陇右,崔国辅送别,这首诗当然也一样会随李仑一起,在两个月左右的时间到达陇右。

再比如李白的《题瓜州新河,饯族叔舍人贲》、杜甫的《送长孙九侍御赴武威判官》、郭英乂的《奉送郭中丞兼太仆卿充陇右节度使三十韵》、刘方平的《寄陇右严判官》、苑咸的《送大理正摄御史判凉州别驾》、王建的《赠李愬仆射》(当时李愬因军功受封陇右将军)、李洞的《冬日送凉州刺史》等,这些诗歌,都会随着被寄赠或被送别的人,以同样的速度传至陇右或更遥远的地方。

从陇右向京城传递诗歌的渠道也很通畅。比如岑参出使边塞,驿路上碰到进京的使者,于是赶紧让使者给家中捎口信报平安:"故园东望路漫漫,双袖龙钟泪不干。马上相逢无纸笔,凭君传语报平安。"③ 虽然没有纸笔,但这传语平安的诗歌会随着使者回到大唐京

① (唐)杜甫著,(清)仇兆鳌注:《杜诗详注》卷三《送蔡希鲁都尉还陇右,因寄高三十五书记》,中华书局,1979年,第238—240页。
② (唐)崔国辅:《渭水西别李仑》,《全唐诗》卷一一九,中华书局,1960年,第1204页。
③ (唐)岑参撰,廖立笺注:《岑嘉州诗笺注》卷七《逢入京使》,中华书局,2004年,第764页。

都。杜牧《河湟》所言的"唯有凉州歌舞曲,流传天下乐闲人",也可见出,凉州歌舞之曲向四方的传播。

戴叔伦有一首《赠康老人洽》,比较典型地写到了陇右诗歌传入京都的情况:

> 酒泉布衣旧才子,少小知名帝城里。一篇飞入九重门,乐府喧喧闻至尊。宫中美人皆唱得,七贵因之尽相识。南邻北里日经过,处处淹留乐事多。不脱弊裘轻锦绮,长吟佳句掩笙歌。贤王贵主于我厚,骏马苍头如己有。暗将心事隔风尘,尽掷年光逐杯酒。青门几度见春归,折柳寻花送落晖。杜陵往往逢秋暮,望月临风攀古树。繁霜入鬓何足论,旧国连天不知处。尔来倏忽五十年,却忆当时思眇然。多识故侯悲宿草,曾看流水没桑田。百人会中一身在,被褐饮瓢终不改。陌头车马共营营,不解如君任此生。①

康洽,酒泉人,与著名诗人李颀、李端、戴叔伦等有诗词交往,《全唐诗》存诗三首。《唐才子传》所记,与戴叔伦此诗基本一致。此诗记录了酒泉布衣才子康洽诗歌传入京城的盛况,可以见出,陇右诗歌向帝京的流传。

由以上材料可以看出,尽管陇右(含敦煌)地处偏远,但交通的便利和对文化的重视,使这里虽然远在边陲,而与内地文化息息相通。比如诗歌的传抄就盛况空前。相距千余年,今天所能见到的敦煌唐写本诗歌尚有几百种,当时抄本情况可以推想。由此亦可见,尽

---

① (唐)戴叔伦:《赠康老人洽》,《全唐诗》卷二七四,中华书局,1960年,第3112页。

管大唐王朝疆域辽阔,尽管那时也没有诗歌印刷出版[①],但诗歌的传播没有死角,只要驿路通到的地方,就是唐诗能够到达的地方。

（二）从写卷看内地诗歌向敦煌的渗透

根据对现存的敦煌写卷的全面普查数字可知,从敦煌藏经洞整理出的现存唐诗写卷至少有四百多个,存诗两千多首,涉及重要诗人几十位,李峤、刘希夷、孟浩然、李白、高适、岑参、白居易等唐代诗歌史上的著名诗人,均能在敦煌写卷中见到他们的诗歌。

分析敦煌写卷中的诗歌,发现一个很奇特也很正常的现象,即:敦煌写卷中的唐诗,有些是属于文学史上的著名篇章,有些则是很少引起后世注意的篇目,这与唐人所描述的一些传播现象和唐人选唐诗的一些现象都颇为一致。如白居易就曾经说过自己注重的新乐府诗歌,流传速度和流传范围却不及自己那些被称为"元和体"的散碎小章和百韵大篇的传播。到中晚唐,杜甫诗歌的地位已经被抬升得很高,如韩愈说过"李杜文章在,光焰万丈长",可杜甫的诗歌在唐人选唐诗中很少见到踪影。

究其原因,敦煌写卷也属于唐人的唐诗传播,必然受到唐诗整体传播现象的影响,故而有这种与唐诗整体传播面貌相一致的情况。这种一致性,说明了唐诗在传播过程中对敦煌的强劲渗透。主要有以下两点:

第一,敦煌的唐诗传播受时代传播风尚的影响。从敦煌写卷所见到的初、中、盛、晚几个时代的诗歌看,敦煌的唐诗写卷传播的均是

----

① 唐代文人的诗歌基本没有刻印出版,最早使用雕版印刷的诗歌是贯休及和凝的作品。贯休虽是唐代诗人,但他的集子《禅月集》是他死后由其弟子昙域和尚在前蜀乾德五年(923)雕印的,而和凝的集子是自己亲自刻板摹印,时间难以确定。参见吴淑玲:《唐诗传播与唐诗发展之关系》,中华书局,2013年,第65—66页。

唐代各个时期比较流行的诗歌,比如初唐时期,唐代诗坛风行馆阁诗风,李峤的诗歌就出现在敦煌写卷中;比如初唐后期,诗坛注重兴象,刘希夷的《代悲白头翁》就出现在敦煌写卷中;比如盛唐初期注重风骨,李白、高适、岑参的诗歌就在敦煌写卷中有反映。这都说明唐诗对唐时遥远地区的影响,带有鲜明的时代特征。

第二,敦煌的接受传播具有相对被动性。由于唐诗的传播除了爱好,还有一个非常重要的因素,那就是科举考试。作为边远地区的敦煌,虽然更多异域风情,虽然商业繁荣,虽然相对尚武,但大唐王朝的人才选拔方式他们也不能不重视。为了培养能够参加考试的人才,敦煌的教育也注重诗文歌赋的培训,因此,必然重视诗歌的传播,也就必然受此风影响。成名诗人的诗卷往往是效仿的样板,在这里传播也就不足为奇了。在敦煌卷子中发现的诗歌写卷,绝大部分都是有进士身份或显赫地位的诗人的诗歌。由此可见诗歌传播的相对被动性——受一定功利因素的影响。

(三)从《秦妇吟》写卷看敦煌的唐诗传播选择

虽然敦煌的诗歌传播具有相对的被动性,但敦煌在一定时期也有自己的传播选择。试以《秦妇吟》为例说明之。

据徐俊《敦煌诗集残卷辑考》,现在所知的敦煌唐写本《秦妇吟》卷子共有十种①,笔者见过上述《秦妇吟》的八个写卷(照片),分别见于《英藏敦煌文献》(四川人民出版社,1990—1994年)、《法藏敦煌西域文献》(上海古籍出版社,2001—2003年)、黄永武《敦煌宝藏》(台北新文丰出版公司,1981—1986年)。李盛铎原藏本,查《中国国家图书馆藏敦煌遗书精品选》(中国国家图书馆,2000年)、《中

---

① 徐俊:《敦煌诗集残卷辑考》,中华书局,2000年,第231—232页,篇目见本章第一节。

国国家图书馆藏敦煌遗书》(江苏古籍出版社,2001年,共7册),均无。俄罗斯藏残卷,查《俄藏敦煌文献》(上海古籍出版社,1992—2001年),亦无。

这篇在《全唐诗》中不见、尘封了千年的长诗,却在敦煌有如此多的写卷流传,说明敦煌人传诗既受时代影响,因韦庄曾有"秦妇吟秀才"美称而选择接受它,也有自己这一地区屡被战火的主动传播选择。

第一,晚唐敦煌地区重视重大战乱题材的诗歌的传播。《秦妇吟》所反映之内容为晚唐之重要战乱。广明元年(880),韦庄入长安考试,正值黄巢起义占领长安。战乱,打破了诗人韦庄科考取仕的梦想,让他目睹了血与火的拼杀,见识了生灵涂炭的残酷现实,领略了战争给人的心灵带来的巨大创伤。《秦妇吟》以"秦妇"为主人公,书写了战争给社会带来的巨大动荡,给人的生命带来的残害。敦煌地区公元781年沦为吐蕃管辖,曾经陷蕃七十年,在大中二年(848)在张议潮领导下赶走吐蕃势力,使沙州重归唐朝版图,但直到咸通二年,即861年收复凉州,整个敦煌地区才彻底结束吐蕃统治。虽然版图重归,而吐蕃和唐朝的争执并未完全结束,摩擦还时常发生,战争的创伤依然留在敦煌人的心中,敦煌人关注战争方面的诗歌是正常的心理状态,而广明元年(880)韦庄的这首反映战乱的诗歌,恰恰与敦煌人的战争记忆叠映在一起,获得了敦煌人的广泛认同。从现在所看到的敦煌写本诗歌看,确乎有此一种倾向,有关战争内容的诗歌传抄相对较多:著名陷蕃诗人马云奇与另外一位不知名的陷蕃诗人的诗歌,保存很多;高适、岑参、王昌龄、李白等反映边塞征战生活的诗歌,在敦煌手写本中也屡屡有见。因此可以判定,《秦妇吟》所反映的晚唐的动乱生活,最能在久历战乱后的敦煌人的心里引发共鸣,这或许是敦煌《秦妇吟》写本众多的原因之一。

第二，敦煌人更喜欢传播通俗而又艺术成就高的诗歌作品。目前已有很多学者探讨过《秦妇吟》的艺术成就，认为它是一篇杰出的长篇叙事诗。《秦妇吟》诗中借一位妇女的经历和所见，反映了战争中自上层到下层不同人的悲惨经历，"秦妇"的形象、老农的形象，都真切感人，尤其是他们所流露的对战争的无限感慨，更能打动人心。《唐才子传》云："（韦庄）早尝寇乱，间关顿踬……寓目缘情，子期怀旧之辞，王粲伤时之制，或离群轸虑，或反袂兴悲，四愁九怨之文，一咏一觞之作，具能感动人也。"[①] 王重民《敦煌古籍叙录》引罗振玉《松翁近稿》云："今读此篇，于寇盗之残暴，生民之水火，军人之畏葸肆虐，千载而下，犹惊心骇目。西垂绝塞，边民已辗转传写，则当时人人传诵可知。"[②] 这是《秦妇吟》的艺术力量。而《秦妇吟》的通俗语言为这种情感的撼动力量奠定了坚实的民间基础，使之能够在广大人民心中生根发芽，获得广泛认同。

第三节　唐代驿传与唐代诗风变迁之关系

由以上两节总结唐代驿传与唐代诗歌风格变迁之关系，主要有：

一、诗歌风格随驿路风物风情改变

文学创作，有一种观点是地理环境决定论，大意是说，地理环境决定该地域文人的人文性格，而文人的人文性格决定作品的风格。这种观点在中国的肇始，当自刘勰，《文心雕龙》首篇开篇即说：

---

① （元）辛文房著，傅璇琮主编：《唐才子传校笺》卷一〇，中华书局，1987年，第4册第328页。

② 王重民：《敦煌古籍叙录》，商务印书馆，1958年，第305页。

> 文之为德也大矣,与天地并生者何哉? 夫玄黄色杂,方圆体
> 分;日月叠璧,以垂丽天之象;山川焕绮,以铺理地之形:此盖道
> 之文也。仰观吐曜,俯察含章,高卑定位,故两仪既生矣。惟人
> 参之,性灵所钟,是谓三才。为五行之秀,实天地之心,心生而言
> 立,言立而文明,自然之道也。①

这种观点曾经遭到过严厉的批判,但现在看来,那些批评是有些极端
化了。从对驿路诗歌的考察中,笔者感受到,地理环境的变化对文学
创作的内容和风格确实有很大的影响。我们以杜甫、白居易和刘禹
锡同赴荒州的驿路创作来看,即可感受到这种变化的巨大:

杜甫飘泊西南时期的作品,绝大部分都是驿路诗歌。在杜甫的
这部分诗歌中,能够明确感受到驿路风物的变化对杜诗的影响。从
华州到秦州,最典型的驿路歌吟就是《秦州杂诗》,这一组驿路诗歌
主要有:《赤谷》《铁堂峡》《盐井》《寒硖》《法镜寺》《青阳峡》《龙
门镇》《石龛》《积草岭》《泥功山》等。胡大浚、杨晓霭谈及这一问
题时说:杜甫一踏上陇右,便有度陇怯之叹,及至整天攀行于山道,体
味着险途的艰苦,便油然而生"塞外苦厌山""神伤山行深""险艰方
自兹""及兹叹冥莫"的感慨……无尽无穷的高山、愈行愈恶的山路,
又给他受伤的心灵平添了几多压抑……陇右的险山峻岭,竟然成了
自己切身生活不可分割的一部分,成了自己人生困境的写照,诗人便
有意识地将山水与行程结合起来,记述山水也是写自己的生活②。从
同谷到成都,最典型的驿路歌吟有《发同谷县》《木皮岭》《白沙渡》

---

① 周振甫:《文心雕龙今译·原道》,中华书局,1986 年,第 9—10 页。
② 参见杨晓霭、胡大浚:《杜甫的陇右诗与陇右地域文化》,霍松林主编《杜甫研
　究论集》,香港天马图书有限公司,2000 年,第 77 页。

《水会渡》《飞仙阁》《五盘》《龙门阁》《石柜阁》《桔柏渡》《剑门》《鹿头山》等，李白曾说，"蜀道之难，难于上青天"，杜甫此行，真正体会到了蜀道的艰难，他把入蜀之路"写得'山昏水恶'，给人以'鬼魅啸风'的感觉。再现于笔端的是陡峭的悬崖，将坠的山石，令人目眩的深谷；萦于耳际的是咆哮的熊虎，呼啸的寒风，使人震魂摄魄，恐惧万分。非但少有美感，甚而使人感到可怕乃至厌恶"①。为什么会写成这样一种境界？仇兆鳌说："入蜀诸章，用仄韵居多，盖逢险峭之境，写愁苦之词，自不能为平缓之调也。"② 江盈科《雪涛诗评》说："少陵秦州以后诗，突兀宏肆，迥异昔作，非有意换格，蜀中山水，自有挺特奇崛，独能象景传神，使人读之，山川历落，居然在眼。所谓春蚕结茧，随物肖形，乃为真诗人，真手笔也。"③ 周明辅说："少陵入蜀纪行诸作，雄奇崛壮，盖其辛苦中得之益工耳。"④ 也就是说，杜甫入蜀纪行诗歌的奇绝险怪，是驿路山水带给杜甫的感受，故而诗歌笔调大变。而当杜甫定居成都以后，生活相对稳定，就有一段时间写了不少山水田园、花鸟虫鱼等轻松生活。可知杜甫的驿路诗歌的风格确实随着驿路风物的变化而变化。

白居易的驿路诗作，在不同路段的作品，风格也不同。元和元年（808），白居易任盩厔县尉职，恰是主驿官。早年的白居易，作品倾向于写实，盩厔尉的职务虽比较繁忙，诗人也曾因公务到过商山驿路，但这里山不甚高，地不甚险，故而作品在写实中颇有清音。《权摄昭应早秋书事寄元拾遗兼呈李司录》："到官来十日，览镜生二毛。可

---

① 周立英：《采幽撷奥，出鬼入神——论杜甫自秦入蜀纪行诗》，《学术交流》2008年第 2 期。
② （唐）杜甫著，（清）仇兆鳌注：《杜诗详注》卷八，中华书局，1979 年，第 679 页。
③ （唐）杜甫著，（清）仇兆鳌注：《杜诗详注》卷八，中华书局，1979 年，第 685 页。
④ （唐）杜甫著，（清）仇兆鳌注：《杜诗详注》卷八，中华书局，1979 年，第 711 页。

怜趋走吏,尘土满青袍。邮传拥两驿,簿书堆六曹。为问纲纪掾,何必使铅刀?"① 只是写所从事之公务。《祗役骆口驿喜萧侍御书至兼睹新诗吟讽通宵因寄八韵》:

> 日暮心无憀,吏役正营营。忽惊芳信至,复与新诗并。是时天无云,山馆有月明。月下读数遍,风前吟一声。一吟三四叹,声尽有余清。②

这首诗反映了驿路创作诗歌的情形,在写实中关注到山馆明月、夜下清吟。而《再因公事到骆口驿》:"今年到时夏云白,去年来时秋树红。两度见山心有愧,皆因王事到山中。"③ 关注的是白云悠悠、秋叶满山。而被贬江州司马时,他的诗中则是湓浦路上的曲曲折折、荆棘丛生,其《东南行一百韵寄通州元九侍御澧州李十一舍人果州崔二十二使君开州韦大员外庚三十二补阙杜十四拾遗李二十助教员外窦七校书》,也因为白居易走向江州贬谪地时的心境变化而充满了湓江低湿之地的悲凄之气,如以下几句:

> 播迁分郡国,次第出京都。秦岭驰三驿,商山上二邘。岘阳亭寂寞,夏口路崎岖。大道全生棘,中丁尽执殳。江关未撤警,淮寇尚稽诛。林对东西寺,山分大小姑。庐峰莲刻削,湓浦带萦

<hr/>

① (唐)白居易著,顾学颉校点:《白居易集》卷九《权摄昭应早秋书事寄元拾遗兼呈李司录》,中华书局,1979年,第167—168页。
② (唐)白居易著,顾学颉校点:《白居易集》卷九《祗役骆口驿喜萧侍御书至兼睹新诗吟讽通宵因寄八韵》,中华书局,1979年,第180页。
③ (唐)白居易著,顾学颉校点:《白居易集》卷九《再因公事到骆口驿》,中华书局,1979年,第257页。

纤。九派吞青草,孤城覆绿芜。黄昏钟寂寂,清晓角呜呜。春色辞门柳,秋声到井梧。残芳悲鶗鴂,暮节感茱萸。①

而赴忠州刺史任时,因为所走为水路,经过三峡,那里险滩急流,陡山峭壁,白居易的诗歌风格也为之一变。他的《初入峡有感》说:

> 上有万仞山,下有千丈水。苍苍两岸间,阔狭容一苇。瞿唐呀直泻,滟滪屹中峙。未夜黑岩昏,无风白浪起。大石如刀剑,小石如牙齿。一步不可行,况千三百里。②

诗歌直接描写"万仞山""千丈水"的壁立陡峭和波涛汹涌,尤其是写滟滪堆的恐怖,竟然有韩愈佶屈聱牙的味道。又他的《夜入瞿唐峡》说:

> 瞿唐天下险,夜上信难哉。岸似双屏合,天如匹帛开。逆风惊浪起,拔箸暗船来。欲识愁多少,高于滟滪堆。③

这两首诗,都在写瞿塘峡,一改白居易写实的风格,而用夸张手法,"万仞山""千丈水"的强烈对比,狭阔仅容"一苇"的缩小夸张,"呀

---

① (唐)白居易著,顾学颉校点:《白居易集》卷一六《东南行一百韵寄通州元九侍御澧州李十一舍人果州崔二十二使君开州韦大员外庾三十二补阙杜十四拾遗李二十助教员外窦七校书》,中华书局,1979年,第323—325页。

② (唐)白居易著,顾学颉校点:《白居易集》卷一一《初入峡有感》,中华书局,1979年,第208页。

③ (唐)白居易著,顾学颉校点:《白居易集》卷一八《夜入瞿塘峡》,中华书局,1979年,第378页。

直泻"的组合,"大石如刀剑,小石如牙齿""岸似双屏合,天如匹帛开"的比喻,都让人感到用词险怪,风情迥异,完全不属于白居易诗歌平晓易懂的一类。这种到一地变一种格调的诗歌写作情况,正反映着驿路风情的变化给诗歌风格带来的影响。

刘禹锡的驿路诗歌一样受驿路风物的影响。刘禹锡被贬朗州(今湖南常德)时,因为从京都到朗州,没有险途,刘禹锡的驿路诗歌整体看来虽然色彩并不明朗,但水色霜林、暮霞荒村,都相对比较柔和。如《秋江晚泊》:

> 长泊起秋色,空江涵霁晖。暮霞千万状,宾鸿次第飞。古戍见旗迥,荒村闻犬稀。轲峨艒上客,劝酒夜相依。[1]

《步出武陵东亭临江寓望》:

> 鹰至感风候,霜余变林麓。孤帆带日来,寒江转沙曲。戍摇旗影动,津晚橹声促。月上彩霞收,渔歌远相续。[2]

两首诗歌皆以驿路两岸风物为描写对象,但从商山驿路通向朗州之路毕竟没有犬牙交错、参差嵯峨的高山,也没有汹涌澎湃、浪急风高的险滩恶水,故而显得和缓平柔,加之作者心境的低迷,所写尽为傍晚和夜间景色,故而显得幽凄荒凉。当刘禹锡的贬谪地是忠州时,他也如白居易一般,从长江溯三峡而上,其所见景色与朗州路已经完全

---

[1] (唐)刘禹锡:《秋江晚泊》,《全唐诗》卷三五七,中华书局,1960年,第4018页。
[2] (唐)刘禹锡:《步出武陵东亭临江寓望》,《全唐诗》卷三五七,中华书局,1960年,第4018页。

不同,故而作品风格亦有大变。如《松滋渡望峡中》:

> 渡头轻雨洒寒梅,云际溶溶雪水来。梦渚草长迷楚望,夷陵
> 土黑有秦灰。巴人泪应猿声落,蜀客船从鸟道回。十二碧峰何
> 处所,永安宫外是荒台。[1]

松滋渡,在今湖北省松滋市西北,距离下牢关三峡近处已经不远,风
景已有三峡气象,正是此诗描写的冷雨寒梅、云际融雪、梦渚长草、夷
陵黑土、巴峡猿声、客船鸟道、碧峰荒台,再现了已近三峡的感觉,"笔
力高秀,卓绝古今"(王夫之语)。而其《始至云安寄兵部韩侍郎、中
书白舍人二公,近曾远守,故有属焉》中对三峡的印象一下子变得奇
绝狰狞起来:

> 天外巴子国,山头白帝城。波清蜀栋尽,云散楚台倾。迅濑
> 下哮吼,两岸势争衡。阴风鬼神过,暴雨蛟龙生。硖断见孤邑,
> 江流照飞甍。蛮军击严鼓,笮马引双旌。望阙遥拜舞,分庭备将
> 迎。铜符一以合,文墨纷来萦。暮色四山起,愁猿数处声。重关
> 群吏散,静室寒灯明。故人青霞意,飞舞集蓬瀛。昔曾在池籞,
> 应知鱼鸟情。[2]

兵部韩侍郎、中书白舍人,分别指韩愈和白居易。诗歌描写的是三
峡一带水流湍急、岸高势危、阴风怒号、暴雨如龙等景象,词语狰狞

---

[1] (唐)刘禹锡:《松滋渡望峡中》,《全唐诗》卷三五九,中华书局,1960 年,第
4050 页。

[2] (唐)刘禹锡:《始至云安寄兵部韩侍郎、中书白舍人二公,近曾远守,故有属
焉》,《全唐诗》卷三五五,中华书局,1960 年,第 3994 页。

外露,意象阴森恐怖,颇有险怪诗派的诗风。由于刘禹锡个性坚毅,诗中虽有"愁猿""寒灯"之语,却没有丝毫的畏惧恐惧之情,可用奇崛险怪、诗风刚硬形容之。及至晚年任和州刺史,曾经在扬子江畔游览,写有《晚步扬子游南塘望沙尾》,风格又是一变:

> 淮海多夏雨,晓来天始晴。萧条长风至,千里孤云生。卑湿久喧浊,搴开偶虚清。客游广陵郡,晚出临江城。郊外绿杨阴,江中沙屿明。归帆暧尽日,去棹闻遗声。乡国殊渺漫,羁心目悬旌。悠然京华意,怅望怀远程。薄暮大山上,翩翩双鸟征。①

诗歌写扬子江附近的风物。从地理位置上言,长江接近入海处,都已经是岸阔地平,较少犬牙交错的高山和水高浪急的险滩,而更多地呈现出宽阔从容的一面,故而刘禹锡的这首诗中有萧条长风、千里孤云、郊外绿杨、江中沙屿等比较阔大、比较优柔的场景,纵使有愁怀满腹,也是眇漫乡国、悠然京华,不再有那种狭急之气。

　　由以上诗人诗风随驿路风物的变化而变化的情况,我们可以做如下总结:驿路诗人在驿路行进的过程中,非常注意观察驿路周边的地理风貌,"处在这种环境中,叶落花开,鸟鸣猿啸,星沉月出,风起云飞,自然界任何一点细微的变化都可能触动诗人那敏感而脆弱的神经"②。而因为驿路诗人所感受到的外物是有很大区别的,这种不同的自然地理环境和人文地理环境纳入作家的审美视野中后,诗人的审美感受即发生变化,他的艺术感知的支点也就会随着风物的变

---

① (唐)刘禹锡:《晚步扬子游南塘望沙尾》,《全唐诗》卷三五五,中华书局,1960年,第3993—3994页。

② 李德辉:《唐宋时期馆驿制度及其与文学之关系研究》陶敏序,人民文学出版社,2008年,第2页。

化而变化,当他把所观察到感知到的这一切作为一种文学选择纳入诗歌创作中时,诗歌就会因为自然风物和社会风情的变化而营造出各富地域文化色彩的特点,自然,驿路诗人的诗歌作品风格也会随着他们目光的关注而发生变化。江山多娇,中国国土阔大而富于变化,江山丰富多彩的层次,会给文学家以莫大的助力,成就其因物赋情的成就。

刘勰说:"古来辞人,异代接武,莫不参伍以相变,因革以为功,物色尽而情有余者,晓会通也。"① 这种"因革"之功,成就了唐代以描写风物为主要内容的作品风格的不同,甚至于每一位诗人面对不同地域的不同风物,也能呈现出不同的风格,让我们看到了诗人们驾驭语言的能力。

二、驿传实现异地诗人的诗风沟通

异地诗人之间的诗风沟通,由于距离、信息传递方式等原因,在唐代较难进行。但只有在异地诗人之间实现了诗歌的互相交流,才能实现异地诗人之间诗风的沟通,而这样的沟通,只能通过驿传实现。

(一)临近地域的异地唱和诗风易互相影响

尽管唐代驿传体系相对于以前各代有了太多的改进,但总体而言,古代的交通还是落后,还是阻碍信息的交流。但心理学说:越是难以得到的,就越想得到;越是缺少的,就越加珍贵。在驿路畅通而又不易联系的时代,人们越有联络的欲望,越希望利用驿传的便利。李德辉说:"互相隔绝的生活现状也从反面激发和促进了异地唱和、寄和、酬寄这种文学交往,首先在邻近的方镇使府间流行开来,

---

① 周振甫:《文心雕龙今译·物色》,中华书局,1986 年,第 417 页。

维持创作上的互动,形成邻镇酬寄诗歌的唱和风气和这样的创作群体。"① 说的正是近距离地域唱和形成的诗风互动。白居易、元稹、崔玄亮三人的三州唱和,白居易和刘禹锡的汝洛唱和就是这样典型的范例。

地域相近,唱和频繁,驿递便捷,知悉情况,就容易形成你中有我、我中有你的局面。文学地理学中所强调的地理环境对文学的影响和作家彼此的交流对对方的影响,说的就是这个道理。今天阅读一些有关地域相近的诗人之间的唱和,尤其是常相交流诗歌的诗人之间的联唱,我们可能对诗句的高下进行较好的甄别,但却很难对其风格进行完全的分割,道理正在于此——诗风已经互相影响,不同诗人的诗句之间已经有很多都是水中着盐了。

(二)诗人关系密切的异地唱和影响诗风

当然,异地唱和的发生并不仅仅因地域相近而产生。有些诗人之间的唱和,完全是因为个人之间的关系。李德辉在谈及这一问题时说:

> 地域相邻还只是异地唱和发展的前提,它并不必然带来异地唱和,其中起到更为关键作用的是唱和双方要有相近的社会地位、共同的思想心态,相近的文名才气,这些才是构成和维系异地唱和的最重要基础。至于所处地域是否邻近,反倒不是很要紧的,在唐人看来,只要心灵相通,声名相近,互相尊重,则哪怕是"出处乖远,亦如邻封"(刘禹锡《吴蜀集引》)。通过驿递,照样可以维持密切稳定的文字联系,而可将地域空间的阻隔忽

---

① 李德辉:《唐宋时期馆驿制度及其与文学之关系研究》,人民文学出版社,2008年,第311页。

略不计。文学唱和由面对面而发展到天各一方而仍能篇章相继唱酬不绝,这首先是维持联络、巩固友谊的一种现实需要,而从唱和诗的发展进程来看,却是文学唱和发展的一种高级形态。[①]

　　元稹和白居易之间因为驿寄诗歌而发生影响的情况是最为典型的。元稹因为是明经出身,在当时社会颇受白眼,传说中的李贺不见明经出身的元稹虽然已被证实不符合实际情况,但也确实说明当时社会对考试诗赋出身的进士的重视。唯其如此,元稹颇介意自己明经出身的身份,有证实自己诗歌能力的心愿,故而自与白居易结交之后,始终追随白居易。白居易写作新乐府的时候,元稹也创作新乐府体的诗歌,诗歌针对现实,针对唐王朝,诗风朴实、通俗,讽刺性强。元稹被贬通州,白居易被贬江州,他们通过驿寄传递的千余首诗歌,更是元稹对白居易诗歌的亦步亦趋;白居易写酣畅淋漓讲究辞藻和对偶的百韵长篇,元稹也写;白居易写格律精绝的短碎小章,元稹亦效仿之。他们的诗歌风格的律动是那样协调一致,更是驿传之功。

　　刘禹锡和白居易诗歌之间的互相影响也很典型。白居易与刘禹锡在扬州初逢之后便成为莫逆之交,彼此诗文唱和对他们的诗艺有很大提高,白居易《与刘苏州书》:“得隽之句,警策之篇,多因彼唱此和中得之。”[②] 双方的诗风影响也是在互相驿寄的诗歌长河中潜移默化。

　　刘禹锡和令狐楚的异地唱和对诗风的影响也很明显。刘禹锡在《彭阳唱和集引》中说:

① 李德辉:《唐宋时期馆驿制度及其与文学之关系研究》,人民文学出版社,2008年,第312页。
② (唐)白居易著,顾学颉校点:《白居易集》卷二三《与刘苏州书》,中华书局,1979年,第1445页。

　　丞相彭阳公始由贡士以文章为羽翼,怒飞于冥冥。及贵为元老,以篇咏佐琴壶,取适乎间谵,锵然如朱弦玉磬,故名闻于世间。鄙人少时亦尝以词艺梯而航之,中途见险,流落不试。而胸中之气伊郁蜿蜒,泄为章句,以遣愁沮,凄然如燋桐孤竹,亦名闻于世间。虽穷达异趣,而音英同域,故相遇甚欢。其会面必抒怀,其离居必寄兴,重酬累赠,体备今古,好事者多传布之。今年公在并州,余守吴门,相去回远,而音徽如近。[①]

　　当令狐楚在并州做太原尹时,刘禹锡被贬为苏州刺史,但由于两人气味相投,"音英同域",通过驿传来往诗歌很多,而这样的结果是"相去回远,而音徽如近",对于形成共同的诗风非常有帮助。

　　(三)驿路决定异地同期诗风是否同律动

　　唐代的驿传体系从整体看是比较不错的,但在初、盛、中、晚各阶段并不均衡。初唐时期,驿路网络不是特别健全,但通道畅通;盛唐时期不仅驿路网络健全,驿传服务范围也大大增加;中晚唐时期,有时因为战争的因素,驿路网络虽然分布甚广,却有很多废弛。这些驿传体系的实际情况,直接影响着唐代诗人之间的诗风律动,即:驿路畅通与否决定异地之间同时期诗风是否同律动。以现存敦煌抄本诗歌为例可以清楚地说明这一问题。

　　1.驿路畅通时,诗风互相影响"如风之疾速"

　　唐代早期的《珠英学士集》是唐代的重要诗歌选本,是武则天时期秘府学士的诗集,由崔融编集。《郡斋读书志》云:"《珠英学士集五卷》。右唐武后朝,诏武三思等修《三教珠英》一千三百卷,预修

---

① (唐)刘禹锡:《彭阳唱和集引》,《全唐文》卷六〇五,中华书局,1983年,第6114—6115页。

书者凡四十七人,崔融编集其所赋诗,各题爵里,以官班为次,融为之序。"①崔融为四十七学士之一,《珠英学士集》编成后远播敦煌,自然是驿传之功。《珠英学士集》很快在当时的敦煌发生了影响。敦煌遗书中现存尚有此集的两个残卷,编号为伯 3771 卷、斯 2717 卷,集中的诗歌内容广泛,奉酬、应制、唱和、战争等各方面情况都有,而以前三种为主,那时在其他的诗歌写卷中,宴享游赏的诗作也屡屡出现,如高适的《寒食卧疾喜李少府见寻》(伯 2567、伯 2552 拼合卷);王勃的《上巳浮江宴》《圣泉宴韵得泉》(伯 2687 卷);失名《秋夜同宴勤□□》(伯 2687 卷);苏颋《奉和春日幸望春宫》(伯 2687 卷);高适《宴郭校书因之有别》(一名《宴别郭校书》,伯 2567 与伯 2552 拼合卷、伯 2976 卷);苏𬤇《游苑》(伯 3619 卷)等等。宴享游赏的风气初唐开始盛行,大约到玄宗开元、天宝时代达至鼎盛,天宝以后大有收敛,贞元、元和时期稍稍恢复,此后随着大唐王朝的衰落而渐歇,这在敦煌写卷的诗歌抄写中也能感受得到。

　　盛唐时期,唐人诗歌普遍精神爽朗、神采飞扬,虽写沙场征战之苦,仍有一种保家卫国、昂扬激动的情怀。敦煌西南近吐蕃,西接大漠,北邻北狄,地处唐朝的边塞要路,中西交通的三条要道都发自敦煌,分别经伊吾(今新疆哈密)、高昌(今新疆吐鲁番)、鄯善(今新疆若羌)到达中亚和西欧,"故知伊吾、高昌、鄯善,并西域之门户也。总凑敦煌,是其咽喉之地"②。由于隋、唐两朝的刻意经营,这里富庶繁华,成为丝绸之路上一颗耀眼的明珠,成为吐蕃人垂涎的肥肉。但当唐王朝势力强大之时,吐蕃对这块肥肉只能垂涎而已,只有高宗永隆二年(681)"西边不净,瓜、沙路绝"和玄宗开元十五年(727)

① (宋)晁公武:《郡斋读书志》卷二〇,上海古籍出版社,1990 年,第 1059 页。
② (唐)魏徵等:《隋书》卷六七《裴矩传》,中华书局,1975 年,第 1580 页。

瓜、沙一度被攻陷，除此，敦煌一直在和平安宁的环境中稳步发展，驿路畅通，其诗歌就拥有激情昂扬的一面。能够反映这一时期敦煌诗歌传播风尚的唐写卷如刘希夷《死马赋》（伯3619卷）、李昂（？）《大漠行》（伯2748卷）、陶翰《古意》（伯2567、伯2552拼合卷）、崔希逸《燕支行营》（伯3619卷）、屈同仙《燕歌行》（伯3195卷与伯2677卷、斯12098卷的拼合卷）、李白古乐府《战城南》《出自蓟北门行》（伯2567卷与伯2552卷的拼合卷）、高适《燕歌行》（伯2748卷、伯3862卷、伯3195卷、伯2677卷与斯12098卷的拼合卷）、高适《送浑将军出塞》《送萧判官赋得黄花戍》（伯3195卷、伯2677卷、斯12098卷）、哥舒翰《破阵乐》（伯3619卷）等，而另一些可能出自敦煌的作品如失名《独鹤篇》（伯2687卷）、失名《夫字为首尾》（伯2762卷、斯6973卷、斯6161卷、斯3329卷与斯11564卷的拼合卷）、失名《剑歌》（伯3619卷）等，就颇受盛唐诗歌风貌的影响，有悲凉慷慨之风。

天宝乱后，唐王朝实力下降，但贞元、元和时期曾经有过复兴的趋势，而社会文化趋向媚俗，在这一时期，白居易的诗歌风靡唐王朝的各个角落，敦煌写卷中就有很多白居易的实用诗歌。在敦煌卷子中，出现的不少实用的诗歌，从用语方式和诗歌内容都受到白居易诗歌的影响。

2. 驿路受阻时，异地诗歌"溯游从之，宛在水中央"

如果驿路受阻，诗歌传播受到阻碍，诗人之间的诗歌交流受阻，诗歌创作虽依然在进行，却如两股道上跑的车，各行其道，互不相干，也就难以发生交融，更难谈影响。

经历了安史之乱的杜甫，有很多反映战争进程的诗歌，但携家入蜀的杜甫，却因为蜀道的艰难，而没能使自己的诗歌在内地广为流传，反而窝在了巴蜀，未能与唐代中原地区的诗歌发生交流和影响。

同样的原因,大历诗人的诗歌也未曾入蜀,所以,杜甫的人生虽然很悲剧,但他晚年的诗并不像大历诗人那样,整日秋风、落叶、夕阳或青山、白云,杜甫始终是入世的,是壮怀家国的,而大历诗人却悲观伤感、故作出世状。

晚唐时期,吐蕃对敦煌实施了长达七十余年的占领,敦煌的诗歌写卷中就明显留有战争的创伤。李益的许多边塞诗作和著名长篇叙事诗《秦妇吟》等在敦煌广为传播,直接影响了陷蕃诗歌作者的诗歌创作,如著名陷蕃诗人马云奇和另一位失名陷蕃诗人的诗作被完整地保存下来,其诗歌中的边塞风光和战争痛苦,都有李益边塞或战争诗歌的影子。

考察唐代诗人的诗歌发现,唐代驿传早期控制比较严格,诗人之间的诗歌实现异地交流相对较少,故而,诗风之间的互相影响也相对较小。而唐代中期后,唐代驿传控制松动,异地唱和的诗歌交流就非常频繁。到晚唐时期,由于国家力量的衰落,驿传体系遭到巨大破坏,个别地方还出现了驿传受阻的现象,以致战争等军事信息都难以传递,诗歌之间的异地交流在这样的地域之间就更难实现。而一旦驿路恢复,这种诗歌的传播并发生影响就会继续。这委实说明,唐代诗歌诗风之间的互相影响,在一定程度上依赖驿传。

三、驿传引发异地诗作相互跟风

(一)驿传带来文学移民,文学移民影响所到地诗风

唐代的诗人绝大多数都是走传统文人"学而优则仕"的人生之路,科举、铨选、升迁、贬谪,当他们因仕宦生涯的浮沉随着驿路到达新的迁徙地之后,可能会因环境的变迁而改变一些自身的风格,但他们固有的文学属性也会在这里生根、发芽,产生发酵的效应,影响当地的诗风。

　　文学移民必然对移向之地产生这样或那样的影响,这种诗歌随着驿传的四向传播又影响到其他人的阅读习惯,而这种阅读习惯的被认同,反过来再鼓舞诗人的诗歌创作。比如杜甫到成都以后,驿路风物不再,浣花溪的环境影响杜甫的诗歌创作,杜甫诗风中出现了清新流丽的一面,而同时期与他唱和的严武的诗歌也具有同样的特质。又如韩愈被贬谪潮州途中,诗中有一腔无法掩抑的忧愤感伤之情,但当他被驿路转送到潮州以后,其诗作虽颇有经历重大事件后的人生体验与心灵震荡,有对蛮荒之地的感伤,有对忠而见疑的愤慨,但却很快摆脱了消极悲凉的情绪,以积极有为的态度为潮州人民兴利除弊。对文化而言,最重要的是兴办学校,开展教育治潮,用潮州进士赵德为学校老师,以提升潮州人民的文化素质。韩愈以他人格的力量和文坛领袖的身份,引导着潮州地方文化事业的发展,这其中当然包括培养潮州当地人的诗赋文章。又比如刘禹锡贬谪阆州期间,他所带来的京都气象和巴渝民歌的融合,形成一种新的格调清朗而又高华大气的诗风,使得刘禹锡的诗歌在当地广为接受,而刘禹锡也更努力于创造这种融两地诗风于一炉的诗歌,成就了他诗歌特有的巴渝风情。再如,白居易在杭州刺史任上,所做的最得意的事情就是“唯化州民解咏诗”,由此可见白居易诗歌对杭州诗歌的影响。又如巴蜀著名女冠诗人薛涛,其诗歌今人的评价,颇觉其有丈夫气,笔者以为,正是驿路转送到巴蜀的诸多男性诗人与她的交往和对她的影响所致,像韦皋、武元衡、王播、段文昌、段成式、白居易、刘禹锡、元稹、王建、张籍、简上人、雍陶、杜牧、吕温、裴度、严绶等,都与薛涛有过诗文交流,而这些人都是在国家重大策略上颇有见解或建树的人,他们的心胸和见识也必影响薛涛。薛涛原本就是颇有志气的女子,在与这些诗人的交往中更加重了其大气外露的性格特点和诗歌特点,这也是薛涛作品没有小女人气的重要原因。

驿传带来的文学移民,把自己原有的诗歌创作方式和倾向带到当地,由此形成驿传与诗歌传播和诗歌创作的互相作用与反作用,并进一步影响到诗歌创作风尚的变迁。

(二)驿传带来传播佳作,佳作影响所到地诗风

从文学发展的角度看,一篇或一部重要作品,往往是标举一个时段文学发展的样板,成为后人效仿学习的榜样,并进而影响一个时段的文学风气。仅就唐代文学而言,上官仪成为馆阁体的标杆,沈、宋成为律诗定型的标志,张若虚以一篇《春江花月夜》引导唐诗兴象,陈子昂成为唐诗风骨的象征,王维、孟浩然成为田园风光的代名词,韩愈、孟郊成为险怪诗歌的代表,都是因为他们所创作的作品的影响所致。当然,这些人的作品发生影响并不都是因为驿传,但能说明某些作品的效应。而某些作品产生影响确实有赖乎驿传。元稹在《白氏长庆集序》中说白居易和自己的作品:

> 然而二十年间,禁省、观寺、邮候、墙壁之上无不书,王公、妾妇、牛童、马走之口无不道,至于缮写模勒,衒卖于市井,或持之以交酒茗者,处处皆是。①

其中的"邮候"就是最典型的驿传传播。白居易的《琵琶行》和《长恨歌》在当时的社会也是"童子解吟长恨曲,胡儿能唱琵琶篇"②。"胡儿"之能唱,非驿传何以致之? 而这些作品在当时社会上产生的广泛影响,就导致了诗风的重大变化,以至于有很多人纷纷仿效,成为

---

① (唐)元稹著,冀勤点校:《元稹集》卷五一《白氏长庆集序》,中华书局,2010年,第641—642页。
② (唐)李忱:《吊白居易》,《全唐诗》卷四,中华书局,1960年,第49页。

当时有名的"元和体"诗歌。因为元、白元和体诗歌的影响,导致社会上"处处皆是",以儒家积极进取思想为主的杜牧就不高兴了,他对元、白作品的风靡极其不满,在《唐故平卢军节度巡官陇西李府君墓志铭》中痛骂:

> 尝痛自元和以来,有元、白诗者,纤艳不逞,非庄士雅人,多为其所破坏,流于民间,疏于屏壁,子父女母,交口教授,淫言媟语,冬寒夏热,入人肌骨,不可除去。①

所谓"疏于屏壁",就包括驿馆的屏壁;"多为其所破坏",是说元和体诗未能教人向善,反而被其"纤艳"诗风麻醉,"淫言媟语"浸入肌肤,难以拔除。这就相当于我们在某一时段批评歌曲、电视剧到处充斥爱情,甚至无爱情无作品,以致整个社会到处都是你情我爱,缺乏阳刚之气,缺少进取精神是一样的。而元、白诗歌书写于馆驿屏壁和亭柱山石者,在唐人文字中时有所见,可见驿传之传诗价值。当然,唐代对白居易的传播绝不仅仅是杜牧所批评的那样,敦煌写卷中,就有白居易的通俗诗歌尤其是讽喻诗,也在传抄。而这,正说明某些作品在社会中的作用和影响。

敦煌写卷所存的实例中,最典型的著名作品影响当地诗风的例子便是韦庄的《秦妇吟》。《秦妇吟》的创作年代,依夏承焘年谱定在中和三年(883)春,诗歌反映了黄巢兵乱给社会带来的巨大动荡。韦庄因为此诗的创作而获得了"秦妇吟秀才"的美誉。诗歌是诗人避乱到江南为献给当时的镇海军节度使同平章事镇润州的周宝而

---

① (唐)杜牧:《唐故平卢军节度巡官陇西李府君墓志铭》,《全唐文》卷七五五,中华书局,1983年,第7834页。

作。而且,让韦庄在江南和中原获得"秦妇吟秀才"美誉的这篇作品,因为敦煌陷蕃,驿路受阻,并没有很快传到敦煌,而是在敦煌回归大唐王朝、驿路重新畅通后,才在敦煌广为传播。敦煌于建中二年(781)陷蕃,咸通二年(861)彻底结束吐蕃统治,现存敦煌写卷中有十个《秦妇吟》的写卷,其中有明确年代的有伯3381卷,天复五年(905)敦煌郡金光明寺学仕张龟写本;斯692卷,贞明五年(919)金光明寺学仕郎安友盛写本;伯2700、斯5834的拼合卷,贞明六年(920)写本;伯3910对折册页装诗文选抄卷,卷末题记"癸未年二月六日净土寺弥赵员住左手书之";伯3780卷,显德四年(957)学士郎马富德写本。敦煌陷蕃,是敦煌人民心中的痛,回归大唐王朝后,驿路畅通,《秦妇吟》才得以传至敦煌,而诗中所写的战乱生活的体验深深触动了敦煌人民对战争的记忆,故而敦煌人才广泛传抄《秦妇吟》。现存敦煌写卷中,有一些作品回忆敦煌陷蕃的痛苦,虽然我们很难断定其年代,但跟《秦妇吟》的影响当有很大关系。

由以上驿路风物风情对诗歌风貌的影响,驿传实现不同地域的诗人之间诗歌的互相影响,驿传带来的重要作品对诗风的影响等几个方面看,驿传在实现唐代诗歌的诗风影响方面确实起着相当重要的作用。我们在谈及影响唐代诗歌发展的因素时,驿传绝对是不可忽略的重要层面。

结　语

　　本书以驿路、馆驿的文学活动为关注目标进行研究。此研究方向已经拥有一定成果，但仍有许多值得开拓的内容，本书主要关注驿路诗歌创作和驿路传诗在唐诗发展中的作用，在一定程度上突破了以往仅以馆驿题诗和馆驿创作为研究对象的路子，在深入探讨驿路传诗对唐诗发展的深刻影响方面较为努力，主要收获了以下几方面的成果：

　　一、对驿路诗歌的生产方式、情感内涵和艺术特质进行了深入的探讨。本书第二章集中探讨了在唐代馆驿制度背景下的驿路诗歌的生产方式、情感内涵和艺术特质，这是以往研究中没有进行过统筹观照的内容，尤其是对驿路诗歌情感内涵的揭示和对驿路诗歌的文学特质的探讨，有比较新颖的观点。对驿路诗歌情感内涵的揭示，认为驿路上变动不居的生活，长年在外的飘泊，使得很多唐代士人不得不以馆驿为家，驿馆、驿路，成为他们生活中的重要组成部分。而乘驿的诗人入驿之前和入驿之后，生活和心态都会发生很多变化，其所创作的诗歌，也与常态生活下的文学创作有很多不同。由于独居独行的特殊氛围，其羁旅行愁之作、思乡恋家之作、留别送行之作、酬唱应和之作等类型的作品，既有不同的功用，也有不同的情感内涵。尤其注入特别不一样的情感，对理解行驿之人的心态非常重要，它在一定程度上是唐代人在旅行的社会生活的镜像。而对驿路诗歌的文学特质的探讨则从其写实性、内容与现实的疏离性、情感审美的悲凉性等层面深化了对驿路诗歌的研究。沿着唐代驿路诗歌的内容去追寻唐代驿路诗歌的艺术追求和艺术特质发现：驿路诗歌中的写景作品具有很强的写实性，并因写实而具有浓郁的地域性特征；应酬唱和之作更多追求表面的形式美，但也不乏情深义重的送别诗，产生了很多优秀作品，如陈子昂的《送魏大从军》、王维的《送元二使安西》、李白的《送友人》《送别》、杜甫的《奉济驿重送严公四韵》等；写景抒情之作和思亲念友之作则以追求真实为尚，往往产生优秀之作，写景抒情的作品如李白出蜀时的江行诗、杜甫在去往成都路上所写的入蜀纪行诗作、白居易去往忠州路途上的行旅诗等；思亲念友的作品如宋之问的《度大庾岭》《渡汉江》、岑参的《逢入京使》、元稹的《见乐天诗》《阆州开元寺壁题乐天诗》、李商隐等所写的诸多诗作；驿路怀古诗如许浑的《重经四皓庙》、常建的《吊王将军墓》等。

　　二、探讨了唐代驿传在唐诗异地交流中的功能。第三章集中研究了驿传在唐诗异地交流中所起的作用。驿传体系所能起到的作用是：转送诗人到新的诗歌创作地和传播地；通过驿寄让诗人之间实现诗歌互相寄送；诗人们还可以通过驿站题壁诗的抄写、阅读，实现诗歌的互相交流和情感的互相沟通。在唐代诗歌的当时传播中，异地诗人之间的互动，是唐诗发展的重要环节。异地诗人之间的互动，包括诗人创作地的变化、诗歌的流转、诗人之间的诗歌交流等方面。而这些可能促使诗人或诗歌异地互动的方式，只能通过驿传实现。驿传，实在是唐诗异地交流的不可或缺的因素。

　　三、探讨了驿传在唐代的具体传诗方式。第四章从唐代驿传与唐诗当时传播的关系角度入手，侧重探讨了驿传在唐诗当时传播中的实现方式，旨在探讨唐人在当时怎样因驿路而传播诗歌，并使诗歌成为社会风行的文化现象。认为驿路行人携带诗卷可以使得诗歌得以传递到异地;驿路吟诵、驿路传唱不仅能让诗歌传播四方,而且会给诗歌的传播带来很好的影响力,主要是传播范围的极度扩展和传播速度比较迅捷,因而唐代的驿路上常有过往行旅中的好事之人制造"篇章传道路"的传播效果,成为唐代驿路传诗中的一道靓丽风景,所谓"未容寄与微之去,已被人传到越州"(白居易语)的情形就是驿路传诗人的功劳。

四、探讨了唐代驿传与唐代诗歌团体形成的关系。唐代诗歌团体的形成,有多方面的因素,诸如时代环境、文人情趣、文馆活动、文人入幕、诗人个性、文人唱和等,但更应注意到驿传与唐代诗歌团体形成的关系。事实上,驿传是唐代诗歌团体形成中相当重要的因素,尤其是不同地域的诗人的聚合、相距较远的文人之间诗歌观念和诗艺的互相影响,没有驿传,几乎是不可能实现的。本书第五章探讨相关问题,经考察一些诗歌团体的形成后认为,是驿传使得远距离的诗人们能够较好地沟通彼此之间的诗歌观点,是驿传让他们互相寄送诗歌实现诗艺的互相切磋,是驿传把一些诗人从四面八方连接到一起。在这样的情况下,才能够形成远距离诗人之间诗风的共同律动并进而形成诗歌团体。比如元稹和白居易之间的诗歌观念的交流、诗歌的互相寄递影响、互相之间探讨诗歌发展方向和诗歌艺术的研磨,绝大多数是通过驿路实现,而这些是形成元、白诗派的重要因素。韩愈与其麾下诗人结成团体,驿传的功用也很明显。他们的一些文学观点的交流,是通过驿传实现的,一些诗人对韩愈的追随,是通过驿路实现的,韩愈对某些麾下文人的指点,干脆就是在驿路送别或驿馆畅谈中完成的。类似的情况,在唐代中后期的诗歌团体中,是一种普遍现象。可以说,驿传对促进唐代诗歌团体的形成有诸多助益。

五、探讨了驿传与唐代诗歌风格之间的关系。诗歌风格的变迁是唐诗发展中的一个相当重要的研究课题,它是怎样变化的,为什么这样变化,都是文学的本质性问题。内容集中在第六章。本书经过考察认为:唐代驿传的快捷使得唐诗在当时的影响也很快,使得唐代的诗人影响唐代诗人的诗歌创作得以实现,某一阶段的唐代诗人的创作影响同时代或稍后时代的诗歌风格。驿传速度和范围关涉诗歌的影响力,比如元稹、白居易的诗歌能够达到天下共追随的盛况:"自衣冠士子,至闾阎下俚,悉传讽之,号为'元和体'","巴、蜀、江、楚间泊长安中少年,递相仿效,竞作新词,自谓为'元和诗'"。而驿传受阻之时,受阻之地就不能与唐代主流诗歌协同变化,如敦煌陷蕃时期就未能及时接受唐诗的影响。驿路覆盖范围广,也能促使唐诗在当时影响的范围很广,敦煌的唐诗写本实例告诉我们,内地的诗歌风尚都能直接影响到边远地区,如著名陷蕃诗人马云奇的诗歌就颇受边塞诗歌的影响;驿路风物和风土人情直接影响诗歌的风格,如杜甫的驿路诗歌,在秦州附近凄苦,在同谷一带险怪,在成都附近平和。临近地域的诗人或关系密切的诗人之间容易在诗风方面互相影响,如元稹、白居易、崔玄亮的三州唱和,刘禹锡和白居易的汝洛唱和,刘禹锡和令狐楚的同、苏唱和(同州、苏州,诗在《彭阳唱和集》)。故而,李肇在《唐国史补》中所说的"大抵天宝之风尚党,大历之风尚浮,贞元之风尚荡,元和之风尚怪也"[①]的变化,均与驿传有不可分割的联系。

　　除以上所言,驿路传诗与唐诗发展之关系尚有很多值得探讨的课题。如驿路诗歌与唐诗题材类型的成长有重要关系,涉及驿路诗歌中的思乡诗、送别诗、馆聚诗、酬赠诗、怀古诗等。又如驿路诗歌对唐诗经典的诞生也起到了非常重要的作用,很多唐诗经典之作都是驿路诗歌的绝唱,如王勃《送杜少府之任蜀川》、陈子昂《送魏大

---

① (唐)李肇:《唐国史补》卷下,《唐五代笔记小说大观》,上海古籍出版社,2000年,第194页。

从军》、王维《送元二使安西》《使至塞上》、高适《和王七玉门关听吹笛》《别董大二首》、李白《黄鹤楼送孟浩然之广陵》《渡荆门送别》《送友人》《送别·斗酒渭城边》《金乡送韦八之西京》《劳劳亭》、杜甫《喜达行在所三首》《行次昭陵》《送人从军》《送路六侍御入朝》《奉济驿重送严公四韵》《旅夜书怀》《登岳阳楼》、岑参《白雪歌送武判官归京》《逢入京使》《宿铁关西馆》、白居易《赋得古原草送别》、韩愈《左迁至蓝关示侄孙湘》、柳宗元《登柳州城楼寄漳汀封连四州》、许浑《谢亭送别》、杜牧《泊秦淮》《秋浦途中》《题乌江亭》、李商隐《马嵬二首》《过楚宫》等。因驿路而产生的优秀作品基本属于上述思乡诗、送别诗、馆聚诗、酬赠诗几种类型,也有写实和咏史的作品。它们像明珠一样,闪耀在唐诗的灿烂世界里,是唐诗中不可或缺的组成部分。驿路诗歌还产生了很多文学地理坐标,如西域的陇水、凉州、阳关、玉门关、天山、轮台,北疆的云中、受降城、阴山、燕然山,东北疆的幽州、蓟门、榆关、辽阳,岭南的大庾岭、桂岭、合浦、鬼门关、交趾等。由于收入丛书稿件字数所限,这一次修改,只是进行了较小变动,很多原拟重新出版时要充分展开和添加的部分尚未充分展开和添加,很觉遗憾。且受本人眼界所限,本书所论,见识尚浅,期望方家多多指教。

参考文献

一、著作

白居易著,顾学颉校点:《白居易集》,中华书局,1979年。

北京大学中国中古史研究中心编著:《敦煌吐鲁番文献研究论集》,中华书局,1986年。

岑参撰,廖立笺注:《岑嘉州诗笺注》,中华书局,2004年。

岑仲勉:《郎官石柱题名新考》,上海古籍出版社,1984年。

晁公武:《郡斋读书志》,上海古籍出版社,1990年。

陈伯海:《唐诗汇评》,浙江教育出版社,1995年。

陈尚君:《全唐诗补编》,中华书局,1992年。

陈寅恪:《隋唐制度渊源略论稿》,生活·读书·新知三联书店,2004年。

陈寅恪:《唐代政治史述论稿》,生活·读书·新知三联书店,2004年。

陈振孙:《直斋书录解题》,上海古籍出版社,1987年。

程千帆:《唐代进士行卷与文学》,上海古籍出版社,1980年。

崔勇等:《古代题壁诗词丛考》,中华书局,2011年。

戴伟华:《地域文化与唐代诗歌》,中华书局,2006年。

戴伟华:《唐代使府与文学研究》,广西师范大学出版社,2007年。

董诰等：《全唐文》，中华书局（影印本），1983年。

杜佑撰，王文锦点校：《通典》，中华书局，1988年。

范摅：《云溪友议》，《唐五代笔记小说大观》，上海古籍出版社，2000年。

方回选评，李庆甲集评校点：《瀛奎律髓汇评》，上海古籍出版社，1986年。

傅璇琮：《唐代诗人丛考》，中华书局，1980年。

傅璇琮：《唐代科举与文学》，陕西人民出版社，1995年。

傅璇琮主编：《唐五代文学编年史》，辽海出版社，1998年。

傅璇琮、陈尚君、徐俊：《唐人选唐诗新编》，陕西人民教育出版社，1996年。

高崇：《敦煌唐人诗集残卷考释》，宁夏人民出版社，1982年。

韩兆琦：《唐诗选注汇评》，北岳文艺出版社，1998年。

韩兆琦：《唐人律诗笺注集评》，浙江古籍出版社，2003年。

胡震亨：《唐音癸签》，上海古籍出版社，1981年。

黄本骥：《历代职官表》，上海古籍出版社，2001年。

黄永武：《敦煌宝藏》，台北新文丰出版公司，1982—1986年。

计有功撰，王仲镛校笺：《唐诗纪事校笺》，中华书局，2007年。

姜亮夫：《敦煌学论文集——海外敦煌卷子经眼录》，上海古籍出版社，1987年。

康骈：《剧谈录》，《文渊阁四库全书》，上海古籍出版社，1987年。

乐史撰，王文楚等点校：《太平寰宇记》，中华书局，2007年。

李白著，王琦注：《李太白全集》，中华书局，2011年。

李彬：《唐代文明与新闻传播》，新华出版社，1999年。

李斌城等：《隋唐五代社会生活史》，中国社会科学出版社，1998年。

李重华：《贞一斋诗说》，《清诗话》，上海古籍出版社，2015年。

李德辉：《唐代交通与文学》，湖南人民出版社，2003 年。

李德辉：《唐宋时期馆驿制度及其与文学之关系研究》，人民文学出版
　　社，2008 年。

李昉：《太平御览》，中华书局，1960 年。

李昉：《太平广记》，中华书局，1961 年。

李昉：《文苑英华》，中华书局，1966 年。

李浩：《唐代三大地域文学士族研究》，中华书局，2002 年。

李华珍、傅璇琮：《河岳英灵集研究》，中华书局，1992 年。

李吉甫撰，贺次君点校：《元和郡县图志》，中华书局，1983 年。

李林甫等撰，陈仲夫点校：《唐六典》，中华书局，1992 年。

李肇：《唐国史补》，《唐五代笔记小说大观》，上海古籍出版社，2000 年。

刘崇远：《金华子杂编》，丛书集成初编，中华书局，1983 年。

刘广生、赵梅庄：《中国古代邮驿史》，人民邮电出版社，1999 年。

刘洪生：《唐代题壁诗》，中国社会科学出版社，2004 年。

刘肃著，许德楠、李鼎霞点校：《大唐新语》，中华书局，1984 年。

刘昫等：《旧唐书》，中华书局，1975 年。

楼祖治：《中国邮驿发达史》，中华书局，1940 年。

陆心源：《唐文续拾》，中华书局（影印本），1983 年。

吕祖谦：《历代制度详说》，《文渊阁四库全书》，上海古籍出版社，
　　1987 年。

罗时进：《唐诗演进论》，江苏古籍出版社，2001 年。

罗香林：《唐代文化史研究》，商务印书馆，1944 年。

罗宗强：《隋唐五代思想史》，上海古籍出版社，1986 年。

马端临：《文献通考》，中华书局，2011 年。

孟棨：《本事诗》，《文渊阁四库全书》，上海古籍出版社，1987 年。

欧阳修、宋祁：《新唐书》，中华书局，1975 年。

彭定求等：《全唐诗》，中华书局，1960 年。

乔象钟、陈铁民：《唐代文学史》，人民文学出版社，1995 年。

盛如梓：《庶斋老学丛谈》，《文渊阁四库全书》，上海古籍出版社，
　　1987 年。

司马光编著：《资治通鉴》，中华书局，1956 年。

宋敏求编：《唐大诏令集》，中华书局，2008 年。

孙光宪著，林青、贺军平校注：《北梦琐言》，三秦出版社，2003 年。

谭其骧：《中国历史地图集》，中国地图出版社，1982 年。

谭优学：《唐代诗人行年考》，四川人民出版社，1981 年。

陶敏、李一飞：《隋唐五代文学史料学》，中华书局，2001 年。

陶宗仪：《说郛》，《文渊阁四库全书》，上海古籍出版社，1987 年。

王存撰，王文楚等点校：《元丰九域志》，中华书局，1984 年。

王谠撰，周勋初校证：《唐语林校证》，《唐宋史料笔记丛刊》，中华书
　　局，1987 年。

王定保：《唐摭言》，上海古籍出版社，1978 年。

王溥撰：《唐会要》，中华书局，1955 年。

王钦若、杨亿、孙奭等编著，周勋初等校订：《册府元龟》，凤凰出版社，
　　2006 年。

王象之撰，李勇先校点：《舆地纪胜》，四川大学出版社，2005 年。

王勋成：《唐代铨选与文学》，中华书局，2001 年。

王颖楼：《隋唐官制》，四川大学出版社，1995 年。

王运熙、杨明：《隋唐五代文学批评史》，上海古籍出版社，1994 年。

王重民：《敦煌古籍叙录》，商务印书馆，1958 年。

韦绚：《刘宾客嘉话录》，《唐五代笔记小说大观》，上海古籍出版社，
　　2000 年。

尉迟偓：《中朝故事》，《文渊阁四库全书》，上海古籍出版社，1987 年。

吴兢著,姜涛点校:《贞观政要》,齐鲁书社,2010 年。

吴淑玲:《唐诗传播与唐诗发展之关系》,中华书局,2013 年。

吴庭燮:《唐方镇年表》,中华书局,1980 年。

吴相洲:《唐代歌诗与诗歌》,北京大学出版社,2000 年。

肖占鹏:《韩孟诗派研究》,南开大学出版社,1999 年。

辛文房著,傅璇琮主编:《唐才子传校笺》,中华书局,1987 年。

熊铁基:《汉唐文化史》,湖南人民出版社,1992 年。

徐俊:《敦煌诗集残卷辑考》,中华书局,2000 年。

徐松撰,赵守俨点校:《登科记考》,中华书局,1984 年。

徐有富:《中国古典文学史料学》,南京大学出版社,1992 年。

薛用弱:《集异记》,《文渊阁四库全书》,上海古籍出版社,1987 年。

严耕望:《唐代交通图考》,上海古籍出版社,2007 年。

元稹著,冀勤点校:《元稹集》,中华书局,2010 年。

岳纯之点校:《唐律疏议》,上海古籍出版社,2013 年。

赵文润:《隋唐文化史》,陕西师范大学出版社,1992 年。

郑处诲:《明皇杂录》,丛书集成初编,中华书局,1985 年。

郑樵撰,王树民点校:《通志二十略》,中华书局,1995 年。

钟优民:《新乐府诗派研究》,辽宁大学出版社,1997 年。

《敦煌吐鲁番文书初探》,武汉大学出版社,1990 年。

《敦煌吐鲁番学研究论集》,书目文献出版社,1996 年。

《法藏敦煌西域文献》,上海古籍出版社,2002—2003 年。

《英藏敦煌文献》,四川人民出版社,1990—1994 年。

二、论文

戴何都:《中国唐代诸道的长官》,《通报》第 25 卷,1927 年。

丁建军:《中国题壁文化的颠峰——宋代题壁文化论略》,《河北大学学报》2004 年第 4 期。

李德辉：《唐人题壁诗诸问题探论》，《襄樊学院学报》2005 年第 3 期。

李晓路：《唐代中央集权之变化与方镇的产生》，《历史研究》1989 年第 3 期。

李之勤：《唐关内道馆驿考略》，《西北历史资料》1982 年第 1 期。

李之勤：《唐代傥骆道上的几个驿馆》，《人文杂志》1984 年第 3 期。

李之勤：《柳宗元的〈馆驿使壁记〉与唐长安附近的驿道和驿馆》，《中国古都研究》1985 年号。

李之勤：《唐代武关道上的七盘岭与韩公堆》，《西北史地研究》1987 年。

李之勤：《唐代的文川道》，《中国历史地理论丛》1990 年第 1 辑。

林英男：《唐宋时代地方行政体制和强干弱枝传统的形成》，《深圳大学学报》1988 年第 3 期。

刘洪生：《中国古代题壁诗的载体形式》，《商丘师范学院学报》2003 年第 6 期。

刘洪生：《唐宋题壁诗词的思想价值》，《湛江海洋大学学报》2005 年第 2 期。

刘金柱：《题壁与唐宋寺院文化》，《北方论丛》2004 年第 2 期。

鲁才全：《唐代前期西州的驿马、驿田、驿墙诸问题》，《敦煌吐鲁番文书初探二编》，武汉大学出版社，1990 年。

瞿明刚：《唐代题壁诗的传播学分析》，《北方论丛》2004 年第 3 期。

王文楚：《唐代两京驿路考》，《历史研究》1983 年第 6 期。

王兆鹏：《宋代的"互联网"——从题壁诗词看宋代题壁传播的特点》，《文学遗产》2010 年第 1 期。

吴承学：《论题壁诗——兼及相关的诗歌制作与传播形式》，《文学遗产》1994 年第 4 期。

谢元鲁：《唐代出使监察制度与中央决策的关系初探》，《社会科学家》1988 年第 3 期。

辛德勇:《西汉至北周时期长安附近的陆路交通》,《中国历史地理论丛》1988 年第 3 辑。

许启伟:《中国古代题壁文化的传播功能》,《新闻爱好者》2010 年第 6 期。

薛明扬:《论唐代使职的功能与作用》,《复旦学报》1990 年第 1 期。

严耕望:《景云十三道与开元十六道》,原载《"中央研究院"历史语言研究所集刊》第 36 本,收入《严耕望史学论文选集》。

严耕望:《汉唐褒斜道考》,《新亚学报》第 8 卷第 1 期。

严耕望:《唐蓝田武关道驿程考》,《"中央研究院"历史语言研究所集刊》第 39 本下册。

严耕望:《唐金牛成都道驿程考》,《"中央研究院"历史语言研究所集刊》第 40 本上册。

严耕望:《唐代长安西通凉州两道驿程考》,香港中文大学《中国文化研究所学报》1971 年第 4 卷第 1 期。

杨晓霭、胡大浚:《杜甫的陇右诗与陇右地域文化》,霍松林主编《杜甫研究论集》,香港天马图书有限公司,2000 年。

张国刚等主编:《中国历史》隋唐宋卷第二章第三节,高等教育出版社,2001 年。

周立英:《采幽撷奥,出鬼入神——论杜甫自秦入蜀纪行诗》,《学术交流》2008 年第 2 期。

原版后记

那是 2007 年的 6 月 26 日,生命里一个很重要的日子。

这一天,由北京大学、清华大学和首都师范大学的导师们组成的专家队伍要对我的博士后出站报告《唐诗的当时传播》进行审议。

太紧张了,天气是什么样子,已经全然不记得了,连窗外高大的白杨树上有没有知了声也已经没有了印象,因为这些天一直忙着修改论题和填写各种各样的表格,过的是"五加二""白加黑"的生活,每天就是盯着屏幕和五花八门的表格,什么都顾不上关心。

手捧着厚厚的稿子,心里有一种喜悦,但仍然"噗噗""突突"地。虽然确实付出了辛苦和努力,也得到合作导师邓小军先生的肯定,但北大、清华的那些导师们不知道会是怎样的评论。

我陈述完后,发现导师们有的在点头,有的眼睛里露出了欣然的神情,心脏里的"噗噗""突突"声似乎才小了一些。虽然他们也提了很多意见和建议,但并不是为了否定,而是为了让课题更加圆满,而我也觉得他们正是找到了我存在的问题,心悦诚服地接受着引导。

令我兴奋的是左东岭院长的发言。他居然说在唐诗研究这样难以发现新角度的时候,我和我的导师怎么竟然发现这么一块广阔的天空,还说,我的论题是跑马圈地,几乎搞唐诗传播,就会钻进我的圈子。说我的每一章甚至很多触角都可以作为深入拓展的重要课题。这是令我深受鼓舞的。也就是在这样的鼓励下,我在完成了博士后课题和国家社科基金项目《唐诗传播与唐诗发展之关系》之后，勇敢地拿出了其中的一个触角，申报了以《唐代驿传与唐诗发展之关系》为题的国家社科基金课题并获得了成功。

但这一课题并不是我的独特发现。小我一岁却出道较早的友人李德辉2008年在人民文学出版社出版了专著《唐宋时期馆驿制度及其与文学之关系研究》，我则在《文学遗产》2008年第6期上发表了题为《唐代驿传与唐诗发展之关系》的学术论文。那时我们彼此并不相识，却几乎是同时进行着一项有意义的学术活动，而且，"英雄所见略同"——其实我哪里是什么英雄，只是词汇贫乏只好借用一下，以表达对我们共同的努力的认同而已。后来我才知道，他在更早的时候就开始了这方面的工作，《唐代交通与文学》是他更早的成果，只可惜，我当时并没有他的这部书作为参考。

德辉友的努力是多方面的，史实的考索和文化的解读，是他的主要方向，个案研究也做得很扎实。但我依然坚持了我的课题，因为他已经转而进行文馆研究，而"驿传与文学关系"中很多尚待开掘的课题我可以再去努力。况且，我的那篇论文中所涉及的一些角度，是德辉友尚未涉及的。

虽然是顺着自己曾经的思路，真正做起更细节的东西来，发现还是很有难度。尤其是史实的考索，那是德辉友的长项，我几乎难以逾越，而且，似乎我要做的方向也不必逾越他的史实考订成果，所以，这方面的很多材料干脆就用他的。德辉友很支持我的工作，惠赐《唐宋时期馆驿制度及其与文学之关系研究》书稿电子版，以方便我摘引。我没有用别人东西不注出的坏习惯，也希望彰显德辉友做学问和做人的大气，所以虽有大段引用，一定一一注出。德辉友所赐，少了我很多打字的烦恼，也帮我节约了不少时间，等于增加了我的学术寿命，所以，在此特意表示真诚的感谢。

　　傅璇琮先生也很关注这一课题,这是湖南的文学传播会议后我第一次与德辉友通电话时他告知的,后来我也便主动跟傅先生联系。傅先生是唐代文学研究界的泰山北斗,他给了我热情洋溢的鼓励,并对课题的相关工作给予了高屋建瓴的指点。从不相识到相识,从不敢与傅先生交谈,到他亲笔回信,直接打电话到家里来,以及他到河北大学参加博士答辩时的专约面谈,再到后来纪念杜甫诞辰 1200 周年时傅先生将他的邀请函给我,让我占用他的名额参加会议(会议因种种原因没有办成),我在傅先生那里,确实受益良多。傅先生现在已经年逾八旬,手指提笔写字已经很困难,他原说给我写序,后来打电话说手老哆嗦,不给我写序了,让我在后记里说一说这些情况。我谨记在心,并衷心祝愿傅先生龟鹤遐寿,松月永年。

　　河北大学文学院的教师陈娟,陕西师范大学文学院的研究生崔醒群,保定七中的教师任旸,研究生王雪薇、左钊、刘洋、路濛、王婧娴、苑宇轩、刘志佳分别承担了本课题的资料查阅、文稿打印、文字校对等工作,在此一一谢过。

　　这一课题的最终成果,凝结着很多人的关心和支持,也在这里一并致谢,并祝关心和支持我的朋友们幸福快乐!

吴淑玲于蕙兰书屋

2013 年 4 月 16 日

再版后记

2021 年 12 月,唐代文学研究会线上会议时,与卢盛江老师线上相聚。我知道他是唐诗之路研究会的发起人、会长,也听别人跟我说过,有先生在成立大会上谈了很多我的研究,就跟卢老师谈起第一次唐诗之路研究会我没有去的原因,觉得没有去参加成立大会,很是遗憾。他跟我谈起了中华书局"唐诗之路研究丛书"的情况。2022 年 7 月,卢老师说"唐诗之路研究丛书"第二辑开始启动,问我能否申报第二辑中的一本,我便以人民出版社出版的 2011 年度国家社科基金项目结项成果《唐代驿传与唐诗发展之关系》申报。在卢老师建议下改名为《驿路传诗与唐诗之发展》,并在此基础上进行了一系列修改。但在此之前,5 月中旬的时候,中国杜甫研究会会长刘明华先生先交给我一个《杜甫研究资料汇编》的校对任务,繁体竖排,四十多万字,很是费力,8 月底 9 月初才完成。自己书稿的修改,暑假期间也进行了一些,但那时是白天精力集中于《杜甫研究资料汇编》,到晚上,眼睛看不清竖排书稿,就在电脑上修改自己的这本著作。由于精力不集中,进展比较缓慢。直到 9 月初完成《杜甫研究资料汇编》的校对任务后,才完全将精力集中于此书稿的修改。一个多月的时间,还是比较粗陋,尽力而已。

书稿修改完成的时候,又看后记,看到傅璇琮先生对本书稿的关心,不禁又一次泪目。本书稿以国家社科基金项目结项成果在人民出版社出版的时间是 2015 年 2 月,而傅先生在 2016 年 1 月 23 日便驾鹤仙去,离我书稿的出版不到一年而已,可以想见,傅先生当时身体已经出现了很多问题,但他依然关心我的书稿。我一直认为,傅先生是为学术而生的,从他当时给我打电话时说的一些情况,我知道傅先生是多么热爱学术,多么希望还能够有所作为,多么希望还能带一带后辈学人,让后辈学人蹬着他们建立的台阶,更上层楼。可是,他说他已经没有这种力气了,还说了一些话,让我感到,没有科研工作或不能进行科研工作是他人生的极大遗憾。傅先生这种兢兢业业的精神和提携后辈的大气,确实堪称楷模,树立了学界的正气、清气,永远值得我们铭记在心,并敦促我们学着他们的为学做人,走向学术的更高境界。

吴淑玲于蕙兰书屋

2022 年 9 月 26 日